DUMONT NOIR

Die Originalausgabe erschien unter dem Titel
Salamander *bei Soho Press, Inc., New York*

Deutsche Erstausgabe

Die Deutsche Bibliothek – CIP-Einheitsaufnahme
Janes, J. Robert:
Salamander / J. Robert Janes.
Ralf Hlawatsch und Silvia Jettkant (Übers.). – Köln : DuMont, 1999
(DuMont Noir ; Bd. 10) Einheitssacht.: Salamander <dt.>
ISBN 3-7701-4857-6

Erste Auflage 1999

Umschlag- und Reihengestaltung: Groothuis & Consorten
Gesetzt aus der Elzevir und der Antique Olive
Gedruckt auf säurefreiem und chlorfrei gebleichtem Papier
Satz: Greiner & Reichel, Köln
Druck und Verarbeitung: Clausen & Bosse, Leck

Printed in Germany
ISBN 3-7701-4857-6

J. Robert Janes
Salamander
DuMont Noir 10

Mit einem Nachwort
von Martin Compart

Übersetzung aus dem Amerikanischen
von Ralf Hlawatsch und Silvia Jettkant

Salamander, im Reiche der Mythologie ein Wesen, das im Feuer lebt und es genießt. Ein eidechsenartiges, schuppenloses Tier mit einer weichen, feuchten, glitschigen Haut und einem langen Schwanz. Ein Wesen, das die Farbe von Rücken und Bauch in schimmerndes, irisierendes Blau ändern kann, wenn es gefangen wird.

Ein Wesen, das verschwinden kann.

Zur Erinnerung an Stevie Leacock Jr. und den alten Fred Pellatt, Sir Henrys Bruder. Für die goldene Taschenuhr, die Stevie mir mit seinen Zahnabdrücken darin hinterließ, und den Geldschein über eine Million deutsche Mark, den der alte Fred mir gab und der sich auf der Bank als völlig wertlos erwiesen hat. Zwei Männer, die auf dem Boden der Tatsachen standen, und jeder von ihnen wäre auf seine Weise verwirrt gewesen, wenn er mich hätte schreiben sehen. In der Tat haben sie es sich aber wohl gedacht – wenn ich zurückdenke, bin ich mir dessen sogar sicher –, weil es dazu paßte, wie ich die ganze Nacht hindurch Stücke aus den 20ern oder 30ern auf der Posaune spielte.

Vorbemerkung des Autors

Salamander ist frei erfunden. Trotz der Verwendung realer Orte und Zeiten, habe ich mir diese für die Geschichte so lange zurechtgebogen, bis sie mir passend erschienen. Bisweilen treten aus Gründen der historischen Authentizität Personen auf, die wirklich existiert haben, aber diese Personen sind inzwischen alle tot, und ich habe sie verändert, wenn die Handlung dies erforderte. Ich möchte nicht entschuldigen, was damals geschehen ist, ich verabscheue es vielmehr. Aber auch während der Besatzung Frankreichs gab es gewöhnliche Verbrechen wie Mord und Brandstiftung, und ich frage mich, wer diese Fälle aufgeklärt hat und wie es geschah.

1

Der Gestank war grauenhaft: in Pisse aufgeweichte Wolle, nasse Asche und Tod; der süßlich-faulige Geruch von verbranntem Fleisch, Haar und Exkrementen hatte sich überall festgesetzt.

Jean-Louis St.-Cyr ließ seinen Blick über die Leichen wandern, die auf zwei Haufen in den Trümmern dessen lagen, was einmal der mit Vorhängen ausgekleidete Flur zum Foyer gewesen war. Einige Tote lagen noch zwischen den verkohlten, nassen Sitzen, die jetzt nicht mehr waren als von Eis überzogene Ruinen.

Einige hatten immer und immer wieder versucht, die Türen zu öffnen – auch hier lagen Leichen, viele zertrampelte Körper –, und man konnte erkennen, wie die Menschen in ihrer Todesangst auf die Ausgänge zugeströmt waren, in der Hoffnung, durch das Foyer entkommen zu können.

»Louis, warum zum Teufel müssen ausgerechnet wir hier herumstochern?« fragte Hermann ärgerlich. Hermann schaute verzweifelt und krank hinter seinem blau gepunkteten, mit billigem Toilettenwasser und Desinfektionsmittel getränkten Taschentuch hervor. Im Gegensatz zur landläufigen Meinung hatten viele Bayern einen schwachen Magen, und für Kohler galt dies in besonderem Maße.

Besorgt stupste St.-Cyr seinen Partner am Arm. »Nehmen Sie sich das nicht so zu Herzen, *mon vieux*. Passen Sie auf, wo Sie hintreten, eh? Denken Sie dran, daß wir sie nicht auseinanderziehen müssen. Das machen andere.«

Louis sagte immer so was. Er war Oberinspektor der Sûreté Nationale, ein altgedienter Kriminalbeamter und die andere Hälfte ihres Dezernats. Louis sah aus, als sei er immer auf Achse, und meistens traf dies ja auch zu. »Verdammt! Bald ist Weihnachten, Louis!

Giselle und Oona ... sie erwarten, daß ich über die Feiertage zu Hause in Paris bin.«

Ah, *merde*, der hat Sorgen. Wo soll man da überhaupt anfangen? Das fragte sich St.-Cyr, der auch lieber anderswo wäre. Statt dessen sah er sich verzweifelt auf diesem Schlachtfeld um und sagte sich, daß es für Hermann ganz gut war, wenn er sich ein wenig ärgerte. Das half dem Magen.

Ein Paar hatte sich aneinander geklammert, eine letzte, verzweifelte Liebestat. Alles war von Eis eingeschlossen, nachdem das Feuer zuvor bis auf einige Kleidungsfetzen alles aufgefressen hatte. Die Flammen hatten sogar die Strapse der Frau verzehrt, wobei der Gummistoff seinen eigenen kleinen Beitrag zum Brand leistete. Die Reste hatten sich in die Oberschenkel eingebrannt.

Andere waren unter die Sitze gekrochen und versuchten, Kopf und Gesicht mit den Armen zu schützen, wieder andere waren zu Tode getrampelt worden. Jene, die ihre Mitmenschen niedergetrampelt hatten, lagen jetzt oben auf den Leichenhaufen. Das Entsetzen auf ihren wimpern- und brauenlosen Gesichtern mit den leeren Augenhöhlen wurde vom Tod eingefangen und vom Eis konserviert.

Ein Kino ... Der Vergnügungstempel, wo den wunderschönen Zelluloidgöttern gehuldigt wurde. Wer immer das Feuer gelegt hatte – es war mit Sicherheit Brandstiftung –, wußte, was er hier anrichten würde. Beide Notausgänge waren mit Vorhängeschlössern versperrt worden – wenn auch nicht vom Brandstifter selbst, dachte Louis. Der Saal war an diesem Mittwoch, einen Tag vor Heiligabend 1942, voller Menschen gewesen. Während der Abendvorstellung war um 21.15 Uhr das Feuer ausgebrochen. Das ›Cité de Lyon‹ war trotz des deutschen Einmarsches in Frankreich kein *Soldatenkino* der

Wehrmacht. Die Besucher waren Eisenbahner und ihre Familien. Bescheidene kleine Leute. Treue Fans, die sich *den* Film der Eisenbahner, *La Bête humaine*, Bestie Mensch, anschauen wollten.

Nach einer inoffiziellen Schätzung hatten 183 Menschen während der panischen Flucht den Tod gefunden. »Ah, *mon Dieu*, Hermann, da kommt man vom Bahnhof hierher an einen so schrecklichen Ort.«

Überall hingen Eiszapfen – von der Loge und von einem Messinggeländer, das im Gedränge herausgerissen worden war. Sogar vom Sims des Projektionsraums, selbst von den Rückenlehnen und den Sitzflächen der Bestuhlung. Wo das Dach eingebrochen war, lagen verkohlte Holzbalken herum. Der Himmel darüber war grau und leer. Und auch an den Rändern der Bruchstellen hingen Eiszapfen, riesenhafte Dinger, die bei fünfzehn Grad unter Null schmutzigrau und bösartig wirkten.

Glas von den zersprungenen Oberlichtern knirschte unter ihren Füßen, dazu der Putz mit den Resten der lackierten Holzverkleidung. Anhand der verkohlten Schuppenmuster würde man vielleicht den Weg des Feuers rekonstruieren und sogar herausfinden können, wo es letztendlich seinen Anfang genommen hatte.

»Am Ende eines jeden Ganges, Louis. Überall ungefähr gleichzeitig. Benzin, Gott weiß, wo der Brandstifter das herhat.«

»Molotowcocktails?«

Kohler schüttelte den Kopf und schob das Taschentuch ein wenig näher an seine Nase, die er sich schon mehrfach gebrochen hatte – im Dienst oder bei anderen Gelegenheiten. »Nein, schon subtiler. Die Frauen waren gesehen worden, wie sie zusammen hineingingen. Eine trug eine Korbtasche, groß genug für einen ausführlichen Einkaufsbummel.«

»Und dann?«

»Hat man sie herausrennen sehen, Louis, gerade als der Brand ausbrach. Sie waren die ersten, die herauskamen.«

»Zwei Frauen.«

»Ja. Sie kamen zu spät, die Vorstellung hatte schon begonnen. Die Platzanweiserin hatte ihnen noch zwei Plätze zugewiesen, ganz nah am rechten Gang.«

»Das ist unmöglich, Hermann. Keine Frau würde so etwas tun. Und zwei schon gar nicht.«

»Dann nehmen Sie sich die Platzanweiserin vor. Schauen Sie, daß Sie irgend etwas Sinnvolles aus ihr herauskriegen. Das arme Mädchen steht noch unter Schock und konnte mir nicht mal ihren Namen sagen. Ich habe sie nach Hause geschickt, um sich dort noch mal alles in Erinnerung zu rufen. Alle anderen sind abgehauen. Sie allein ist geblieben.«

Hermann war wirklich erschüttert. Die blaßblauen Augen, die stets unruhig umherschweiften und denen nie etwas entging, waren feucht und argwöhnisch. Zarter Reif bildete sich an den Rändern des Verbandes um die knochige Stirn – eine Kugel hatte ihn bei seinen letzten Ermittlungen gestreift. Blut … überall war Blut, es sikkerte sogar durch den Verband. Keine Zeit, sich umzuziehen. O ja, der letzte Fall hatte ihm die Augen geöffnet, was den wachsenden Widerstand gegen die deutsche Besatzung angeht. Ein Bergstädtchen in der Provence. Mörder dort, Mörder hier, und noch nicht mal Zeit, pissen zu gehen. Bloß Blitzkrieg, Blitzkrieg – so wollten die Deutschen jede Angelegenheit gelöst wissen. Keine Zeit für Weihnachten und ein paar freie Tage.

»Wir lassen die Platzanweiserin erst mal in Ruhe, Hermann. Die Verwandten warten darauf, daß die Leichen für die Beerdigung freigegeben werden. Das ist das mindeste, was wir tun können.«

»Gut. Sie gehen diesen Gang hinunter, ich den rechten. Wir treffen uns bei den Überresten der Bühne.«

»Achten Sie auf Kleinigkeiten. Hausschlüssel, Feuerzeuge, Schmuck, Knöpfe, das alles kann uns vielleicht Hinweise darauf geben, was hier passiert ist. Dann wissen wir möglicherweise sogar, wie wir weiter vorzugehen haben.«

»Waffen?«

»Ja, Waffen. Das waren Eisenbahner. Kommunisten. Mitglieder der Résistance. Vielleicht war das Feuer ja ein Racheakt.«

»Die Lyoner Gestapo hatte noch eine Rechnung offen, was?«

»Vielleicht, doch andererseits …«

Kohler schnaubte. Andauernd dieses ›Vielleicht, doch andererseits‹. Warum spricht Louis nicht mal zu Ende? *Mais alors … alors* … Natürlich konnte die Gestapo das verdammte Kino angezündet haben, nur um ein Résistance-Pärchen festzunageln, und sie würde gewiß ihr Bestes geben, um die Tat einem anderen in die Schuhe zu schieben!

Besorgt beobachtete St.-Cyr seinen Freund und Partner, der seinen Weg zwischen den Sitzen nahm. Keine Reihe war leicht zugänglich, aber wie verabredet bewegte sich Hermann bedächtig vorwärts, stieg über einen Körper, hielt an, um etwas zu untersuchen. Er war ein großer Mann mit stumpfem, krausem Haar, das nicht braun und nicht grau, sondern irgend etwas dazwischen war. Ein Mann mit dem Herz und dem Verstand eines Schmalspurgauners, eines kleinen Diebes, wenn man so will. Lebensmittel und überhaupt alles war knapp in diesen Tagen, und ausreichend Lebensmittel- und Kleiderkarten gab es meist nur für ›gute‹ Gestapo-Leute und nicht für verdammt gute Kriminalbeamte. Hermann lebte mit zwei Frauen in Paris, weshalb er immer irgend etwas brauchte. Unglücklicherweise gab es da noch eine dritte, die Gemahlin, die auf dem elterlichen Bauernhof bei Wasserburg lebte. Aber ›seine‹ Gerda wollte sich sowieso scheiden lassen. Sie hatte was mit einem französischen Fremdarbeiter, und Hermann fühlte sich hintergangen. O ja. Gerdas Onkel war eine große Nummer in München. Sein Einfluß würde ihr bei der Scheidung gewiß zugute kommen. Probleme über Probleme, und die Sache mit der Scheidung war nur eins davon.

Als wieder ein Teil des Daches runterkam, riß Kohler den Kopf hoch und erstarrte vor Angst, die Hand unter seinem Mantel am Griff der Pistole.

Ja, Hermann war nicht mehr der alte. Die 6. Armee der Deutschen saß bei Stalingrad in der Falle, die Amerikaner waren in Nordafrika gelandet. Es war nur noch eine Frage der Zeit, bis die Deutschen ihre Siebensachen packen und verschwinden müßten. Beide wußten das.

Betrübt über den Gedanken an die bevorstehende Trennung und wie sie wohl aussehen mochte – eine Schießerei vielleicht, obwohl sie schon mehr als nur Freunde waren –, machte sich St.-Cyr wieder an die Arbeit. Ein Mädchen von vielleicht sechs Jahren, wie Louis vermutete, hatte versucht, unter den Stühlen hindurchzukrabbeln. Ihr Haar hatte Feuer gefangen, und das Kind wollte sich aufrichten, wurde aber von den Sitzen unten gehalten.

Die Mutter hielt das schmale Handgelenk des Mädchens immer noch fest umklammert. Sie war vorwärts gehastet, um die Tochter zu erreichen, ging hinunter auf alle viere, kroch zwischen den beiden Sitzreihen entlang und preßte sich flach auf den Boden, als das Feuer über sie hinweggefegt war.

Das Eis, das ihren Körper einschloß, war gesprungen. Wie feine Gaze bedeckte ein Muster aus weißgrauen Linien den verkohlten Rücken und den schwarzen Kopf.

Das Kind hatte die Leinwand erreichen wollen, aber nur ein Viertel des Weges geschafft. Ob die Mutter gesehen hatte, wie es unter die Sitze kroch? Oder hatte sie, wahnsinnig vor Angst, im Schein der Flammen planlos nach ihrer Tochter gesucht und sie zufällig im letzten Moment ihres Lebens noch erreicht?

Und was, bitte schön, hatte das Kind hier überhaupt verloren? *La Bête humaine*, Madame? Untreue und Mord? Hattest du niemanden, der auf das Kind aufpassen konnte, oder mußte es unbedingt sehen, daß Eisenbahner wirklich menschlich sind? Daß es unter ihnen Gute und Böse gibt wie überall? Daß auch sie leidenschaftlich begehren und hassen können?

Von der Handtasche der Frau war wenig übrig. Es würde unmöglich sein, die Tote auf Anhieb zu identifizieren, obwohl Louis wußte, daß Fleisch und Haut auf der Vorderseite besser erhalten sein müßten und vielleicht auch die Kleidung nicht ganz verbrannt war.

Über die Leichen und eisbedeckten Trümmer hinweg beobachtete Kohler heimlich Louis, wie er versuchte, eine vernünftige Begründung dafür zu finden, warum das Kind die Mutter begleitet hatte. Er ›redete‹ mit ihnen, stellte Fragen. Louis war stämmig und robust, kaum streitlustig und auch in kritischen Situationen diplomatisch. Er hatte ein rundliches, pausbäckiges Gesicht mit den typischen braunen Kuhaugen der Franzosen und einer breiten Stirn, hinter der kein Platz für Unsinn war. Sein braunes Haar war dicht und konnte wieder einen Schnitt vertragen, der wild wuchernde Schnurrbart wirkte schmuddelig. Ein Angler, ein Gärtner, ein begeisterter Leser, wann immer er Zeit dafür hatte. Aber mit der Verfügung von Juni 1940 war das Angeln nicht mehr erlaubt. Es war verboten, sonntags an der Seine die Rute auszuwerfen. Verboten! Herr im Himmel, was hatten die in Berlin sich beim Erlassen dieser Verfügung nur gedacht? Sowohl die bayerische als auch die französische Hälfte des Dezernats waren konsterniert gewesen, hatten sich dann aber mit dem Gedanken getröstet, daß der Krieg nicht ewig dauern konnte. Nimm die Kartoffeln weg, und du schaffst Hunger, nimm den Menschen auch noch das Recht zu angeln, und sie werden sich vielleicht Gedanken über das Warum machen.

Trotz ihrer Unterschiede arbeiteten Louis und Hermann gut zusammen. Sie klärten gewöhnliche Verbrechen auf: Mord, Brandstiftung – o ja, Brandstiftung! –, Vergewaltigung, Erpressung, Menschenraub und so weiter. Nicht das ganz grobe Zeug. Nicht die Brutalitäten der Gestapo. O nein. Davon bekamen sie als flüchtige Zeugen nur am Rande etwas mit.

Sichtlich unbehaglich und beklommen bei der Erinnerung an das nackte siebzehnjährige Mädchen, das in Cannes von der Gestapo grausam gefoltert wurde, versuchte Kohler, jeden Gedanken an die Résistance aus seinem Kopf zu verbannen. Als er die Trümmer durchsuchte, dachte er an seine beiden Söhne, die in Stalingrad sterben würden, ohne daß er sie noch einmal sehen konnte. Gerda würde ihn verlassen, sie würde ihre Scheidung bekommen, und da wäre niemand mehr, zu dem er zurückkehren konnte, wenn diese ganze Scheiße vorüber war. Man würde ihn mit allen anderen in einen großen Gestapo-Topf werfen. Gott bewahre, daß Louis immer noch glaubt, am Ende ihrer Partnerschaft müsse der eine den anderen erschießen.

Ironischerweise lag dort ein Revolver unter dem Eis, ein Lebel, Modell 1873, genau so ein sechsschüssiger Trommelrevolver wie Louis ihn stets bei sich hatte.

»O Scheiße!« fluchte Kohler wütend. »Ich habe seine Kanone ganz vergessen, und Louis hat mich nicht daran erinnert!«

Als Gestapo-Mann des Dezernats war Kohler angehalten, die Waffen stets unter seiner Aufsicht zu halten. Wenigstens bis eine Schießerei anfing und keine Zeit mehr für Diskussionen war.

Rasch hielt Kohler nach seinem Partner Ausschau. Louis war durch ein Loch in der Rückwand gestiegen und stand jetzt dort, wo früher einmal das Foyer war. Schatten malten im grauen Tageslicht Streifenmuster auf den Boden. Nur Louis' Kopf und Schultern waren hinter dem grauenhaften Berg toter, ineinander verschlungener Körper zu sehen, den der Oberinspektor von der Sûreté still studierte. Er schob den braunen Filzhut in die Stirn, wegen der Kälte und als Zeichen der Entschlossenheit. Wer immer das hier angerichtet hat, er würde ihn bekommen. Das war ihm trotz seiner äußeren Ruhe deutlich anzusehen.

Dann verschwanden Kopf und Schultern. Kohler war klar, daß Louis sich vor ihm versteckte.

Merde noch mal. »Wenn wir einander nicht mehr trauen können, sind wir erledigt«, sagte Hermann mehr zu sich selbst. Er befreite den Revolver vom Eis, was nicht ganz leicht war, und steckte ihn, nachdem er sich vergewissert hatte, unbeobachtet zu sein, in die Tasche, fest entschlossen, ihn in den nächsten Gully zu werfen.

»Bei der Lyoner Gestapo um Hilfe zu ersuchen, hat wenig Zweck. Die mischen nur die Stadt auf und erschießen dreißig oder vierzig Geiseln, die wir vielleicht noch befragen können.«

Kohler wußte, daß Louis an seiner Stelle den Revolver auch versteckt hätte, ohne etwas davon zu erzählen. Aber Louis war Franzose und hatte jeden Grund, so etwas zu tun, doch er …

Als die Waffe verschwunden war und Hermann sich wieder mit etwas anderem beschäftige, stieß St.-Cyr einen unterdrückten Seufzer aus. Für einen Moment hatte er geglaubt, Hermann sei unentschlossen. Louis war froh darüber, daß sie über den Fall ähnlich dachten, aber natürlich konnte Hermann immer noch schwach werden – denn daß Résistance-Leute im Kino gewesen waren, lag auf der Hand. Die Eisenbahner waren doch alle Kommunisten und damit prosowjetisch und antideutsch eingestellt.

Wenn andere davon Wind bekämen, daß Widerständler im Kino gewesen waren, würde das die Arbeit gewiß nicht erleichtern. Um sich von diesem unangenehmen Gedanken abzulenken, untersuchte St.-Cyr wieder die Brandruine. Da lagen Gold- und Silberringe. Das Feuer hatte die Farbe des Goldes nur ein wenig dunkler gemacht, und das Silber war entweder stumpf angelaufen oder von den Flammen blankgeleckt worden. Ein Ehering war seiner Besitzerin auf den Boden gefallen. Louis fragte sich, ob das ein letzter Akt der Reue gewesen war. Ein Seitensprung? Sie hatte den Ring abgenommen … und dann kam das Feuer. Sie wollte fliehen. Und der Ring mußte wieder zurück an den Finger, sonst …

Er dachte an Marianne, wie sie sich den Ring abgestreift hatte, den er ihr an ihrem Hochzeitstag übergestreift hatte. Sie hatte den Ring in die Tasche gesteckt, um ihn sich mit schlechtem Gewissen wieder anzuziehen, wenn sie spät nach Hause kam, nachdem sie ausgiebig in den Armen ihres deutschen Liebhabers gelegen hatte. Ja, sie hatte einen *Liebhaber*.

Aber Marianne war tot, und auch ihr kleiner Sohn Philippe wurde *versehentlich* ermordet! Eine Résistance-Bombe, die eigentlich ihm, Louis, galt. Sie hatten ihn auf der Abschußliste – immer noch, für alle Fälle, denn sie hielten ihn für einen Kolloborateur, weil er unter einem Deutschen, einem Bayern, für den Feind arbeitete. Was konnte er denn sonst sein? Gott mißbilligte das, und Gott dachte nicht daran, der Résistance etwas anderes zu erzählen.

Es war nicht leicht, aber schließlich schaffte Louis es doch, der Besitzerin den Ring an den Finger zu stecken. Hermann beobachtet mich, sagte er zu sich selbst. Ihm ist eingefallen, daß ich meine Waffe immer noch habe.

Ein Leichnam hielt noch das Schnappmesser fest, mit dem der Mann im verzweifelten Kampf ums Entkommen die umstehenden Menschen erstochen hatte. Die Klinge war 15 Zentimeter lang – nicht gerade das, was erlaubt war. Nein, ganz sicher nicht.

Eisenbahner, sagte Louis zu sich selbst. Ah, nom des *Jésus-Christ*, warum um alles in der Welt hatten er und Hermann nur diesen Beruf ergriffen? Wie können sie ernsthaft hoffen, diesen … diesen Wahnsinnigen zu finden, diesen Salamander, der das Feuer gelegt hat? *Salamander*, das Telex von Müller, Gestapo-Chef in Berlin, war kurz und knapp und wie jeder Befehl von höchster Stelle gleichzeitig als Warnung zu verstehen. »Finden Sie ihn, bevor es noch mehr Tote gibt«, hatte Carl Bömelburg gesagt, der Leiter der Abteilung IV in Paris und damit der Gestapo in Frankreich. Hermanns Chef.

Kein Mann, kein Salamander, sondern zwei Frauen wurden am Tatort gesehen. Es machte zwar keinen Sinn, aber Louis und Hermann bekamen kaum Informationen. Gleichzeitig wurde von ihnen erwartet, daß sie nicht nur innerhalb von ein oder zwei Tagen alle

Umstände des Brandanschlags aufdeckten – wenn sie überhaupt soviel Zeit hatten –, sondern auch den Feuerteufel schnellstmöglich dingfest machten.

Und warum um alles in der Welt wußte Berlin zuerst davon?

Wieder zurück im Kinosaal, stieß Kohler auf einen Toten, der Pfarrer gewesen sein mußte. In den verbrannten Händen hielt er ein juwelenbesetztes Kreuz. Er kniete eingeklemmt zwischen zwei Sitzreihen, das Gesicht dem Foyer zugewandt. Eine Kette mit vielen Gliedern und Steinen war um sein rechtes Handgelenk geschlungen. Warum läßt Louis' Gott zu, daß ich solche Sachen machen muß? Vorsichtig entfernte Hermann das Eis vom Kreuz. Er konnte es leicht herausziehen, es klebte kaum am Fleisch. Aber die Kette zu entwirren, war wirklich ekelhaft. Hermann hielt den Atem an; er wußte, daß er auf etwas gestoßen war.

Rubine und himmelblaue Saphire … zierliche, goldene Lilien … 150.000 Mark? 175.000? Renaissance? Wie alt das Stück wohl war?

Das war kein gewöhnlicher Pfarrer. Der Sekretär des Bischofs von Lyon? Ein Kardinal oder irgendein Gesandter aus dem Vatikan? Aber warum nahm er eine solche Kostbarkeit mit ins Kino? Er mußte doch damit rechnen, beraubt zu werden.

Hatte er angesichts der Flammen das Schlimmste befürchtet und kniete nieder, um zu beten, daß Gott es nicht soweit kommen lassen möge?

Um ihn herum lagen die Reste von Henkelmännern, Arbeitsstiefeln, Schutzbrillen und dicken Asbesthandschuhen – Anzeichen dafür, daß die Männer direkt von der Schicht auf dem Rangierbahnhof Perrache kamen, der gar nicht weit von hier im Stadtzentrum auf der Landzunge zwischen Saône und Rhône lag.

Das Lyoner Gestapo-Hauptquartier war im Hotel Terminus untergebracht, direkt gegenüber dem Bahnhof Perrache – ein unangenehmer Gedanke. Fragen ... da warfen sich zwangsläufig Fragen auf. Vieles deutet auf einen Zusammenhang mit der Résistance hin. *Verdammt!*

Zwei Frauen und ein Geistlicher, aber kein gewöhnlicher Pfarrer. Eine große Korbtasche, wie für den Einkauf auf dem Markt gedacht. Allerdings gab es dort kaum etwas zu kaufen. Man mußte sich schon auf dem Schwarzen Markt versorgen und selbst etwas zum Tauschen haben.

Ein Telex von Müller, ein Befehl von Bömelburg. Scheiße!

Kohler suchte die Sitze, auf denen die Frauen gesessen hatten, aber natürlich war die Bestuhlung dort unter einem Berg von Leichen begraben. Sicherlich hatte der Pfaffe nicht in ihre Richtung geschaut. Ganz bestimmt nicht. Aber hatte er von ihnen gewußt? Konnte das sein?

Hermann steckte das Kreuz ein und entfernte sich wieder. Sein Blick fiel auf eine zerbrochene Weinflasche und einen weiteren Henkelmann, und er staunte wieder über das Interesse der Eisenbahner an *La Bête humaine*. Zweifellos haben sie sich hier verabredet, um ihren Lieblingsfilm zu sehen, aber der Streifen kam 1938 erstmals auf die Leinwand, und die meisten Besucher dürften ihn doch schon gekannt haben.

Warum dann diese Zusammenkunft? Solche Treffen konnten nur Ärger bedeuten.

Hermann setzte seine Suche fort. Fast überall fand er irgendwelchen Kram, der den Eisenbahnern oder ihren Familien gehörte. Die Waffe, die er gefunden hatte, drückte auf sein Gewissen, und Panik überfiel ihn. Er sah wieder das Mädchen im Keller des Hotels

Montfleury in Cannes, wie ihr das Blut von den Lippen und der Nase in die Pfütze aus Exkrementen und Erbrochenem tropfte. Tot ... tot, obwohl sie noch ein halbes Kind war. Sie hatte nichts gewußt, war in nichts verwickelt gewesen. Jedenfalls nicht richtig.

»Hermann ...«

Er fuhr in die Höhe. »Gütiger Herr im Himmel, müssen Sie mich so erschrecken, Louis?«

Ah *mon Dieu*, Hermann ist wirklich nicht mehr der, der er mal war. »Entschuldigung, aber der Feuerwehrchef möchte Sie sprechen.«

»Sprechen Sie mit ihm. Ich bin beschäftigt.«

»Ich bitte Sie. Sein deutscher Kollege ist auch da und spricht kein Französisch. Kommandeur Weidling wünscht Sie als Übersetzer.«

Kohler zwinkerte mit dem Auge und zog eine Grimasse hinter seinem Taschentuch. »Glaubt er nicht, daß Sie das genausogut können?«

»Lassen Sie den Quatsch, Hermann. Die beiden sind sehr nervös und haben allen Grund dazu. Sie befürchten, daß so etwas bald noch mal passieren könnte.«

»Dann gab es andere Brände nach demselben Muster?«

»O ja, dasselbe Muster.«

»Der Salamander?«

»Vielleicht.«

»Haben Sie irgend etwas gefunden?«

Achselzucken. »Nur Kleinigkeiten. Nicht viel. Wir sehen uns das später noch mal an, eh? Nach der Besprechung.«

»Die Feuerschutzbehörde zu Hause kann davon doch gar nichts wissen. Was zum Teufel hat der Kommandeur hier zu suchen?«

Wieder Achselzucken. »Fragen Sie Gestapo-Müller, fragen Sie Herrn Weidling selbst, aber seien Sie nett zu ihm. Wir können jede Art von Hilfe gebrauchen.«

»Ein Besucher aus der Heimat, der zufälligerweise Brandexperte ist, taucht hier bei einem Brand auf, während zu Hause die verfluchte RAF die Städte einäschert?«

Hermann mußte immer das letzte Wort haben. Man ließ es ihm besser, anstatt Argumente zu verschwenden, aber ... Ah, zum Teufel. »Dann werfen wir eben ein Auge auf die Umgebung, um wirklich alles im Blick zu haben. Bitte, ich glaube, es ist wichtig.«

Kohlers Grunzen sprach Bände. Sie gingen am Kassenhäuschen vorbei, standen einen Moment im Ausgang und schauten über den Place des Terreaux. Bartholdis prächtige vier Rosse sahen aus, als hätte man sie auf ihrem imaginären Flug zum Meer eingefroren. Die Göttin der Quellen und Flüsse blickte von ihrem Streitwagen aus gefühllos auf den Körper eines Mannes, der brennend und um Hilfe flehend zu ihr gerannt war.

Französische Polizisten und deutsche Soldaten hielten die Menschenmenge hinter den Absperrseilen. Überall konnte man sehen, daß hier ein Kampf gegen das Feuer stattgefunden hatte. Spritzenwagen standen herum, deren Schläuche langsam zusammensanken und auf dem vereisten Bürgersteig festklebten. Um sie kümmerten sich erschöpfte Feuerwehrmänner, denen die Enttäuschung darüber, daß sie kaum jemanden hatten retten können, deutlich im Gesicht geschrieben stand.

Der Platz, der genau im Stadtzentrum lag und zu den schönsten Plätzen von Lyon gehörte, war am Nachmittag immer sehr belebt, auch nach dem deutschen Einmarsch. Nun drückten sich Schaulustige und Trauernde an seinem Rande entlang, standen vor den Schaufenstern der Geschäfte, deren Markisen sicherheitshalber eingeholt worden waren.

Angst und die schreckliche Greueltat prägten die Stimmung der Menge. Die Leute machten die Obrigkeit dafür verantwortlich. Wie können die so etwas zulassen, würden sie flüstern. Warum waren die Notausgänge verschlossen? Steckt der Scheißkerl, dem das Kino gehört, dahinter? Wollte er die Versicherung kassieren? Nein, nein, das war ein Sadist, ein Verrückter. Der hat nicht zum letztenmal zugeschlagen. Ganz bestimmt nicht.

Ein aufdringliches Gemurmel setzte ein, das nicht von der Menge kam –, darunter mischte sich das Schlagen der Feuerwehräxte, als man versuchte, die Schläuche aus dem Eis zu hauen.

Unruhig, weil er die Quelle des Gemurres nicht ausmachen konnte, spähte St.-Cyr die Längsseite des Platzes entlang, vom Hôtel de Ville an dem einen bis zum Rathaus aus dem siebzehnten Jahrhundert nebst seinem Uhrenturm mit dem Kuppeldach am anderen Ende. Das Palais des Arts – das Palais Saint-Pierre – nahm einen großen Teil der gegenüberliegenden Seite des Platzes ein. Achtzehntes Jahrhundert. Solide, ansehnliche Gebäude, massiv und zugleich verspielt; man sah ihnen an, daß ihr Zweck im Vordergrund stand, wie es für so viele Lyoner Bauten typisch war. Banken und Industrie prägten die Stadt: Seidenspinnereien, Sprengstoffabriken, Gerbereien und vieles mehr. Eine Stadt mit 700.000 Einwohnern, unzähligen Straßen mit nahezu identischen Wohnblocks, Giebel an Giebel gebaut, drei bis fünf Fenster breit und bis zu sechs Stockwerke hoch. Die Steine waren grau oder graubraun, der Putz graubraun oder blaßrosa, die Dächer mit dunkelgrauen Schieferschindeln oder orangeroten Ziegeln gedeckt.

Die Schornsteine waren massiver als in Paris, und so gut wie nie saß eine Kaminkappe schief, weil die Leute sich hier um solche Dinge kümmerten.

Rechts und links lagen Mansarden mit kleinen Dachfenstern und winzigen Ein- oder Zweizimmerwohnungen für Dienstmädchen, Angestellte, Verkäuferinnen und Studenten. Darunter fanden sich die typischen hohen französischen Fenster mit den zierlichen, verschnörkelten Eisengeländern davor und den schweren Damastvorhängen dahinter, von denen die meisten nun auseinandergeschoben waren. Jalousien waren heraufgezogen worden, manchmal auch nur bis zur Hälfte, so daß sie wie müde Augenlider wirkten. Nur vor einem Fenster war der Rolladen geschlossen, als ob man das Geschehen draußen aussperren wollte.

»Der Ort ist perfekt gewählt, Hermann. Die beste Lage, wenn man Angst vor weiteren Feuern schüren will.«

»Viel Öffentlichkeit. Jemand, der die Stadt gut kennt«, grunzte Kohler. »Das Muster, Louis.«

»Ein Brandstifter ohne jedes Gewissen. Kein schöner Gedanke. Aber für jedes Feuer gibt es einen Grund, so absurd er auch sein mag.«

»Oder krank.«

Wieder war das Murren zu vernehmen, doch nun hatten die beiden auch noch das unangenehme Gefühl, vom Brandstifter beobachtet zu werden.

»Louis, unser Besuch füttert die Tauben. Dort drüben, hinter dem Springbrunnen.«

Der dicke Wollmantel war preußischblau, die schwarzen Gummistiefel mit oben umgekrempelten Schäften waren schon länger im Gebrauch. Hinter den Hengsten mit ihren wild ausschlagenden

Hufen und aufgerissenen Mäulern war noch etwas mehr zu sehen, aber das Murmeln schwoll an und wurde aufgeregter. Die schwarzen Lederhandschuhe steckten in einer Tasche. In der linken Hand hielt er einen angebissenen Leib Weißbrot – wirklich weiß, was man in diesen Tagen selten zu sehen bekam. Die Rechte zupfte immer wieder ein Stückchen Brot ab und fütterte die kleinen gefiederten Freunde.

»Nimmt wohl auch eine Taube mit ins Bett«, entfuhr es Kohler. Er war mehr als erstaunt, daß angesichts einer solchen Katastrophe und des Hungers der Zivilbevölkerung jemand so gedankenlos und unsensibel sein konnte.

»Vielleicht hat er Heimweh«, warf Louis ein.

»Vielleicht will er euch Franzosen ganz genau zeigen, wie unwichtig ihr ihm seid.«

Solche aufrührerischen Thesen Hermanns ignorierte man besser – aber warum eigentlich? »Macht er das, weil er so was wie hier schon so oft gesehen hat, Inspektor, oder weil ihn das ein wenig von den Schrecken ablenkt?«

Kohler grinste, als Louis ›Inspektor‹ sagte. Der Franzose stand eine Rangstufe höher als er und ritt gerne darauf rum. »Hey, Chef, lassen Sie den Scheiß. Er rationiert die Brocken. Dabei achtet er darauf, daß die Schwachen und auch die nicht ganz so Schwachen ihren Anteil bekommen, aber er bevorzugt wie jeder gute Nazi die Mutigen und Starken. Schau dir an, wie er die Krumen auf seine Stiefel fallen läßt – als Belohnung für die Tauben, die sich nah genug herantrauen.«

Jetzt mußte St.-Cyr grinsen. »Sie lernen dazu, *mon ami*. Mit mir zu arbeiten ist gut für Sie. Und nun lassen Sie uns hören, was er zu sagen hat.«

Der Feuerwehrkommandeur grunzte kurz anerkennend, dann riß er das Weißbrot in vier große Stücke und warf sie auf den Boden, damit die Tauben darum kämpfen konnten. »Brandschutzleiter Weidling zu Ihren Diensten, Herr Kohler. Hamburg, Heidelberg, Köln. Das war alles vorher. Dieselbe Technik, dasselbe Muster. Benzin wurde auf den Boden geschüttet, damit es sich unter den Sitzen und um die Schuhe der ahnungslosen Menschen verteilte, dann an der Tür zum Foyer und auf der Treppe, zum Schluß noch ein Streichholz hinein und fertig.«

»Vorhin … vorhin sagte die Platzanweiserin, daß sie zwei Frauen gesehen hat …« Sein Deutsch war gar nicht schlecht.

Unbeeindruckt davon, daß ein Franzose seine Muttersprache sprach, putzte sich Weidling penibel ein paar Brotkrümel von den dicken, kräftigen Fingern, bevor er wieder die Handschuhe anzog. Er sprach weiter, wandte sich aber wieder nur an Hermann. »In Hamburg zuerst, Ende Mai 1938. Ein Kino bei den Studentenwohnheimen nahe der Universität.«

Die blauen Augen blickten teilnahmslos aus dem rosigen, rotwangigen Gesicht. Ein Mann von sechzig oder fünfundsechzig Jahren. Ein Vater und vielleicht auch Großvater. Seine Lippen waren dünn.

»Heidelberg, Anfang Juli desselben Jahres, ein voller Hörsaal während einer Feier. Der erste Brand forderte 67 Opfer, der zweite nur 28. Dann Mitte August ein Nachtlokal in Köln, wieder eine gute Quote – genauer gesagt sechzehn –, aber die meisten Besucher konnten durch den Bühneneingang entkommen. Ich denke, für den Brandstifter war es deshalb ein Fehlschlag.«

Sagte er wirklich alles? »Zwei Frauen?« fragte Kohler und sah sein Gegenüber gespannt an.

Weidling erwiderte den Blick. »Vielleicht, ich glaube aber nicht.«

»Und seit diesen Bränden?« wagte Louis zu fragen.

Wieder ging die Antwort nur an Hermann. »Nichts von ähnlicher Natur, Herr Kohler. Andere Brandstifter haben uns zu schaffen gemacht, klar, aber erst jetzt hat dieser wieder zugeschlagen. Vielleicht ein Student, der 1938 das Reich besucht hat und dann wieder nach Lyon zurückgekehrt ist. Meine Leute überprüfen das und schicken mir die Akten. Sie können das dann alles selbst nachlesen.«

Ein Student, aus Lyon …

»Brandschutzleiter Weidling wurde als Dozent an die Reichsfeuerwehrakademie in Eberswalde berufen. Wir haben Glück, daß er gerade hier ist. Er ist der einzige Feuerwehroffizier im ganzen Reich, der dreimal für besondere Tapferkeit ausgezeichnet wurde.«

Das kam in Französisch vom Lyoner Branddirektor Julien Robichaud.

»Auf Urlaub, ja?« schnauzte Kohler auf französisch. Urlaub war schließlich die einzige Möglichkeit, den langen Dienstweg zu umgehen.

Weidling grinste. Obwohl er kein Wort verstanden hatte, wußte er doch ganz genau, was in Kohlers Kopf vorging. Heldenhafte Feuerwehrmänner legen bisweilen ihre eigenen Brände. »Er besucht hier einen Brandschutzkongreß und bleibt noch ein paar Tage.«

Kohler wollte sich unbeeindruckt zeigen, und er versuchte krampfhaft, seine Gefühle zu verbergen, indem er allen Zigaretten – betont auch Louis – anbot. »Wie wär's mit einem Kaffee und einem Gläschen *Marc*?«

Robichaud schlenderte zu einem Spritzenwagen und kehrte mit einer Thermoskanne, vier Blechtassen und einer Flasche zurück.

»Eiserne Ration, Messieurs«, sagte er und knirschte mit den Zähnen. »Eigentlich kein Tag für einen Schnaps, aber …« Er tat unentschlossen und sichtlich betrübt. »Aber manchmal braucht man halt einen, eh? Um den Magen zu beruhigen.«

Kohler nahm ihm die Flasche ab, setzte sie an den Mund und schloß glückselig die Augen. »*Merci*«, sagte er und wischte sich über die Lippen. »Louis?«

St.-Cyr schüttelte den Kopf. »Besser nur etwas in den Kaffee, das reicht.«

Genau das richtige Paar, die beiden Kriminalbeamten, dachte Weidling. Gestapo-Chef Müller hat in seinem Telex geschrieben, daß man sie im Auge behalten müsse. Bömelburg in Paris wurde deutlicher: St.-Cyr war ein Patriot und somit nicht vertrauenswürdig, und Kohler zweifelte an der germanischen Unbesiegbarkeit. Die beiden waren ein paarmal zu oft mit der SS aneinandergeraten. Einige SS-Leute wurden von ihnen mit geringschätzigen Bemerkungen lächerlich gemacht.

Weidling griff selbst nach der Flasche. Der Kaffee war richtig gut, der Schnaps gerade noch annehmbar, und der französische Feuerwehrchef war eine einzige Plage, die man so schnell wie möglich loswerden mußte. »Sie brauchen doch sicherlich eine Liste der Kinobesucher, Herr Kohler, der Toten und der Überlebenden.«

»Eine komplette Liste zu erstellen wird unmöglich sein.«

»Nichts ist unmöglich. Sie kriegen eine. Inklusive der Angestellten, des Nachtwächters, der Putzfrauen, des Concierge – der heißt doch hier so –, des Geschäftsführers und des Eigentümers nebst seiner nächsten Verwandten. Nicht zu vergessen jene Angestellten, die während der letzten vier Jahre entlassen wurden. Brandstiftung aus Rache ist nicht eben selten.«

Kohler grinste. »Haben Sie nicht gesagt, daß es ein Student gewesen sein könnte? In Hamburg, nicht wahr?«

»Oder Heidelberg oder Köln. Ja, ja, Sie werden die Liste noch brauchen. Das ist die beste Methode. Finden Sie heraus, ob in der Vergangenheit irgend jemand entlassen wurde. Sexuelle Handlungen auf den hinteren Sitzen. Ein paar französische oder algerische Schweine zeigen sich unsittlich Frauen, kleinen Mädchen oder Jungen. Irgendein dunkelhäutiger Bastard hat so was angedeutet. Eine Frau, die von ihrem Mann betrogen wurde. Eine Jüdin. Das sind alles Möglichkeiten, aber Sie haben natürlich recht, Herr Kohler, ein heldenhafter Feuerwehrmann kann auch ein ›heldenhafter‹ Brandstifter sein, um sich selbst zu produzieren – aber dieser hier nicht. Sie finden mich im Bristol. Fragen Sie an der Rezeption. Und eine Liste der Mieter bekommen Sie auch. Da sind doch Wohnungen über dem Foyer und hinter der Loge und dem Projektionsraum.«

Er schüttelte Robichaud brüsk die Hand und entschuldigte sich damit, daß er jetzt eilen müsse, wenn er zum Abendessen daheim sein wolle. »Meine Frau hat sich ein neues Seidenkleid gekauft, das sie mir unbedingt vorführen will. Ich lasse Ihnen die Liste zusammenstellen, Herr Kohler. Sie können sie heute abend noch abholen. Gestapo-Müller will den Fall gelöst wissen, bevor der Brandstifter ein weiteres Mal zuschlagen kann. Sogar in Frankreich haben die Menschen ein Recht darauf, in Sicherheit unter unserer Verwaltung zu leben. Heil Hitler.«

Scheiße!

Sie blickten ihm nach, als er das kurze Stück zu seinem Auto ging. Robichaud zog eine Grimasse und schnaubte wütend.

»Ich kann Ihnen das nachempfinden.« Das kam von Hermann.

Der Lyoner Feuerwehrchef nickte. »Glaube ich nicht. Sie müssen ihn nicht immer wieder auf irgendwelchen Banketten den Gästen vorstellen. Sie müssen sich nicht für jeden Furz rechtfertigen, und Sie werden auch nicht für diese Katastrophe zur Verantwortung gezogen. Wissen Sie, ich war im Kino. Ich habe selbst den Alarm ausgelöst, und unglücklicherweise hat Weidling das erfahren.«

Für einen Moment herrschte Totenstille. St.-Cyr nahm die Flasche und füllte Robichauds Tasse. »Zwei Frauen?« fragte er durchaus freundlich.

Ein Zischen. »Dessen bin ich mir sicher! Ich sah, wie sie da drüben in einer Straßenbahn verschwunden sind.«

Auf der anderen Seite des Platzes, direkt vor dem Palais des Arts. Der Springbrunnen hatte die beiden auf der Flucht vielen Blicken entzogen.

Es lag St.-Cyr auf der Zunge zu fragen, warum der Feuerwehrchef nicht in seine Trillerpfeife geblasen und einen Gendarmen angewiesen hatte, die beiden Frauen zu verfolgen. Andererseits hatte Robichaud bestimmt alle Hände voll zu tun gehabt.

Louis hatte die Zigarette zu Ende geraucht. Er drückte sie vorsichtig aus und gab Hermann den Stummel. Tabak war knapp, und Kohler sammelte die Reste in einer kleinen Dose. Die Menge schien jeder Bewegung der beiden zu folgen, und St.-Cyr schaute sich wieder verstohlen auf dem Platz um. Schließlich war es möglich, daß der Brandstifter sich hier irgendwo aufhielt und die ganze Szenerie mit Vergnügen betrachtete. Wahrscheinlich würde er immer wieder auftauchen. Manchmal bieten sie Hilfe an oder mischen sich ungefragt ein. Manchmal lösen sie sogar den Alarm aus und ergehen sich in Spekulationen darüber, wie das Feuer zum Ausbruch kam.

Aber nicht Robichaud. Wahrscheinlich hatte er alles mögliche auf dem Kerbholz, doch bestimmt keine Brandstiftung.

Keiner sah verdächtig aus, bis Louis' Blick auf ein junges Mädchen mit einem Fahrrad fiel. Sie war gerade erst die Rue Paul Chenavard heraufgekommen und stand jetzt da, wo vorher Weidlings Auto parkte. In ihrem Fahrradkorb hatte sie eine Stofftasche, die zweifellos voll mit Büchern war. Sie war um die fünfundzwanzig, wirkte aber jünger. Immer noch Studentin? Louis verwarf den Gedanken aber gleich wieder. Sie war mittelgroß und trug das hellbraune Haar kurz mit Pony. Die dunklen, weit auseinanderstehenden Augen suchten den Platz gewissenhaft ab. Das bleiche Oval ihres Gesichts war weder rund noch schmal, sondern irgend etwas dazwischen. Sie hatte keinen Lippenstift oder Rouge aufgetragen, jedenfalls soweit man das auf die Entfernung sehen konnte. Eine Buchhändlerin? Eine Bibliothekarin? Ein Mädchen mit einem kakaobraunen Barett und einem langen weißen Schal, der unter dem Kinn gebunden und über die Schulter eines rehbraunen, zweireihigen Mantels zurückgeworfen war. Ein grünkarierter Rock reichte der jungen Frau bis zum Knie, und die Unterschenkel waren mit dunkelgrauen Wollstrümpfen bekleidet. Braune, flache Schuhe, keine Winterstiefel. Die Hände, die die Lenkstange festhielten, steckten in beigen Strickhandschuhen. Handschuhe sind nicht leicht zu stricken. Ob sie die selbst gemacht hatte? Vielleicht, aber dann versteht sie etwas von diesem Handwerk. Auf alle Fälle sah sie tüchtig aus. Nicht besonders hübsch, aber auch kein Mauerblümchen. Ob sie neben ihrer Arbeit noch eine Anstellung als Hausmädchen hat? Zwei Frauen …

»Hermann, warte mal, bin gleich wieder zurück.«

»Sie haut ab, hat wohl bemerkt, daß Sie sie beobachten. Sie waren unvorsichtig, Louis.«

»Mist!«

Der Lyoner Feuerwehrchef sagte nichts, aber auch ihm war das Mädchen aufgefallen. Robichaud war ein unaufdringlicher Zeitgenosse. Hart und erfahren, und auf ihm lastete eine Verantwortung, die bestimmt kein anderer Feuerwehrmann tragen wollte. Er war ein Mann in mittleren Jahren und bereits ergraut, ein Veteran, der zum Beweis das Kreuz der Ehrenlegion trug. Ob er Kinder hat? Ein Mann, der sich wie die meisten in diesen Tagen um seine Pension sorgt, der widerwillig unter den Nazis arbeitet und zweifelsfrei keine andere Wahl hat, wenn er sein Altersruhegeld retten will. Wir Franzosen sind Pragmatiker, sagte Louis zu sich selbst, ganz besonders die Lyoner.

Kohler sammelte die Tassen und die Thermoskanne ein und brachte sie wieder zurück zum Spritzenwagen. Dann führte ihn sein Weg wieder zurück ins Kino. Der Hals der Schnapsflasche ragte aus der ohnehin schon ausgebeulten Manteltasche.

Das Mädchen mit dem Fahrrad kannte möglicherweise eines der Opfer, sagte sich Hermann. Vielleicht einen Ehemann, dessen sie überdrüssig war, oder einen früheren Liebhaber.

Verbrechen … wenn man sich zu lange damit beschäftigte, sah man hinter allem und jedem ein Motiv, jede Lappalie erregte Verdacht.

Jetzt beschäftigte *ihn* das Mädchen, so wie es vorhin Louis beschäftigt hatte. Warum ist es eigens gekommen, nur um einen kurzen Blick auf die Szenerie zu werfen? Warum ist es geflohen?

Kein Meter Film hatte das Feuer überstanden. Flammen hatten die Glasscheibe zum Bersten gebracht, waren in den Projektionsraum geleckt und hatten die enge Kammer in ein Inferno verwandelt. Verbogene Filmdosen und anderer Schutt waren vom Druck des Löschwassers in die Ecken geschleudert worden. Nur die beiden Projektoren, einst Wunderwerke der Feinmechanik, saßen noch auf ihren fest im Boden verankerten Dreibeinen.

Im Grunde seines Herzens ein Filmliebhaber und Kameramann, betrachtete Louis wehmütig die Schalttafel. Achtzehn Bakelitschalter, mit denen das Licht, die Leinwand, der Vorhang und die Lautsprecheranlage bedient wurden. Gedämpfte Lichter hinter Taschenlampen tragenden Schönheiten, die jetzt nicht mehr waren. Scheinwerferlicht für den Geschäftsführer, wenn er eine Bekanntmachung vorzutragen hatte – eine Luftschutzwarnung vielleicht. Sternenlichter an der Decke. Nun der Mond und Sternschnuppen. Der Zauber des Kinos.

Plötzlich spürte Louis das Gefühl der Macht, das der Vorführer gespürt haben mußte als Herr über Licht und Film – und dann die Langeweile, denn keinen Streifen konnte man sich dreißig-, vierzigmal ansehen – selbst so ein Meisterwerk wie *La Bête humaine* nicht.

Als Louis sich durch die Filmdosen wühlte, fand er die verkohlten Überreste eines Stuhls und einen Frauenschuh, dessen genagelter Absatz und Sohle den Brand überdauert hatten. War jemand im Projektionsraum gewesen, um die Langeweile zu vertreiben? Leichen lagen hier nicht. Möglicherweise konnten der Vorführer und sein Besuch entkommen. Vielleicht lag der Schuh schon länger hier und hatte mit dem Fall gar nichts zu tun.

Als er weitersuchte, fand St.-Cyr eine verbogene Zigarettendose – konnte nicht teuer gewesen sein. Er öffnete sie, was nicht leicht war, aber auch auf der Innenseite war kein Name eingraviert. Sie gehörte einer Frau, sagte er sich und steckte sie ein.

Als nächstes förderte er einen Füllfederhalter zutage. Hat sich die Frau bezahlen lassen? Hat der Vorführer ihr einen Scheck ausgestellt? Hat sie ihn dazu gezwungen?

Eine ganze Reihe von Möglichkeiten kamen ihm in den Sinn, aber der Kameramann in ihm blendete sie ebenso rasch wieder aus, wie sie auf der Leinwand in seinem Kopf erschienen. Als der Vorfilm anfing, hat der Vorführer die Rolle mit der Wochenschau wieder in der Dose verstaut. Dabei mußte man vorsichtig sein, denn die Wochenschauen gehörten den Deutschen und kamen von der Propagandastaffel. War die Frau gerade dann hereingekommen? Saß sie auf dem Stuhl? Rauchen war hier sicher nicht erlaubt, aber die meisten störten sich nicht daran, und einige mußten dann die Konsequenzen erleiden. Photographien und Filme enthielten verschiedene Chemikalien und waren leicht brennbar. Hatte sie sich vielleicht eine Zigarette herausgeholt und er ihr gesagt, daß sie sie wieder wegstecken sollte?

Diese zwei Frauen sind zu spät gekommen. Der Vorfilm lief schon … Gehörte die Besucherin im Projektionsraum zu den beiden? War das eine hoffnungsvolle Hypothese?

Ein Lippenstift lag offen herum, das dünne Röhrchen trug immer noch Spuren der Goldimitation. Daneben eine billige Puderdose, ebenfalls offen. Der Spiegel war hin. Fallen gelassen? Hatte man die Dose fallen gelassen, als man panisch vor dem Feuer floh?

So war es wohl, dachte er, und sah sie auf dem Hocker sitzen, eingemummelt in ihren Mantel, den Hut tief heruntergezogen und den Schal um den Hals gewickelt. Hier gab es keine Heizung – nirgendwo gab es Heizungen, von den Stuben der Nazis und ihrer Kollaborateure mal abgesehen. Sie puderte ihr Gesicht, drehte es dazu ein wenig zur Seite. Sie schminkte ihren Mund, besonders die

Winkel … ja, ja. Der Vorführer hat das Aufwickeln der Wochenschaurolle unterbrochen. Er schaute die Besucherin an und grinste. Er kannte all ihre Wünsche und Vorlieben; er hatte sie schon so oft nackt gesehen und sie sagen hören … sagen hören …

Louis hörte die Filmmusik und das Surren des Ventilators, der die Lampe kühlte. Nein, das konnte nicht sein, jetzt nicht mehr.

Die Tür wird verschlossen gewesen sein. Ja, sie hatte einen einfachen Hakenriegel nebst Öse. Hatten Lantier und sein Partner das heißgelaufene Lager ihrer geliebten Lokomotive auf dem Rückweg nach Le Havre schon entdeckt und somit die Geschichte in Gang gesetzt? Hatte Séverine schon ihren Mann geküßt, den sie Lantier später umzubringen bitten würde, nachdem sie sich dem Lokführer in einer Remise zwischen Kästen mit Bolzen und Ölkannen hingegeben hatte?

Hatte der Lokführer seine wahre Geliebte, die Lokomotive La Lison, schon mit der gerissenen und berechnenden, aber unschuldig geglaubten Séverine betrogen?

In Zolas Roman war Lantier die Besessenheit, Frauen zu ermorden – zuerst seine Cousine – angeboren. Im Film hatte ein vorbeifahrender Zug Lantier davon abgehalten, und später, als Séverine ihn bat zu töten, um den Mord, den sie mit ihrem Mann begangen hatte, zu vertuschen, fand der Lokführer schließlich heraus, daß er das nicht konnte. Sie sagte ihm, daß ihr Verhältnis beendet sei – *fini* –, und er nahm ein Messer und stieß es ihr in die Kehle.

La Bête humaine … Bestie Mensch … Besessenheit … drei Brände 1938 in Deutschland, zwei Frauen und jetzt dieses Feuer. Ein Salamander … Die Kreatur des Feuers.

Der Film spielte in der Welt der Eisenbahner, seine Szenen waren so lebendig, daß man die Kraft der Lokomotive unter den

Füßen förmlich spüren, sich förmlich hinauslehnen und die Strecke beobachten konnte, wenn die rasende Fahrt auf das schreckliche Ende der Geschichte zuging.

Sogar der Geruch nach heißem Maschinenöl stieg Louis in die Nase, nach Kohlenstaub und Schwefeldioxyd.

Einhundertdreiundachtzig Tote – 450 Menschen hatten die Vorstellung besucht, alle hatten ihre eigene Geschichte von Hoffnung und Sehnsucht, Hinterlist und Habgier, Existenzkampf und Leid. Überall fanden sich solche Geschichten, in Fällen wie diesem nur ein paar mehr, weil jedes Opfer in seinem letzten Moment etwas von Bedeutung tat, die Substanz eines individuellen Lebens. Diese Frau und ihre Tochter … derjenige, der dort oben saß, konnte unverletzt entkommen sein … die Frau, die panisch daran gedacht hatte, sich den Ehering wieder überzustreifen, nur um ihn zu verlieren, als sie stürzte.

Der Mann, der wie im Wahn gemordet hatte, als andere ihm den Fluchtweg verstellten, und jener, der einen trockenen Springbrunnen heraufgeklettert war, in der Hoffnung, daß ihm die Göttin helfen würde.

Soviel war sicher, dieses Kino war eher ungewöhnlich für Eisenbahner. Es war zu teuer, die Sitze zu weich. Und doch sind sie haufenweise gekommen.

St.-Cyr spähte hinunter in den Kinosaal. Kein Hermann zu sehen, überhaupt niemand zu sehen, der noch lebte. Louis wußte so sicher, als hätte es ihm eine der Leichen verraten, daß Mitglieder der Résistance unter den Zuschauern gewesen waren. Ein Treffen. Ah *merde*, war das nur eine Komplikation im Fall oder gar die Lösung? Wurde das Feuer gelegt, um möglichst viele Widerständler zu töten?

Und wenn, wie paßt dann der Salamander da hinein? Bloßer Zufall, oder wollte der – oder wollten die – Brandstifter jemand aus dem Publikum unbedingt loswerden, egal um welchen Preis?

Ein Salamander. Eine Person, die so schwer faßbar, so schlüpfrig war, daß an ihr nichts haften blieb außer diesem Codenamen.

Eine Direktive aus Berlin und ein Brandschutzleiter der Feuerschutzbehörde auf Besuch, der die Weisheit gepachtet zu haben schien. *Merde!*

Kohler stieß die Toilettentür auf und leuchtete mit der Taschenlampe die eisüberzogenen Wände ab. Vier Männer und zwei Frauen hatten hier in der Falle gesessen – eingesperrt. *Verdammt!* Der Schlüssel steckte noch außen im Schloß. Außen! Und die Feuerwehrleute haben eine Axt benutzt, um hier reinzukommen.

Die Leichen waren vollständig bekleidet. Mäntel, dicke Pullover, Samtkordhosen in Beige statt Seidenstrümpfe auf nackten Frauenbeinen, eine Armbanduhr, die stehengeblieben war.

Zwei der Männer haben ihre Gesichter fest an die Abflußgitter gepreßt, in der Hoffnung, daß im Gas der Kanalisation genug Sauerstoff sei, um ihnen das Leben zu erhalten.

Eine der Frauen hing verkrümmt über dem Waschbecken am hinteren Ende, den Kopf immer noch unter dem Wasserhahn, um den sich ihre Hand verkrampft hatte. Die Handtasche lag offen auf dem Boden, Kompotthut und Schleier waren ruiniert.

Ein anderer Mann hatte versucht, die Wand zum kleinen Lüftungsloch hochzuklettern, konnte es aber nicht erreicht haben und saß jetzt zusammengesunken in der Ecke.

Die zweite Frau und der vierte Mann hatten direkt hinter der

Tür gelegen. Beide hatten versucht, ihre Gesichter mit Taschentüchern zu schützen.

Mit Mißfallen darüber, was er hier vorfand, betastete Kohler Schlüssel und Schloß. Eine Toilette für beide Geschlechter, das war normal. Drei türkische Hockplätze, dazu ein durchgehendes Urinal für die Männer. Ein gesprungener Spiegel, um sich die Haare zu kämmen oder den Damen beim Pinkeln zuzuschauen. Aber wer hat die Leute hier eingeschlossen? Warum? War das der Brandstifter? Konnte er so krank im Hirn sein, daß er zu allen anderen auch noch die Menschen auf der Toilette töten mußte?

Die Toten waren von den Flammen verschont worden und lagen noch genauso da, wie man sie gefunden hatte, mit Ausnahme der beiden, die hinter der Tür gelegen hatten. Hermann stieg über sie hinweg und schloß die Tür wieder. Mit der Taschenlampe suchte er den Boden ab, drehte einen toten Mann um, dessen Lungen sich dabei dehnten und Luft einsogen.

Der Tote hatte ein eingerolltes Papier in der rechten Hand, die Finger umklammerten es so fest, daß es nur unter Schwierigkeiten – Hermann mußte mit dem Fuß auf die Knöchel treten – befreit werden konnte.

Ein Eisenbahnfahrplan. Ah *merde!* Abfahrtszeiten der Züge zum KZ bei Besançon, zur deutschen Grenze bei Mulhouse, nach Paris, Tours, Bordeaux, Marseille, Toulon ...

Brücken, Viadukte, Tunnel, Stellwerke ... die Linien waren schwarz und klar im Taschenlampenlicht zu erkennen. Ein Gleisanschluß bei Lyon war rot umkringelt, ein weiterer bei Mâcon. Ein Wasserturm in Moulins, ein Kohlebunker in Nevers ...

Weichen ... und vieles mehr. Die Positionierungen von Eisenbahnkränen, die verunglückte Lokomotiven oder Waggons von der

Strecke räumen sollten. Verdammt! Was hatten die Idioten vor? Wollten sie denn alles in die Luft jagen?

Sollten die Papiere nach England geschickt werden?

Damit die Tür zugehalten wurde, schob Hermann die Leiche der Frau wieder davor. Zuerst betrachtete er die Papiere der Toten, dann durchsuchte er die Taschen der Männer und die Handtaschen der Frauen.

Keiner der Männer war älter als fünfundvierzig, die Frauen Ende Dreißig. Weder jung noch alt, nicht hübsch, sondern durchschnittlich ... Warum mußte er sie so anschauen?

Madame Madeleine aus der Passage Mermet in Croix Rousse, dem Hügel zwischen den Flüssen, der Heimstatt der Seidenweber ...

Kohler riß ihren Kopf unter dem Wasserhahn hervor. »Na, was hatten wir denn so im Sinn, Madame? Einen Anschlag planen? Du warst ein Kurier. Los, raus mit der Sprache. Du solltest diese Pläne übernehmen und jemandem weitergeben. Zwei Frauen würden das Risiko halbieren, die eine geht nach Norden, die andere nach Süden.«

Er ließ sie fallen, versuchte, sich wieder unter Kontrolle zu bringen. Louis ...? Louis, was soll ich tun? Das hier der Lyoner Gestapo erzählen oder die Klappe halten?

Hinter dem Projektionsraum lagen drei zum Place des Terreaux gelegene Wohnungen. Ein Korridor verband über die gesamte Breite des Hauses die jetzt offenen Wohnungstüren mit der schmalen Treppe, die zur Straße hinab führte. St.-Cyr zögerte. Ah *mon Dieu*, es lag kein Sinn darin, Leben oder Gesundheit zu riskieren, doch er hatte das Gefühl, daß dort etwas war, was er sehen mußte.

»Gott, warum tust Du mir das an? Ich bin doch nur ein kleiner Kriminalbeamter. Gebratene Kinder zu Weihnachten! Mütter, die vergeblich ihre Töchter aus der Feuerhölle herauszuziehen versuchten. Was glaubst Du, wieviel ein Mann wie ich ertragen kann?«

Wie üblich antwortete Gott nicht. Ein Mieter war in den Tod gesprungen, die anderen waren wohl über die Treppe geflohen oder von der Feuerwehr mit Leitern gerettet worden.

Vorsichtig trat St.-Cyr auf einen Bodenträger und nahm dann seinen Weg den Korridor entlang, erst auf der rechten und dann, als es ihm zu wacklig wurde, auf der linken Seite.

Dem Mann, der gesprungen war, gehörte die mittlere Wohnung jedenfalls nicht. Hier gab es keine Möbel – ein Rätsel, bis Louis die verkohlten Eimer fand, die einmal Farbe und Tapetenkleister enthielten, die Überreste von Leitern und Tüten mit Gips. Eine Renovierung in diesen Zeiten? Auf dem Schwarzmarkt war das Material zu bekommen. St.-Cyr seufzte erleichtert angesichts dessen, daß hier keine weiteren Leichen zu erwarten waren.

Als er zum Wohnungseingang am Ende des Korridors kam, zögerte er wieder, warf dann aber rasch ein paar Blicke hinein, weil hier das Feuer manches übriggelassen hatte: wacklige Sessel mit hoher Rückenlehne und Polsterschonern, deren jadegrüner Stoff angesengt und vom Löschwasser durchnäßt war, ein Tisch mit Marmorplatte, eine Vase und eine Büste aus Alabaster lagen zerbrochen auf dem Boden. Trotz des Gestanks konnte sich Louis gut vorstellen, wie es hier einst gerochen haben mußte, der Staub der Jahre, stockige, ausgebleichte Wäsche, die die Mutter ihrer einzigen Tochter hinterlassen hatte, Mottenkugeln, Wein, Käse und den einst verbotenen Zigarettenrauch. Staub tanzte im Sonnenlicht, das in diesen lange vergangenen Tagen durch das Fenster fiel.

Eine reich verzierte Lampe mit drei Glühbirnen war umgestoßen und zerschlagen worden. Im Flur lagen Familienbilder mit all dem anderen Schutt in den Ecken.

Ein Kronleuchter aus Messing und rotem Glas war vom Löschstrahl aus der Halterung gerissen worden.

Louis zog sich der Magen zusammen, ein Gefühl des Grauens, das ihn selten getäuscht hatte. Überall waren Rauchspuren. Heiß ... es mußte hier sehr heiß gewesen sein.

Das Bettgestell war aus Eisen, die Decken waren vollgesogen und vergilbt. Nur eine durchnäßte, dunkelbraune Haarlocke war zu sehen. Louis verfluchte sein Pech und zog die Decke zurück. Die Frau war nackt. Sie lag auf dem Bauch, die Arme über den Kopf ausgestreckt unter dem Kissen, ah *merde*.

Ihre Handgelenke waren an das Bettgestell gefesselt, ebenso die Fußknöchel. Die Frau mußte fünfundvierzig oder fünfzig Jahre alt sein, wie Louis vermutete, und als er ihre Handtasche fand, kannte er auch ihren Namen. Warum hatte er sie nicht losgemacht?

Ein Knebel steckte in ihrem Mund, die Kiefer waren so fest aufeinandergepreßt, daß man sie wohl brechen müßte, um ihn herauszuholen. Louis hielt den Atem an und untersuchte Rücken und Gesäß der Frau nach Peitschenstriemen.

Er fand keine. Hat das Feuer hier eine Nummer gestört? Laut und freundlich fragte er: »Wer war das, Mademoiselle Aurelle? Der Kerl, der gesprungen ist? Sie waren einsam, nicht wahr? Das ist natürlich nur so eine Vermutung. Und deshalb ... und deshalb haben Sie ihn eingeladen, auf ein Gläschen *Marc* vielleicht und auf eine Tasse des widerlichen Spülwassers, das jeder haßt und trotzdem gezwungenermaßen Kaffee nennt. Sie dachten an eine kleine Romanze, vielleicht sogar Sex, aber Sie wollten ihm dann lieber doch sagen, daß Sie zur Abendmesse müssen.«

Voller Entsetzen hat sie hier gelegen, steif vor Angst, und gebettelt, er möge ihr nichts tun, und als er das nicht mehr hören wollte, hat er ihr den Knebel in den Mund gestopft. Dann kamen die Alarmschreie, und er ist abgehauen.

Ah *mon Dieu*, das mag ja alles so sein, aber hatte der Mörder – er mußte ihn so nennen – nicht doch eine Verbindung mit dem Feuer?

In der dritten Wohnung war nichts Wichtiges. Unten waren noch zwei Wohnungen, die eine wesentlich größer als die andere und besser eingerichtet. Die des Eigentümers? Zweifelnd warf Louis einen Blick zur Decke; er dachte immer noch an die Frau. Wer war er, Madame? Jemand, den Sie zufällig getroffen haben, oder jemand, dem Sie täglich im Treppenhaus begegnet sind?

Eine Kupferbadewanne stand auf dem schwarzweiß gefliesten Boden, das Bidet und die Toilette befanden sich wie üblich in einem anderen Raum. Eine Meißener Uhr, Sessel aus der Zeit Ludwigs XV. mit bestickten Schonern ... Eine Sitzbank mit noblem dunkelbraunem Samtpolster, ein riesiges Ölgemälde, das Straßenszenen zeigte, hing nun in Fetzen. Brand- und Wasserschäden, wohin man sah. Als ob die *Pompiers* ihren Ärger hier ausgelassen und absichtlich alles mit ihren Wasserstrahlen zerschmettert hätten.

Wieder dachte er an die Frau in der oberen Etage, wie sie an ihren Fesseln gezerrt und versucht haben mußte, um Hilfe zu schreien. Sie mußte sich völlig im klaren gewesen sein, was mit dem Haus passierte.

Der Place des Terreaux lag in tiefer Nacht, nur der spärliche Schein der Straßenlaternen mit ihren blau gefärbten Gläsern und ein paar Lichtpunkte zeigten den Weg. Verdunklung. Am 11. November überschritt die Wehrmacht die Demarkationslinie und beendete damit die Existenz des unbesetzten Vichy-Frankreich. Mit den Soldaten kamen auch die SS, die Gestapo und der ganze Rest.

St.-Cyr fragte sich, ob das Mädchen mit dem Fahrrad zurückgekommen war. Das dringende Bedürfnis, es wiederzufinden, überwältigte ihn. Er ging die Treppe hinab auf die Straße und dann rasch über den Platz. Dort, wo es gestanden hatte, stand er jetzt und fragte sich, warum es wohl fortgelaufen war.

Die Menschenmenge war nicht mehr so groß wie noch vor ein paar Stunden, aber es standen immer noch Schaulustige herum. Ihre Silhouetten waren auch in der Dunkelheit auszumachen. Er leuchtete sie mit der Taschenlampe an. »Mademoiselle«, keuchte er. Sie riß schützend den Arm vor die Augen. Für vielleicht zwei Sekunden war sie von Panik ergriffen, dann rannte sie mit ihrem Fahrrad los, saß auf und fuhr davon. Er rief ihr hinterher und rannte ihr nach.

Zwecklos. Das Eis ... das Eis. Ah *merde!* Er rutschte aus und stürzte schwer. Immerhin hatte er sich ihr Gesicht gemerkt, die Angst in ihren Augen, die fest zusammengepreßten Lippen, das Entsetzen darüber, erkannt worden zu sein.

Sie hatte etwas fallen lassen, und als er es sah, sagte er: »O nein, Mademoiselle, das kaufe ich Ihnen nicht ab.«

Was sie verloren hatte, war die gelbe Arbeitskarte einer Prostituierten.

Sie teilten sich eine Zigarette in der Dunkelheit des Platzes hinter dem Springbrunnen. »Louis, dieser Student von Weidling, dieser Salamander von Gestapo-Müller, warum haben die in Berlin ihm ausgerechnet diesen Codenamen gegeben?«

Das war ein Problem, in Berlin wußte man etwas, das man eigentlich mit ihnen teilen sollte. »Salamander sind schlüpfrig, Hermann. Einige können ihre Farbe ändern und so mit ihrer Umgebung verschmelzen.«

Kohler übergab ihm die Zigarette. »Sie weichen mir aus. Tun Sie nicht so, als ob Sie nichts gefunden hätten.«

Und du auch, sagte St.-Cyr zu sich selbst. »Eine Besucherin war im Projektionsraum, da bin ich mir sicher.«

»Eine der beiden Frauen?«

Die Zigarette kam zurück. »Vielleicht, doch andererseits ...« Er zuckte die Achseln. »Nichts Genaues weiß man nicht, mein Bester. Nichts. Da war zwar eine Frau, aber in einer anderen Angelegenheit, und ich glaube, sie hatte mit den beiden nichts zu tun.«

»Was ist mit dem Mädchen mit dem Fahrrad? Haben Sie irgend etwas herausgefunden?«

»Ich? Aber nein, nichts. Eine Studentin vielleicht, oder eine Lehrerin, glaube ich.« Er würde die gelbe Arbeitskarte im Moment besser verschweigen. »Und Sie, mein Freund? Was haben Sie entdeckt?«

Kohler wußte, daß er nun etwas, aber nicht alles erzählen mußte. »Ein Lebel. Das alte Modell 1873. Ich habe ihn da drüben in den Gully geworfen.«

»*Merci.* Ich bin Ihnen zu Dank verpflichtet, Hermann. Je weniger Wirbel um so etwas gemacht wird, desto besser.«

»Weidling hat uns nicht alles erzählt, und Robichaud auch nicht.«

Die Zigarettenglut brannte schon an den Fingernägeln, so daß der Glimmstengel nur noch mit äußerster Vorsicht weitergereicht werden konnte. »Hamburg, Heidelberg und Köln«, sagte St.-Cyr wie in Gedanken versunken und zu sich selbst. »Dieselbe Technik, Hermann, aber ich frage mich, warum auf der Treppe zur Loge kein Benzin verteilt wurde. Weil der Salamander – oder die beiden Frauen – jemand anderes schützen wollten?«

»Der oben den Vorführer besucht hat?«

»Genau.«

»Eine Nutte, Louis?«

»Vielleicht, vielleicht auch nicht. Im Moment können wir nichts mit Sicherheit sagen, außer daß die Résistance hier war, Hermann. Ich war schon immer dieser Meinung, und der Revolver, den Sie gefunden haben, spricht für sich.«

Merde! Der Bursche hatte eine verdammt gute Spürnase. »Ich habe noch einen Pfarrer gefunden, Louis, und ein Kreuz.«

»Ja ja, einen Pfarrer.« St.-Cyr war verärgert, weil sein Partner ihm nicht alles erzählte. »Und ein Mädchen auf einem Fahrrad, eh, Hermann?« spottete er.

»Was ist mit den abgeschlossenen Notausgängen? Was ist mit dem Besitzer?«

»In der Tat, was ist mit ihm? Suchen wir ihn und quetschen ihn aus.«

»Kein Schlaf?«

»Heute nacht nicht. Auf gar keinen Fall. Nicht solange der Salamander, wenn es ihn denn gibt, hier herumläuft, Hermann, und beobachtet, was wir so treiben.«

Louis hatte selten das letzte Wort, aber ob der Aussicht, beobachtet zu werden, ließ Kohler es ihm. Und dann war da noch Gestapo-Müllers Interesse an dem Fall zu bedenken. Scheiße!

Schweigend gingen sie zum Kino zurück, um Robichaud zu suchen und ihn nach dem Eigentümer zu fragen. Mit Erfolg.

2

Das Bistro Albert Brûlé lag am Quai de la Pêcherie, mit Blick auf die Saône und die Höhe von Fourvière, die jetzt in der Dunkelheit natürlich nicht zu sehen waren. Nur ein winziges blaues Licht über dem Eingang zeigte an, daß sich hinter den Verdunklungsvorhängen etwas Besonderes befand, außerdem warteten drei Velotaxis und zwei Pferdedroschken in der eisigen Kälte vor dem Haus. Im Foyer waren eine Bar und eine Garderobe untergebracht. Das Restaurant war gerammelt voll und erfüllt von den Gesprächen der vielen Gäste. Hier trafen sich Geschäftsleute, aber auch einige Frauen waren anwesend, alle gut gekleidet, bunt und lebhaft. Aufgeregt.

»Mätressen?« Kohler grinste und nickte kaum merklich Louis zu, als dieser den Ober zum Schweigen brachte und ihm klarmachte, daß sie aus beruflichen Gründen hier seien. Die Männer gaben mit den Mädchen vor ihren Konkurrenten und Geschäftspartnern an. Nicht ein Hauch von Tabakqualm hing in der Luft, der Küchenchef hatte Zigarren, Zigaretten und Pfeifen in seinem Haus verboten. Wer rauchen wollte, mußte woanders hingehen, niemand sollte den Geschmack der raffinierten Speisen verderben. Und war es nicht unglaublich, was sich auf dem Schwarzmarkt so alles auftreiben ließ?

Die Gäste, etwa fünfzig, hielten sich an das Rauchverbot. Zwei lange Reihen Marmortische erstreckten sich durch den Raum von einem Ende zum anderen. Es war eng, und da berührte man schon mal das Bein der Nachbarin. Die Hand auf dem seidenbestrumpften Knie einer Dame. Ah, das fühlt sich gut an. Hinten befanden sich kleine Separées. Die elektrischen Lampen dort waren gedämpft, nicht um Strom zu sparen, wie es die Obrigkeit erwartete, sondern der Atmosphäre wegen. An den mahagonigetäfelten Wänden hingen Ölbilder mit spärlich bekleideten Frauen, die durch den Mondschein liefen oder badeten, dabei Weintrauben aßen und vielleicht sogar noch an etwas ganz anderes dachten.

Niemand erwähnte die Brandkatastrophe auch nur mit einem Wort, keiner dachte an die kleinen Mädchen im Feuer. Warum sollte man sich davon auch das Abendessen verderben lassen?

»Denken Sie dran, ich mache den Anfang, eh?« warnte Louis, steckte seine Polizeimarke weg und nahm den Filzhut ab. »Es hat gar keinen Zweck, wenn Sie hier den dicken Max markieren, Hermann. Diese Leute haben bestimmt alle Freunde in einflußreichen Positionen bei der SS, der Gestapo oder der Wehrmacht. Also *bitte,* mischen Sie sich *nicht* ein. Wir haben schon genug Scheiße an den Hacken.«

»Darf ich Sie daran erinnern, daß ich erstens der Ältere bin und zweitens das Sagen habe?«

»Dann könnten Sie wenigstens die Güte haben und mir erzählen, was Sie so Schlimmes in der Toilette gefunden haben.«

»Nichts, wirklich nichts, Louis. Sie wissen doch, mein Magen. So viele Leichen, der Gestank nach verbranntem Flei…«

»*Hermann!*« St.-Cyr packte ihn am Arm. »Einen Cognac«, zischte er dem Barkeeper zu. »Rasch, Sie Idiot. Bevor er hier alles vollkotzt.«

In seiner Einbildung sah Hermann geschmorte Menschenrippchen, Frauenhintern mit knusprig-brauner Haut, der Bratensaft rann aus jeder Pore. Der süßliche Geruch nach Tod und Verwesung stieg ihm in die Nase. Er sah blitzweiße Zähne, rote Lippen, die sich zu einem Lachen öffneten, und er wollte dieses Lachen abwürgen!

Der Prunier wurde in einem Zug heruntergeschluckt – dreißig Jahre alt. Langsam wich die Blässe aus der Wange, die von einer Narbe vom linken Auge bis hinab zum Kinn gezeichnet war – ein Andenken an eine Lederpeitsche. St.-Cyr drückte den Arm seines Partners kurz, bevor er ihn wieder loslies. »So schlimm, was Sie gesehen haben?« fragte er. »Ah, *nom de Jésus-Christ!* Die Résistance, Hermann? Kommen Sie, *mon ami,* heraus damit! Wir sind nun mal dazu verdammt, zusammenzuarbeiten. Besser, wenn ich alles weiß.«

Hermanns Augen blickten gequält. Er kippte einen weiteren Cognac herunter, diesmal aber nicht ganz so schnell. »Dann sagen Sie mir, was Sie nicht wissen, und ich sage Ihnen, was ich nicht weiß.«

Das war aufrichtig genug. Dieses ewige Ausweichen überschattete schon immer ihre Partnerschaft. »Später. Lassen Sie uns erst sehen, was unser Monsieur Artel über das Kino zu erzählen weiß.«

Die Frau, die ihn eben noch angelacht hat, folgte Kohler mit glänzenden Augen, in denen nun der Zweifel wuchs. Er wußte, daß sie schnell ihren Schneid verlieren würde, aber er mußte ihr etwas sagen.

Kohler beugte sich hinab und flüsterte in ihre niedlichen, parfümierten Ohrmuscheln. »Entschuldigen Sie, daß ich Sie erschreckt habe, Mademoiselle, oder vielleicht Madame, und Ihr Mann ist gerade irgendwo anders? In einem Kriegsgefangenenlager im Reich, eh? He, mehr als anderthalb Millionen Franzosen schmachten immer noch hinter Stacheldraht, obwohl man ihnen schon so oft die Freiheit versprochen hat. Die armen Schweine träumen von einer Dame wie Ihnen, aber sie müssen sich selber einen runterholen.«

Sie ließ die Gabel fallen und griff nach ihrer Serviette. Gut! »*Bon appétit*, Madame«, verabschiedete sich Kohler und nickte den anderen nonchalant zu.

In Artels Separée speisten vier Lyoner Geschäftsleute in uniformen Sergeanzügen und mit dezenten Krawatten. Sie sprachen über Geschäfte, waren eifrig um ihren Gastgeber bemüht und behielten ihre wahren Ansichten für sich. Gleichmütig löffelten sie ihr Potage velouté aux Truffes, eine sämige Fischsuppe, für die gedünsteter Fisch durch ein feines Sieb passiert und unter eine lange ausgekochte Fischbrühe gehoben wird; dazu gibt man eine cremige Sauce aus geschlagenem Ei und Mehl sowie – nicht zu vergessen – die Trüffel. Ah *mon Dieu*, den beiden lief das Wasser im Munde zusammen, als sie das sahen.

Hier und da wurde hastig ein Doppelkinn mit einer weißen Leinenserviette abgewischt. Man nahm einen Schluck Beaujolais nouveau, riß mit dicken Wurstfingern großzügige Brocken frischen Weißbrots ab und stippte sie in die Suppe. An einem kleinen Finger fand sich ein Siegelring aus Jade. Alle anderen Hände zierten goldene Eheringe ...

»Louis, für die sind wir Luft.«

»Machen Sie sich nichts draus. Sie sind nicht richtig angezogen. Beobachten wir sie erst. Wer ist der Notar, wer ist der Bankier, wer ist der Versicherungsagent?«

»Und wer ist unser Mann, Monsieur Fabien Artel?«

Der Besitzer des Kinos.

»Monsieur Artel, Monsieur Fabien Artel?« fragte Louis ausgesprochen freundlich.

Der Mann zögerte. »Ja, der bin ich.« Er warf dem Ober einen vernichtenden Blick zu. »Was wollen Sie von mir?«

St.-Cyr warf einen Blick in die Runde und nickte den anderen zu. »Lassen Sie sich bitte nicht stören, Messieurs. Essen Sie nur weiter, die Suppe ist bestimmt sehr gut.«

Artel wollte ihn mit einer Handbewegung fortwinken. »Sie sind von der Polizei. Ich habe jetzt keine Zeit. Gehen Sie bitte.«

Er ist also widerspenstig. »Das dürfen wir nicht. Sehen Sie, es ist Heiligabend, und wir würden ja nichts lieber tun als nach Hause zu gehen.«

»Der Präfekt...«

»Fabien, mäßigen Sie sich. Als Ihr Rechtsberater...«

»Unterbrich mich nicht, Martin. Guillemette sitzt dort drüben und speist gerade mit Obersturmführer Barbie. Ich muß ihm nur einmal zunicken, und er wird sich der Sache annehmen.«

Ah, nom de *Dieu*, Klaus Barbie! »Monsieur, stellen Sie meine Geduld nicht auf die Probe«, flüsterte St.-Cyr. »Einhundertdreiundachtzig Menschen sind in Ihrem Kino gestorben. Ein paar einfache Fragen sind da wohl erlaubt, wenn wir den Brandstifter fangen sollen, bevor er noch einmal so etwas oder gar noch Schlimmeres anstellt.« Er ließ seinen Blick hinüber zum Versicherungsagenten wandern – man sah sofort, wer von den dreien wer war –, fuhr aber fort: »Es ist zu Ihrem eigenen Vorteil, wenn Sie kooperieren.«

»Er hat recht, Fabien, beantworten Sie seine Fragen«, sagte der Agent.

Der Bankier nickte knapp ob dieser Weisheit und winkte dem Ober. »Monsieur Jules, bitte zwei Stühle für unsere Gäste. Einen Aperitif, Messieurs? Einen kleinen Moulin-à-Vent? Aber natürlich, das wäre angemessen.« Er wandte sich dem Weinkellner zu. »Étienne, bringen Sie uns den Moulin für Monsieur Artel bitte jetzt.«

Kohler war beeindruckt. Louis machte das ganz gut. Der Bankier stand auf und stellte sich förmlich vor. »Jaques-Yves Durant, Messieurs, Crédit Lyonnais. Das ist Armand Clouteau von der Montagnier-Suisse, einer der größten Versicherungen, und das ist

Martin Lavigné; er gehört zu Lyons führenden Notaren. Meine Herren ...« Er deutete auf die Stühle. Der Bankier probierte den Moulin-à-Vent, erklärte ihn für nahezu perfekt und unterstrich dies noch durch einen erhobenen Zeigefinger. »Der 1933er, he? Das ist schon fast zuviel der Ehre, Fabien.«

Die drei anderen blieben sitzen. St.-Cyr wiederholte, daß sie die Suppe doch in Ruhe aufessen sollten, doch auf einen Blick Artels hin räumte der Kellner die Teller ab.

»So? In Ruhe aufessen«, sagte Artel. »Mein Kino liegt in Trümmern, und Sie wollen verhindern, daß so etwas noch einmal vorkommt?«

Und auch wissen, wie es dazu kommen konnte, eh? »Ein Befehl von Gestapo-Müller«, warf Hermann ein und lehnte sich ein wenig vor. »Er mag es nicht, wenn man ihm zu Weihnachten Arbeit macht.«

»Hermann, bitte. Monsieur Artel weiß nur zu gut, daß auch andere davon Wind bekommen, wenn er den Präfekten und seinen bedeutenden Gast einlädt.«

Touché, dachte Artel. Soso, zwei Schnüffler aus Paris. Einer von der Gestapo, der andere vielleicht aus Belleville, und was spielen die beiden? Lieber Bulle, böser Bulle? »Brandstiftung? Das kann nicht sein. Was erzählen Ihnen die Leute da?« Er gestikulierte und sah beide an. »Ein Fehler bei den Kabeln. Ein Kurzschluß, die Kabel werden heiß, und – puff! – steht mein Kino in Flammen. Und Robichaud konnte seine Feuerwehrleute nicht schnell genug zusammentrommeln. Oh bien sûr, das sind die Fabriken heutzutage, die brauchen die Elektrizität. Diese alten Häuser am Place des Terreaux ... wunderschön, aber natürlich ... ach, was soll man sagen?«

»Das ist interessant«, flüsterte Kohler. »Ein Unfall? Meinen Sie das?«

»Jaja, natürlich war es ein Unfall. Brandstiftung ...«

»Braucht manchmal Jahre, um aufgeklärt zu werden. Louis, ich glaube, das kann unangenehm für ihn werden.«

»Monsieur, weshalb waren die Notausgänge abgeschlossen?«

»Abgeschlossen? Aber ... aber das kann nicht sein! *Impossible!* Warum sollten meine Notausgänge verschlossen sein, wenn der Saal bis auf den letzten Platz besetzt war?«

St.-Cyr kostete den Moulin und befand, daß er vorzüglich war. Gibt es als nächsten Gang *Quenelles de Brochet*, Knödel mit einer Füllung aus Flußhecht, *au gratin*, und dazu eine Sahnesauce mit Pilzen? »Die Türen waren verschlossen. Vielleicht können Sie uns das erklären?«

Ah *merde*, die Sûreté! Wo immer was faul ist, taucht sie auf, steckt ihre Nase überall hinein und besteht dennoch hauptsächlich aus Gaunern. »Ich habe explizit die Anweisung an Monsieur Thibault, meinen Geschäftsführer, gegeben, daß die Notausgänge während jeder – *jeder* – Vorstellung offen zu sein haben.«

St.-Cyr nickte aufmerksam und suchte nach Beistand, als er die Lebenslinie seiner rechten Hand untersuchte. Gabrielle war außer sich, als er ihr mitteilte, daß er sein Versprechen nicht halten konnte, Weihnachten mit ihr und ihrem Sohn im Schloß an der Loire zu verbringen. Sie war Sängerin, ein Patriotin, viel größer und viel jünger als er, mit dem Körper einer Göttin, und der gehörte nie mehreren Männern gleichzeitig. An ihre Monogamie hielt sie sich immer, leider. »Ihr Geschäftsführer erzählte uns, daß Sie ihm dies ausdrücklich verboten hätten, Monsieur. Wollten einige Besucher Sie übers Ohr hauen und ein paar Freunde kostenlos reinlassen? Messieurs ...« Er blickte in die Runde. »Diese Türen sind ein echtes Problem.«

Artel war schnell dabei. »Dann fragen Sie doch den Präfekten und Obersturmführer Barbie, ob sie sich nicht zu uns gesellen möchten, Inspektor. Kommunisten, was? Potentielle Terroristen und Saboteure? Ich glaube, daß Sie für solche Leute wenig Sympathie finden werden.«

Louis seufzte. Die Lebenslinie sah nicht gut aus. Daß er heute nicht bei ihr war, würde Gabrielle bestimmt gegen ihn verwenden. »Dieser Tisch dort drüben beunruhigt mich nicht«, sagte er traurig, »sondern all diese Toten, Monsieur, und auch die, die vielleicht noch folgen werden.«

»*Dann finden Sie ihn!*« zischte Artel. »Finden Sie den Mann, der das getan hat. Los, los, meine lieben Messieurs aus Paris. An die Arbeit.«

Die *Quenelles* warteten. Das Côte de Boeuf garnie à la lyonnaise war gewiß schon übergar. Geröstete Rippchen und gefüllte Zwiebeln in heller Soße mit Cherrytomaten, geschmort in Butter. *Butter!*

»Sie erscheinen morgen früh um acht Uhr im Hotel Bristol, Monsieur Artel. Dann werden Sie alle Fragen ausführlich beantworten, die den Brand betreffen ...« St.-Cyr drehte das Glas in den Fingern. Gerne hätte er noch ein weiteres Glas getrunken. Vielleicht konnte Hermann für ihn ein paar Flaschen organisieren, ein kleines Geschenk für Gabrielle, nein, nicht um ihre Standhaftigkeit zum Schwanken zu bringen. »... und den Mord, Monsieur.«

»Louis?«

»Hermann, ich glaube, wir müssen jetzt gehen.«

Draußen in der Dunkelheit und der eisigen Kälte ergriff Louis das Wort. »Vier burgundische Krämerseelen mit Herzen aus Stein, Hermann. Sie würden sich gegenseitig die Kehle durchschneiden, wenn sie einen Vorteil davon hätten. Eben waren sie noch um unseren Freund bemüht, aber jetzt denkt jeder schon, ob es günstig ist, Monsieur Artel überhaupt noch zu kennen. Und Artel wird uns entweder alles sagen oder fliehen.«

»Ein Mord?« fragte Kohler. Sein Atem stieg in kleinen Wölkchen vor seinem Mund auf.

»Ja. Eine Mieterin. Wir müssen herausbekommen, wo Artel zum Zeitpunkt des Brandes war, und vielleicht auch ein oder zwei Stunden vorher. Ebenfalls müssen wir in Erfahrung bringen, wie seine Versicherungspolice aussieht.«

»Da war noch ein Geistlicher, Louis.«

»Ja, ich habe gesehen, wie Sie das Kreuz eingesteckt haben. Wertvoll, nicht wahr?«

»Sehr.«

»Dann besorgen Sie uns ein Taxi, Hermann, und wir statten dem Bischof einen kleinen Besuch ab. Machen Sie als Gestapo-Mann ruhig ein bißchen Dampf, aber treiben Sie's nicht zu bunt.«

»Also nicht Barbies Wagen nehmen?«

»Richtig. Ich glaube, das wäre unklug. Ein Velo tut es notfalls auch, wenn der Fahrer kräftige Beine hat und uns auf die Fourvière hinaufstrampeln kann. Wir müssen doch die Christmette besuchen.«

»Sie wollen auch immer das letzte Wort haben. Also gut, von mir aus.«

»Gut.«

»Dann erzählen Sie mir aber noch, woher Sie von vornherein wußten, wer von diesen Mistkerlen am Tisch wer war.«

Louis' Seufzer verriet Ungeduld. Irgend jemand mußte es Hermann ja einmal beibringen. »Man konnte es hauptsächlich an ihrer

Haltung erkennen. Der Bankier beispielsweise hatte eine gute Haltung aufgrund seiner Erziehung und seines Korsetts. Sein Rücken war gerade, und er nahm sein Essen mit präzisen Bewegungen ein. Er ist eitler als die anderen. Ein Mann, der die Frauen kennt und weiß, wie sie zu manipulieren sind. Gerissen, berechnend, bestimmt und überzeugt davon, daß Erfolg ein Geburtsrecht ist. Sein Kindermädchen hat ihn in die Liebe eingeführt, und seitdem bevorzugt er Verhältnisse zu Untergebenen. Wenn ich eine Frau wäre, würde ich nicht für ihn arbeiten wollen. Wäre ich seine Gattin, würde ich mir einen strammen Gärtner einstellen.«

»Und der Notar?« schnaubte Kohler. Es tat Louis gut, so etwas mal loswerden. Der Franzmann brauchte das bisweilen.

»Heimlichtuerisch – ja, das sind sie zwar alle, aber dieser ganz besonders. Er wird bei Vermögensangelegenheiten gebraucht, bei Testamenten und Eheverträgen, in denen jedes Taschentuch, egal wie löchrig, aufgelistet ist. Er ist ein Panzerschrank für Geheimnisse, und er weiß möglicherweise Sachen über die anderen, die sie selbst nicht wissen oder schon längst vergessen haben. Er hat die Suppe durch die Zähne geschlürft, weil er Angst vor einer Gräte hat. Seine Frau ist traurig. Sie wird nur selten beglückt, weil er zu müde ist. Deshalb träumt sie von einem Liebhaber, weiß aber ganz genau, daß ihr Mann sofort dahinterkommen würde.«

Kohler zückte ein Zigarette. »Sie sind grausam und es macht Ihnen Spaß.«

»Aber natürlich! Warum auch nicht? Schließlich wollten Sie es wissen. Der Versicherungsagent war nervös, verbarg es aber gut. Aber die anderen hatten es natürlich gemerkt. Er war blöd genug, seinem Freund eine Versicherungspolice über mehrere Millionen Franc zu verkaufen. Welcher Teufel ihn da wohl geritten haben mag? Sein Chef wird ihm ganz schön den Marsch blasen. Wenigstens eine Zurückstufung, und wenn er Pech hat sogar die fristlose Kündigung. Er ist als einziger nicht verheiratet – das wäre auch viel zu riskant. Statt dessen befriedigt er sich bisweilen in einem oder zwei der diskretesten Häuser der Stadt, aber sehr selten. Er verlangt nur nach den saubersten Mädchen und steckt dem Puff-Arzt bisweilen etwas zu, damit der es mit dem Arztgeheimnis nicht so genau nimmt und ein bißchen über die Damen erzählt. Außerdem hat er eine kleine Lücke zwischen dem oberen Eckzahn und dem ersten Vorbackenzahn. Dort bleiben Speisereste hängen, und er hat sich so daran gewöhnt, sie herauszusaugen, daß er es auch tut, wenn es gar nicht nötig ist.«

Kohler ließ einige Kraftausdrücke vom Stapel. »Ach Quatsch. Sie können das nicht einfach alles gesehen haben. Woher wußten Sie wirklich, wer wer ist?«

»Erfahrung. Wenn Sie so viele Leute beobachten mußten wie ich, Hermann, dann lernen Sie so was. Haben Sie Geduld. Der Bankier saß und aß wie ein Bankier, der Versicherungsagent wie ein Versicherungsagent, und mit dem Notar verhielt es sich genauso.«

»Und der Kinobesitzer?«

»Ach ja, Monsieur Fabien Artel. Die fleischigen Lippen und die glatt rasierten Wangen mit bläulichem Bartschatten. Das Kinn mit dem Grübchen. Und die geschwollenen Lider unter den geschwungenen, dunklen, nicht eben dichten Brauen. Der hohe Haaransatz, das Grau, das gewissenhaft versteckt wird. Die arrogante Nase, die Korpulenz – er sollte den Ehering aufsägen und weiten lassen, damit die Blutzirkulation nicht unterbunden wird. Wenn er nur nicht so geizig und viel zu beschäftigt wäre. Während die Augen des Bankiers einen Moment lang so etwas wie Sympathie für einen

Kunden widerspiegeln können – natürlich nur geheuchelt –, sind seine dazu nicht in der Lage. Er sieht die Welt als riesige Brieftasche, und ihn interessiert nur, wieviel für ihn herausspringt.«

»Er hat ein Leberleiden, nicht wahr!«

»Und was an der Prostata.«

Gütiger Herr im Himmel! »Sie dürfen ihn nicht hassen, Louis. Nehmen Sie sich die vielen Toten nicht so sehr zu Herzen. Das ist wirklich besser.«

»Dann fragen Sie doch die Mutter, die ihre Tochter retten wollte, Hermann. Fragen Sie die Frau, die an das Bett gefesselt wurde, in dem sie möglicherweise ihr Leben lang Nacht für Nacht geschlafen hatte. Fragen Sie den Pfaffen, wer das Feuer angezündet hat. Fragen Sie ihn, was er im Kino zu suchen hatte, statt in solch einer schweren Zeit seiner Berufung zu folgen.«

»Fragen Sie den Bischof. Fragen Sie den, der den Pfaffen eingestellt hat.«

»Genau das habe ich vor, wenn er mir die Hostie gibt. Sie lernen. Ein paar Monate noch, und ich habe Sie so geschliffen, daß Sie nach Hause können.«

Normalerweise spielte Hermann immer mit und proklamierte laut, daß Frankreich für immer unter dem Schutz des Tausendjährigen Reichs stehen würde. Diesmal jedoch ging er hinaus in die Nacht, und als er einen Wagen requirierte, fragte er erst, ob dieser nicht etwa auf den Polizeipräfekten und Obersturmführer Barbie wartete. »Dann brauchen wir Sie, mein Freund«, sagte er. »Gestapo-Hauptquartier Paris. Keine Widerworte, sonst zeige ich Ihnen das gefährliche Ende meiner Pistole.«

Der Wagen war leider nur von beschränktem Nutzen. Am Fuß des Montée Chazereaux wurden sie abgesetzt, und St.-Cyr rang nach Entschuldigungen – das Gelände, die Steigung an der Höhe von Fourivière, die schmalen mittelalterlichen Gassen von Vieux Lyon, die Unpassierbarkeit für Autos, die römische Gründung von Lugdunum und zuvor die Notwendigkeit, sich vor den Römern zu schützen, indem man die Berge befestigte. »Ah, so viele Gründe, Hermann. Bitte, es ist nur ein bißchen Kletterei bis zur Basilika.«

»*Ein bißchen?* Ich sehe hier einen nicht abreißenden Strom reumütiger Sünder in schwarze Kleidung gehüllt durch die pechschwarze Nacht stapfen und dabei irgendwas voller Bedauern zu ihren Rosenkränzen murmeln.«

»Die Seilbahn ist geschlossen. Kein Strom – dank der Deutschen. Strafe für irgendeine Bagatelle. Vielleicht hat jemand mit geklauter weißer Farbe *Vive le Général de Gaulle, Vive la France libre* an die Wände geschmiert oder so was.«

»Wenn ihr Franzosen Mumm hättet, hättet ihr diesen Berg längst eingeebnet. Ich frage mich, warum die Römer das nicht getan haben. Jesus und Maria, ist das kalt!«

Sie begannen, die 242 Stufen zum Montée hinaufzusteigen. Niemand hatte auch nur ein Körnchen Sand auf den eisglatten Stein gestreut. Schlurfende alte Damen, alte Männer, die mit ihren falschen Zähnen knirschten und sorgsam ihre Zigaretten einteilten, spuckten und ihre Eingeweide aushusteten, Jungen, Mädchen, alleinstehende Mütter mit Säuglingen in den Armen, Strohwitwen, Kriegswitwen und ältere Männer mit jungen Frauen, eine von ihnen war hochschwanger und hatte einen so dicken Bauch, daß sie ihren Mantel nicht mehr zuknöpfen konnte. »Drillinge?« fragte sich Kohler besorgt. Der Gürtel um ihren Bauch war abgewetzt, und sie trug drei Schürzen, um sich warmzuhalten. Frömmigkeit schien aus ihren Augen, und der *Flic*, der an der Treppe Dienst schob, brachte es nicht übers Herz, ihr zu befehlen, die Kerze zu löschen.

»Herr im Himmel, seid ihr Franzosen blöd«, keuchte Kohler. »Wenn es nicht zehntausend Stufen zu irgendeinem beschissenen Rattenloch in irgendeiner beschissenen Bruchbude auf dem Montmartre oder Saint-Denis sind, ist es eine Bahn mit einem zerschlissenen Drahtseil, das man schon vor zehntausend Jahren hätte auf den Schrott schmeißen sollen.«

»Wir gehen rauf zur Basilika, Hermann. Berichtigen Sie mich, wenn ich was Falsches sage, aber ich glaube, damals gab es noch keine Aufzüge. Wenn ich mich recht erinnere, gibt es die erst seit 1850.«

»Eine weitere Lektion? Dann lassen Sie mich Ihnen sagen, ihr Franzosen habt noch immer dieselben gottverdammten Aufzüge seit damals in Gebrauch.«

Hermann benutzte Aufzüge in Paris oder sonstwo nur äußerst widerwillig. Einmal war das Seil beinahe gerissen, und nur noch ein dünnes Fädchen hielt Kohls Kabine in der Luft. Die Erinnerung daran war noch frisch. Viel zu frisch. Nun mußte er die Treppe benutzen, und das gefiel ihm auch nicht. Es gab keine Lösung für sein Problem, außer vielleicht mit dem Fallschirm abzuspringen. Aber große Höhen fürchtete er noch mehr als alles andere.

Als ob er sich für sein Benehmen schämen würde, murmelte Kohler: »Madame, erlauben Sie bitte, daß ich Ihnen und Ihrem Gemahl helfe? Die Stufen sind steil, und es ist weit bis oben.«

Erschrocken ließ sie ihre Kerze fallen, stieß einen Schrei aus und keuchte »*Georges!*« Dann bekam sie einen Schwächeanfall. O Gott.

Es dauerte eine Viertelstunde, sie wieder zu sich zu bringen und auf die Beine zu stellen. Der Strom der hinaufsteigenden Menschen bewegte sich unablässig schlurfend weiter, wurde schmaler, wenn er sie passierte, und weitete sich dann wieder. Schultern rieben gegen Schultern. Keuchen ohne Ende. Stufe für Stufe. Heiligabend 1942.

»Ihr Gesicht, Hermann. Sie hat Ihr Gesicht gesehen. Die Narbe von dieser Peitsche. Sie ist noch zu frisch. Sie scheint durch den Frost zu funkeln.«

»Sie hat gemerkt, daß ich von der Gestapo bin. Sie war so erschrocken, daß sie ihre Bälger fast hier geworfen hätte. Hätten wir sie entbinden können?«

»Aber klar. Unter dem Dritten Reich ist nichts unmöglich.«

»Ich hab' das mal gemacht. Wissen Sie das eigentlich? Sie wurde niedergestochen und lag im Sterben. Ich hielt ihren kleinen Jungen hoch, damit sie ihn sehen konnte, bis sie die Augen schloß. Sie lächelte. Das war in Berlin, am 13. Juni 1939, direkt nach einer Kundgebung. Es gab ja andauernd Kundgebungen. Irgendein Schweinehund, der sich in der Menge sicher und unbesiegbar fühlte, hatte ihr das angetan, nur weil sie ein wenig jüdisch aussah, wie ich vermute. Wir haben das Motiv nie herausgefunden und den Kerl auch nie geschnappt.«

»Erinnern Sie mich daran, daß ich Ihnen einen *Marc* und ein kleines Abendessen ausgebe.«

»Blödmann. Die Lebensmittelkarten, die Ihnen Marianne hinterlassen hat, sind mindestens seit vier Wochen abgelaufen. Ich werde uns was organisieren. Außerdem bin ich nicht hungrig.«

»Dieser Priester kniete nur nieder und ließ alles über sich ergehen, Hermann. Er versuchte nicht, sich zu retten wie die anderen.«

»Fragen Sie sich, ob er die Frau ans Bett gefesselt hat?«

»Oder wußte er, daß der Salamander zuschlägt, und war deshalb im Kino?«

Es gab so viele Fragen und so wenig Zeit. Auf dem Gipfel des Montée ging die Kletterei weiter. Die Serpentinen des Sacré Coeur wanden sich durch einen Park, und die knotigen Zweige der Bäume erinnerten an Schlachtfelder längst vergangener Zeiten und an Wälder nach wochenlangem Artilleriebeschuß.

Die Franzosen beschnitten ihre Bäume zu stark; sie verstümmelten sie gerne zu Stümpfen mit fingerlosen Fäusten.

»Der Priester wollte Analverkehr mit der Frau, doch Schuldbewußtsein stoppte ihn, und er ging hinunter ins Kino, wo dann das Feuer der Hölle über ihn herfiel.«

»Wir werden den Bischof fragen. Wir sagen ihm, daß Kirchengeheimnisse bei uns gut aufgehoben sind.«

* * *

Bisweilen hatte die Litanei der Messe einen beruhigenden Effekt. Dann hörte man weniger Husten oder Nasenschneuzen, und es lag mehr Rhythmus in den Antworten auf den Vorsänger, mehr Einheit in der Intonation und dem mechanischen Bekreuzigen.

Fürbitten für die Opfer des Brandes wurden gehalten, und für den Brandstifter, daß er sich stellt und Gottes Vergebung erhält. Fürbitten für die Schwerverletzten und durch das Feuer für immer Entstellten – irgendwie mußten sie in ihren Herzen einen Weg finden zu verzeihen, ebenso wie jene, die einen geliebten Menschen verloren hatten.

War es denn klug, die Messe abzuhalten? Nichts eignete sich besser für die Inszenierung einer Katastrophe als eine volle Kirche. Die Menschen saßen dicht an dicht. Trotz der Kälte war es warm und stickig im Gotteshaus. Die Kirchgänger hatten ihre Mäntel aufgeknöpft, Handschuhe und Schals wurden beim Knien als Kissen benutzt. Ein einfacher Schrei »Feuer« hätte eine unvorstellbare Panik zur Folge, und der Salamander wußte das bestimmt, wenn er oder sie eine weitere Greueltat plante.

St.-Cyr saß im vorderen Viertel, am rechten Gang neben einer blaugrauen Marmorsäule, die bis hoch hinauf zur Gewölbedecke mit den prächtigen, üppig goldverbrämten Fresken reichte. Die Kirche war 1896 geweiht worden und spiegelte die Seelen der Kaufleute und Bankiers wider, die sie erbaut hatten. Überall waren Gold und auch geschliffene, glänzende Halbedelsteine zu finden. Der Altar war großartig und prangte in Seide, Silber und Gold. Gemälde, Mosaiken und bunte Glasfenster schmückten zudem das Gotteshaus. Überall brannten Kerzen und duftende Öllampen.

Der Bischof hatte sich an diesem Abend der Abende natürlich nicht lumpen lassen, und bei der allgemeinen Verdunklung mußte die Kirche wie ein Leuchtfeuer wirken. Aber der Bischof verlangte, daß die Christmette so abgehalten wurde, wie es seit Jahrhunderten Brauch war.

Gegen 23.00 Uhr verkehrten die letzen Straßenbahnen und Autobusse, und der Bischof zwang jeden Besucher der Messe, gegen die nächtliche Ausgangssperre zu verstoßen. Das würde die deutschen Behörden zur Weißglut treiben, denn sie konnten schließlich nicht alle Leute festnehmen und einbuchten.

Bischof Frédéric Dufour sah in seinem Ornat prächtig aus. Er war ein Mann, mit dem man rechnen mußte. Seine Handgelenke waren stark und knochig, die Hände groß wie Maurerkellen, die Schultern breit und gerade. Die Füße hatte er in strammer Haltung nebeneinander gestellt, als sei Gott hier irgendwo auf dem Hügel und er selbst nur ein demütiger Schafhirte. Sein Haar war kurz geschnitten, eisengrau und wellig, Stirn und Gesicht wie aus Granit gemeißelt, aber er war ein Mann, der sich immer noch daran erfreuen konnte, eine Messe mit einfachen Menschen zu feiern, ein Mann, der den Großteil seiner Zeit sicherlich in vornehmen Salons verbrachte, aber nie vergessen hatte, wo er herkam. Er war kein Dummkopf und hatte sich bestimmt genau überlegt, welche Möglichkeiten die Nazis hatten zu reagieren, und setzte darauf, daß sie es bei einem milden Tadel für ihn belassen würden.

Trotzdem mußte man sich fragen, ob es klug war, diese Messe heute abzuhalten. Alle Augen wären zum Gebet geschlossen oder hingen am Bischof, seinen Kaplanen und den Meßdienern, den schwingenden Weihrauchgefäßen, dem Chor, der zwischen gewaltigen Säulen aus rotem Marmor saß, dem Kreuz über dem Altar mit der Jungfrau an der Seite.

Alle außer die von Hermann. Hermann durchsuchte die abgelegenen Ecken der Kirche nach Anzeichen für eine geplante Brandstiftung. Vielleicht konnte er durch Zufall auch das Mädchen mit dem Fahrrad entdecken.

Zwei Frauen ... War sie eine von ihnen? Hatte sie die gelbe Arbeitskarte fallen lassen?

Ein Geistlicher, aber kein einfacher Pfarrer. Bestand zwischen ihnen eine Verbindung? War das möglich?

Und würden sie schon bald einen zweiten Brand aufklären müssen? Ah *merde*, Hermann. Sei bloß vorsichtig.

Vier achteckige Türme standen an den Ecken der Basilika, und jeder war gekrönt von einem mehr gotisch als byzantinisch anmutenden Glockenstuhl. Hier oben, in einem Turm hoch über dem Altar, war der Benzingeruch am stärksten. Leise kroch Kohler durch die tiefe Dunkelheit und tastete sich mit den Fingerspitzen vorsichtig über den kalten Marmorboden voran. Er brachte die Finger an seine Nase, wie in Zeitlupe, sein Verstand und sein Körper funktionierten zu langsam – er wußte das. Der Boden war eine einzige Lache.

Treppen … die Stufen führen sicher zum Glockenstuhl, doch dort werden die beiden Frauen sicherlich nicht begonnen haben, das Benzin zu verschütten. Sicherlich waren sie irgendwo unten in der Menge und warteten … auf den richtigen Moment?

Oben an der Treppe stieß Hermann auf einen Kanister, der flach auf dem Boden lag. Zögernd steckte Kohler einen Finger in den Einfüllstutzen, spürte das Gewinde. Er sah plötzlich die vier Türme in Flammen stehen, sah die Panik in der Kirche, die zu Tode Getrampelten, hörte die Entsetzensschreie.

Verdammt! Er schloß die Augen und versuchte, sich zu beruhigen. Er dachte daran, die Glocken zu läuten, aber das würde nur den oder die Brandstifter warnen.

Eine in den Turm führende Tür würde geöffnet und eine Kerze hineingeworfen werden.

Als er zu einer schmalen Galerie kam, warf er einen vorsichtigen Blick auf das volle Mittelschiff, achtete aber darauf, daß er sich selbst im Schatten hielt. Er suchte. Wo bist du? Er wollte schreien. *Raus!* Raus hier! Bevor es zu spät ist!

Betende kamen zu ihm herauf, und er zögerte. Zum Glück hielten sie ihre Köpfe gesenkt und würden ihn nicht entdecken. Rasch ging er zum Geländer, um die Sitze nahe dem Ausgang zu beobachten. Zwei Frauen … Wie wären sie gekleidet? Würden sie nebeneinandersitzen? Hatten sie überhaupt etwas zu tun mit dem Brand im Kino? Hatten sie das wirklich?

Alle sahen so normal aus. Wo? Wo zum Teufel seid ihr, hätte er am liebsten gerufen.

Vier Glockentürme ... vier.

Langsam lenkte er die Schritte wieder zurück. Er schaute unsicher durch die Dunkelheit hinauf zum Glockenstuhl, und wieder roch er das Benzin auf dem Boden. Ist es gerade eben ausgeschüttet worden? Warteten die beiden noch in der Dunkelheit am oberen Ende der Treppe?

Er stieg wieder hinauf, wo acht schmale, hohe Bogenfenster den Blick in die Nacht freigaben. Hier war es nicht ganz so dunkel. Eine leichte Brise ließ Hermann frösteln. Der schwache Wind rührte aber nicht an den schweren Bronzeglocken. Kohler mußte die Glokken umrunden, lautlos. Er durfte seine Anwesenheit nicht verraten. Sie durften nicht wissen, daß er zurückgekommen war. Sie durfte es nicht bemerken. Sie *durften* oder sie *durfte*? Das fragte er sich.

Zwei Frauen ... ein starker Parfümduft, so nah, daß er den Benzingeruch überdeckte und trotz des Luftzugs wahrnehmbar war. Was soll das werden?

Sie würde die Streichhölzer gewiß schon zur Hand haben. Es wäre ihr vollkommen egal, ob sie selbst in den Flammen umkäme. Vielleicht wollte sie sogar genau das. Er kroch weiter und tastete mit den Fingern vorsichtig über den Boden.

Als er einen hohen Frauenabsatz berührte, sprang er innerlich auf, ertappte sich bei der Frage, wie sie nur solche Dinger in einer Nacht wie dieser tragen konnte.

Sie bewegte sich nicht. Sie wußte nicht einmal, daß er hier war.

Die beschissenen Schuhe waren leer. Sie hatte sie hier zurückgelassen und Parfüm auf den Boden gespritzt, um ihn an der Nase herumzuführen!

Ach, Herr im Himmel, Louis … Louis, wenn ich dich wirklich brauche, bist du nie da. Kniest du irgendwo und betest zu deinem Gott? Fragst Ihn, warum Er sich über Seinen kleinen Kriminalbeamten lustig macht?

Abwarten … abwarten wie alle anderen auch.

* * *

Die Messe dauerte ewig. Warum hatten sie dem Bischof nicht einfach eine Nachricht geschickt. Ein Gespräch sei dringend nötig. Ein Kreuz … ein Meisterwerk aus der Hoch- oder Spätrenaissance. Vier blutrote Rubine an jedem Ende, in der Mitte vier prachtvolle Saphire, zu einem Quadrat angeordnet, umschlossen von Diamanten, keiner weniger als drei Karat. Die Steine saßen in erhöhten Fassungen auf ziselierten Vierblättern, von denen jedes einzelne filigran in dunkelblauer und goldener Glasur gebettet war.

Die goldene Kette hatte Rubine und Emaillekissen zwischen den Gliedern. Der Bischof hätte Hermann und Louis vielleicht gar nicht empfangen. Er hätte Entschuldigungen vorgebracht, bestrebt, eine Untersuchung abzuwenden … So vieles hätte passieren können. Nicht zu vergessen Dufours Schrecken über das Unfaßbare, mit dem man ihn völlig unerwartet konfrontieren würde.

Ein Stupser riß Louis aus seinen Gedanken. Er schloß sich der langen Schlange im Gang an. Das Brot, der Wein, der Segensspruch und der Kniefall näherten sich mit jedem Kirchgänger, der das heilige Sakrament empfangen hatte. Keiner fragte, warum das Feuer ausgebrochen war oder ob so etwas genauso plötzlich hier passieren konnte. Hermann … wo war Hermann?

»Mein Sohn, das Kreuz …«

Zweifel und Furcht lagen in den Augen des Hirten mit den runzligen Wangen, dann plötzlich Erkenntnis und Trauer. »Jean-Louis St.-Cyr von der Sûreté Nationale, Hochwürdigste Exzellenz. Bitte verzeihen Sie, aber ich muß Sie unbedingt sprechen.«

»Hier? Jetzt? Aber … Aber …« Verdammt. »Ja, natürlich. In einem der Beichtstühle.« Dufour deutete auf die beschnitzten Kästen am anderen Ende der Kirche. »Folgen Sie mir bitte.«

Es war offensichtlich, daß der Bischof es so kurz wie möglich machen wollte.

Kaum waren sie im Beichtstuhl und hatten sich gesetzt, zischte der Bischof: *»Warum sind sie mit dem Kreuz in der Hand hergekommen? Haben Sie keinen Sinn für Diskretion? Vater Adrian hat nichts mit dem Brand zu tun! Wie sollte er auch?«*

»Warum war er dann in diesem Kino? Warum kniete er nieder angesichts der Flammen?«

»Angesichts der Flammen?«

»Ja. Die anderen hatten die einzigen Ausgänge blockiert. Einige haben versucht, ins Foyer zu gelangen, sind aber – wahrscheinlich vom Rauch betäubt – zusammengebrochen, und die Nachfolgenden sind über sie gestolpert.«

»Er muß gewußt haben, daß er nicht entkommen konnte.«

»Aber diese Willensstärke, diese Ruhe sind doch bemerkenswert, nicht wahr? Warum hat er sich zum Märtyrer gemacht?«

Dufour dachte darüber nach. Als er nach dem Kreuz fragte, übergab St.-Cyr es ihm. Dabei berührten sich ihre Hände, und Louis spürte, wie der Bischof zitterte. Entweder hatte er Angst, daß irgend etwas herauskam, oder er war tief ergriffen über den Verlust seines Priesters.

Keiner von beiden konnte das Gesicht seines Gegenübers sehen. Ob der Bischof sich wohl hatte vorstellen können, daß jemals ein derartiges Gespräch in diesem Beichtstuhl stattfinden würde?

In der Tat schien ein Beichtstuhl sich immer genau den Beichtvater auszuwählen, der die Abgeschiedenheit am trefflichsten auszunutzen wußte, um die Seele des Sünders abzustempeln. Unwohl ... das hatte St.-Cyr immer unwohl gemacht, die Gedanken flogen zurück zu so manchem Keks oder Tortenstück, das er besser nicht gestohlen hätte.

Als der Bischof wieder das Wort ergriff, war es, als spräche er zu Gott – ein demütiges Bitten um Vergebung. »Dieses Kreuz war viel zu protzig. Genau aus diesem Grunde habe ich auch Vater Beaumont ... Adrian ... verboten, es zu tragen, es sei denn zu besonderen Anlässen. Adrian war mein persönlicher Sekretär. Wir haben seit Jahren zusammengearbeitet, und stets wußte die Rechte, was die Linke tat. Er hat eingesehen, daß er das Kreuz nicht außerhalb der Basilika tragen durfte. Er durfte keinen Anlaß zum Neid unter meinen anderen Priestern geben oder unter den anderen Bischöfen oder dem Kardinal gegenüber. Vater Beaumont war einverstanden – so war er nun mal. Ehrlich, fleißig, absolut vertrauenswürdig und mein demütiger Diener zu jeder Zeit, Tag und Nacht. Ich legte das Kreuz in den Safe meines Büros, und ich weiß sicher, daß Vater Beaumont es mir aus freiem Willen überlassen hat.«

Ah, nom de *Dieu*, ein Wille ... »Warum war er dort? Eigentlich sollte er genug zu tun haben. Die Kranken, die Verwundeten, die Alten, die Armen ...«

Etwas mußte wohl gesagt werden. Dufour seufzte schwer. »Unsere Haushälterin kann bestätigen, daß Vater Beaumont einen dringenden Telephonanruf erhielt. Mademoiselle Madeleine Aurelle.

Gewiß, ich habe einen Besuch wie den Ihren schon erwartet. Der Präfekt … Natürlich hat er mich angerufen, um mich vor Ihnen zu warnen. Manche Nachrichten verbreiten sich schnell, nicht wahr? So viele Menschen, so viele Tode … Meine Haushälterin, Mademoiselle Béatrice, erzählte mir ein paar Einzelheiten des Anrufs. Mademoiselle Aurelle war in mittleren Jahren, verstehen Sie? Vater Beaumont war ihr Beichtvater – das heißt, sie mochte ihn, Inspektor. Sie hatte ihr kleines Kapital aufgespart, wie die Leute hier sagen.«

Ihre Jungfräulichkeit … Ihr ›kleines Kapital‹ … Und das von einem Bischof!

»Diese dumme Frau war schon immer hinter Adrian her, Inspektor. Sie belästigte ihn andauernd. Das Herz, die Brust, die Ohrenschmerzen, der Rücken, die Miete. Er litt unter ihrem ständigen Bedürfnis nach Aufmerksamkeit … Oh, *bien sûr*, ich habe selbst oft genug gehört, wie er sie am Telephon beruhigen mußte. Immer ein freundliches Wort, ein Versprechen, mit dem Besitzer des Hauses zu sprechen, wegen irgendeiner Kleinigkeit in der Apotheke vorbeizuschauen oder beim Gemüseladen oder im Teegeschäft oder jemanden bei ihr vorbeizuschicken, meist kam er sogar selbst. Er hatte das Herz und die Geduld eines Heiligen. Er verstand sie und vergab ihr stets.«

»Warum war er dann nicht bei ihr? Warum war er im Kinosaal, auf den Knien, und hielt sich das Kreuz vor die Brust?«

»Ich weiß es nicht, Inspektor. *La Bête humaine* … ein exzellenter Film. Vielleicht wollte er, nachdem er sich um Mademoiselle Aurelle gekümmert hat …«

»Sie war nackt, Exzellenz. Sie war auf dem Bauch liegend ans Bett gefesselt. Ein Knebel steckte in ihrem Mund.«

»*Warum haben Sie das nicht gleich gesagt?«* Ärgerlich schob Dufour das Kreuz wieder zurück. Diese verdammten Sûreté-Leute und ihre schmutzige Phantasie! Und immer gegen die Kirche! Stecken ihre Nasen überall hinein. »Wurde sie vergewaltigt?« fragte er und hätte sich im nächsten Moment am liebsten dafür geohrfeigt.

St.-Cyr genoß das. Da wurde ihm die Antwort präsentiert, bevor er die Frage gestellt hatte. Eine Vergewaltigung war durchaus möglich. »Kann es sein, daß nicht Mademoiselle Aurelle angerufen hat, sondern jemand anderes? Jemand, den beide kannten?«

»Der Brandstifter?«

Das war eine Ausrede, eine flehentlicher Hilferuf an Gott. Wie konnte ein Priester eine Frau vergewaltigt haben, gar ein Sekretär des Bischofs, ein Heiliger? Nein, das ging nicht.

»Das Kreuz, Exzellenz? Er hätte es nicht tragen dürfen, als er diese ... diese Nervensäge besucht hat, die blöd genug war, ihr kleines Kapital nicht schon viel früher zu verjubeln.«

»Gott möge meine Zunge im Zaum halten, Inspektor, besonders in Hinsicht auf meine stets geübte Demut. Vater Beaumont bekam das Kreuz schon vor einigen Jahren. Es kann da kein Zusammenhang zum Brand bestehen.«

»Warum hat er es dann getragen? Na, kommen Sie, Exzellenz, es *muß* dafür einen Grund geben.«

»Ach, machen Sie es nicht so kompliziert. Ihr Leute aus Paris ... hinter allem muß für euch ein Grund stecken. Für viele Dinge gibt es oft keinen anderen Grund als eine plötzliche Regung.«

»Wie ist er dann darangekommen? Ein reiches Gemeindemitglied – ein Geschenk? Hat er eine Familie vor einem Skandal bewahrt? Hat er die unverheiratete Tochter in einem Kloster untergebracht, wo sie heimlich ihr Kind zur Welt bringen konnte? In jedem Haus gibt es eine Latrine, sogar im Hause Gottes.«

Das ist es also, was du vermutest? Genau. Ah, verdammt. »Monsieur Henri Masson, der schon vor einiger Zeit verstorben ist, gab Vater Beaumont das Kreuz, Inspektor. Das ist zehn oder zwölf Jahre her. Und jetzt, bitte, muß ich mich wieder um mein Amt kümmern. Vater Beaumont hat Mademoiselle Aurelle nichts angetan. Es lag seiner Natur fern, irgend jemandem zu schaden, und am wenigsten der Heiligen Mutter Kirche.«

Kohler betastete die Lippen aus Angst und Sorge. Herr im Himmel, was treiben die? Diese Schlampen spielten immer noch mit ihm. Auch in der Abstellkammer unterhalb des Glockenstuhls war alles voll Benzin. Zum Teufel mit dem Führer und seinem unbesiegbaren Reich. Die verdammte Taschenlampe hatte ihren Geist aufgegeben.

Er wußte, daß die Brandstifter in der Nähe waren – näher als je zuvor. Hier stank es besonders stark nach Benzin. Seine Schuhe, die noch nie wirklich dicht waren, ließen das Benzin ein. Waren seine Hosenumschläge auch schon naß?

Sie waren. Ah, *nom de Dieu*, Louis, warum kannst du nicht kommen und mich finden? Zwei Frauen ... *zwei*, Louis!

Ihm gefiel das alles gar nicht. Er begab sich wieder auf alle viere und kroch vorwärts. Der Raum war mit Bildern in geschnitzten und vielleicht auch vergoldeten Rahmen vollgestellt, was Kohler an seinen letzten Fall erinnerte. Ein Antiquitätenladen in der Provence, ein Händler, der darüber sehr bestürzt war, daß die Franzosen solche unbezahlbaren Stücke als Feuerholz verwendeten. *Feuerholz, Scheiße!*

Hier waren eindeutig zu viele Bilder. Er wußte genau, daß einige reiche Leute ihre Gemälde beim Bischof in größerer Sicherheit wähnten als zu Hause und sie hierher brachten, bevor sie die Besatzer beschlagnahmen konnten.

Vorsichtig wischte Kohler in weiten Bewegungen mit den Händen über den Boden und berührte dabei Holzwolle. In deren Mitte fand er einen Kerzenstummel, der mit Wachs am Boden fixiert war – nicht mehr als eineinhalb Zentimeter lang. Kohler ertastete sieben Streichhölzer, die mit den Köpfen an der Kerze lehnten. Sie sollten die Entwicklung des Feuers beschleunigen – nicht daß das nötig wäre.

Zitternd stieß er die Streichhölzer um und sammelte sie auf. Zusammen mit der Holzwolle und dem Kerzenstummel steckte er sie in die Tasche. Die Botschaft war eindeutig: Wir können überall und jederzeit zuschlagen.

Zwei Frauen ... sind denn zwei hier gewesen? Hatte er sie aufgeschreckt?

Zweifelsfrei ließ sich nur eins sagen: Sie waren völlig verrückt.

Schatten huschten über Wand und Boden. Robichaud besah sich die Balken des Glockenstuhls und sog scharf den Atem ein. Der Strahl der Taschenlampe schweifte umher und richtete sich dann wieder auf die in braungrüner Tarnfarbe gehaltenen Kanister, aus denen noch Benzin tropfte. Gestohlen ... die Dinger mußten gestohlen sein.

»Die stammen wahrscheinlich aus dem Treibstofflager in Delfosse«, knurrte er, »oder aus einem drüben in Croix Rousse, oder aus dem Fort Saint-Jean, vielleicht auch aus dem Saint-Vincent unten am Kai.«

Das gesamte Benzin war in deutschen Händen. Die beiden Kanister waren im Gebälk über den Glocken festgezurrt. Jeder hat gewiß zwanzig Kilo gewogen – wer konnte so was fertigbringen?

»Ah *mon Dieu*, Exzellenz. Das ... das ...« Er zeigte mit dem Lichtstrahl die Benzinspur auf dem Boden des Glockenstuhls entlang bis zu der Stelle, wo Kohler den leeren Kanister gefunden hatte. »Die Spur führt weiter hinunter in die Abstellkammer. Zündet man dort das Feuer, steht eine Sekunde später auch hier alles in Flammen.«

Dunkle Benzinlachen waren überall auf den Bodendielen zu sehen. »Mich wundert, daß der Salamander hier nicht gezündelt hat«, mischte sich Guillemette ein, der Polizeipräfekt von Lyon.

»Meine Feuerwehrmänner ...« begann Robichaud. »Die Leitungen hier oben auf Fourvière – oh, sicher können meine Leute auch große Brände bekämpfen, Exzellenz, aber so was? Nein, das ist unmöglich. *Unmöglich!* Die Wasserversorgung würde zusammenbrechen, stimmt's, Guillemette? Stimmt es nicht? Jahrelang habe ich gepredigt, daß hier hinauf neue Hauptleitungen gelegt werden müssen. Mit mehr Druck. Eine neue Feuerwache und zwei neue Mannschaften sind hier oben nötig. *Leute!* Wo soll ich die Leute hernehmen? *Woher?* Die sind alle als Zwangsarbeiter in Deutschland oder in Gefangenenlagern.«

»Jetzt beruhigen Sie sich, Julien,« schnaubte der Präfekt. »Ich weiß, wie sehr Sie sich um diese Dinge sorgen, aber Sie sind nicht der einzige, der sich Hoffnungen auf ein größeres Budget macht.«

Der Lichtstrahl schoß durch den Raum, als sich Robichaud abrupt zum Präfekten umdrehte. »Ich brauche es aber dringender. Sie wissen doch gar nicht, was im provisorischen Leichenschauhaus los ist, das wir im Lycée Ampère eingerichtet haben. Oder meinen Sie, man bräuchte die Kinder, die ihre Eltern verloren haben, nicht zu informieren? Wie sollen wir die denn finden? Listen ... dieses Arschloch Weidling verlangt *Listen?* Soll er doch die Gliedmaßen der Toten selber sortieren! Soll er doch selber die Zähne untersuchen und die passende Patientenkarte vom richtigen Zahnarzt besorgen.«

Bischof Dufour trat an ihn heran. »Julien, gehen Sie runter in mein Arbeitszimmer. Trinken Sie ein Glas Port und dann noch einen Schluck Calvados, den mir meine Schwester geschickt hat. Bitte, ich bestehe darauf. Sie sind erschöpft. Sie müssen sich ihrer Tränen nicht schämen. Jeder hier versteht Sie.«

»Wirklich? Versteht man mich?« Der Lichtstrahl tanzte auf dem Boden zu ihren Füßen.

»Aber Julien, beherrschen Sie sich. Ich bitte Sie. Sagen Sie nichts mehr. Wir haben so schon genug Ärger.«

Der Bischof nahm ihn bei der Schulter und führte ihn zur Treppe. »Auguste und Philomena werden hier vorsichtig aufwischen.«

»Dieser alte Hausmeister und seine Frau? Sind Sie wahnsinnig? Meine Leute machen das.«

»Dann tun Sie, was ich Ihnen sage. Sie brauchen etwas Schlaf. Schauen Sie sich doch an. Sie tragen immer noch Ihre Schutzkleidung, seit dem Brand sind Sie auf den Beinen. Ich verspreche Ihnen, daß ich Sie in ein paar Stunden wecke. Tun Sie es mir zum Gefallen.«

Robichaud ging einige Stufen hinab, drehte sich um, strich mit dem Lichtstrahl der Lampe über die Gesichter der Anwesenden und ließ ihn schließlich auf dem Präfekten ruhen.

Guillemette war geblendet. Er sagte nichts, sondern wartete.

»Gehen Sie mit ihm, Hermann«, sagte St.-Cyr leise. »Geben Sie acht, daß er tut, was man ihm gesagt hat. Sie finden mich dann draußen auf der Terrasse vor der Kirche. Ich werde ein wenig auf die

Stadt hinunterblicken und versuchen auszuknobeln, was hier passiert ist und wo sich unser Salamander verstecken konnte.«

»Wenn das die beiden Frauen aus dem Kino waren, Louis, dann wissen sie, wie man einen Brand legt.«

»Das ist die Arbeit eines *Profis!*« zischte Robichaud. »Ganz bestimmt hat der Präfekt die Namen der Leute, die für so was in Frage kommen. Fragen Sie *ihn* doch danach. Geben Sie diese Liste Weidling, wenn Sie morgen mit ihm frühstücken.«

St.-Cyr nahm den Bischof zur Seite. »Noch ein kleines Problem.« Er war froh, daß das Licht gerade noch die Augen des Bischofs traf. »Es gab 1938 drei Brände in Deutschland und nun den einen hier im Kino. Ich frage mich, ob das hier nur zufällig der nächste sein sollte oder ob der Anschlag Vater Adrian galt, weil der Salamander nicht mitbekommen hat, daß dieser bereits tot ist?«

»Ich ... ich weiß nicht, was Sie meinen, Inspektor. N ... niemand konnte Adrian töten wollen. Niemand.«

»Gut, ich wollte das nur von Ihnen hören. Aber ist es nicht seltsam, daß der Salamander sich offensichtlich so gut in der Basilika auskennt? Kein anderer Turm wäre betroffen gewesen, nur der mit den Gemälden.«

»Ein Eingeweihter? Jemand, der sich hier auskennt? Aber ... Aber ...« Die Verzweiflung stand dem Bischof ins Gesicht geschrieben. »Das ist nicht möglich. Nein, nein. Ganz sicher nicht.«

»Gut.« Der Kriminalbeamte knurrte nur dieses eine Wort, wandte sich abrupt ab und ging die Treppe hinunter. Ah *merde*, die Bilder ...

Die Stadt lag still, und der Himmel hatte sich inzwischen aufgeklart. Von den Flüssen stieg eisiger Bodennebel auf, hüllte Straßen und Häuser in sein Silbergrau und verschluckte sogar die wenigen fahlblauen Straßenlaternen.

St.-Cyr war allein. Weihnachten … es war Weihnachten. Ah *maudit*, was sollten Hermann und er machen? Lyon – die Altstadt – war ein Labyrinth aus schmalen Gassen und Passagen, den Traboules, lange Gewölbetunnel, die unter drei- oder vierhundert Jahre alten Gebäuden hinweg und über Treppen von einer Straße zu einer anderen führten. Dunkle, dreckige Passagen, hier und da mit Türen und vergitterten Fenstern. Ab und zu vernahm Louis Schreie, Schimpfen und Hundegebell. Kein Licht. Jetzt nicht, und früher auch nicht wesentlich mehr.

Obwohl alt und ehrwürdig, war Lyon eine Industriestadt, deren Bewohnern das schweizer Naturell mehr zu eigen war als das französische. Über die Eisenbahn war man mit jedem Winkel des Landes verbunden. Wer wußte wie, konnte jederzeit kommen oder gehen. Natürlich gab es Kontrollen und Stichproben von deutschen und französischen Gestapo-Männern und Polizisten, die barsch nach den Papieren fragten. Ihre *carte d'identité*, Ihren *laissez-passer* – den *Ausweis*, den *Paß*. Aber manchmal mußten Menschen halt verreisen, ihren Wohnsitz verlassen. Die Arbeit ging auch weiter, und jede Woche gab es neue Hefte mit Lebensmittelkarten, mit ständig wechselnden Farben, vielleicht in der Absicht, den alliierten Spionen das Leben schwerzumachen. Verschiedene andere Papiere hatte jeder Franzose stets bei sich zu tragen. Die Freistellungsbescheinigung vom »freiwilligen« Arbeitsdienst im Reich und wenn nötig auch ein Gesundheitszeugnis, das die gesamte Krankengeschichte enthielt. Eine Bestätigung durch die Militärbehörden, daß man 1940 an der Front verwundet worden war. Papiere über Papiere.

Zögerte jemand, wurden ihm der Koffer oder die Handtasche oder beides entrissen und der Inhalt auf der Straße ausgeschüttet, egal, welches Wetter gerade war, egal, ob in einer Menschenmenge oder mitten auf der Kreuzung, egal, ob der Betreffende in Eile war, um noch seinen Bus, seine Straßenbahn oder die Métro zu erwischen.

Aber gefälschte Papiere waren inzwischen viel, viel besser und auch alltäglicher als früher. Diese zwei Frauen ... der Salamander ... konnten sich auch mit falschen Papieren versorgt haben. Sie konnten kommen und gehen, konnten schon längst die Stadt verlassen haben, nachdem sie die Warnung zurückgelassen hatten, wenn es denn eine war.

Naheliegend – zu naheliegend.

»Nun, Jean-Louis, haben wir wieder das Vergnügen Ihrer Gegenwart?« fragte der Präfekt. »Trotz der Dringlichkeit Ihres Falles haben Sie sich nicht bei uns gemeldet. Um Grüße auszutauschen oder mit der Bitte um Unterstützung? Einen Wagen, ein paar Lebensmittelkarten, irgendwelche Annehmlichkeiten? Aber nein, nicht Sie. Nun hören Sie mir mal zu, mein Freund: Hier hat sich einiges getan. Seien Sie besser vorsichtig.«

Das Getrampel der Nagelstiefel einer Wehrmachtspatrouille hallte den Hügel herauf. »Präfekt, wir sollten das Kriegsbeil begraben und weniger Revierbewußtsein an den Tag legen. Dieser Fall verlangt unsere Kooperation, egal, auf welcher Seite des Zaunes wir hocken.«

St.-Cyr würde sich nie ändern. *Nie!* »Zaun? Welche Seite? War es denn falsch von mir, Obersturmführer Barbie zum Essen einzuladen? Besonders wo er hier die Staatsmacht repräsentiert und ich mit ihm zusammenarbeiten und dabei gute Miene zum bösen Spiel machen muß?«

»Ach, lassen Sie doch diese Ausreden. Ich weiß genug über Menschen Ihres Schlages. Sie hängen nicht nur Ihr Fähnlein in den Wind, nein, Sie würden wenn nötig auch mit dem Teufel ins Bett gehen.«

»*Bâtard!* Und Kohler? Ist der vielleicht nicht bei der Gestapo? Denken Sie nicht, daß die Résistance von Ihrer Verbindung zu ihm weiß? Pah! Ich tue, was mir paßt, und schalte diese Leute einfach aus, wenn es denn sein muß.«

»Drohen Sie mir nicht, Präfekt. Bitte nicht.«

»Dann seien Sie kein Dummkopf. Versuchen Sie wenigstens zu verstehen, wie der Hase hier läuft. Der Katzen Spiel ist der Mäuse Tod.«

»Aber Sie sind keine Maus; Sie gehören zu den Katzen, nicht wahr? Was wollte Barbie denn? Wollte er wissen, was Sie über den Kino-Brand oder über Gestapo-Müllers Interesse daran denken? Oder wollte er mehr Juden, die er in Güterwagen pferchen und nach nirgendwo verschicken kann? Waren die sechsundzwanzig letztens nicht genug? Ich hörte von tausend. Haben Sie ihm tausend angeboten zu den vierzig und ein paar Zerquetschten, die er bisher bekommen hatte. Sie haben sie nach Véisseaux geschickt, und von dort aus wurden sie deportiert.«

Ah, nom de Jésus-Christ! St.-Cyr hört einfach nicht zu. »Erschießen oder deportieren, das bleibt sich für sie gleich. Wie auch bei Robichaud, Louis, sind Ihre Tränen bewundernswert, aber ohne Bedeutung.«

»Dann zünden Sie bitte diese Zigarette nicht an, da ist noch Benzin an meinem Ärmel.«

Wütend steckte Guillemette Zigaretten und Feuerzeug wieder weg. Er war viel größer und schwerer als Louis, versperrte ihm die

Sicht, sein Leben lang ein *Flic* und stolz darauf. »Herr Barbie konnte natürlich nicht anders, als Ihre Unterredung mit Monsieur Artel und seinen Geschäftsfreunden zu bemerken. Er hat mich nichts darüber gefragt, verstehen Sie? Der Obersturmführer hat sich so verhalten, als wüßte er gar nichts von der Katastrophe.«

»Er wollte sich den Abend nicht verderben.«

»*Cochon!* Was haben Sie sich dabei gedacht, als Sie sich seinen Wagen ausgeborgt haben?«

Seinen Wagen. »Nennen Sie mich nicht Schwein, Gérard, lassen Sie uns lieber versuchen zusammenzuarbeiten. Die Stadt erwartet das.«

»Meine Stadt, Louis. *Meine!*«

Ah, *nom de Dieu*, konnten sie sich nicht einigen? Guillemette war zweiundsechzig und seit zwölf Jahren Polizeipräfekt von Lyon. Ein hart umkämpfter Posten. Manch einer hat schon versucht, an Guillemettes Stuhl zu sägen, aber der Präfekt war schlau und abgebrüht, eine Kraft, mit der man rechnen mußte. »Robichaud hat viel durchmachen müssen.«

Guillemette musterte Louis frei heraus. »Dann stellen Sie endlich die richtigen Fragen. Wie ist Robichaud herausgekommen, bevor er Alarm schlug? Hätte er nicht im Gebäude bleiben müssen, um die Leute hinauszuleiten?«

Als keine Antwort kam, ballte der Präfekt die Faust und reckte sie herausfordernd. »Er hatte Angst. Er *rannte*, um sich selbst zu retten. Deshalb die Tränen, mein Freund. Deshalb war er so bestürzt.«

Wütend blähte Guillemette seine Wangen auf. »Robichauds Handlungsweise muß in Frage gestellt werden. Und es gibt nicht wenige, die seine Absetzung fordern.«

»Weidling?«

»Ja. Und zwar heftig.«

Am besten brachte man diese Diskussion rasch hinter sich. »Wo saß Robichaud, mit wem war er im Kino?«

Der Präfekt schnaubte kräftig. Es tat immer wieder gut, wenn man Paris ausstach. »Eines meiner Vögelchen hat mir gezwitschert, daß der Branddirektor in der letzten Reihe saß, weit weg vom linken Durchgang, mit seiner Geliebten, Madame Élaine Gauthier.«

Die Vögelchen … die Informanten. Ohne sie konnte die Polizei nicht lange auskommen, oder der Arm des Gesetzes würde erlahmen. Natürlich hatte Guillemette Robichaud beschatten lassen.

»Ich würde dieses Vögelchen gerne treffen. Blieb es, bis der Brand ausbrach?«

»Hören Sie zu, Louis, hören Sie gut zu! Jetzt werden wir mal zwei und zwei zusammenzählen. Robichaud erinnert sich nicht mehr daran, mit wem er genau wo gesessen hat. Er behauptet, daß der Schock zuviel war und einen Gedächtnisverlust verursacht hat. Wir wollen hoffen, daß dieser nur zeitweilig ist. Es würde mir sehr leid tun, wenn ich unseren Branddirektor in die Nervenklinik in Bron einweisen lassen müßte.«

»Und diese Madame Gauthier?«

Gut! »Verbrutzelt. Gebraten. Pah! Der war mit seiner kleinen Fotze dort und hat sie zurückgelassen, weil er nicht wollte, daß seine Frau hinter die Affäre kommt.«

Lyon und seine Gesellschaft. Das Pärchen wollte sich im Kino treffen. »Sind Sie sicher, daß sie bei dem Brand ums Leben kam?«

»Natürlich. Ich habe es mir zur Aufgabe gemacht, genau solche Dinge herauszufinden. Es sind ein paar Briefe eingetroffen, anonym, und es kommen immer mehr. In einem steht, daß Madame Robichaud das Kino angezündet hat, um es ihrem Mann heimzuzahlen – he, so was wäre nicht das erste Mal. Den Mann an eine andere verloren, wie viele Frauen würden da nicht durchdrehen? Ich glaube, daß das aus der Luft gegriffen ist, aber eine interessante Theorie ist es dennoch, nicht wahr?«

Ruhig bleiben, auch wenn's schwerfällt. »Sind die anderen Briefe von Interesse?«

»Zwei. In einem wird Monsieur Artel selbst beschuldigt – aber das war ja nur zu erwarten. Die Handschrift stammt von einem Mädchen, vermute ich. Er hat sich an sie rangemacht, und sie wollte mit ihm abrechnen.«

»Und der andere?« Jetzt kommt's. Bis jetzt hat alles zusammengepaßt. *Merde!*

»Tun Sie doch nicht so desinteressiert, Louis. Im zweiten wird behauptet, daß Vater Beaumonts Besuche bei Mademoiselle Aurelle nicht nur der Seelsorge dienten und daß Gott deshalb böse auf ihn war. Ich will Ihnen entgegenkommen. Sie können die Briefe haben und in Ruhe studieren, aber Sie müssen sie so schnell wie möglich zurückgeben, damit wir sie für den Fall der Fälle bei den Akten haben.«

Erst die Drohung, jetzt die Warnung, aber auch diese Offenheit. Klar, Guillemette dachte, daß Louis den Bischof informieren würde. Das konnte nur heißen, daß die Behauptung der Wahrheit entsprach. »Und was ist mit Weidling?« fragte Louis vorsichtig. Mit dem Präfekten zu reden hieß, sich auf dünnes Eis zu begeben.

»Was ist mit seiner Frau, Louis? Wie alle Männer mit jungen, sehr attraktiven Ehefrauen muß auch Weidling auf seine Erscheinung achten und Eindruck schinden, um sich den Platz zwischen ihren Beinen zu sichern.«

»Ah *merde*, eine junge Frau und ein alter Feuerwehroffizier, der vor ihr brillieren muß«, brummte Louis. »Und Robichaud hatte eine Geliebte, die im Feuer umkam.«

Kohler grinste von einem Ohr zum anderen, als er zu den beiden trat, die Calvadosflasche des Bischofs in der Hand. Er tippte dem Präfekten auf die Brust und eröffnete dann: »Madame Gauthier konnte entkommen, *mon fin*. Nur eines Ihrer Vögelchen ist gestorben. Darf ich vorschlagen, daß Sie es ausnehmen und versuchen, den Kadaver als Putenbrust auf dem Schwarzmarkt zu verkaufen? Nehmen Sie sieben Francs. Das ist der übliche Preis in Paris. Wenigstens, als ich das letzte Mal da war.«

Guillemette konnte seinen Zorn kaum verbergen. »In Lyon sind wir bessere Speisen gewohnt, *mein Kamerad*. Was hat er ihnen im Suff noch alles erzählt?«

»Einiges, aber lassen wir das jetzt. Sorgen Sie nur dafür, daß er nicht wieder gestört wird. Der kann das jetzt bestimmt nicht brauchen.«

»Und Sie?« Kohler ... Kohler von der Kripo, der am wenigsten beachteten und unbedeutendsten Gestapo-Abteilung. Gewöhnliche Verbrechen.

»Wir brauchen jetzt was zu essen und ein Plätzchen für den Rest der Nacht«, sagte Kohler fröhlich.

Wortlos drehte sich der Präfekt um und verschwand im Schatten der Basilika.

»Das geht in Ordnung, Hermann. Ich weiß schon, wo. Die Adresse auf der Karte, die das Mädchen mit dem Fahrrad auf dem Place des Terreaux verloren hat.«

»Was für eine Karte?«

»Eine kleine gelbe Karte.«

»Sie überraschen mich. Gabrielle wird das nicht mögen, aber Sie können sich auf mich verlassen. Ich werde kein Sterbenswörtchen sagen.«

»Wenn Sie was verraten, dann würden auch Giselle und Oona davon erfahren. Es täte mir sehr leid um Ihre kleine *ménage à trois*, besonders wo Sie doch schon eine Scheidung am Hals haben.«

Sie teilten den Calvados in Gläser auf, die Kohler aus dem Arbeitszimmer des Bischofs hatte mitgehen lassen. Dann wünschten sie sich eine fröhliche Weihnacht und fragten sich im nächsten Moment, wie das wohl gehen sollte.

»Der Salamander ist hier irgendwo, Hermann. Er wollte uns den Schreck unseres Lebens einjagen und hat deshalb das Streichholz nicht angezündet.«

»Vielleicht habe ich ihn aufgescheucht?«

»Vielleicht, doch andererseits ... ich weiß nicht, Hermann. Das Kreuz führte uns zum Bischof, und dort fanden wir alles für einen weiteren Großbrand vorbereitet. Ein Pfaffe, der sich mit alten Jungfern einläßt, eine Abstellkammer voll wertvoller Bilder. Alles weitere Ungereimtheiten, die wir nicht brauchen können.«

Louis nahm sich gerne Zeit. Nichts *erfreute* ihn so sehr wie ein richtig kniffliger Fall, besonders Mord.

»Drei Brände im Reich, Louis. Ein Muster. Dieselbe Methode, derselbe Grund, oder?«

Eins zu null für Hermann. »Genau, und jetzt wieder aus demselben Grund – stimmt's? Derselbe Auslöser für diesen Wahnsinn, diese Bereitschaft, wegen einer einzigen Person so viele Leben zu opfern.«

»Unser Pfaffe?«

»Kannte ihn der Salamander, oder, genauer gesagt, wußte er, was Hochwürden so trieb?«

»Oder von der Frau, die ans Bett gefesselt war? Der Vater hätte nicht das Kreuz getragen, wenn er nur gekommen war, um mit Mademoiselle Aurelle herumzuficken, Louis.«

»Der Pfaffe hat einen dringenden Anruf erhalten.«

»Und der hat ihn dazu bewegt, das Kreuz mitzunehmen.«

»Und in die Vorstellung zu gehen.«

»Dann kannte er den Salamander und hat geahnt, was passieren würde.«

»Er wurde gewarnt, aber nicht von Mademoiselle Aurelle, sondern von jemand anderem.«

»Aber er konnte den Brand nicht verhindern und zog es dann vor zu sterben.«

Still prosteten sie einander zu. Kohler füllte die Gläser nach, leerte die Flasche bis auf den letzten Tropfen und warf sie über die Brüstung. Sie zersprang mit hellem Klang.

»Robichaud ist kein Kolloborateur, Louis. Der Präfekt läßt ihn beobachten, seit Freund Barbie in die Stadt gekommen ist. Unser Klaus vermutet, daß die *pompiers* mit den *cheminots* im Bunde stehen, aber Robichaud schwört, daß da nichts dran ist. Noch nicht.«

»Feuerwehrleute und Eisenbahner, Kommunisten und Widerständler ... Das ist eine schlechte Mischung für die Besatzer, Hermann.«

Kohler gestand sich still ein, daß er jetzt wohl damit rausrücken mußte, was er auf der Toilette gefunden hatte. Die Lage wurde ernst, wie es schien. »Ich habe die Fahrpläne und die anderen Aufzeichnungen noch. Bisher habe ich es nicht übers Herz gebracht, sie zu verbrennen, und ich möchte sie auch ein wenig behalten, in Ordnung? Da ist noch was. Klaus Barbie jagt fanatisch Juden und Terroristen. Das Arschloch hat eine Geliebte, eine Hiesige, aber verkehrt trotzdem in den besten Bordellen am Platze. Da muß er auch nach dem Essen hingefahren sein, sonst wäre er mit dem Präfekten sicherlich hier gewesen.«

St.-Cyr spielte mit der gelben Karte. »Nicht in dieses Haus, Hermann. Das ist nicht für Offiziere der Wehrmacht – oder jetzt auch der SS – reserviert. So haben sich die Zeiten geändert. Ob die Armee und die SS sich jemals vorgestellt haben, auf diese Weise einander so nahe kommen? Es ist nicht das Chez Blanchette oder das Chez Francine.«

»Seit wann ist das denn ein Problem? Ich sage das nur, damit Sie nicht versehentlich die falsche Tür einrennen. Das würde ihm vielleicht nicht gefallen.«

3

Die Straße war feucht, kalt und verdammt unfreundlich. Schlimmer noch, es stank nach Pisse, Moder und vergammeltem Fisch. Nicht eine Laterne leuchtete. Schritte waren von hinten zu hören. Dann waren keine Schritte mehr zu hören. Louis schaltete seine Taschenlampe aus, und sie lauschten.

Morgens um 3.35 Uhr ächzte und knarrte die dünne Eisschicht auf der Rue des Trois Maries, die durch die dunkle Nacht noch kälter und härter geworden war, sich hier und da spannte und woanders brach.

Die Schritte waren wieder zu hören ... und hielten wieder inne. Zwei ... folgten ihnen zwei Männer?

»Die Burschen lernen dazu«, hauchte Kohler, wütend darüber, daß der Präfekt – wer sonst – sie beschatten ließ. »Louis, sind Sie sicher, daß wir hier richtig sind? Diese dreckige Gasse ist doch zu unelegant für einen Puff, der La Belle Époque heißt.«

St.-Cyr schwieg. Sie waren in einem der ältesten Teile von Vieux Lyon, direkt unter der Höhe von Fourvière, nahe dem Quai Romain Rolland, der Saône und der Alphonse-Juin-Brücke.

»Warten Sie mal hier und lassen mich das machen. *Keine* Widerrede«, zischte Kohler.

»Natürlich.«

Man hörte Hermann nicht, wenn er das nicht wollte. Seine Fähigkeit, zu beschatten oder einen Beschatter auszumachen, war schon beinahe unheimlich.

Irgendwo, vielleicht drüben in Perrache, quietschten Reifen, und ein Motor heulte auf … Gestapo … Gestapo …

Sonst war die Stadt ruhig. Unirdisch und schaurig im Griff der Besatzer.

Die Zeit wollte einfach nicht vergehen. Es war so still. Dann stieg St.-Cyr der Geruch von Zigarettenrauch, Urin und Knoblauch in die Nase.

Der Mann war keine zwei Meter entfernt. Irgendwie war er an Hermann vorbeigeschlüpft und suchte jetzt die gotischen Eingänge mit den schmalen Türschwellen ab.

Gerade als er die Silhouette wahrnahm, die nicht ganz so dunkel wie die Wand dahinter war, sah er auch schon, wie der Mann gegen die Wand geschleudert wurde, hörte Fleisch klatschen, Knochen krachen und einen unterdrückten Schrei.

Es roch nach Blut, und Louis wußte, daß Hermann mit dem Burschen fertig war.

Kohler verfluchte sich selbst. Er hatte die Beherrschung verloren und den Bastard womöglich für ein halbes Jahr ins Krankenhaus geschickt, wo doch ein leichter Schlag genügt hätte. Jetzt würde der Bursche nichts berichten, weil er dazu nicht in der Lage war, und der Präfekt würde aus der Haut fahren. Er suchte lautlos in den Gassen, konnte aber den zweiten Mann nicht finden.

Kohler lauschte hinaus in die Nacht, versuchte, die vielen verschiedenen Gerüche auseinanderzuhalten und den Herzschlag zu hören, von dem er wußte, daß er in der Nähe sein mußte. Der Salamander? Hatte der Präfekt ihnen möglicherweise nur einen Mann hinterhergeschickt, und der andere war der ...

Parfüm ... roch er da Parfüm?

La Belle Époque? Mademoiselle Claudine Bertrand, Alter 32, geboren am 18. November 1910. Beruf: Prostituierte. Haar: schwarz, derzeit kurz getragen. Augenfarbe: dunkelbraun. Gesicht: oval, Nase: normal – das heißt nicht jüdisch. Größe: 173 Zentimeter.

Ein bißchen größer als die durchschnittliche Lyonerin. Warum hat das Mädchen mit dem Fahrrad diese Karte fallen gelassen? Es war bestimmt nicht die darauf beschriebene Person. Eine Perücke? Nein, die Frau mit dem Fahrrad war zu jung und viel zu schüchtern.

Aber warum hatte Sie dann die Karte in der Hand?

Das Haus lag auf der anderen Seite der Straße. Von hier aus lief die Rue de la Baleine das kurze Stück bis zum Quai Romain Rolland und zur Saône. Kein Licht an der Tür, aber da hing eine Klingelschnur.

Sie sprachen mit gedämpftem Ton. »Louis, vielleicht sollten wir ein andermal wiederkommen.«

»Haben Sie den anderen umgebracht?«

»Nein. Hab ihn nicht gefunden. Die Schlampe ist entwischt.«

»Die Schlampe? Aber ...«

Kohler riß wild an der Klingelschnur. Aus den Gedanken gerissen, merkte Louis, wie Hermann das alles ankotzte.

Immer noch kein Licht. Er schaltete die Taschenlampe ein. Instinktiv drehte die Frau, die die Tür geöffnet hatte, ihr Gesicht weg, bedeckte zuerst die Augen und dann ihr Fleisch – ihr Korsett war verrutscht und das dünne Nachthemd offen. Um die fünfundfünfzig, mindestens, und ohne Falten … immer noch ohne Falten …

»Messieurs, das Haus … Bitte, ich muß darauf bestehen. Die Ausgangssperre. Es ist verboten zu …«

»Stört uns nicht«, sagte Louis grimmig, »wir sind nämlich von der Polizei.«

»*Polizei?*« schrillte sie. »Haben Sie auch den Haftrichter mitgebracht? Nein, das konnten Sie nicht, meine feinen Messieurs, der ist nämlich schon hier.«

»Wissen wir«, schnauzte Kohler und drängte sich an ihrer parfümierten Üppigkeit vorbei in das Foyer, in die Wärme, zum belebenden Weinduft, zum Essen, o ja, jede Menge davon.

Sie schloß die Tür und schob einen Riegel vor. Louis knipste seine Taschenlampe aus und schob die Frau vor sich her.

»Bitte, Messieurs, stören Sie meine Kunden nicht. Wir hatten das *réveillon*, das Festmahl am Heiligen Abend. Oh, es war wunderschön, aber jetzt sind sie … Im Moment werden ihnen ein paar Herzenswünsche erfüllt. Bitte. Ich bin Madame Berthe Morel, die *Sous-Maîtresse* dieses Hauses. Was wünschen Sie?«

»Einen Kaffee und einen *Marc*. Eine Zigarre«, säuselte Hermann. »Und eine kleine Information.«

Also ein Nazi. Eine frische Duellnarbe, eine Schußverletzung an der Stirn …»Folgen Sie mir bitte in den *Grand Salon*. Ja, das wird das beste sein. Er ist ein bißchen unaufgeräumt, aber es wird schon gehen. Madame wird Sie dort vielleicht empfangen.« Sie sprach zu sich selbst, als sie sagte: »Das ist ihre Sache. Sie bezahlt die Haie, die zur Fütterung kommen, trotz des Segens des Präfekten. Was soll ich schon gegen solche Leute unternehmen? *Les Allemands* …«

»Ich bin Franzose«, zischte St.-Cyr, ohne dabei die den Präfekten betreffende Bemerkung zu überhören.

Sie straffte sich und schaute nicht über die Schulter.

»Nun, das ist nicht schlecht, daß Sie Franzose sind, aber auch nicht gut. *Courage*, mein Kleiner. *Courage*. Aber jedem Tierchen sein Pläsierchen.«

Ah *merde*, eine harte Nuß! »Und wer gut schmiert, der gut fährt, Madame?« knurrte Louis. »Eine Hand wäscht die andere, Madame. Sie beleidigen einen Offizier der Sûreté, einen Oberinspektor!«

»Gut, ist schon in Ordnung. Ganz wie Sie wünschen, Monsieur.«

Ihr Korsett rutschte, aber sie wollte sich nicht die Mühe machen, es hochzuziehen oder ihr Negligé zu schließen. Sie drehte sich kühl um mit ihren beiden Granaten und ihrer behaarten Muschi. »Warten Sie hier«, sagte sie. »Und gehen Sie bitte nicht im Haus herum, bevor Sie mit Madame gesprochen haben.«

Sie war drall und rund und kurvenreich, und ihre Spreizfüße mit den entzündeten Ballen waren genauso nackt wie der Rest von ihr unterhalb des Korsetts und des blumigen, durchsichtigen Teils, das sie darüber trug. Das Negligé blähte sich auf, als sie davonschritt, um kurz darauf wieder hinter den Arrangements aus Palmen, Farnen und Gummibäumen aufzutauchen und die beiden dann endgültig allein zurückzulassen in diesem jadegrünen und goldenen Paradies.

»Lassen Sie sich von ihr nicht auf die Palme bringen, Louis. Ich weiß doch, daß Sie ein Patriot sind.«

»Dann erzählen Sie mir am besten, was draußen auf der Straße passiert ist.«

»Eine Frau, Louis. Parfüm. Sie war verdammt gut. Ich konnte sie nicht finden.«

St.-Cyr nickte grimmig und ließ dann den Blick durch den Salon schweifen. Hier roch es förmlich nach *la belle Époque*. Schwarze Vorhänge mit goldenen Quasten hingen von der Decke bis zum Boden, ein riesiger Kronleuchter glühte mit seinen leuchtenden Kristallrauten und goldenen, geschwungenen Kerzenhaltern. Auf die Kerzen wurde offenbar verzichtet, damit kein Wachs auf den Teppich tropfte.

»Das ist großartig, Hermann. Rosenholz und Ebenholz. Mahagoni im Stil des zweiten Empire, aber wohl nachträglich ein wenig veredelt. Ein Quadratmuster, die Nuten mit Gold ausgelegt. Sessel mit Bezügen aus grünem Boi, so bequem, daß man einen ganzen Tag drin sitzen kann. Weinrote Saffianledersofas und ein Zweisitzer mit Paisley-Kissen in Dunkelblau, Rot und Safrangelb.«

Zwei Fayence-Hähne, bunt glasiert und vergoldet, standen in stolzer Pose an den zwei Längsseiten des Raumes. Frauenfarne gediehen in kunstvoll mit fliegenden Störchen bemalten Porzellantöpfen. Die Wände zeigten Wasserlilien, zwischen denen nackte Nymphen hervorschauten, auf Fröschen ritten, mit Libellen umhertollten oder in Betten aus Schilfrohr schliefen.

Korsettc und Strümpfe – ein Strumpfband, das einmal ein wohlgeformtes Bein umschlossen hatte …

Ein Fächer aus Ebenholz, Zigarrenstummel in den Standaschenbechern neben den Sesseln, eine Tischlampe in Malachitgrün und Gold, gekrönt von Faltenschirmen aus Seide. Im Hintergrund bildeten die geschlitzten jadegrünen Blätter des Drachenbaums und die eleganten Wedel des Bambusstocks einen wahren Dschungel.

Alles hier stammte aus der Zeit von 1890 bis kurz vor dem Ersten Weltkrieg.

»Hübsch hier, Louis, aber müssen wir nicht annehmen, daß eine der beiden Frauen aus einem Haus wie diesem kommt? Diejenige, der ich vorhin folgen wollte?«

»Was ist mit dem Mädchen mit dem Fahrrad? Durch sie sind wir hierher gekommen.«

»Vielleicht, doch ...« äffte Kohler seinen Partner nach, verschluckte aber den Rest. Die *Sous-Maîtresse* kam zurück. Sie hatte inzwischen weder ihr Korsett zurechtgerückt noch zugeschnürt, um ihr üppiges Fleisch in die Schranken zu weisen und daraus eine Wespentaille zu formen, die in der Halbwelt jener Epoche äußerst begehrt war. »Messieurs, wenn Sie mir bitte folgen wollen. Ich bringe Sie zu Madame.«

»Louis, machen Sie das. Ich warte hier.«

Madame Morel wußte, daß es keinen Sinn hatte zu widersprechen, aber ihre prallen Wangen strafften sich und ihre dunklen Augen verengten sich zu schmalen Schlitzen. »Alle Türen sind verschlossen, Monsieur, wir legen hier Wert auf absolute Diskretion. Jeder wird hier nach seinen Wünschen bedient, und wir garantieren auch in dieser späten Stunde Ungestörtheit, wenn jemand für die ganze Nacht bezahlt hat.«

Mimosen und Rhododendronbüsche, Feigen mit dunkelgrünen, dünnen Blättern. Ob sie auch manchmal trugen? Orangen- und Zitronenbäumchen, die richtige Früchte trugen – hier gab es nicht das grauenhafte Zeug, das die Besatzer Marmelade nannten. Nein, hier zog man seine eigenen Früchte und hatte gewiß auch genügend Zucker.

Zwei mit Schnitzwerk verzierte, hochlehnige Ebenholzstühle, die Sitzpolster in feinstem Gobelinstich, flankierten rechts und links den offenen Durchgang, durch den Louis und die Dame verschwunden waren. Jenseits davon, unter den Kristallkaskaden eines weiteren Kronleuchters, stand auf vergoldeten Beinen ein großer, dunkelgrüner mit Blumenmustern verzierter Topf, in dem der Weihnachtsbaum des Etablissements steckte: eine prächtige Kentiapalme, die geschmackvoll und nicht überladen mit goldenem, birnenförmigen Christbaumschmuck behangen war.

»Warten Sie bitte hier«, sagte die Frau. Louis strich vorsichtig über eine der goldenen Birnen. Sie war so leicht, so exquisit. Vergoldetes venezianisches Glas, sehr alt, jede von ihnen ein kleines Vermögen wert.

Efeu wucherte über den Rand des Topfes. Der Teppich war ein echter Aubusson, karminrot und mauve. *Mon Dieu*, was steckt hier für ein Geld. Und dann wahrscheinlich die Notwendigkeit, ständig etwas von den Kostbarkeiten zu ersetzen, um Neues zu zeigen.

»Monsieur, bitte erklären Sie Ihr Hiersein.«

Die Madame des Hauses war ebenfalls dunkeläugig und schwarzhaarig, womit sich die Ähnlichkeit mit der *Sous-Maîtresse* aber auch erschöpfte. Das lange, glänzende, enganliegende schwarze Seidenkleid paßte zur toupierten Frisur, zur Diamantbrosche, zu den glitzernden Ohrringen und natürlich zu den Handschuhen, die bis zum Ellbogen reichten. Sie trug ein Halsband aus schwarzem Samt. Ihre Haut war perfekt und glänzte samten, die Wangen waren rot, obwohl sie kein Rouge aufgetragen hatte. Rot vom Frost? War sie gerade draußen gewesen? Ihr Parfüm ... es war so frisch und kräftig. Sie war größer als St.-Cyr und fast so schlank wie Gabrielle. Wie diese hatte auch sie die Figur einer Göttin.

»Madame«, begann er, »bitte entschuldigen Sie die Störung. Eins Ihrer Mädchen ...«

Die dunklen Augen in dem feingeschnittenen, aristokratischen Gesicht blickten teilnahmslos.

»Mademoiselle Bertrand«, fuhr er fort.

»Ja?«

»Ich möchte mich mit ihr unterhalten. Es ist dringend.«

»Sie ist nicht da, sie hat Husten. Nichts Schlimmes, nur eine Erkältung. Ich habe ihr gesagt, sie solle zu Hause bleiben, bis sie wieder gesund ist.«

Merde, warum gönnte Gott ihnen keine Pause? »Dann erzählen Sie mir doch bitte von ihr.«

»Da gibt's nichts zu erzählen. Claudine arbeitet seit zehn Jahren für mich. Es hat nie Ärger gegeben, Inspektor. Den gibt es nie mit meinen Mädchen.«

»Ihr Name, Madame?«

»Ange-Marie Celeste Rachline.«

Mußte man ihr jedes Wort einzeln aus der Nase ziehen? Ihre Lippen waren rot und wunderschön, aber dennoch kalt, dachte er. Ja, kalt. War das immer so oder lag es daran, daß sie draußen gewesen war ? »Alter?« fragte er scharf. Ihm gefiel das überhaupt nicht.

»Vierunddreißig, Inspektor. Was soll das hier? Bitte, das Haus ... diese Zeiten, Sie verstehen?«

»Ehemann?«

»Stehe ich unter Verdacht?«

»Nein. Im Moment noch nicht.«

»Dann lassen wir doch meinen Mann aus dem Spiel, Inspektor. Wir leben getrennt und sehen uns nicht. Er geht seinen Weg und ich meinen, und das schon seit zehn Jahren.«

»Dann war Mademoiselle Bertrand von Anfang an mit dabei? Und da gibt es nichts zu erzählen?«

»Claudine sorgt für ihre bettlägerige Mutter, die nichts von diesem Haus weiß und in ihrer Umnachtung glaubt, daß ihr Mann, der 1914 gefallen ist, sie versorgt. Die beiden leben allein in Vieux Lyon, in der Rue de Boeuf Nr. 6.«

Gar nicht weit weg. »Sie hat keinen Zuhälter?«

Madame Rachline schüttelte schwach den Kopf. »Nein, keines meiner Mädchen hat einen. Das ist nicht erlaubt, eine Hausregel, die dafür sorgt, daß jede hier einen guten Lohn für ihre Dienste bekommt und daß es keinen Ärger gibt.«

»Und der Doktor?« Irgend etwas beunruhigte ihn an ihr außer Lippen und Wangen, aber was?

»Dr. Sévigny kommt dreimal in der Woche, öfter als bei anderen ähnlichen Patientenkreisen, denn natürlich betrifft mich das Wohlergehen meiner Mädchen auch. Sie sind gut, und ich gebe ihnen soviel Sicherheit wie ich kann. Es ist ein Beruf, nicht wahr? Deshalb wollen wir nicht so herablassend sein. Jede hat Geld an einem sicheren Ort und kann wenn nötig einen Vorschuß bis maximal einem Viertel ihrer Jahreseinnahmen bekommen, von denen sie übrigens die Hälfte erhält; dreißig Prozent gehen an die Besitzer, fünf Prozent an mich, und fünfzehn werden für das Haus aufgewendet.«

Noch nie hatte er zuvor von einem so fairen Verhältnis gehört. Wenn Madame Rachline noch irgendwelche Sorgen wegen seiner Anwesenheit plagten, verbarg sie das gut. Er fragte, ob sie sich nicht setzen wollte. Sie zögerte nicht, fragte aber ihrerseits: »Würden Sie mein Schlafzimmer vorziehen oder den *Grand Salon* oder das Speisezimmer?« Er verstand die Andeutung, daß Madame ihr Schlafzimmer bisweilen auch benutzte, durchaus.

»Dann folgen Sie mir bitte. Es ist das einzige Bett, das im Moment nicht benutzt wird.«

»Waren Sie draußen, Madame?«

»Ja, das war ich tatsächlich. Ich besuchte die Christmette in der Basilika.«

»Und sind in diesen Sachen nach Hause gegangen?«

»Ja.«

Ah *merde*!

Kohler nahm sich selber von der *Foie Gras de Canard*, der Entenleberpastete, und füllte einen der vergoldeten, mit einem Rubinrand gezierten venezianischen Kelche mit einem Romanée Conti von 1917 – war der wirklich so alt?

Dann probierte er von der Kalbswurst mit Trüffeln, von den kandierten Früchten und vom Kirschsoufflé – der Eßtisch war immer noch übervoll. Das Tischtuch war dunkelrot, grün und weiß gemustert, den Deckenlüster schmückten Glasrhomben in den Farben Rubinrot, Smaragdgrün, Lapislazuliblau und Zitringelb.

Hermann nahm eine Auster und dann ein wenig von dem *Portugaises vertes* – wie war man nur da drangekommen? Als er die halbvolle Flasche mit scharfem Wodka sah, dachte er an seine Söhne in Stalingrad. Würde es ihr letztes Weihnachten sein? *»Salut!«* sagte er und hielt dann inne, um einen Löffel in den schwarzen russischen Kaviar zu stecken. »Gott mit uns, was, Hans? Scheiße! Sag Jürgen, ihr hättet besser auf euren Papa gehört und wärt nach Argentinien verduftet.«

Ah *merde*! *Merde*. Dieser beschissene Krieg. Er nahm noch einen Schluck Wodka. Diese zwei Schlampen im Turm, die eine auf der Straße – war das wirklich eine Frau gewesen?

Er verschlang eine Schnepfe, abgehangen bis sie vom Haken fiel, und dann in einer Branntweinpaste mit den verrotteten Innereien auf einem Bett aus Weißbrot geschmort.

Der Tisch war mit blütenweißem Porzellan und altem Silber gedeckt, alles ein Vermögen wert. In der Mitte stand eine Krippe – nubische Sklaven führten Elefanten und Tiger oder schützten ihre Herren auf dem Weg nach Bethlehem mit juwelenbesetzten Schirmen vor der Sonne. Karaffen und Flaschen – Perlenschnüre und Rosenkränze aus geschliffenem Glas, Bienenwachskerzen, die er schon seit Jahren nicht mehr gesehen hat. Spiralen und Knäuel und geriffelte Säulen, alles andere als klobig, goldene Artischocken, Weintrauben und Liliensträuße.

Noch mehr Kaviar verschwand in seinem Bauch, mehr Wodka, Pastete und Soufflé. Einige Kerzen waren ausgegangen oder wurden von langen Fingern gelöscht. Er konnte sogar den Frohsinn in ihrem Lachen hören. Fünfzehn Paare saßen hier, zweifelsfrei die Creme der Lyoner Industriellen, Bankiers, Rechtsanwälte und Kaufleute. Geld, Geld und noch mehr Geld, denn die Geschäfte liefen gut für sie, ja, wirklich gut.

Seinen Wodka hatte er im Magen, und er goß sich einen neuen ein. Immer abwechselnd mit dem Romanée-Conti war der Schnaps nicht übel. Ein bißchen zu scharf, aber die Russen neigten schon immer zu Übertreibungen. Zu emotional, dieses Volk.

Aus der gebratenen Gans hatte man die Knochen herausgezogen, bevor man sie mit gehackter *Foie Gras* und Trüffeln füllte. Kleine Pilze lagen wie dralle, gut entwickelte Brüste zwischen entsteinten Oliven und kleinen, in Butter gebackenen Würstchen. All das war mit einer dunklen, fetten Soße überzogen, die inzwischen zu einem dickflüssigen Gelee abgekühlt war.

Er löffelte ein bißchen, schnitt ein kleines und riß dann ein größeres Stück ab. Den Tisch entlang mußten ein Dutzend Gänse verteilt gewesen sein. Die Kartoffeln waren gut. Mit der Schnepfe und der Pastete und dem Porreegemüse war das schon ein reichliches Mahl. Noch ein Dessert und ein Schlückchen Wein. Er würde den Clos de Vougeot probieren oder vielleicht den Beaujolais Blanc.

»Sie sind aber hungrig.«

Er hielt ein paar Sekunden inne und bemerkte, daß ihm Bratensoße das Kinn hinunterlief.

Ihr Haar war so rot wie der Himmel über Essen, wenn Krupps Hochöfen auf Hochtouren liefen. Ihre Augen waren von einem lebendigen Grün, groß und voller Unschuld, die Wimpern lang und ein bißchen dunkler als die volle Pracht, die über ihre appetitlichen Schultern fiel. Sie war prächtig. Um die dreiundzwanzig Jahre alt. Stark und stolz, selbst wenn sie nackt wäre – was sie nicht war.

Kohler schluckte – er hat gar nicht gewußt, wie sehr er seine kleine Giselle vermißte, oder Oona, ihre holländische Perle. »Bonsoir«, sagte er. »Nehmen Sie sich doch einen Stuhl. Darf ich Ihnen etwas einschenken? Den Dom Pérignon, nicht? Ein wenig Pastete? Kommen Sie schon, ich leiste Ihnen Gesellschaft. Ein bißchen Kaviar. Ihr Kunde ...« Er hob die Brauen. Sie lächelte sanft, und ihre Lippen ... Sie waren perfekt! Paris ... würde sie eventuell mit nach Paris kommen, wenn das hier vorbei war?

»Ich habe das Leiden meines Kunden gelindert, und jetzt schläft er, bis es ihn wieder überkommt. Haben Sie auf mich ...«

»Gewartet? Leider nicht. Ich wünschte, ich könnte, aber ich weiß, daß ich das heute nacht nicht mehr schaffe. Vielleicht ein andermal? Ich bin Georges Chartrand aus Dijon und geschäftlich hier, und Sie?«

»Mademoiselle Renée Noirceau.« Sie strich sich das Haar aus der Stirn und zog den blauen Seidenumhang etwas enger. »Warum sind Sie dann hier und warten, gierig nach meinem Körper? Man muß Ihnen nur in die Augen schauen und sieht die Tiefe ihrer Lust.«

Er gestikulierte mit dem angebissenen Gänseschlegel. »Einer Ihrer Kunden ist ein Geschäftspartner. Er wollte mich aufnehmen, aber seine Frau hat die Tür abgeschlossen.«

Sie lächelte ihn an, ungläubig und schüchtern wie eine Jungfrau. Sie nahm etwas Soufflé, um beschäftigt zu sein, und einen Schluck Champagner. Sie musterte diesen Gestapo-Mann wie einen Stier auf dem Viehmarkt, und würde ihn, wenn nötig, auch kastrieren. »Sind Sie verheiratet?« fragte sie und ließ nicht locker.

Kohler grinste. »Wie sonst sollte ein Mann wohl lernen, eine Frau glücklich zu machen?«

»Und die Frau? Lernt sie besser, wenn sie es immer mit demselben macht oder wenn sie es mit mehreren Männern treibt?«

Er strich etwas Kaviar auf den Rest der Schnepfe und reichte ihn ihr. »Probieren Sie das. Ich kann mir vorstellen, daß Sie diese Kombination mögen. Schmeckt interessant.«

Sie küßte seine Finger und dann die Hand, die die Schnepfe hielt, deren kleiner Kopf unter einem Flügel steckte. Zögernd winkte Mademoiselle Noirceau ab. »Ich muß zurück. Monsieur Bertolette baut jede Menge Lastwagen für die Deutschen. Vielleicht hat er wegen seines Gewissens einen derart leichten Schlaf. Und wenn er bezahlt hat, dann verlangt er auch was. Ich bin nur deswegen gekommen.«

Eine Flasche 1908er Dom Pérignon.

»Erzählen Sie mir etwas über Mademoiselle Bertrand.«

Sie hob ihre Augenbrauen. »Hat Ihr Freund Ihnen den Namen gegeben?«

»Statt des Ihren? Ja, das hat er. Sie ist älter und …«

»Erfahrener?«

Herr im Himmel, sie hat einen entzückenden Akzent. Edel, aus der Lyoner Aristokratie, der Crème de la crème.

»Erfahrener?« wiederholte sie, und er lächelte, als er antwortete: »Sie sagen es. Ist Mademoiselle Bertrand die Nummer eins in diesem Stall oder die Nummer zwanzig?«

Stall … Sie würde die Achseln zucken ob dieser Beleidigung. »Nun, Monsieur, jede hat ihr Spezialgebiet. Es kommt auf Ihren Geschmack an, alle können Ihnen …«

»Etwas Ausgefallenes bieten? Nein, ich mag es lieber *au naturel* und auf die normale Art.«

»Nicht manchmal etwas anders? Im Sessel vielleicht, oder an die Wand gelehnt, im Büro, vor dem Spiegelschrank oder auf allen vieren wie die Tiere?«

Es wäre besser, wenn Louis hier wäre! »Hat sie was mit einer Frau?«

Sie griff sich an den Hals, und für einen Moment stand Angst in ihren Augen. »Warum fragen Sie das?«

»Weil es doch möglich wäre.«

»Da müssen Sie sich an Madame Rachline wenden, Monsieur. Ich weiß nichts und bediene nur die Hengste mit dem passenden Gegenstück.«

Heiß unter dem Mäntelchen, bei dem Gedanken, nackt mit einer anderen Frau zusammenzuliegen? Kohler packte ihren Arm und zog sie zurück, und Sie wollte ihre Fingernägel über seinen Handrücken ziehen, erwischte aber nur einen Daumen, der seit dem letzten Fall noch nicht ganz verheilt war. Er faßte fester zu.

Ah *maudit*, ein Dickschädel. Ein Riese. Zitternd ließ Sie den Daumen in Ruhe und berührte die Narbe auf der Wange und die Wunde an der Stirn, von der vor einigen Stunden schon der Verband abgefallen war oder vielleicht auch abgenommen worden war.

»Claudine ist was Besonderes, Monsieur, und deshalb hält Madame sie auch.«

Kohler sammelte zwei Präservative ein, die zwischen den Kerzen lagen. Sie waren babyblau und hellgrün, man hatte die Wahl. Aufgerollt und fertig, mit einem Weingummidrops in jedem.

Sie runzelte die Stirn und seufzte, als er sie ihr in die Hand drückte. »Monsieur Bertolette wird sie nicht benutzen. Statt dessen schaut er erst nach, ob ich gesund bin, und reitet dann ohne diese englischen Reitmäntel. Ich bin schwanger, und nun dreht sich mir beim Anblick des Essens der Magen um.«

Bertolette war einer dieser altmodischen *Patrons*, für den Gewerkschafter an den Galgen gehören und der seine eigene Mutter verkaufen würde, wenn ihm das geschäftlich nützte. Lastwagen, jede Menge. Ihm gehörte das größte Werk des Landes.

Kohler faßte zärtlich ihr wohlgeformtes Kinn. Ihm war klar, daß sie als Kind keinen Mangel hatte leiden müssen. Ihre Familie war wohlhabend. »Bon Noël, Mademoiselle Renée. Vergießen Sie keine Tränen. Lassen Sie sich nur von dem Arschloch reiten, versuchen Sie nicht, ihn zu überreden, daß er sich Ihrer annimmt.«

»Ich mache mir keine Illusionen, Monsieur. Madame hat alles arrangiert, und im neuen Jahr kann ich mein kleines Problem loswerden.«

»Hat sie was mit einem Kunden?«

»Madame? Natürlich nicht. Sie ist unser einziger Schutz, wenn es Probleme gibt, und muß neutral bleiben.«

»War Sie zum Abendessen hier?«

»Ja. Ja, natürlich.«

»Ist sie für eine kurze Zeit fort gewesen?«

»Ah, ich ... ich weiß nicht, Monsieur. Ich war beschäftigt.«

»Wem gehört das Haus?«

Sie zuckte die Achseln auf eine Art, die ihn befriedigte und ihm gleichzeitig Rätsel aufgab.

»Anderen«, sagte sie traurig. »Oh *bien sûr*, Monsieur. Wir würden so was als letzte erfahren.«

Darauf würde ich wetten! »Diese Dinge ... das Haus, alles, was hier herumsteht. So was habe ich noch nie gesehen. Wer hat es ausgestattet und betreibt es? Die Sachen, die Ihr tragen müßt? Diesen Umhang? Nichts von alledem gibt es mehr zu kaufen, also, wo kommt es her?«

»Ich habe keine Ahnung, Monsieur.«

Ein Schatten legte sich über ihre grünen Augen, sie hielten seinem prüfenden Blick nicht stand. Mademoiselle Noirceau faßte sich an den Bauch, ließ die Champagnerflasche fallen und rannte mit einer Hand vor dem Mund aus dem Zimmer.

Glücklicherweise explodierte die Flasche nicht. Vorsichtig hob Kohler sie auf und folgte der Frau in die Küche, wo er wartete, bis sie die Eingeweide entleert, sich das Gesicht gewaschen und ein wenig frisch gemacht hatte.

Selbst der Treppenaufgang war überreich mit Palmen und Farnen in Porzellantöpfen und prächtigen Aktgemälden ausstaffiert, und die Stufen bedeckte ein Teppichläufer.

»*Merci*«, sagte sie zögernd, als er ihr die Flasche reichte. Kohler ließ sie die Tür öffnen. Befriedigt lag Bertolette auf dem Bauch zwischen den durchwühlten Decken. »Er schnarcht«, sagte sie entsetzt. »Männer sollten nicht schnarchen, nachdem sie eine Frau geliebt haben.«

Ein Strumpf hing über einer Sessellehne, das Korsett lag auf dem Boden, die Schnur war vollständig herausgezogen.

Er durfte ihr noch zusehen, wie sie den Gürtel öffnete und den Umhang fallenließ. »Auf Wiedersehen, mein lieber Kriminalbeamter. Ich würde Sie ihm vorziehen, aber andererseits ist es egal, wenn die Augen erst mal zu sind.«

Teufel noch mal, wie konnte ein Mädchen aus gutem Hause nur so tief sinken?

Sie berührte ihre Lippen mit den Fingerspitzen. »Kommen Sie, Inspektor. Hier auf dem Boden. Lassen Sie uns die Tiefe Ihrer Leidenschaft ausloten. Bitte, es hat keinen Sinn, den Storch zu erschießen, wenn er schon ein Ei ins Nest gelegt hat.«

Kohler küßte sie und knetete ihr prächtiges Hinterteil. »Schlafen Sie gut, und viel Glück. Wir kommen wieder.«

»Wir?«

Er legte einen Finger auf ihre Lippen. »Mein Partner und ich. Er ist unten bei Madame.«

»Das wird nichts. Die macht ihre Beine für niemanden breit.«

»Nicht einmal für Frauen?«

»Nein, nicht einmal für sie.«

»Ich mag Ihr Parfüm. Wie heißt es?«

»*Étranger.* Es gehört Madame. Sie hat uns gefragt, ob wir es heute abend nicht alle auflegen wollen. Ein kleines Geschenk.«

Er schloß die Tür und lehnte sich schwer atmend an die Wand. Louis ... Louis, ich glaube, mir wird schlecht.

Jeder Moment im Kirchturm, jede Sekunde auf der Straße machten sich in seiner Erinnerung breit. Er sah die Ruine des Kinos und die Leichen, die jungen, die alten, und roch den Gestank ihres verbrannten Fleisches.

* * *

Angespannt berührte St.-Cyr den Kronleuchter in Madame Rachlines Schlafzimmer und hörte das perlende, höhnische Lachen der Kristallrauten, als sie aneinander rieben und sich wieder voneinander trennten, als würden sie verträumte flüchtige Umarmungen austauschen oder einander Vertraulichkeiten zuflüstern. Was hatte sie vor? War es klug gewesen, sie so einfach gehen zu lassen?

Madame Rachline hatte ihn in ihr Zimmer geführt und war dann wieder gegangen, um zu schauen, ob eines ihrer Mädchen gerade frei war. Der Raum wirkte unbenutzt. Daß er das bemerken würde, muß sie doch gewußt haben.

Hellgrüne Leinentapeten mit weißen Rosenmustern an den Wänden. Dazu paßten die gesteppte Tagesdecke und der mit Vorhängen versehene Baldachin, der über dem Bett im Empire-Stil aus Messing und Ebenholz von der Decke hing.

Ein Wandschirm aus Messingrohren und Pfauenfedern stand vor dem grauen Marmorkamin, auf dessen Sims sich zwei Amphoren mit Seidenrosen befanden. Sie wirkten so echt, daß man den Duft in der Nase zu verspüren glaubte. Dasselbe konnte man über die leuchtenden Mohnblumen in einem Gemälde von Henri Fantin-Latour sagen oder in den älteren und üppigeren Frühlingsblumen von van Dael.

Der Raum war ein Museum. Er vermittelte diesen Eindruck – genauso kalt, genauso unnahbar und still. Alles, was noch fehlte, war eine Glasvitrine um die große Vase mit den rosa Seidenlilien. Exquisit, ja, und unberührt. Doch nun … warum hat sie versucht, ihm weiszumachen, daß das Zimmer benutzt wird?

Selbst als er die grüne Flasche mit den eingravierten schwimmenden und einander umschlingenden Nackten entstöpselte, fragte er sich, ob sie ihn hier allein ließ, um zu sehen, wie weit er gehen würde.

Der Duft war beunruhigend. Bargamotte und Jasmin, Rosen und Lemonenblüte, Orange, Salbei und Moschus. Er erinnerte St.-Cyr an den Glockenturm, aber auch an seine Kindheit, und das so plötzlich, daß er darüber fast erschrak. Er sah die zitternden Schritte eines zehnjährigen Jungen, der sich schuldbewußt von den Eltern entfernte und durch die verbotene Schau im *Palais des Fils, Tissues et Vêtements* – Garne, Stoff und Kleidung – spazierte, damals, auf der großen Weltausstellung in Paris 1900.

Da gab es schwungvolle Röcke, zierliche, reichbestickte oder juwelenbesetzte Bolerojacken, Schleierhüte, Fräcke, Zylinder und Seidenkrawatten für den Mann von Welt. Aber tiefer, tiefer im Labyrinth, als ob man sie extra versteckt hätte, fand der Junge dann Spitzenwäsche und Seidenunterröcke, genau jene, die immer so raschelten, wenn *Maman* oder Tante Sophie oder eine seiner älteren Cousinen sich aufregten, in Eile oder im Begriff waren, ihm eine Ohrfeige zu verpassen.

Les Toilettes de la Collectivitée de la Couture wurde das genannt, die erste wirklich öffentliche Ausstellung der *Haute Couture*. Damenhemden und Korsette – die mit Walbein oder Draht verstärkten Rüstungen, in die sich die Frauen jener Tage einschnürten. Die Mieder und Schlüpfer, die bis über die Knie reichten. Seidene Nachthemden, weich und sinnlich, alle handgenäht, mit Monogramm versehen und an den Säumen mit Clunyspitze oder Volant besetzt oder mit Silberfaden durchwirkt, mit rosa oder blauen Bändchen am Ausschnitt, die man erst alle einzeln aufbinden mußte, wenn man sich an den Inhalt machen wollte.

Schwarze, knielange Seidenstrümpfe und hohe Schnürschuhe, eher Stiefel, die vorne spitz zuliefen. Durchbrochene Blusen von *Broderie Anglaise*, die als unanständig galten und dennoch nur die Sicht auf ein Stückchen weißen Mieders aus Batist freigaben, wenn man schicklich und nicht zu Dummheiten aufgelegt war oder sich nicht herausputzen wollte.

Vater und Mutter hatten ihm ordentlich den Hintern versohlt, und er konnte drei Tage lang nicht sitzen. Mutter sprach nicht mit ihrem ungezogenen Sohn, nahm ihn gar nicht zur Kenntnis. Das Hausmädchen hatte ihn bezichtigt, heimlich die Wäsche durchsucht zu haben, um Sachen zu betrachten, an die ein Junge nicht einmal denken sollte.

»Und jetzt?« fragte er sich ein wenig traurig. Warum wußte dieser Junge nun viel mehr bösere Sachen, als sich die Eltern jemals vorstellen konnten?

Er starrte auf die Parfümflasche. Der Duft war erdig, ungewöhnlich und stammte wohl aus der Zeit um die Jahrhundertwende. Für St.-Cyrs Geschmack enthielt er zuviel Moschus – dachte er jetzt wenigstens, denn das Parfüm hatte ihn in eine peinliche Situation gebracht.

Madame Rachline war zurückgekehrt – und hatte ihn an ihrer Frisierkommode erwischt.

»Inspektor, das ist Michèle-Louise, eines meiner Hausmädchen. Unglücklicherweise braucht unsereins etwas Hilfe beim Umziehen. Bitte, wir können uns ruhig unterhalten, während ich ...« Sie deutete auf den Wandschirm, sagte aber nichts über den Parfümflacon, den St.-Cyr immer noch in der Hand hielt, zeigte nicht das kleinste Anzeichen von Überraschung oder Erstaunen. Clever ... war sie clever?

Das Mädchen hatte verträumte, tiefbraune Augen und war in glattes weißes Musselin gekleidet, der alles andere tat, als ihre Reize zu verbergen. Blasse Lippen und dichtes braunes Haar, das in Wirbeln und Locken unter ihrer Nachthaube hervorlugte. Um die siebzehn, vermutete Louis. »Guten Abend, Monsieur«, flüsterte das Mädchen scheu und verbeugte sich kurz an Stelle eines Knickses.

Das Spiel begann. Madame Rachline erzählte, während das Mädchen ihre Kleider über den Schirm hängte.

»La Belle Époque ist ein gut eingeführtes Haus, Inspektor, mit ausgewählten Kunden, die stets im voraus bezahlen und zusätzlich einen jährlichen Mitgliedsbeitrag entrichten. Dafür versuchen sie auch bei jedem Besuch, das Letzte herauszuholen.«

»Gehört der Präfekt auch zur Kundschaft?« Louis wußte, daß sie das alles absichtlich gesagt hatte, um eine nähere Untersuchung oder Überwachung zu vermeiden.

Ein weißer Baumwollunterrock folgte dem Kleid. »Muß ich diese Frage beantworten?«

»Es würde mir helfen.« Würde sie dem Präfekten alles erzählen oder den Besuch lieber verschweigen?

Ein Hemd oder ein weiterer Unterrock folgten. Mit mehr Volant am Saum. »La Belle hat nichts mit dem Feuer zu tun. Wie sollte es auch?«

Soviel dazu, ob der Präfekt auch Mitglied war und ob er sie eingeweiht hat. »Natürlich«, sagte er trocken, »aber es ist nun mal eine Tatsache, daß jemand diese Arbeitskarte auf dem Place des Terreaux fallen gelassen hat.«

»Wer?«

Wieder war da diese Kälte, diese Gefühllosigkeit in der Stimme. Äußerste Höflichkeit konnte so einiges verbergen. Sollte er ihr jetzt reinen Wein einschenken? »Das wissen wir noch nicht.«

Sie schwieg einen Moment – vielleicht, weil sie einen Seufzer der Erleichterung ausstieß, vielleicht, weil ein Knoten in einer Schleife gewesen war.

Das Mädchen stieß einen schrillen Schrei aus. »Ah, Madame, mir ist ein Nagel eingerissen.«

»Dann mußt du ihn schneiden, nicht wahr?«

Michèle-Louise kam hinter dem Schirm hervor, ging hinüber zur Frisierkommode und suchte nach der Nagelschere. Weil sich der Nagel an der rechten Hand befand, hatte sie ihre Schwierigkeiten mit ihm. Sie fluchte leise. Es klappte nicht, und deshalb entschied sie sich dafür, den Rest abzubeißen.

Ertappt! Der Inspektor beobachtete sie. Sie fühlte seine Blicke. Fragte sich ängstlich, ob er sie auch über das Haus ausfragen würde – ah *merde*, wahrscheinlich schon.

Wieder flog ein Unterrock über den Schirm, diesmal aus Seide. Madame Rachline setzte die Unterhaltung fort. Sie schien aufgeregt zu gestikulieren, denn der Schirm wackelte ein wenig – das erste Anzeichen von Emotionen. »Die Karte ist eine Fälschung.

Jemand will das Haus in diese Sache hineinziehen. Das sind ...« Sie zuckte wohl ihre nackten Schultern. »Das sind diese Zeiten, dieser Haß, die Unart, anonyme Briefe an die Polizei zu schicken oder seit kurzem auch an die Gestapo im Hotel Terminus.«

»Jaja, die Zeiten«, sagte er höflich. Ganz offensichtlich hatten die Briefe sie beunruhigt, und ebenso offensichtlich auch den Präfekten, der von ihnen erzählt hatte, ohne etwas über den Inhalt zu verraten.

»Gehört Monsieur Artel zu Ihrer Kundschaft? Diesmal muß ich auf einer Antwort bestehen, Madame.«

»Wird er verdächtigt, sein eigenes Kino niedergebrannt zu haben?«

War das so unmöglich? Er holte seine Pfeife und den Tabaksbeutel heraus. Sollte sie ruhig einen Moment schmoren.

Darüber verärgert, daß keine Antwort kam, sagte sie: »Ja, Monsieur Artel ist Mitglied, ein angesehenes sogar. Aber er nimmt nicht Claudine, sondern bevorzugt meine jüngsten Mädchen und zahlt für sie einen Extrapreis.«

»Michèle-Louise, Madam? Begehrt er Ihr kleines Hausmädchen und fürchtet deshalb die Untersuchung?« sagte er alles andere als laut.

»Michèle, mach mir sofort die Schnüre auf!«

Dankbar für diesen Ausbruch, entschied sich Louis gegen die Pfeife, steckte sie aber nicht ein. Daß Madame nicht geantwortet hat, sagt viel über Artel. »Und seine Geschäftsfreunde, Madame? Was ist mit ihnen?«

Versicherung, Bankgeschäfte, Rechtsverdreher. »Sind auch alle Mitglieder. Aber warum fragen Sie? Keiner von ihnen kann etwas mit dem Brand zu tun haben.«

»Aber vielleicht mit Mademoiselle Claudine. Nun machen Sie schon, Madame, das Spiel wird langsam langweilig.«

Sie mußte die Fäuste geballt und mit dem Fuß aufgestampft haben, denn das Mädchen sagte: »*Bitte.* Halten Sie doch still, Madame.«

»Claudine ist … Ah, wie soll ich das sagen, Inspektor? Die Welt ist bunt, es gibt die verschiedensten Geschmäcker, und Claudine ist eben etwas Besonderes.«

»Inwiefern?« Ah, *nom de Dieu*, was ist mit ihr los? Kalt wie ein Fisch, gleichgültig wie ein Fels – dieses Zimmer, Claudine, dieses Kind von einem Hausmädchen. Das Parfüm – sein Duft lag jetzt in der Luft. Hat das Mädchen, das einen solchen Luxus nicht gewohnt war, es selbst aufgelegt? War das Parfüm nicht mehr als ein kleines Weihnachtsgeschenk, oder steckte eine Absicht dahinter?

»Inwiefern, Madame?« wiederholte Louis seine Frage. Vielleicht lächelte sie triumphierend, vielleicht auch nicht.

»Ich glaube, das fragen Sie sie lieber selbst, Inspektor. Ich bin mir sicher, daß Claudine ihre Arbeitskarte in einem Café oder Restaurant verloren hat, vielleicht ist sie ihr aus der Tasche gefallen, als sie ihre Handschuhe herausnehmen wollte.«

»Und jemand hat die Karte mitgenommen, nur um sie auf dem Place des Terreaux fallen zu lassen?« fragte er scharf.

»Ja, natürlich. So muß es gewesen sein.«

Das Korsett konnte doch noch gelöst werden und hing jetzt wie das Skelett eines abgeschossenen Archäopteryx über dem Schirm. Ihm folgten ein glattes Baumwollhemd, schwarze Seidenstrümpfe und knielange weiße Unterhosen.

Im Haus war es warm – zu warm. In einem Land, wo Kohle so rar geworden war, daß man mit der Zuteilung nur noch einmal im Monat ein winziges Zimmer für ein paar armselige Stunden heizen konnte, hatten sie hier so viel davon, daß es sogar für die Badeöfen reichte.

Madame badete hinter dem Schirm und besprach sich dabei leise mit dem Mädchen. Schließlich kam Michèle hervor, um Madame einen grauseidenen Bademantel zu holen.

Sie saß an ihrem Toilettentisch, während das Mädchen ihr die Frisur löste und das Haar kämmte und dann bürstete. Dann bemerkte sie, daß sich ihre und Louis' Augen im Spiegel trafen.

Er versuchte vergeblich, ein Streichholz zu entzünden. »Diese lausigen Streichhölzer, die uns unsere Regierung verkauft«, sagte er. Beim dritten Versuch klappte es endlich, aber nur, weil er zwei auf einmal nahm.

Die Flamme leuchtete auf. Sie wurde ins Innere seiner Pfeife gesaugt. Er beobachtete Madame Rachline ununterbrochen durch den Rauch.

St.-Cyr nickte ihrem Spiegelbild zu und verabschiedete sich.

Sie berührte eine Wange mit der Hand.

Erst als er schon fort war, fiel ihr auf, daß er das Parfüm mitgenommen hatte.

Unten fiel eine schwere Tür ins Schloß. Schritte eilten über den Parkettboden im Flur und wurden schließlich vom Teppich auf den Treppenstufen verschluckt. Putputput ... Madame Rachline, komm zu Hermann Kohler. Er sah Louis aus ihrem Raum kommen.

Die Frau ging direkt zum Ende des Flurs und hatte Probleme damit, die schwere Eichentür aufzuschließen. Sie war außer sich, ließ den Schlüssel fallen, warf einen Blick über die Schulter, zog den störenden Ärmel ihres Bademantels hoch.

Das Schloß gab schließlich nach, und sie schloß die Tür hinter sich wieder. Er wartete, folgte ihr dann, öffnete die Tür einen Spalt und lauschte.

Sie war am anderen Ende der Verbindungsgangs und versuchte gerade, eine andere Tür aufzuschließen. Es war zu dunkel. Sie würde das Schlüsselloch nicht finden – war es derselbe Schlüssel oder ein anderer? Würde sie die Schlüssel in ihrer Panik vertauschen?

Wieder sog er diesen Geruch ein. *Étranger*, Madame? Er hatte sie fast erreicht, als sie davonschlüpfte. Er hörte, wie sie die Tür hinter sich abschloß. Verdammt! Was hat sie vor?

Ein Licht – er konnte es durch eines der Fenster im Verbindungsgang sehen. Sie war nun auf der Etage unter ihm, aber sie hatte den Verdunklungsvorhang zu früh zugezogen.

Die Wände waren wieder dunkel. Kohler hielt den Atem an. Erneut schlug irgend etwas in ihm Alarm.

Das Anwesen, während der Renaissance vielleicht das Heim einer reichen Kaufmannsfamilie, bestand aus zwei getrennten Gebäuden. Unterhalb des Verbindungsgangs lag ein Innenhof, auf dem früher Pferdewagen abgestellt wurden. Die Ställe waren aber schon längst in Wohnräume umgebaut worden. Wendeltreppen an den Außenwänden führten in die oberen Etagen.

Zwei Häuser also, in einem war das Belle Époque untergebracht, das andere diente als Wohnhaus.

Louis wartete im Foyer. Madame Morel, die *Sous-Maîtresse*, musterte sie abschätzend, als sie die Männer hinausgeleitete und die Tür hinter ihnen verriegelte.

»Was nun?« fragte Kohler.

»Zur Rue de Boeuf Nr. 6«, antwortete St.-Cyr grimmig. »Wir beeilen uns besser, *mon ami*. Madame Rachline war in der Christmette und hat mir erzählt, daß sie nach Hause *gelaufen* ist.«

»Das kann nicht sein! Sie war beim *réveillon!*«

»Dann ist sie kurz bevor wir kamen hinausgegangen.«

»Um eine Nutte zu treffen? Claudine Bertrand?«

Ah *merde*, kamen sie zu spät?

5.00 Uhr am Morgen, die Ausgangssperre war vorüber, und die Stadt erwachte langsam. Um 5.47 Uhr waren diejenigen, die zur Arbeit mußten, schon auf den Straßen, Weihnachten oder nicht. Einige schoben Fahrräder über den hartgefrorenen Schneematsch, andere gingen sicherheitshalber gleich zu Fuß. Nur wenige Lichtschimmer waren zu sehen, keine Flüche zu hören, keine Gespräche, nur ab und zu leises Husten. Sie wirkten wie eine Horde Zombies, die sich ohne Frühstück auf den Weg gemacht hatten. Es gab keine Croissants, und richtiger Kaffee war nur auf dem Schwarzmarkt zu bekommen.

Die Rue de Boeuf war nur zwei Straßen entfernt, hinter dem Place de la Baleine. Es gab ein paar Cafés, die meisten davon waren nicht mehr als winzige Löcher mit höchstens drei oder vier Tischen. Lyon war vor dem Krieg für seine Cafés berühmt gewesen. Jetzt hatten sie keine Leuchtschilder mehr, es gab heißes, trübes Wasser und kaltes Graubrot. Tabakrauch lag in der frostigen Luft, aber auch der aufdringliche Gestank des glimmenden Drecks, den die Leute zu rauchen versuchten. *Kamille und Eichenblätter oder Küchenkräuter!* Manchmal mit ein bißchen Minze versetzt, mit Gartenlattich oder Mangoldblättern. Eine Nation von Experimentatoren.

Eine Frau pinkelte in den Rinnstein. Es störte sie nicht, daß man sie dabei ertappt hat – schließlich war es stockdunkel, und vielleicht wäre es ihr sonst auch egal gewesen. Für einen Moment traf sie der verräterische, trübe Schein einer Fahrradlampe. Eine Straßenbahn bimmelte.

Der Concierge von Nr. 6 schickte eine seiner Töchter zur Tür, kam aber schließlich doch noch selbst heraus, als man nachdrücklich nach ihm verlangte.

Das graue Mondgesicht des Mannes straffte sich. »Die Wohnung ist im zweiten Stock, Messieurs. Die alte Dame, Mademoiselle Bertrands Mutter ...« Er blickte ängstlich auf Hermanns Gestapo-Marke. »Wir haben ihr andauerndes Jammern und Stöhnen in der Nacht nicht gehört. Nicht seit vorgestern.«

Er war beunruhigt. »Und davor?« fragte Kohler, der in der halboffenen Tür lehnte.

Der Mann blickte auf und sog die Luft ein, sagte zu sich, dieser Schmiß auf der Wange, diese Wunde an der Stirn ... »Das Husten von Mademoiselle Bertrand. Ihre Erkältung.« Er legte die Hand auf die Brust.

»Aber nicht seit sie Mittwoch abend zurückkehrte?« fragte St.-Cyr und hielt die Taschenlampe ein wenig tiefer, so daß sie den Concierge nicht mehr blendete.«

»Nein. Seitdem nicht mehr. Monsieur, ist irgendwas ...«

Kohler nahm den Schlüsselbund des Concierge. »Nun, das werden wir Sie wissen lassen. In der Zwischenzeit verlassen Sie bitte nicht das Haus. Könnte sein, daß wir Sie noch brauchen. Setzen Sie schon mal Kaffee auf, ein wenig Wurst, Brot, Marmelade und ein Ei für jeden darf's auch ruhig sein.« Er tippte dem Concierge auf den beachtlichen Bauch. »Sie sehen wohlgenährt aus. Schieben Sie was rüber, und wir halten den Mund.«

Jeder wußte, daß die Concierges in den Städten als Vermittler von Schwarzmarktgeschäften tätig waren. Seife vom einen, Pflaumen vom anderen, manchmal auch Kekse oder Zucker.

»Komm, Louis, Ich glaube, der muß erst mal die Hose wechseln. Du kommst aber sehr nach deinem Vater«, sagte er zu dem zwölfjährigen Mädchen. »Paß auf, daß die Wurst auch in Ordnung ist. Wir wollen doch nicht, daß ein Angehöriger der Gestapo krank wird.«

»Und was ist mit ihm?« fragte das Kind und nickte in Louis' Richtung, der sich gerade an dem Hünen mit der Narbe vorbei ins Foyer drängte.

»Ach der, der ist mein Vorkoster. Wenn was vergiftet ist, verhaften wir euch wegen Mordes.«

»*Hermann, kommen Sie schon!*« Louis kochte. »Müssen Sie so mit ihnen umspringen? Was würden Sie tun, wenn Sie sechs Mäuler zu stopfen hätten?«

»Acht, Monsieur. Es sind tatsächlich acht«, sagte der Hausmeister.

»Und meine zwei Kusinen«, ergänzte das Kind zaghaft. »Sie sind beide schwanger und im Moment in der Frühmesse.«

»*Lügen*, Hermann. Da siehst, was die Deutschen aus uns gemacht haben. Eine Nation unehrlicher Menschen, in der selbst die Kinder gleichmütig lügen.«

Irgendwie gelangten sie zur Wohnung, wild gestikulierend in einer hitzigen Debatte über Fluch und Segen der Besatzung – nur um sich selbst von ihren schlimmen Befürchtungen abzulenken.

Die Wohnung war zu still und auch zu kalt. Ein kleines Wohnzimmer, dessen abgewetztes Mobiliar dreißig Jahre auf dem Buckel hatte. Der Teppich war abgetreten, und die Vorhänge sahen verschlissen aus. Keine Katze, kein Kanarienvogel, kein Zierfink.

In der Kochnische standen ein alter gußeiserner Ofen zum Heizen und ein Gasherd mit zwei Platten. Der Kessel war gefüllt, man wollte vielleicht eine Wärmflasche bereiten, hatte ihn dann aber doch beiseite gestellt.

Die beiden Türen zu den Schlafzimmern waren geschlossen, der schwache Geruch von Mönchsbalsam lag in der Luft.

»Sie oder ich?« fragte Kohler, wußte aber zu genau, daß er an der Reihe war.

St.-Cyr wartete. »Mit einem Taschentuch, Hermann«, flüsterte er. »Wie oft muß ich das denn noch sagen? Einem sauberen, *bitte*. Das, was Sie in Saint-Denis benutzt haben, hat über alle Fingerabdrücke Rotze verschmiert.«

Das war Monate her. Monate!

Madame Bertrand war im Schlaf gestorben, vielleicht Herzversagen. Möglicherweise war sie erst fünfundsiebzig, sah aber aus wie achtzig, war dünn und zerbrechlich. Sie hatte ihr Gebiß herausgenommen, es lag in einem trüben Glas auf dem Nachttisch.

Sie hatte Proust gelesen – Kohler wußte, daß Louis ob dieser guten Wahl anerkennend nicken würde, die in Anbetracht der Armut der Dame aber auch Rätsel aufwarf. Man mußte den Franzmann nicht einmal ansehen, um zu wissen, was er dachte. Man mußte einen Sinn dafür haben.

»Irgendwas nicht in Ordnung?« fragte er und deckte die Leiche zu. Er hat schon immer mit Unbehagen ans Älterwerden gedacht.

St.-Cyr schüttelte den Kopf. »Das soll der Leichenbeschauer beurteilen. Fassen Sie nichts an.«

»Hier gibt's nichts zum Anrühren.«

»Meinen Sie damit, daß Mademoiselle Bertrand nur einen kleinen Teil ihres Verdienstes nach Hause getragen hat?« St.-Cyr mußte Hermann nicht ansehen, um zu wissen, daß er nickte.

Sie gingen nicht weit in das andere Zimmer hinein, ließen das Flurlicht ein, das ihre Schatten auf den abgewetzten Teppich und den Stuhl warf. Die Kleider, die bestimmt nicht aus dem Belle Époque stammten, waren abgelegt und unordentlich über den Stuhl geworfen worden. Ein rotes, wadenlanges Wollkleid. Ein breiter schwarzer Gürtel aus glänzendem Kunstleder mit einer faustgroßen versilberten Schnalle. Beige Seidenstrümpfe, beachtlich in diesen Tagen, eine cremefarbene Bluse und eine Strickjacke, alles aus der Zeit vor dem Krieg. Ein anthrazitgrauer Mantel, ein Schal, ein Glockenhut und ein hochhackiger offener roter Lederschuh. Nur einer. Ebenfalls Vorkriegsware. Daran gab es keinen Zweifel.

Ihre Strapse und Unterhosen hatten es nicht bis zum Stuhl geschafft. Der Büstenhalter lag neben dem Kleiderschrank, aus dem sie sich ein Nachthemd, einen Bademantel und eine Strickbluse geholt hatte. Die Spiegeltüren standen noch offen, und im Spiegel konnte man sie wie schlafend im Bett liegen sehen. Ihr langes schwarzes Haar hatte sich über einen frischgewaschenen weißen Kissenbezug gebreitet. Ihr Kopf war ein wenig zur Seite gesunken, als ob sie gerade eingeschlafen wäre, ruhig und friedlich.

»Louis …«

Der süße, harzige Duft nach Mönchsbalsam war hier noch viel stärker. Mit einem Topf und einem Handtuch hatte sie sich ein behelfsmäßiges Inhaliergerät gebaut, es offensichtlich auch benutzt und dann sorgsam auf dem Nachttisch abgestellt.

»Baudelaire … Sie hat *Les Fleurs du Mal*, die Blumen des Bösen, gelesen, Hermann.« Louis' Stimme erstarb.

Mademoiselle war eine attraktive Frau, auch wenn nun ihr Unterkiefer heruntergeklappt und die Leichenstarre eingetreten war.

Doch in ihren Zügen konnte man immer noch etwas von jenem Kind entdecken, das sie einst gewesen war: frisch und lebendig, den Kopf voller Flausen.

»Warum sind ausgerechnet wir so gestraft?« St.-Cyr schaltete die Nachttischlampe ein.

Louis wollte schon immer ergründen, welches Ereignis sein Leben in diese Bahnen gelenkt hatte, die er nun nicht mehr verlassen konnte. »Stecken Sie ihr das Thermometer in den Arsch, oder muß ich das tun?« fragte Hermann mißmutig.

»Sie ist schon seit dem Brand tot, Hermann. Man muß sie sich nur anschauen.«

»Ermordet? Starb sie an diesem Zeug, das sie inhaliert hat?«

In dem Topf standen zwei Zentimeter Wasser, auf dem Boden hatten sich die Reste des Balsams abgelagert.

Oberflächlich betrachtet gab es hier nichts Ungewöhnliches. Nur eine Mutter und eine Tochter, eine von ihnen hatte eine Erkältung gehabt, die andere war alt gewesen.

Sehr beunruhigt über ihren Fund, schob Kohler den Vorhang ein wenig beiseite und blickte hinaus nach Südwesten auf die Rue des Trois Maries und das Belle Époque. Sowohl die Straße als auch das Haus waren noch dunkel. »Müller wird uns den Arsch aufreißen, wenn wir das hier nicht schnell hinkriegen, und Bömelburg hat garantiert, daß wir nichts zu lachen haben, wenn es noch mal irgendwo brennt.« Er sah zum Bett und schüttelte den Kopf. »War sie die einzige, die den Vorführer besucht hat?«

»Vielleicht. Hier ist nur ein Schuh. Ich kann ...«

»*Ja, ja,* den anderen nicht finden! Louis, wie zum Teufel ist das Mädchen mit dem Fahrrad nur an diese Arbeitskarte gekommen? Durch einen Verwandten, einen Liebhaber, einen Freund, oder war sie in dem Haus da drüben? Und hat sie von dem hier gewußt? Hat sie?«

Fragen gab es immer genug, passende Antworten waren schon seltener.

»Geduld, *mon vieux*. Geduld. Man braucht Hefe und Ruhe, damit aus dem Teig ein Laib wird.«

»Ach, Schnauze! Ich hab Schiß. Diese Schlampe auf der Straße, Louis, ich hab sie nicht erwischt. Wo mir so was nie passiert. *Das*, mein lieber französischer Freund, sagt verdammt viel über den Salamander, und dieser Tod direkt nach dem Brand kommt ihm gewiß auch nicht ungelegen.«

»Madame Rachline war draußen, kurz bevor ich mit ihr sprach ...«

»Ja, schon, aber war sie es, die uns verfolgt hatte? Das Parfüm, Louis?«

»Ah ja, das Parfüm. Da steht noch was auf Mademoiselle Bertrands Spiegelkommode.«

Das stimmte. Eine 250 cl-Flasche, fast voll. »*Étranger*, Louis. Der Fremde«, murrte Kohler. Der Name würde heutzutage bestimmt niemandem mehr etwas sagen.

»Sehr teuer, Hermann. Sehr ungewöhnlich, und wahrscheinlich kann man es seit fünfzig Jahren nicht mehr kaufen.«

»Aus dem Belle Époque? Wurde es auf einer Versteigerung erstanden, Louis?«

»Und wenn ich mich nicht irre, haben es alle zum *réveillon* bekommen, und auch der oder die Unbekannte im Glockenturm hatte es aufgetragen, vielleicht in der Absicht, daß wir es riechen sollten.«

»Claudine Bertrand kann es nicht gewesen sein, sie war zu diesem Zeitpunkt schon tot.«

Hermann verfiel in tiefes Schweigen, und St.-Cyr fragte ihn schließlich, was los sei. »Die Schuhe im Glockenturm. Ich ... ich habe vergessen, sie mir anzuschauen.«

»Ach, ich auch. Später. Später. Hermann, Madame Rachline ist entweder von Feuer fasziniert, oder sie hat große Angst davor. Als ich ein Streichholz angezündet habe, mußte sie sich zwingen, nicht auf die Flamme zu starren. Übrigens erfolglos.«

»Ah, *merde*, ist das ihr Fetisch? So sicher wie das Amen in der Kirche hat Claudine Bertrand auch perverse Sachen gemacht. Ich müßte mich schon sehr irren, wenn sie es nicht mit Männern und Frauen trieb.«

»Das Mädchen mit dem Fahrrad ...« begann St.-Cyr, verfiel dann aber in nachdenkliches Schweigen.

»Wie passen die Gemälde in der Basilika da rein, Louis?«

»Ach ja, die Bilder. Und ein ganzes Arsenal voller wertvoller und hochwertiger Dinge, an die man nicht so leicht herankommt.«

»Es sei denn, man hat den richtigen Ausweis und dazu noch ein Auto.«

Langsam sahen sie Land. »Auktionshäuser, Hermann, die Sachen stammen vielleicht aus einem Nachlaß.«

»Und erstklassige Nutten, deren Madame ins Nebengebäude rennt, um jemanden zu suchen.«

»Pardon?« keuchte St.-Cyr, aus seinen Gedanken gerissen.

Kohler erzählte ihm vom verschlossenen Verbindungsgang zum anderen Haus. »Sie sah nicht sehr glücklich aus. Madame Rachline hatte ihre Spitzenunterhosen ganz schön voll.«

»Vor allem kennt sie die Tote hier seit mindestens zehn Jahren und kann uns doch nichts über sie erzählen.«

»Ein Fremder, Louis. Ein Salamander und ein Feuerwehrkommandeur zu Besuch.«

»Das Muster. Drei Brände in Deutschland 1938 und jetzt einer in Lyon.«

»Warum jetzt? Warum Lyon?«

»Warum nicht, wenn es vielleicht eine Verbindung mit Weidlings Besuch gibt?«

Kohler sah auf die Armbanduhr. »Dieser Bastard geht mir langsam auf die Nerven. Komm, Louis, wir sind spät dran.«

»Sie sollten sich mit ihm mal ein bißchen unterhalten, Hermann. Vielleicht ist seine Frau ja so nett und bietet Ihnen Kaffee und Brötchen an.«

An Stelle von Wurst und Eiern, die der Concierge freundlicherweise zur Verfügung stellen würde. »Sie sind sich doch sicher, daß Sie noch alle Tassen im Schrank haben, Louis?«

»Voll und ganz. Bitte bestellen Sie mein Frühstück auf dem Weg nach draußen ab. Ich muß mich konzentrieren und wünsche nicht gestört zu werden.«

Louis bereitete sein kleines Tête-à-tête mit dem Opfer jedesmal Vergnügen. Obwohl er wußte, daß sie in Eile waren, grinste Kohler. »Viel Spaß. Suchen Sie auch an den intimsten Stellen nach Verbrennungen und fragen Sie sie, wer die verursacht hat.«

4

Jedes Geräusch, das die Stille von Mademoiselle Bertrands Schlafzimmer durchbrach, wurde vielfach verstärkt, und jedesmal, wenn jemand das Gebäude betrat oder verließ, hielt St.-Cyr den Atem an. Gleich würde die Tür einer anderen Wohnung geöffnet und wieder geschlossen werden. Ein kurzer, gemurmelter Wortwechsel mit dem Concierge, ein Blick nach oben, um anzudeuten, daß die Sûreté noch immer im Hause war, dann wieder Schritte und das Öffnen der Eingangstür.

Manchmal kam jemand, um zu kaufen, was auch immer der Concierge anzubieten hatte. Diese kleinen Geschäfte fanden dann zwischen Tür und Angel statt. Man nahm, was man kriegen konnte und beklagte sich nicht. Man feilschte nicht, und meist waren Zigaretten das Zahlungsmittel. Frankreich war zu einer Nation von Bettlern und Dieben geworden, regiert vom Tabak, von Kollaborateuren, einer Oligarchie aus Geldadel und Kriegsgewinnlern.

Claudine Bertrand war ein Opfer dieser Oligarchie, soviel stand fest. St.-Cyr betrachtete alte Fotos: Claudine als Kind im Garten oder in den Zimmern eines hübschen Hauses im Vorort Les Brotteaux, Claudine am Strand von Concarneau an der bretonischen Küste, Claudine mit ihrer Freundin Ange-Marie Céleste Rachline – als Schulmädchen, als Studentinnen. Doch dann kam der Schwarze Freitag, die große Depression und damit der finanzielle Zusammenbruch, diese Etagenwohnung und das Belle Époque.

»Claudine ist … Ah, wie soll ich das sagen, Inspektor? Die Welt ist bunt, es gibt die verschiedensten Geschmäcker, und Claudine ist eben etwas Besonderes.«

Er erinnerte sich an den Moment, als er die Streichhölzer angezündet und Madame Rachlines Augen gesehen hatte. Hatte Feuer auch Claudine fasziniert, oder hatte sie Angst davor gehabt? Hatten die beiden als Kinder mit Streichhölzern gespielt und dies unwiderstehlich gefunden?

Aus der Zeit nach diesem verlorenen Glück gab es keine Photos. Die letzten stammten wohl von 1932, Claudine war damals zweiundzwanzig und Ange-Marie vierundzwanzig.

Er legte das Album wieder zurück in die untere Schublade der Spiegelkommode und deckte wie vorher ein paar Pullover darüber. Dann nahm er sich die Parfümflasche vor. Sie stammte nicht von Houbigant oder einem der anderen großen Parfümhersteller. Entrückt las er das Etikett und murmelte: »Joulbert. Parfümeur des Zarenhofs zu St. Petersburg.«

Oben auf dem Etikett standen Jahreszahlen – 1785 links außen und 1900 rechts – und unten die Adresse: 17 Rue des Fauborg St-Honoré, Paris. Joulbert war vom Feinsten. Ganz offensichtlich hatte das Parfüm ein Vermögen gekostet, auch schon zur Jahrhundertwende.

Das Bild zeigte ein schlankes, liebreizendes Mädchen von vielleicht achtzehn Jahren mit einem Pfauenrad und Tulpen im Hintergrund. Ihr Körper steckte – mit Ausnahme der nackten Füße – in einem Kleid aus hauchdünnem, luftigem Stoff; ihr Blick war tiefgründig, als würde sie an etwas Herbeigeträumtes denken und nicht an die Spinnen, die möglicherweise das Kleidchen gewebt hatten.

Nachdem er den Deckel abgeschraubt hatte, schnüffelte er erst mit dem einen und dann mit dem anderen Nasenloch an der Flasche. Ja, der Geruch hatte diese ›persische‹ Note, die zur Jahrhundertwende sehr in Mode war. Schwer und lange haftend, nicht richtig zum Mädchen auf dem Etikett passend. Möglicherweise war irgendwo ein vergessener Karton aufgetaucht, oder die Flasche stammte aus einer Nachlaßversteigerung. Vielleicht hatte ein Kunde das Parfüm dem Haus geschenkt und es war von Madame Rachline an die Mädchen verteilt worden.

Aber warum besaß dann Mademoiselle Claudine den Rest davon, wenn nicht sie die Parfümflasche als Geschenk erhalten und den Inhalt verteilt hatte? Ah, ja. Ja, natürlich.

Im Zimmer gab es nichts, was auf Weihnachten hindeutete. St.-Cyr ging zum Bett hinüber, zog sich einen Stuhl heran und studierte die Frau intensiv. Was haben Sie vom Leben erwartet? fragte er die Tote. Die Rückkehr jener längst vergangenen Tage? Etwas Besseres für Sie und Ihre Mutter oder die Erlösung von der töchterlichen Pflicht, Mademoiselle Bertrand?

Es war bestimmt nicht schön gewesen, vom Belle Époque hierher nach Hause zu kommen. Haben Sie alles vor Ihrer Mutter verheimlicht? Hatten Sie Angst, sie würde es herausfinden? Oder hatten Sie genug davon, sich um sie kümmern zu müssen, und wollten nur endlich das eigene Leben leben können?

Hatte sie ein Kind gehabt, das sie schützen wollte? Hatte sie deshalb nur einen so geringen Teil ihres Einkommens nach Hause gebracht? Ein Kind in einer Klosterschule, ein Kind, das nichts von der Tätigkeit der Mutter wußte?

Sie war in ihrem roten Kleid und den hochhackigen Schuhen ins Kino gegangen, dessen war er sich jetzt sicher. Sie war nicht lange weggeblieben, war zurückgekommen und hatte sich zum Schlafen zurechtgemacht. Dann hatte sie den Kessel aufgesetzt und …

Rasch ging er zur Küche, zündete ein Streichholz an und überprüfte den Zug des Ofens. »Exzellent«, murmelte er. »Der Abzug ist nicht verstopft. Es kann also keine giftigen Gase gegeben haben, kein Kohlenmonoxid, das leise tötet, ohne daß es das Opfer überhaupt merkt.«

Er kehrte zum Stuhl zurück und beugte sich vor, um die Fragen zu stellen, die er stellen mußte. »Hat Feuer Sie sexuell erregt, Mademoiselle? Gefiel es den Männern und Frauen, mit denen Sie mitgegangen sind, Sie ans Bett zu fesseln und über und neben Ihrem Körper Zündholzer anzuzünden oder Kerzen abzubrennen? Haben Sie um Gnade gebettelt, bis die Freier ihre Lust in einer Orgie aus Feuer gestillt hatten?

Oder waren Sie diejenige, die gefesselt hat? Haben Sie Flammen über die Haut der ›Opfer‹ züngeln lassen, während sie zu schreien versuchten, trotz des Knebels, den Sie ihnen in den Mund gesteckt hatten? Haben Sie ihnen das Haar auf dem Bauch, der Scham, dem Gesicht verbrannt, bis sie schließlich voller Ekstase kamen?«

Er gab ihr einen Moment Bedenkzeit, dann fragte er weiter. »Gingen Sie nur mit Frauen, Mademoiselle Bertrand? Gefiel es Ihnen, sie in Angst zu versetzen, und steigerte diese Angst die Erregung, bis sie schließlich unter der Berührung Ihrer Zunge vor Erlösung zitterten? War das der einzige Weg, um sie den sexuellen Höhepunkt erreichen zu lassen? Das Bemühen, Mademoiselle, das Streben danach, bis plötzlich das Feuer, die Flammen zuviel für sie waren und sie sich Ihnen hingaben?«

Unfähig, diese Sache zu verstehen, machte ihn ihr vollkommen unschuldiger Gesichtsausdruck wütend. Würde es ein weiteres, noch schrecklicheres Feuer geben?

»Wer ging mit Ihnen in das Kino, Mademoiselle? Ihre Jugendfreundin Madame Rachline? Kommen Sie, kommen Sie, ich weiß, daß Sie dort waren. Sie saßen im Raum des Filmvorführers und haben mit ihm gesprochen. Als der Ruf ›Feuer‹ erschallte, haben Sie einen Schuh verloren und das hier fallen lassen ...«

Er warf das verbeulte Zigarettenetui auf ihr Bett. Puderdose und Lippenstift folgten, dann der Absatz des anderen Schuhs. Er fand die Überreste des Füllfederhalters und warf sie zu den anderen Sachen auf den Haufen. Dann zog er das edelsteinbesetzte Kreuz hervor. »Vater Adrian Beaumont, Mademoiselle«, sagte er ganz leise. »Kannten Sie ihn? Ein Monsieur Henri Masson hat ihm das Kreuz gegeben.«

Dem Bischof zufolge war Masson vor zehn oder zwölf Jahren gestorben. Zu der Zeit war sie zwischen zwanzig und zweiundzwanzig gewesen. War er ein ehemaliger Kunde des La Belle Époque gewesen? Lebte er noch, als Claudine zum ersten Mal für ihre Jugendfreundin arbeitete?

Er holte die anonymen Briefe heraus, die ihm der Präfekt gegeben hatte.

Hochverehrte Messieurs

Als besorgter und loyaler Bürger muß ich Ihnen mitteilen, daß Vater Adrian Beaumont, Sekretär des Bischofs Dufour, seine Eide gebrochen hat. Tag um Tag habe ich gesehen, wie Vater Adrian Mademoiselle Madeleine Aurelles Haus betreten hat, manchmal direkt hinter ihr.

Die Besuche dauerten immer sehr lange, zwei oder drei Stunden – einmal sogar vier. Vater Adrian schlich dann immer verstohlen wie ein Dieb zur Straße hinunter, während Mlle Aurelle, die schamlose Metze, auf das Objekt ihrer Begierde, die Gestalt ihres Beichtvaters, von ihrem Schlafzimmerfenster aus hinabblickte.

Einmal trug sie gar ihr Nachthemd, es war offen, und einmal winkte sie ihm nach, und er blieb wie angewurzelt schuldbewußt auf der Straße stehen, unfähig, sich zu rühren.

Ich hörte, wie er flüsterte: »Bedecken Sie sich, Mlle Madeleine. Im Namen Gottes, bedecken Sie sich.« Als er mich ansah, entsetzt darüber, daß ich etwas gehört haben könnte, war nichts als Schrecken in seinen Augen zu sehen.

Keine Unterschrift. Darüber bedrückt, daß solche Briefe ein alltägliches Mittel geworden waren, um sich an anderen zu rächen, betrachtete St.-Cyr ihn noch einmal genau. Eine exzellente Gestaltung, die Handschrift sauber und klein, mit perfekter Aufteilung, die Linien absolut gerade, das Papier gut, aber nach Vorkriegsstandard nicht übermäßig teuer. Man mußte sich immer auf diese vergangene Zeit beziehen, um vergleichen zu können. Papier wie dieses wäre jetzt nicht mehr leicht zu bekommen.

Eine Frau? Man schenkte solchen Briefen kaum jemals Glauben. Tatsächlich verspürte man immer Abscheu, aber dennoch war man von Zeit zu Zeit gezwungen, so etwas zu lesen.

Er mußte früh eingegangen sein, direkt nach dem Feuer. Entweder war er an der Präfektur abgegeben worden, oder Guillemette hatte ihn von der Gestapo im Hotel Terminus erhalten.

Er legte den Brief auf das Bett und plazierte das Kreuz mit der Kette darauf.

Bischof Dufour hatte nicht bereitwillig geantwortet. Als die Sprache auf Vater Adrian kam, hatte er gezögert, aber das war nur zu verständlich. »Ah, *merde*«, sagte er zu dem Brief, »daß ich gezwungen bin, diesem Dreck Beachtung zu schenken.«

Die anderen beiden Briefe waren gleichermaßen anklagend. Monsieur Artel hatte »immer schon davon gesprochen, sein Kino niederzubrennen, um die Versicherung zu kassieren«. Er hatte »seine Angestellten nie gut behandelt«. Er hatte sie »um ihren Lohn betrogen und hatte auch andere Dinge gemacht«. Er hatte »die Feuertüren entgegen den Bestimmungen immer mit einem Vorhängeschloß verschlossen«.

Die Ehefrau des Feuerwehrchefs hatte »von der Affäre ihres Mannes mit Madame Élaine Gauthier gewußt«. Sie war eifersüchtig und hatte »geschworen, daß sie die zwei kriegen würde«.

Madame Robichaud »litt an akuten Depressionen«, »neigte zum Selbstmord« und war »besitzergreifend«.

Sie hatte »den Präfekten in dieser Angelegenheit konsultiert und um Hilfe ersucht«.

Sie war in der Nacht des Feuers »ausgewesen«. Ihre älteste Tochter, die bei ihrer Mutter geblieben war, »um sie zu beruhigen«, konnte keine »ausreichende Antwort geben, wo ihre Mutter an jenem Abend hingegangen war«.

In einer Reihe angeordnet, wiesen die Objekte auf dem Bett sowie Handschrift und Papier große Unterschiede auf. Puderdose und Zigarettenetui waren billig und schäbig, das edelsteinbesetzte Kreuz dagegen war prächtig.

Aber wieder fragte Louis sich, ob die Briefe von Frauen geschrieben worden waren.

Drei sehr unterschiedlichen Frauen, eine wahrscheinlich gebildet, eine andere – die Artel beschuldigte – eine verärgerte Angestellte.

Und der Brief über Madame Robichaud? Vielleicht von der Concierge des Feuerwehrchefs? Die Familie lebte wahrscheinlich in einem relativ guten Stadtteil, recht zentral und mittelständisch.

Die Schrift war weder gewöhnlich noch fein, sondern irgendwas dazwischen.

Der Schreiber des Briefes über Madame Robichaud mußte entweder ein Vertrauter der Frau gewesen sein oder jemand, der eine indiskrete Person kannte, die ihr nahestand. Louis war überrascht, daß über den Feuerwehrchef keine abwertenden Bemerkungen zu lesen waren, und fragte sich – obgleich er sich sagte, daß er das nicht tun sollte –, ob der Brief nicht von Robichauds Geliebter, Madame Élaine Gauthier, stammte.

Die A waren zwar verschieden, wirkten aber dennoch wie von Lehrern geschrieben. Die L waren ähnlich, und auch die Striche der

T. Ah, *nom de Dieu*, die Briefe stammten alle aus derselben Hand, dessen war er sicher. Ganz sicher! Aber hatte das Mädchen mit dem Fahrrad sie geschickt? Hatte es die Arbeitskarte von Mademoiselle Claudine absichtlich fallen lassen?

Wie Hermann starrte er auf die Straße in Richtung von La Belle Époque. Er konnte die Schornsteine nicht sehen, obgleich er wußte, daß dort Rauch aufstieg, aus den meisten anderen dagegen wenig oder gar keiner.

Die Ferienzeit war immer die schlimmste Zeit, wenn es um Brandstiftung ging. Ein überfülltes Café, eine Bahnstation, vielleicht eine andere Kirche – ja, oder ein anderes Kino ... oder einer der vielen Wohnblöcke. Sie waren so alt, sie schrien förmlich nach einem Feuer. Die Straßen waren an vielen Stellen so schmal.

Hamburg, Heidelberg und Köln waren alles sehr alte Städte. Hatten jene zwei Frauen diesen Städten einen Besuch abgestattet, oder hatten sie mit den Bränden dort überhaupt nichts zu tun?

Und warum wich Madame Rachline allen Fragen aus? Was war mit ihr? Die Frau hatte gelogen, als sie sagte, sie sei in der Mitternachtsmesse gewesen und zu Fuß nach Hause gegangen. Aber war sie hierher gekommen, um Claudine zu besuchen, nur um dann vielleicht unten auf der Straße zu stehen und voller Furcht und Zweifel zu eben diesem Fenster hochzublicken?

Ja, sagte er sich. *Ja*, das ist genau das, was sie getan haben mußte. Damals wußte sie noch nicht von Claudines Tod und vermutete nur, daß etwas nicht in Ordnung sei und sie selbst in Gefahr war.

In der Küche fand er eine offene Flasche Mönchsbalsam. Es war die übliche alkoholische Lösung von Benzoin, dem heilenden Harz des tropischen Storaxbaums, insbesondere jenem aus Java und Sumatra.

Ein oder zwei Löffel in heißes Wasser gegeben und den Dampf eingeatmet, um Nase und Lunge Erleichterung zu verschaffen. Ein süßer, aromatischer, recht harziger Geruch, der auch nach dem Inhalatieren noch lange im Raum hängenblieb.

Der Gare de Perrache lag vereist im blaßgrauen Licht. Bei zwanzig Grad minus sah das Hakenkreuz über dem Bahnhof aus, als sei es erschreckt worden und wollte fliehen.

Menschen kamen und gingen, alle waren eingemummt und sahen verbissen aus. Auf der anderen Seite des Cours de Verdun standen bei Nr. 12 zwei SS-Männer Wache vor dem Gestapo-Hauptquartier, dem Hotel Terminus.

Vier schwarze Autos – zwei Daimler, ein Citroën und ein Opel – warteten mit laufenden Motoren, ein schlechtes Zeichen. Auf den rechten Kotflügeln der vorderen Daimler waren Hakenkreuz-Wimpel befestigt, und Kohler fragte sich, ob irgendwelche hohen Tiere auf Weihnachtsbesuch eingetroffen waren. Noch ein schlechtes Zeichen.

Das Bristol, fünf Stockwerke voller seriöser Achtbarkeit, hatte Nummer 28. Brandschutzleiter Weidling schritt vor einer Reihe Stühle mit geraden Rückenlehnen auf und ab, auf denen sechs – oder waren es sieben? – aschfahle Personen saßen. Die Ansprache war laut und so schnell, daß der Übersetzer Mühe hatte nachzukommen. Weidling zerknüllte in seiner Faust eine Serviette. Nach einem Frühstück aus Brötchen, Pflaumenmarmelade und schwarzem Kaffee, hatte er sich entschlossen, seine Hauptzeugen gemeinschaftlich zu vernehmen. Er war aggressiv und zeigte schlechte Manieren, und es war sehr unwahrscheinlich, daß er viel aus ihnen herausbekommen würde. Das war merkwürdig, da Weidling doch erfahren war und schon häufig Befragungen durchgeführt haben mußte.

Fabien Artel saß mit fest zusammengepreßten Knien da und hielt seinen Filzhut in der Hand. Die Platzanweiserin, die die zwei Frauen das Kino eilig hatte verlassen sehen, war bleich und verstört. Ein Kind von siebzehn Jahren, ohne Lippenstift oder Rouge. Sie war einfach aus einem Dachzimmer in Croix Rousse gezerrt worden und hatte ihren Mantel zugeworfen bekommen. Keine Stiefel! Man hatte ihr wirklich nicht mal Zeit genug gelassen, die Stiefel anzuziehen.

Ihre bloßen Zehen waren kalt, und sie hatte die Füße aufeinandergestellt, während die Worte des Brandschutzleiters auf Besuch gnadenlos auf sie einprasselten. »Farbe? Nennen Sie mir die *Farbe* ihrer Augen, Sie Schwachsinnige! Das Haar, dumme Gans! Ihre Kleidung!«

Er wandte sich dem Filmvorführer zu und schrie: »Sie sagen, daß niemand mit Ihnen in dem Raum war? Niemand? Warum haben Sie dann nicht den Alarm ausgelöst?«

Die mausbraunen Augen in dem verkniffenen und eckigen Gesicht wurden feucht vor Unruhe und Falschheit. Er war mitten in der Nacht aus dem Bett gezerrt worden und hatte es gerade noch geschafft, einen Bademantel überzuwerfen und in Filzpantoffel zu schlüpfen, die vor fünfzig Jahren in Ordnung gewesen sein mochten, jetzt aber außerordentlich schäbig aussahen.

Weidling zerknüllte die Serviette noch fester in seiner Hand. Eine zweite Platzanweiserin wartete angespannt, aber Weidling überging sie, um den Concierge festzunageln. Der Brandschutzleiter senkte die Stimme und starrte dem Mann ins Gesicht. »Sie sind verantwortlich, mein Herr«, sagte er zu ihm. »Sie haben ihn hereingelassen.«

»Wen?«

Eine harte Nuß.

»Den Salamander«, antwortete Weidling. Dies wurde rasch übersetzt. Der Concierge schien über den Namen nachzudenken, bevor er sagte: »In Lyon gibt es keine solchen Eidechsen, Monsieur. Bitte sagen Sie deutlich, was Sie wollen.«

Ah, *merde*, ein arroganter Schwachkopf! Kohler zischte ihm auf Französisch zu: »Er wird Ihre Eier rösten, Idiot! Salamander ist der Deckname für den Brandstifter oder die Brandstifter.«

»Ah!« Der Mann hob seine buschigen schwarzen Augenbrauen anerkennend, da Kohlers Französisch trotz des Akzents recht gut war. »Dann sagen Sie ihm bitte, Monsieur, daß ich keine solchen Eidechsen kenne. Ich lasse nur die Mieter herein. Es gab auch keine Besucher.«

Auch dies wurde rasch übersetzt. »Keine?« platzte Kohler heraus. »Was ist mit dem Priester, Vater Adrian Beaumont?«

»Keine, Monsieur. Auch nicht Vater Beaumont. Und niemand anders. Da bin ich mir sicher.«

Der Bischof war erfolgreich gewesen. Der Mann warf Artel nicht einmal einen um Zustimmung heischenden Seitenblick zu. Er war selbstgefällig und standfest. »Loyal bis zum bitteren Ende, eh?« schnaubte Kohler auf Französisch. »Dann, *mon fin*, sollten Sie wissen, daß einer Ihrer Mieter ermordet wurde und daß Sie, sollten Sie lügen, zu den Verdächtigen zählen.«

»Welcher Mieter? Kommen Sie, Monsieur, Sie erheben nur Anschuldigungen. Können Sie diesen … diesen Mord beweisen?«

Aus ihm würden sie nichts herausbekommen. Weidling wandte sich an das Mädchen, das die Eintrittskarten verkauft hatte, und das Ganze ging von vorn los. Erst die Fragen – »Wem haben Sie Eintrittskarten verkauft? Mit Sicherheit haben Sie etwas Ungewöhnliches bemerkt? Listen ... Ich brauche Listen von allen, die da waren.«

Hilflos brach das Mädchen in Tränen aus, hob das schwere Flanellnachthemd unter dem Mantel an, um sich die Augen zu wischen und die Nase zu putzen, und merkte überhaupt nicht, daß es unterhalb der Taille vollkommen nackt war.

Das brachte die Dinge zu einem vorläufigen Ende, und ein wenig gesunder Menschenverstand hielt Einzug. Kohler schickte den Übersetzer los, um Brandy und Kaffee zu holen, und schlug dann vor, die Bar als weniger formellen Raum zu nutzen. Weidling grunzte zustimmend. Eine weitere Frau saß allein da. Sie hatte zwischen sich und dem Mädchen, das die Eintrittskarten verkaufte, einen Stuhl leer gelassen.

Sie hatte graue Augen und ließ sich auch nicht von dem erstaunten Stirnrunzeln Kohlers einschüchtern.

Er nahm die behandschuhte Hand, die ihm angeboten wurde, und wußte sofort, daß die Frau ruhig geblieben war, egal was die Kerle in Blau oder Schwarz ihr zugeschrien haben mochten, und darauf bestanden hatte, sich ordentlich anzukleiden.

»Madame Élaine Gauthier«, sagte sie. »Ich bin Juliens Geliebte und stolz darauf, Herr Kohler.«

Oh, oh. »Weiß Robichaud, daß Sie hier sind?«

»Ich hoffe nicht«, sagte sie mit einem leichten Schulterzucken, »aber selbst darauf bin ich vorbereitet.«

Ah, *nom de Dieu*, Louis hätte hier sein sollen! Sie war eine sehr gutaussehende Frau Anfang Vierzig mit einer breiten, makellosen Stirn und hohen, kräftigen Wangenknochen. Sie hatte aschblondes Haar, kurz und gewellt. Die Nase war aristokratisch, wirkte aber nicht arrogant, und die Lippen waren einfach perfekt.

Eine ungefähr zwei Zentimeter lange Narbe verlief direkt unterhalb der Unterlippe über ihr Kinn. Er dachte, daß es etwas aus ihrer Kindheit sein mußte, und bewunderte sie dafür, daß sie nicht den geringsten Versuch unternahm, diesen Makel zu verbergen.

Kohler nahm ihren Arm, um mit ihr zusammen zur Bar zu gehen. »Dies ist keine Verhaftung, also machen Sie sich keine Sorgen. Herr Weidling glaubt, allen beweisen zu müssen, daß er in dieser Sache das Sagen hat und für die Lösung des Falles verantwortlich ist. Gestapo-Müller muß ihm einen Anpfiff gegeben haben.«

»Und was ist mit Ihnen?« fragte sie.

»Mein Partner und ich werden ihm helfen müssen, aber wir werden sehen, was wir für Robichaud tun können.«

»Julien ist sehr besorgt darüber, daß der Salamander wieder zuschlagen könnte. Die Straßen sind vereist, Herr Kohler. Sand gibt es nicht, und die Spritzenwagen haben Probleme durchzukommen. Wir waren zusammen im Kino, haben Händchen gehalten und uns geküßt – ja, es muß seltsam erscheinen, wenn eine erwachsene Frau so etwas sagt, aber wo sonst kann sich ein Paar heimlich treffen und ein paar Momente der Intimität genießen? Als das Feuer ausbrach, hat Julien dafür gesorgt, daß ich meinen Mantel über den Kopf zog. Dann rannte er mit mir durch die Flammen. Er wollte mich nicht verlassen. Er sagte mir, ich solle nach Hause eilen und niemandem erzählen, daß ich dagewesen war.«

Sie blieb im Foyer stehen und hielt ihn mit ihren Blicken fest. Eine sehr ehrliche Frau, sehr geradeheraus. Sie hatte sich über ihn eine Meinung gebildet und die Chance ergriffen.

»Herr Weidling verlangt, daß Julien seiner Pflichten enthoben und entlassen wird, Herr Kohler. Darin hat er den Rückhalt des Präfekten und von Obersturmführer Barbie. Weidling ruiniert einen

Mann, auf den Frankreich und diese Stadt mit Recht stolz sein können.«

Kohler nickte grimmig und betrat mit ihr die Bar. Er hatte das Gefühl, daß sie ihm noch mehr anvertrauen würde, wenn er sie überzeugen konnte, aber dafür mußte er einen besseren Zeitpunkt abwarten. Jetzt war er erst einmal froh, daß sie ihm vertraute. »Hat Barbie Robichaud in Verdacht, Verbindungen zur Résistance zu haben?«

Die Narbe an ihrem Kinn zitterte. »Nein. Nein, natürlich nicht. Wie sollte er auf so etwas kommen? Was ... Was hat sie mit dem Feuer zu tun?«

Furcht straffte alle ihre Gesichtszüge, aber sie blickte ihn mutig an. »Nichts. Ich frage nur für den Fall, daß ich eine Antwort parat haben muß.«

Das war eine Warnung – sie wußte es mit einer Sicherheit, die ihr eine Gänsehaut einjagte. Er hatte sie durchschaut. War es so leicht? »Ihr Partner, kommt er nicht?« brachte sie schließlich hervor.

Er schüttelte den Kopf. »Louis ist anderswo beschäftigt. Eine der zwei Frauen, die nach unseren Erkenntnissen das Kino vorzeitig verlassen haben, ist jetzt tot.«

»Ah, nein ...« Sie wandte sich rasch ab. Kohler haßte das, aber er mußte genau wissen, wo sie stand.

»Louis wird alles herausfinden, Madame. Louis ist in solchen Dingen sehr gut. Der Beste.«

»Wie kam sie ums Leben?«

»Ich kenne die Ursache noch nicht. Nur daß sie friedlich im Schlaf starb. Sie kann nichts gespürt haben.«

Die Scherben waren aus vergoldetem Glas und hatten unter dem fadenscheinigen Teppich neben Claudine Bertrands Bett gelegen.

Behutsam betrachtete St.-Cyr sie von allen Seiten. Er konnte seine Aufregung kaum im Zaum halten. Christbaumschmuck war fallen gelassen und dann zertreten worden, Louis war sich dessen sicher. Der Rest der Scherben war sorgsam aufgesammelt und entfernt worden.

Gedankenverloren blickte er auf. Vasseur, eigentlich schon lange in Pension, war wegen des Feuers wieder zurückgeholt worden. Er war seinerzeit ein exzellenter Gerichtsmediziner gewesen. Jetzt beugte er sich eifrig über den Leichnam und suchte nach Nadeleinstichen.

Er sprach nur selten, biß aber oft die Zähne zusammen und schluckte, als ob er dauernd durstig sei. Der Mann war ungefähr vierundachtzig Jahre alt und trug einen schwarzen Sergeanzug, Weste und Krawatte. Wenn er die Jacke auszog, würde man bestimmt Gummibänder an seinen Ellbogen sehen. Und Hosenträger. Männer wie Vasseur wußten, daß Ledergürtel, wie locker man sie auch trug, der Feind aller Bequemlichkeit waren.

»Monsieur Oberinspektor«, sagte der Gerichtsmediziner und richtete sich auf, um seinem Rücken Erleichterung zu verschaffen. Er war in Hinsicht auf Förmlichkeit und Korrektheit eine Legende, und es schmeichelte seinem Ego, daß man ihn gerufen hatte. »Die Frau hier hat zugelassen, daß ihre intimsten Stellen von Zeit zu Zeit versengt wurden, zuletzt erst vor ganz kurzer Zeit.«

Er hatte es voller Traurigkeit gesagt und schüttelte immer noch den Kopf. »Die Labia, die Vagina und die Klitoris tragen Narben, wahrscheinlich von Zigaretten. Die Innenseiten der Oberschenkel ebenfalls, und ohne Zweifel auch die Hinterbacken und der Anus. Einige sind erst ein paar Tage, andere sind schon sehr alt und scheinen zum Teil sogar aus der Kindheit zu stammen. Aber bislang waren keine Nadeleinstiche zu finden.«

»Geburten, Monsieur Vasseur?«

Es war wie in den alten Zeiten. »Wenigstens eine schwere Geburt, vielleicht sogar zwei.« Er deutete auf den Leichnam und fuhr mit den Fingern über die charakteristischen Merkmale. »Welche Sorte Mann würde eine Frau so verbrennen? Welche Frau würde das freiwillig mit sich machen lassen?«

Diese Fragen stellte man sich immer wieder, egal wie sehr man sich an die Schlechtigkeit der menschlichen Natur gewöhnte. Sorgsam verstaute St.-Cyr die Scherben in einer kleinen Schachtel und steckte sie weg. »Eine *besondere* Frau«, sagte er – man mußte deutlich sprechen, besonders wenn man es leise tun wollte. Das Gehör war nicht mehr so gut, aber die Augen und der Verstand nötigten immer noch Vertrauen ab. Erstere hatten die Unterstützung einer Brille. »Sie war eine Prostituierte, Monsieur Vasseur. Ich hätte sie davon unterrichten sollen, aber ich dachte, der Präfekt hätte es Ihnen nach meinem Telefonanruf gesagt.«

»Monsieur Präfekt Guillemette ist in diesen Tagen ein vielbeschäftigter Mann«, grummelte Vasseur gereizt. Ohne ein weiteres Wort setzte er die Arbeit fort. Peinlichst genau machte er sich Notizen, und zum ersten Mal verspürte St.-Cyr einen Anflug von Zweifel, da die Schrift nicht mehr so sicher war, wie sie es hätte sein sollen.

»Da war ein Pulver, Monsieur Vasseur.«

Der alte Mann hielt mit seiner Untersuchung der linken Brust, deren Brustwarze und Hof Verbrennungsnarben aufwiesen, inne. »Welche Art Pulver? Kommen Sie schon, Monsieur Oberinspektor, Sie haben nichts von einem Pulver erwähnt, und jetzt … sagen sie schon. Morphium?«

»Nein. Ah, nein, Monsieur. Ich denke, daß es etwas anderes ist. Ich werde eine chemische Analyse brauchen.«

Vasseur knirschte mit den Zähnen. »Die kleinen Haare des Hofes haben sich kürzlich unter der Hitze einer Zigarette gekringelt, aber das Fleisch darunter ist in letzter Zeit nicht von Feuer berührt worden. Hat diese Frau sich das selbst angetan, Monsieur Oberinspektor? Liebte sie die Erregung so sehr, daß sie sich dieser Tortur freiwillig unterworfen hat?«

Vasseur entschuldigte sich damit auf seine Art dafür, daß er das Verschweigen des Pulvers gerügt hatte. St.-Cyr fand das winzige Päckchen, und einmal mehr richtete sich der Gerichtsmediziner auf. Er setzte seine Brille zurecht und ergriff die angebotene Hand so fest, daß St.-Cyr überrascht und erfreut über die Kraft des alten Mannes war.

Er plazierte das offene Päckchen unter der Lampe. »Zucker. Raffinierter Zucker«, sagte der Gerichtsmediziner voller Widerwillen, weil Zucker unvermeidlich etwas mit Schwarzmarkt zu tun hatte.

»Die Körnchen sind nicht einmal annähernd würfelförmig, Monsieur Vasseur. Der diamantartige Glanz ist viel geringer.«

Ihre Augen trafen sich. »Es ist genug da für eine Analyse«, sagte St.-Cyr.

»Sie haben es in zwei Portionen unterteilt?«

»Aus Sicherheitsgründen? Ja, das habe ich tatsächlich.«

»Dann geben Sie mir die andere Hälfte. Falls Sie es wünschen, wird der Präfekt erst etwas davon erfahren, wenn Tatsachen vorliegen.«

Ein kurzes Nicken genügte. »Wir brauchen eine …«

»Ja, natürlich, Bluntersuchungen. Es ist kein Arsen oder Zyanid. Ich werde zuerst den Kohlenmonoxidtest machen, da alle Anzeichen darauf hindeuten, daß sie auf diese Art gestorben ist. Die schnelle Erschlaffung des Schließmuskels, der bleiche Rosaton der Haut – zu einem früheren Zeitpunkt dürfte es noch augenfälliger gewesen sein. Der kollabierte Körper. Der Test von Vogel ist meiner Ansicht nach immer noch am verläßlichsten.«

»Machen Sie es heimlich und teilen Sie nur mir oder Hermann Kohler das Ergebnis mit.«

Es machte wenig Spaß, unter den Nazis zu arbeiten, aber das mußte heutzutage jeder tun. Vasseur tätschelte St.-Cyrs Handgelenk und fragte, wie er das Pulver gefunden hatte.

»Zwischen den Borsten des Besens in der Küche. Der Rest wurde entfernt oder den Abfluß hinuntergespült.«

Der alte Mann war sich für ein Lob, wo es angebracht war, nicht zu schade und nickte weise. Wieder wurde es still im Raum, als er die rechte Brust der Frau untersuchte und zwei kleine blaue Flecke auf der Unterseite entdeckte, drei kleine und sehr frische Verbrennungen und noch mehr angesengte Haare. Das Feuer im Kino kam als Ursache hierfür nicht in Frage, da Haupthaar und Augenbrauen unversehrt waren.

Die alten Narben auf der Brust waren tief, und es gab etliche davon. Ein weiteres Indiz dafür, daß die Frau sich schon lange dem Genuß des durch Feuer verursachten Schmerzes unterworfen hatte.

Geduldig sah St.-Cyr dem Gerichtsmediziner zu. Kohlenmonoxid verband sich in den Lungen mit dem Hämoglobin des Blutes und verhinderte so die Aufnahme des zum Leben notwendigen Sauerstoffs. Bei einem zwanzigstel Prozent des Giftes in der Luft wurde einem schwindelig, wenn man es eine halbe bis zwei Stunden einatmete und sich Anstrengungen unterwarf.

Ein zehntel Prozent, und man konnte nicht mehr gehen, ein fünftel Prozent führte zu Bewußtlosigkeit und sehr wahrscheinlich zum Tod. Vier Fünftel Prozent brachten innerhalb kurzer Zeit den sicheren Tod.

Bei einem Prozent wurde das Opfer gar innerhalb von Minuten bewußtlos und starb kurz darauf. Das Gift war geruchslos, und das Opfer würde nichts merken.

In Verbindung mit Hämoglobin bildete das Kohlenmonoxid ein kirschrotes Karbonylhämoglobin. Dieses ergab einen deutlichen rosafarbenen Stich, wenn man ein Teil Blut mit zweihundert Teilen Wasser verdünnte, im Gegensatz zum gelblichroten Farbton unvergifteten Blutes.

»Ich werde den Test an der Mutter durchführen, Jean-Louis, und sie im Leichenschauhaus untersuchen. Es wäre wohl das beste, diese hier auf Eis zu legen. Und jetzt helfen Sie mir bitte, sie umzudrehen. Ich bin an der Rückseite von Hals und Ohren, den Knien und dem unteren Ende der Wirbelsäule höchst interessiert, da diese zu den empfindlichsten Stellen einer Frau gehören. Die Schultern auch. Oh, übrigens, ich glaube, sie hatte Parfüm aufgelegt.«

St.-Cyr nickte. Claudine Bertrand hatte es zugelassen, daß man sie mit Zigaretten oder ähnlichem verbrannte, und das erst noch kürzlich. Dennoch gab es keine Abschürfungen an Handgelenken oder Knöcheln, die auf Fesseln hindeuten könnten.

Wieder sagte er sich, daß sie etwas Besonderes war, sprach es aber nicht aus. Selbst an den Sohlen hatte sie Narben, sogar zwischen den Zehen.

* * *

Kohler lehnte sich auf seinem Stuhl vor und sprach seine Worte sehr vorsichtig aus. »Was meinen Sie damit, Mademoiselle Bertrand war ›interessant‹?«

Das dünne Lächeln des Filmvorführers verschwand rasch wieder, war aber sehr verräterisch. Rasch wandte er seine Augen ab, um die Wahrheit zu verbergen, und richtete seinen Blick auf den Kaffeetisch, den Boden, die Platzanweiserinnen und dann Madame Élaine Gauthier, bevor er ihn auf Thérèse Moncontre fallen ließ, die junge Frau, die die Eintrittskarten verkaufte. Haßerfüllt erwiderte sie den Blick, die Röte stieg ihr ins Gesicht, als sie die Fäuste ballte und sie verteidigungsbereit auf ihren Oberschenkeln hielt. Ah, was war denn das? Das Erwartete, gab sich Kohler stumm die Antwort und schlug sich im Geiste auf die Schulter. Das Verhältnis zwischen den Mitarbeitern von Monsieur Artels Cité de Lyon schien nicht ungetrübt zu sein.

Er atmete leise aus. »Ihre Antwort, mein Freund?«

Der Mann zuckte lässig die Schultern und murmelte: »Das übliche.«

Kohler hob gewaltsam sein Kinn an, so daß er ihm in die Augen sehen mußte. »Wie üblich?« fragte der Kriminalbeamte.

Nervös und ärgerlich antwortete der Filmvorführer: »Oh, kommen Sie, Monsieur. Es ist für einen Mann nur natürlich, wenn…«

»Es heißt Inspektor Kohler, *mon fin.* Gewiß, ich kann mir gut vorstellen, daß die Arbeit langweilig war. Jede Nacht der gleiche Film. Sie haben schon alles x-mal gesehen, und daher hatten Sie eine Frau bei sich. Was hat Mademoiselle Bertrand für Sie tun müssen? Zwischen Ihren Beinen auf die Knie gehen, während der Film weiterlief?«

Ah, *nom de Jésus-Christ*, der Inspektor machte aber auch vor gar nichts halt! Suzie und Jacqueline wanden sich. Thérèse starrte ihn immer noch an. ›Glotz mich ruhig an, du kleine Hure! Eines Tages werde ich ein Messer an deinen schönen Hals und deinen Schlüpfer in meiner Faust halten. Dann werden wir sehen, wie du darum bettelst!‹

Kohler sah, was der Schweinehund dachte. Er durchwühlte seine Zigarettenkippen, fand eine mit Lippenstift und zündete sie an. Der Mangel heutzutage war wirklich ärgerlich. »Nachdem Sie mit ihr fertig waren, hat Mademoiselle Bertrand Sie nach dem Schlüssel für die Toilette gefragt.«

»Sie haben keine Beweise, Inspektor. Ich kenne meine Rechte.«

»Ach ja? He, ich dachte, ich hätte Ihnen bereits gesagt, daß es Inspektor Kohler heißt? Vergessen Sie das nicht noch einmal, oder Sie finden sich in einem Zug wieder, den Sie lieber nicht besteigen würden.«

Einen Zug, der in die dunklen Wälder Polens oder des Reiches fuhr.

Blond, bleich und zitternd platzte die Platzanweiserin Suzie Boudreau heraus: »Es gehörte zu meiner Arbeit, vor jeder Vorführung die Toiletten aufzuschließen, Monsieur Martin, aber Sie … Sie wollten mir den Schlüssel in dieser Nacht nicht geben. *Immer* belästigen Sie uns Mädchen. *Immer* wollen Sie Ihre dreckigen Hände …«

Madame Gauthier beobachtete sie teilnahmslos und zog an ihrer Zigarette. Herr Weidling unterbrach die Befragung Artels lange genug, um von seinem Übersetzer ein Erklärung des Gesagten zu erhalten.

Der Concierge blickte so ausdruckslos wie ein Stein vor sich hin.

»Ihre dreckigen Hände unter ihren Röcken?« fragte Kohler. »Waren Sie vielleicht derjenige, der Mademoiselle Aurelle ans Bett gefesselt hatte, um später noch ein bißchen Spaß zu haben?«

Man hätte eine Stecknadel fallen hören können. Verzweifelt suchte der Filmvorführer nach einem Ausweg und zischte dann: »Das wäre keine leichte Sache gewesen, Monsieur. Ich hätte die Treppen zur Straße hinuntergehen müssen, um zur anderen Tür hereinzukommen!«

»Sie war nackt, und sie hätten mit ihr nach Herzenslust herumspielen können.«

Suzie wischte sich die Tränen aus dem Gesicht und sagte bitter: »Er hat versucht, jede von uns auszunutzen, Inspektor. Zuerst Jacqui, weil sie so jung ist, dann Thérèse, deren Ehemann in einem Kriegsgefangenenlager hier in unserem eigenen Land ist, und schließlich noch mich selbst, also jede von uns.«

»Und bei Weigerung wollte er Sie beim Geschäftsführer anschwärzen, und Sie hätten Ihre Arbeit verloren«, seufzte Kohler. »Wo ich darüber nachdenke, wo ist eigentlich der Geschäftsführer?«

Weidlings Übersetzer mischte sich ein. »Monsieur Thibault war nicht in seiner Wohnung. Die Gestapo, äh ... sie sucht nach ihm.«

Der Feuerwehrmann aus Hamburg fügte roh hinzu: »Den hat Herr Artel in den Untergrund geschickt, Herr Kohler.«

Artel sprang auf die Füße und verlangte nach rechtlichem Beistand. Weidling schrie ihn an, er solle sich wieder setzen. Der Übersetzer versuchte einzuschreiten, denn sie hingen sich fast an den Kehlen!

Kohler trennte die beiden Männer und schlug Weidling beruhigend auf die Schulter. »Sehen Sie, ich weiß, daß Sie den Fall lösen und wieder nach Hause zu Ihren Pflichten zurückkehren wollen.

Wenn er getan hat, was Sie vermuten, werde ich persönlich dafür sorgen, daß er hängt.«

Er wandte sich Artel zu und übersetzte ihm alles, sprach aber von der Guillotine und dem Weidenkorb statt vom Hängen. »Kooperieren Sie? Oder mein Partner und ich bringen Sie zu einem Fluß Ihrer Wahl und ersäufen Sie.«

Als Artel zu seinem Stuhl zurückging, platzte Suzie heraus: »Wir waren alle in ihrer Hand, Inspektor. Monsieur Thibault, der Geschäftsführer, er ... Er war genauso schlimm wie der hier, nur ... Nur nicht so ...«

»Sadistisch?« beendete Kohler leise den Satz.

Sie senkte die Augen und flüsterte: »Ja.«

»Der Waschraum war also verschlossen, und Mademoiselle Claudine ging hoch, um den Schlüssel von Monsieur Martin zu besorgen?«

Das Mädchen nickte. Kohler gab ihm einen Moment Zeit. »Hat Mademoiselle Bertrand Sie nach dem Schlüssel gefragt, oder wußte sie, wer ihn hatte?«

»Sie ... sie hat mich danach gefragt, Monsieur Inspektor, und ich ... ich habe ihr gesagt, wo er war.«

»Und dann?« fragte er sie sanft, um ihr das Gefühl zu vermitteln, daß er ihr nicht die Schuld an den Geschehnissen gab.

»Und dann ist Mademoiselle aus dem Raum wieder heruntergekommen und hat die Tür zu den Toiletten geöffnet.«

Kohler wartete ab. Es war, als ob sie beide allein wären. »Sie blieb nicht lange, Inspektor. Ein paar andere gingen zu den Toiletten – drei, vier ... Ich weiß nicht wie viele. Männer ... Frauen ...«

Das Mädchen war verzweifelt. »Wer hat sie eingeschlossen, Suzie? Waren Sie es?«

»Ich? Ah, *nein*! *Nein!* Das hätte ich nie tun können, Monsieur. Ihre Schreie …«

Er gab ihr einen Augenblick, um sich wieder zu fassen. »Sagen Sie mir nur, an was Sie sich erinnern können.«

Ihre Augen baten um Verständnis. »Sie gingen in die Toilette. Der Schlüssel steckte im Schloß. Ich ging an meinen Platz zurück, direkt hinter den Vorhängen, dem Gang gegenüber. Als die Gäste aber nicht zurückkamen, ging ich nachsehen, ob … ob alles in Ordnung war.«

»Und der Schlüssel steckte immer noch im Schloß?«

Sie hatte gewußt, daß er sie das fragen würde. »Ja. Es … es ist nicht meine Aufgabe, da einzuschreiten. Sex in den Toiletten. Ich … ich weiß, daß ich hätte versuchen sollen, die Tür zu öffnen und … und nachzusehen, ob jemand Unfug trieb, Monsieur. *Unfug!* Ich weiß, ich hätte den Schlüssel an mich nehmen und sicherstellen sollen, daß die Tür unverschlossen bleibt, möge Gott mir vergeben.«

Das arme Kind gab sich immer noch die Schuld an allem. »Was ist mit der Frau, die mit Mademoiselle Bertrand hereinkam? Die eine Korbtasche trug?«

»Sie … sie war nicht auf ihrem Sitz. Ich habe gedacht, daß sie auch auf der Toilette wäre, aber … aber ich habe nicht nachgesehen, Monsieur. Ich habe nicht daran gedacht, die Tür zu öffnen und sie … sie …«

Kohler legte ihr die Hand auf den Arm. »Stand die Tasche auf dem Sitz oder immer noch auf dem Boden, oder war sie mitgenommen worden?«

»Sie … sie stand auf dem Sitz, daher wußte ich, daß sie zurückkommen würde. Verstehen Sie, Inspektor, ich *wußte* es. Es wäre so einfach gewesen, die Tasche mit in das Foyer zu nehmen und nach ihr zu suchen. Eine Entschuldigung ... *egal was.* Aber ich ... ich habe es nicht getan.«

»Inspektor ...« begann Madame Gauthier, aber Kohler hob die Hand, um sie zum Schweigen zu bringen. Das Trösten des Mädchens konnte und mußte warten.

»Zwei Frauen, Suzie. Hat die andere die Tür zu den Toiletten verschlossen?«

»Ja. Ja, ich denke, daß sie das gewesen sein muß.«

»Dann sagen Sie mir, wie sie aussah. Versuchen Sie, sich zu erinnern. Ich weiß, daß es schmerzhaft ist. Ich weiß, daß Sie sich Vorwürfe machen, es nicht verhindert und nicht die Tür aufgeschlossen zu haben, aber Sie haben keine Schuld.«

Seine Stimme war sanft und freundlich. Suzie schniefte und wischte sich die Nase mit dem Handrücken. »Ich sah nur ihre Stiefel und Strümpfe, Inspektor. Wenn ich jemanden zu seinem Sitz bringe, leuchte ich ihm nicht ins Gesicht. Der Film lief schon, und es war hinten dunkel. Zu dunkel. Da drüber ist der zweite Rang oder ... oder das war er. *Das war er!*«

»Also Stiefel und Strümpfe?« fragte er tröstend.

»Teuer. Schwarzes Lackleder mit der Schnürung vorne ganz hoch. Und spitz zulaufend. Wahrscheinlich paßten sie gut, vielleicht aber waren sie ein wenig zu eng. Ja, ja, das glaube ich. Und, Monsieur, die Stiefel, so ein Stil wird heute nicht mehr oft getragen. Abgesehen davon, daß die Leute heutzutage alles tragen, nicht wahr?«

La Belle Époque? Madame Ange-Marie Rachline vielleicht in Schuhen aus den 1890ern. »Und die Strümpfe?« fragte er freundlich nach. Das Mädchen hielt sich gut.

»Schwarze Seide und sehr teuer – hübsch, mit einem sehr feinen Muster, wie antike Spitze. Ich ... ich war neidisch darauf, Monsieur. Ich habe niemals das Geld für so etwas gehabt.«

»Ja, ja das verstehe ich. Die Frau?«

»Ziemlich groß, Monsieur. Eine Frau mit schönen Beinen und einer guten Figur. Nicht alt. Ah, nein, das war sie nicht, aber ... aber vielleicht ein wenig älter als diese ... diese Mademoiselle Bertrand, die ... die Monsieur Martin ...«

Das Mädchen wurde feuerrot und wischte sich die Augen. So viel zu der Behauptung, daß die französischen Mädchen vorlaut sind, dachte Kohler. Grob sagte er dem Filmvorführer, er solle aufhören, sich zu winden, und fragte ihn: »Kam die andere Frau, um Sie zu treffen?«

Der Mann schüttelte den Kopf. »Ich gab den Schlüssel Mademoiselle Bertrand. Als sie wieder hochkam, sagte sie, sie habe ihn einer der Platzanweiserinnen gegeben. Ich habe nicht weiter darüber nachgedacht, Inspektor Kohler.«

»Damit beschäftigt, den Hosenstall wieder zu schließen, was?«

Er lächelte triumphierend. »Mit dem Film beschäftigt, Inspektor. Er war gerissen, und ich mußte ihn umgehend kleben.«

Dieses Arschloch! Wenn man ihm die Zeit gab, dachte er sich gute Antworten aus! Sein Blick sagte, daß Kohler ruhig versuchen solle zu beweisen, daß es nicht so war.

»Karl Johann ...?« Kohler drehte sich beim Klang einer neuen Stimme um.

Verdammt! Weidlings junge Frau war überwältigend: groß, schlank, mit langen Beinen. Eine aus der Herrenrasse, aber mit vollem rotbraunem Haar und dunklen graublauen Augen, die nichts dem Zufall überließen.

Sie legte den Pelzmantel über einen Stuhl und ließ die Handtasche auf den Sitz fallen, als hätte sie genug vom Warten und erwartete nun, daß ihr Mann dagegen etwas unternahm. Kohler musterte die Frau: dunkelblaue Seidenstrümpfe, ein dunkelblauer Rock, glatt und ordentlich, hübsche Waden und wahrscheinlich ebensolche Knie, eine Wickeljacke in hellem Beige ohne Kragen und mit einem V-Ausschnitt, der den Hals einrahmte, als wolle er zum Ausdruck bringen, daß der Blick des Betrachters nicht tiefer wandern durfte.

»Karl Johann, hast du vergessen, daß wir mit Obersturmführer Barbie dinieren wollten?«

»Meine Liebe …« stammelte Weidling. »Diese Angelegenheit hier … Du mußt mir verzeihen. Ja, natürlich, natürlich. Mittagessen.«

Herr im Himmel, sie verzog keine Miene! Dieser Klotz kannte den Unterschied zwischen *dinieren* und *Mittagessen* nicht!

Ihre Stirn war hoch und glatt, das Gesicht eher schmal als voll, die Nase war so fein und scharf, daß man sie aristokratisch nennen konnte. Er fragte sich, aus welcher Familie sie wohl stammen mochte.

Sie trug keine Ringe, nicht einmal einen Ehering, nur Armreifen aus Gold und Ebenholz, die seiner Meinung nach recht alt waren. Dazu passende Ohrringe – sehr fein gearbeitet. Hübsche Lippen, die sich während der Millisekunde, in der er sie mit den Blicken ausgezogen hatte, hochmütig vorstülpten und sich dann zu einem schnellen, höflichen Lächeln verzogen, das auszudrücken schien: »Nun, Inspektor, sehen Sie Frauen immer so an?«

Weidling ließ den Übersetzer übermitteln, daß alle auf ihn warten sollten. »Ich bin noch nicht fertig mit Ihnen. Vielleicht taucht

Ihr Geschäftsführer noch auf, Herr Artel, aber bis das der Fall ist, verlassen Sie bitte diesen Ort nicht.«

Thérèse Moncontre, die die Eintrittskarten verkaufte, hatte mit keiner Wimper gezuckt, aber ihre Kehle zuckte, und plötzlich senkte die Frau ihren Blick zu Boden und ließ ihn auch dort. Sie schien verwirrt zu sein und hätte sich wohl am liebsten aus dem Staub gemacht.

Aufmerksam geworden, blickte Kohler Frau Weidling an, aber diese schien nichts bemerkt zu haben. Er dachte einen Moment nach und konnte sein und Louis' Glück kaum fassen. Offensichtlich hatte das Mädchen Frau Weidling eine Eintrittskarte *verkauft*! Ah, *merde*. Er konnte sie jetzt nicht danach fragen. Sie würde es aus Furcht abstreiten und Frau Weidling würde Barbie bitten, ihr die beiden Polizisten vom Hals zu schaffen. Er würde das Mädchen in dem Glauben lassen müssen, daß ihr kleines Geheimnis sicher war.

Madame Gauthier allerdings hatte die Reaktion des Mädchens auf Brandschutzleiter Weidlings Ehefrau bemerkt. Kohler sah ihr in die Augen und fragte sich, ob sie und Robichaud in der hinteren Reihe wirklich nur Händchen gehalten hatten oder aus einem ganz anderen Grund ins Kino gegangen waren? Ein Treffen der Résistance?

Klaus Barbie befürchtete, daß sich die Feuerwehrleute und die Eisenbahnarbeiter zusammenschlossen. Würde Lyon mit seinem Wirrwarr alter Straßen und Durchgängen und den Eisenbahnverbindungen nach überallhin zu einem Zentrum der aktiven Résistance werden?

Er erinnerte sich an den Revolver, den er in der gefrorenen Asche gefunden hatte, an die Eisenbahnfahrpläne und die Karten, auf denen die Weichen, Tunnel sowie die Standorte von Eisenbahnkränen, die benötigt wurden, um die Schienen von Hindernissen zu befreien, eingezeichnet waren.

Er hob den grauen Fuchspelz auf, der eigentlich an die Rußlandfront hätte geschickt werden sollen, aber irgendwie Frau Weidlings patriotischer Pflicht entgangen war. Ohne ein Wort des Dankes oder der Anerkennung drehte sie ihm den wohlgeformten Rücken zu und ließ sich von ihm den Mantel über die Schulter legen.

»Das Parfüm ...« begann er unbedacht. Sie beachtete ihn nicht, nahm ihre Handschuhe und Handtasche auf und ging, gefolgt von ihrem Mann, davon. Hübsche Knöchel ... ja, ja ... dunkelblaue Stöckelschuhe.

Étranger ...

Kohler wandte sich den anderen zu und knurrte: »Warten Sie hier. Wenn einer von Ihnen weggeht, werde ich ihn vor ein Erschießungskommando bringen, ohne daß er vorher einen Priester zu Gesicht bekommt.«

Ah, *mon Dieu*, Louis, in was für eine Scheiße haben wir uns diesmal hineingeritten? Eine Frau, die vor nichts haltmacht, um die Reputation ihres Mannes aufzubauen? Aber warum würde eine Dame wie sie ein Paar alte Gummistiefel heiraten, wenn sie auch etwas viel, viel Besseres hätte haben können?

Er sagte sich, daß er die Platzanweiserin Suzie Boudreau fragen müßte, ob eine der beiden Frauen dieses Parfüm getragen hatte. Er würde Frau Weidling fragen müssen, wie sie daran gekommen war und ob ihr das wenige, was sie von dem Film gesehen haben konnte, gefallen hatte.

Er würde sie auch nach den anderen Bränden fragen müssen. Hamburg, Heidelberg und Köln. Und wie lange sie und ihr Ehemann schon in Lyon waren, um ein wenig Spaß zu haben. Zwei Wochen … waren es zwei Wochen gewesen?

Ein Salamander.

Der Concierge der Rue du Boeuf Nr. 6 war aufmerksam. In seinem Käfig eingesperrt, beschäftigte er sich mit einer Zeitung, die zehn Tage alt war, und scheuchte die Katze in den Flur hinaus. »Mademoiselle Bertrand sagte, daß sie zur Apotheke müsse, Inspektor St.-Cyr. Eine Erkältung mit Husten, der Schleim wie geschmolzener Teer …«

»Ja, schon gut, ersparen Sie mir die medizinischen Details.«

»Was soll ich Ihnen dann erzählen, Inspektor?«

Ah, *merde*, warum mußte er solche Schwierigkeiten machen? »Sie war für einen Ausgehabend angezogen, oder? Kommen Sie schon, Monsieur Aubin, mit Sicherheit trägt eine Frau wie sie nicht rote hochhackige Schuhe bei fünfzehn Grad minus, nur um sich ein bißchen Mönchsbalsam zu holen?«

»Wurde sie in meinem Gebäude getötet? Wollen Sie das andeuten? Monsieur Oberinspektor, sagen Sie, was Sie sagen wollen, klar und deutlich!«

»*Nom de Jésus-Christ*, strapazieren Sie nicht meine Geduld!«

Die Sûreté … jeder wußte, daß diese Leute einen Scheißdreck wert waren. Und korrupt waren sie auch! »Sie war eine Prostituierte, ein Strichmädchen. Vielleicht wollte sie noch einen Freier besuchen, Inspektor, aber das hätte sie mir nicht gesagt. Ah, nein, Monsieur«, sagte er und wedelte mit dem Finger. »Nicht einem Familienmenschen wie mir, dessen Töchter ihn üblicherweise besuchen, wenn er nicht zu beschäftigt ist, und jederzeit bei ihm hereinschneien können.«

St.-Cyr atmete tief ein und hielt den Atem an. Langsam ließ er die Luft wieder entweichen und sagte dann barsch: »Was haben Sie ihr als Gegenleistung gegeben?«, wartete aber nicht auf eine Antwort. »Sie haben ihr versprochen, jeden Abend nach Madame Bertrand zu sehen, oder eines Ihrer Kinder hat das gemacht, vielleicht auch Ihre Frau. Als Gegenleistung für diesen kleinen Dienst war Mademoiselle Bertrand ›freundlich‹ zu Ihnen? Schön, Ihr kleines Arrangement schadete ja auch niemandem, wenn Sie damit leben können und Ihre Frau nicht infiziert wurde. Jetzt sagen Sie mir aber, wann sie das Gebäude verlassen hat und wann sie wiederkam?«

Der Concierge versuchte, sich eine Zigarette aus dem gesammelten Takak mehrerer Kippen zu rollen. Es hatte keinen Zweck. Papier und Tabak fielen auf den Teppich.

Er hob sein Mondgesicht mit den ergrauten Haaren. »Sie ging ungefähr um sieben am Abend – wie üblich. Sie kam um neun Uhr dreißig zurück. Hier, es steht in dem Buch.«

St.-Cyr sprang überrascht auf und schnappte sich das Buch. »Sieben Uhr zehn und neun Uhr siebenundfünfzig. Mademoiselle Bertrand und Madame Rachline.«

»Beide zusammen, zur selben Zeit?« platzte der Oberinspektor heraus.

Der Concierge schüttelte den Kopf. »Nur bei der Rückkehr. Sehen Sie, ich habe dieses kleine Häkchen neben Madame Rachlines Namen gemacht.«

Er nickte. »Und Sie sind sich absolut sicher, daß es Madame Rachline war?«

Théodore Aubin grunzte. »Aber sicher, Monsieur, ich habe sie schon oft gesehen. Die schlanke Figur, die kleine Glocke mit dem Schleier. Und der schwarze Mantel.«

»Aber haben Sie ihr Gesicht gesehen?«

Warum war er so mißtrauisch?

»Nun?« drängte der Kriminalbeamte barsch. »Ja oder nein?«

Der Concierge griff sich unsicher an den Hals, umklammerte dann das Kinn nachdenklich. »So betrachtet, nein, Inspektor. Ich habe ihr Gesicht nicht gesehen. Madame Rachline ist an meiner Loge vorbeigegangen, verstehen Sie, um mit den Schuhen aufzutreten, damit die Füße wärmer werden, wenn man aus der Kälte hereinkommt.«

»Wann hat sie das Gebäude wieder verlassen?«

Sei vorsichtig mit dem, was du sagst. War es das? »Das weiß ich nicht, Monsieur Inspektor. Ein Mieter hat sich über einen defekten Hahn im Waschraum draußen auf dem Hof beschwert. Ich ... ich bin mitgegangen, um mir die Sache anzusehen. Eine Wasserleitung war gefroren.«

War das ein Zufall? Zufälle kamen einem zu oft in die Quere, wenn man etwas genau wissen wollte.

»Diese Leitungen frieren bei solchem Wetter ständig ein, Monsieur Inspektor. Madame Rachline kann höchstens eine Stunde geblieben sein. Währenddessen bin ich in meine Loge zurückgekehrt, um Werkzeug und eine Taschenlampe zu holen, da es in der Toilette kein elektrisches Licht gibt. Diese Mieter, sie klauen laufend die Glühbirnen. Ich habe wiederholt Warnungen ausgehängt. Was hätte ich sonst tun sollen, als alle Glühbirnen zu entfernen?«

»Kam Madame Rachline oft hierher?« fragte St.-Cyr und ignorierte den Ausbruch.

Aubin schüttelte den Kopf. »Ein-, zweimal im Monat, nur um zu fragen, wie es Mademoiselle Bertrand ging, wenn sie krank war, was oft der Fall war – der Husten, verstehen Sie. Manchmal auch, um der Mutter ein bißchen Suppe oder einen Eintopf zu bringen. Die alte Frau hat nicht viel gegessen, Inspektor. Ich bin nicht überrascht, daß sie starb, und frage mich nur, wer zuerst aus dem Leben ging.«

»Oh? Warum das?« fragte der Kriminalbeamte.

Der Concierge offenbarte seine schlichte Natur. »Die Mutter würde folgen, wenn sie wußte, daß ihre Tochter tot war, Inspektor. Das ist oft so bei Leuten, die vollkommen von jemand anderem abhängig sind.«

St.-Cyr holte eine angebrochene Zigarettenschachtel hervor und bot eine an. »Und wenn die Mutter zuerst starb?« fragte er.

»Dann wäre Mademoiselle Bertrand von … wäre ihr eine Bürde abgenommen worden, die sie schon viel zu lange tragen mußte.«

Louis zündete ein Streichholz an und hielt es ihm hin. »Wußte Madame Rachline, daß ihre Freundin eine Prostituierte war?«

»Die? Ah, nein … nein, Inspektor. Wie sollte sie auch? Madame Rachline ist die Mutter von zwei Kindern und hat keinen Ehemann, der sie unterstützt. Sie übernimmt Flickarbeiten, ist eine Näherin, ändert Kleider. Sie ist eine Änderungskünstlerin, zu der meine Frau und andere gehen, wenn die Not mal wieder groß ist. Eine Hochzeit, eine Beerdigung … ah, entschuldigen Sie bitte. Eine Beerdigung, ja, ja natürlich. Ohne Frage wird ein weiterer Besuch vonnöten sein.«

Aubin sah auf und zuckte beim Gedanken an diese Extraausgabe die Schultern. Natürlich würden sie zur Beerdigung gehen. Wer sonst würde kommen?

St.-Cyr begann seine Pfeife zu stopfen. »Diese Madame Rachline wohnt in der Nähe?« fragte er beiläufig.

Die Zigarette wurde mit einem Seufzer ausgemacht, um den Rest für später aufzuheben. »Sie hat das Nebengebäude hinter dem Belle Époque, in der Rue des Trois Maries gemietet, Inspektor. Ich glaube, aber sicher bin ich mir da nicht, daß Mademoiselle Bertrand dort gearbeitet hat. Vielleicht haben sie sich dort kennengelernt. Die Kleider, die Laken, das Nähen. Vielleicht hat Madame Rachline auch ein paar Arbeiten für das Haus übernommen. Wie dem auch sei, sie ist jedenfalls eine Dame, die ihre Kinder vor solchen Dingen schützt. Dessen können Sie gewiß sein.«

»Und ihr Ehemann?« hakte St.-Cyr nach.

»Verschwunden, wie ich schon sagte. Wohin, weiß ich nicht, da weder sie noch keines der Kinder – ein Sohn von zehn und eine Tochter von zwölf – je von ihm spricht.«

St.-Cyr packte den Tabaksbeutel weg. »Humpelte Mademoiselle Bertrand, als sie um neun Uhr siebenundfünfzig zurückkehrte?«

»Humpeln? Aber …? Warum … ja. Ja, sie hatte einen Schuh verloren.«

»Gut!« St.-Cyr klemmte sich den Pfeifenstiel zwischen die Zähne und zündete die Pfeife an. Er stieß ein Rauchwölkchen aus und wedelte das Zündholz aus. Dann nickte er weise. »Betreten Sie die Räume nicht. Lassen Sie die Polizei ihre Arbeit tun. Sie wird die Leichen wegbringen und nach Fingerabdrücken suchen. Und dann wird sie die Räume bis auf weiteres versiegeln.«

5

Grimmig zog St.-Cyr an der Pfeife. Er sehnte sich danach, sie endlich mal wieder richtig genießen zu können. Die Kirchenglokken läuteten am ersten Weihnachtsfeiertag, und für einen Moment klarte der Himmel auf.

Louis erreichte die Mitte der Pont Alphonse Juin und lehnte sich gegen die Steinbrüstung. Er sah die Saône hinunter. An einigen Stellen hatten sich Eisschollen gebildet. Über den Schlieren, die der braune Schaum der Abwässer über die unberührte Eisschicht zog, stieg Dampf auf.

Zwei Frauen, die eine bereits tot, die andere eine ›Näherin‹, Mutter zweier Kinder und Puffmutter eines wirklich erstklassigen Etablissements.

Freundinnen seit Kindertagen, und eine von ihnen war etwas ›Besonderes‹ gewesen.

Ein Konvoi von Wehrmachtlastwagen fuhr auf die Brücke, überraschte ihn und zerstreute die Velotaxis nach links und rechts. Die altehrwürdigen Fußgängerwege vibrierten und schienen aufzuschreien: Was für eine Schande! Wie könnt ihr eine solche Behandlung dulden?

Der Konvoi bewegte sich nur mit Marschgeschwindigkeit fort, einerseits um die Bevölkerung zu beeindrucken und andererseits um der Schmach zu entgehen, auf der trügerischen Oberfläche ins Schleudern zu geraten. Drei Motorräder fuhren vor einem offenen Tourenwagen her. Klaus Barbie und irgendeine Frau …

Die Haare des grauen Fuchspelzes kräuselten sich im Wind. Sie lachte. Sie trug keinen Hut, und sie mußte frieren, aber sie ließ sich nichts anmerken. Strahlende graublaue Augen und dunkles rotbraunes Haar, keine Französin, ah, nein, ganz bestimmt nicht. Frau Weidling … war es Frau Weidling?

Die Lastwagen warfen ihre Schatten auf Louis, und als der letzte ihn passiert hatte, hörte er die harten Töne einer Posaune und sah, daß der Krach von einer Marschkapelle stammte.

Der Konvoi erreichte das andere Ende der Brücke und fuhr flußabwärts den Quai des Célestins entlang. Das Abwasser blubberte vom Grund des Flusses hoch. Die Dreckschlieren folgten den Lastwagen, rückten unaufhaltsam über das Eis vor.

Zwei Frauen, drei Feuer 1938 im Reich, und jetzt noch ein weit schlimmeres in Lyon, dazu ein weiterer Versuch, der beinahe wieder zur Katastrophe geführt hätte.

Die Splitter eines vergoldeten Christbaumschmucks, eine Antiquität, die ohne Zweifel aus dem La Belle Époque mitgenommen worden war, um wenigstens eine kleine Dekoration zu Hause zu haben, etwas, das einen an vergangene Weihnachten erinnerte, an Freunde aus Kindertagen und den Strand von Concarneau. Ah, ja.

Und ein Mädchen mit einem Fahrrad, dessen ernsthafte braune Augen suchend über den Place Terreaux bis zu den Überresten des Kinos schweiften.

Ein Mädchen mit kurzem, hellem braunem Haar, kein Lippenstift, kein Rouge. Mit einem graukarierten Rock und dunkelgrauen, wollenen Kniestrümpfen. Braune Lederschuhe mit flachen Absätzen – war sie Engländerin? War sie einmal in England gewesen und hatte die englische Art, sich zu kleiden, übernommen? War sie so aufgeregt und zerstreut gewesen, daß sie vergessen hatte, ihre Winterstiefel anzuziehen?

Keine Schönheit, aber auch kein Mauerblümchen. Ungefähr fünfundzwanzig oder sechsundzwanzig. Vielleicht eine Lehrerin und demzufolge früher eine Studentin.

Ein Priester, der einsame Frauen ausnutzte. Ein edelsteinbesetztes Kreuz und ein wohlhabender Gönner, der durchaus in der Schuld des Priesters gestanden haben mochte: Monsieur Henri Masson.

La Belle Épochque.

Das Mädchen hatte sich wieder dem Feuer zugewandt. Sie war besorgt, hatte vergeblich mit ihrem Gewissen gerungen. Warum sonst die gelbe Arbeitskarte von Mademoiselle Claudine Bertrand? Warum sonst hatte es die Karte fallen lassen, wenn nicht als Hinweis, der ihn und Hermann direkt zum Bordell und dann zum Leichnam der Prostituierten führen sollte?

Kohler ließ seinen Blick argwöhnisch über ein Paar Frauenschuhe gleiten, die wohl bis über die Knöchel reichen würden. Sie waren aus schwarzem Leder, vorne geschnürt und liefen an den Zehen spitz zu. Die Schuhe standen hinten auf dem Boden des Wandschranks, in dem er sich schon so lange versteckte. Er wußte, daß Suzie, die Platzanweiserin, die sich immer noch unten an der Bar des Hotel Bristol aufhielt, die Schuhe sofort als die ›Stiefel‹ erkennen würde, die sie an einer der beiden Frauen gesehen hatte. Frau Weidling und Claudine Bertrand müssen im Kino Seite an Seite gesessen haben. Aber zwei Frauen kamen verspätet, und Hermann war sich fast sicher, daß die Weidling allein gekommen war.

Drei Frauen also – waren es wirklich *drei* gewesen? Die Weidling als erste, und sie hatte auch anderswo gesessen. Dann die zwei, die zu spät kamen. Ah, *merde*.

Endlich gingen die Zimmermädchen, denen er in die Prinz-Albert-Suite gefolgt war. Er konnte den Wandschrank verlassen und die Räumlichkeiten in Augenschein nehmen. Zimmer über Zimmer lagen vor ihm, Zimmer mit geschnitzten und vergoldeten Spiegeln und Möbeln aus der Zeit Ludwig XVI. Zu Hause, an der Reichsfeuerwehrakademie in Eberswalde, wäre nichts Vergleichbares zu finden.

Das Schlafzimmer war riesig und das Himmelbett einer Königin würdig. Anderswo war natürlich noch ein Schlafraum für Brandschutzleiter Weidling mit einer Verbindungstür, die verschlossen war. Ah, ja.

Kohler schritt zu einer prächtigen Kommode hinüber. Er zog Schublade um Schublade auf, bis er bei der mit der Damenunterwäsche innehielt. In Weiß, Rosa- und Blautönen und mit Spitze, wie er es noch nie zuvor gesehen hatte. Hauchzart und weich wie eine laue Sommerbrise in einer mondhellen Nacht, schwarz und golden, in Silber und Zimt – in allen Farben. Alles aus Seide ... nichts als feinste Seide.

Frau Weidling mochte offensichtlich das Gefühl von Seide auf der Haut und trug keine andere Unterwäsche, egal wie das Wetter war.

Er fand sechs Garnituren. Sonntag war wohl Waschtag, sagte er sich. Hatte sie alle Garnituren vor ihrem Ehemann anprobiert? Er schüttelte den Kopf. Sie würde sie ihm gezeigt haben, damit Weidling wußte, wieviel sie ihn kosten würde.

Die Kassette war aus Ebenholz, ungefähr zwanzig Zentimeter lang, fünfzehn breit und acht hoch. An den Ecken befanden sich verschnörkelte Intarsienarbeiten und um das Schloß ... das Schloß, ah, verdammt!

Die Kassette war schwer, aber es gab kein Geräusch, als er sie schüttelte. Sie trug den Schlüssel nicht um den Hals, da war er sich sicher.

Hermann fand ihn im Badezimmer. Er hing an einem einfachen cremefarbenen Seidenband an einem der Hähne.

Frau Weidling beglückte sich selbst. Drei *Godemiches* aus Ebenholz lagen in schwarzem Samt eingebettet, einer war länger und erheblich dicker als die anderen. Silberne Ringe bildeten kleine

Wellen, die das Vergnügen steigern sollten. Die Köpfe ähnelten so sehr einem echten Penis, daß er einen herausnehmen mußte. Eine wunderbare Handarbeit, die Oberfläche war so gut poliert, daß sie glatt wie Glas war.

Das französische Wort für Dildo kam vom lateinischen *gaude mihi*, erfreue mich. Gedankenverloren fuhr er mit den Fingern über das glatte Holz. Jedem das seine, sagte er sich. Für sich genommen, hatten sie keine Bedeutung. Aber in Verbindung mit den Stiefeln kam man schon ins Grübeln.

Er schloß die Kassette und legte sie wieder zurück unter die Damenunterwäsche. Dann durchsuchte er die Schublade nach weiteren Dingen. Als er eine Rolle Bleischnur und ein Taschenmesser mit Perlmuttgriff fand, war er äußerst beunruhigt. Ah, *merde*, was jetzt?

Dann waren da noch Photoabzüge, ungefähr zwanzig Zentimeter Kantenlänge, und sie waren nicht schön. Er konnte keine Freude an einer weiblichen Gestalt empfinden, die nackt und tot war. Brüste, die einmal ansprechend gewesen sein mochten, hingen schlaff herunter. Schamhaare, die früher einmal ein Blickfang waren, sahen nur noch erbärmlich aus, ein bedeutungsloses Gestrüpp. Klaffende Wunden, die aber nicht mehr bluteten.

Die Photos stammten alle aus den Sexualstrafakten der Kriminalpolizei – Hamburg, Heidelberg oder Köln. Welche Stadt mochte es gewesen sein, und wie war sie an die Photos gekommen?

Der einfache braune Briefumschlag gab keine Hinweise, keine Briefmarke, keine Adresse. Keine wie auch immer geartete Notiz auf den Rückseiten der Photos.

Waren diese Opfer alle an empfindlichen Stellen verbrannt worden? Er wünschte, er hätte die Zeit, sich die Bilder genauer anzusehen, jetzt, wo er es wußte. Aber die Zeit war knapp, denn das Paar konnte jeden Moment zurück sein.

Das Alter der Frauen variierte. Einige waren alt, andere jung, dick, dünn, langes Haar, kurzes Haar, gefesselte Handgelenke und Knöchel – verbrannt, einige erwürgt, andere niedergestochen. Wenigstens zwei hatten Schußwunden in der Stirn. Schußwunden sehen nicht schön aus.

Kohler legte die Photos zurück. Unabsichtlich sah er sich in einem der Spiegel: käsebleich, bis in die Grundfesten erschüttert und voller Furcht. Sie würde mit Klaus Barbie zusammen sein. Louis und er würden keinen weiteren Zusammenstoß mit der SS überstehen. Müller würde sie auf kleiner Flamme gar rösten.

Angeekelt verließ er fluchtartig den Raum – er hatte für Weidlings Sachen nur noch ein paar Minuten. Eine Aktenmappe fiel ihm ins Auge. Er fand darin die Akten über die drei Feuer im Reich, und erst dann wurde ihm klar, daß dieses Arschloch sie die ganze Zeit bei sich gehabt hatte.

Hamburg, Heidelberg und Köln. Nicht notwendig, jemanden deswegen zu Hause zu kontaktieren.

Hermann hörte auf dem Korridor Gelächter, und ihm stockte der Atem.

Der leichte Schneefall ließ den Place Terreaux noch grauer erscheinen. Wie ein Denkmal für die Einsamkeit stand ein einzelner Spritzenwagen neben dem Bartholdi-Springbrunnen. Immer noch in Gummistiefeln, Schutzanzug und Helm, die Stulpenhandschuhe beiseite geworfen, umfaßte Robichaud seine verwundete rechte Hand, von der das Blut heruntertropfte. Still verfluchte er die Metallkante, die ihm das angetan hatte. Er sah vollkommen erschöpft aus, wie ein römischer Gladiator, der gleich den Löwen munden würde.

Die Menschenmenge hinter der Absperrung starrte ihn stumm an, aber sie war ganz offensichtlich in rachsüchtiger Stimmung. Sie wollte einen Sündenbock, und sie hatte ihn gefunden.

Ärgerlich riß sich der Feuerwehrchef den Schal vom Hals und verband sich damit die Hand. Dann starrte er im Gegenzug die Menge herausfordernd an.

St.-Cyr blickte suchend in die Gesichter. Hüte, hochgeschlagene Mäntelkragen, Ohrenschützer und Schals vereinfachten die Sache nicht gerade. Das Mädchen konnte gekommen und schon wieder gegangen sein – oder erst noch kommen. Er hatte keine andere Wahl, als sich um den Feuerwehrchef zu kümmern.

»Im Wagen ist eine Flasche«, keuchte Robichaud, als er sah, wer ihm half. »Würden Sie so gut sein, sie mir bitte zu holen? Schnell, bitte, Inspektor. Je eher, desto besser.«

Er wartete nicht, bis St.-Cyr die Flasche entkorkt hatte, sondern riß sie Louis aus der Hand und öffnete sie mit den Zähnen. Er schleuderte den Schal beiseite, so daß die Menge die acht Zentimeter lange, häßliche Wunde sehen konnte, und goß sich den Brandy darüber. »Ahh …!« stöhnte er mit schmerzverzerrtem Gesicht, kniff die Augen zusammen, ließ die Flasche sinken und griff sich ans Handgelenk. »Jetzt noch mal«, keuchte er. »*Noch mal!*« schrie er. »Im Namen Gottes, seien Sie nicht so zimperlich. *Tun* Sie es einfach!«

St.-Cyr verband ihn, und dabei bemerkte Robichaud die Narbe auf der linken Hand des Inspektors. »Ein Messer in der Nacht. Ein anderer Fall … der vorletzte, ja. Ja, es war nicht der Fall vor diesem, sondern der davor. Ein Karussell.«

Sie versicherten sich gegenseitig, daß das Leben nicht leicht war, und teilten sich den Rest Branntwein. »Das Benzin in der Notre Dame stammte aus einem Depot der Delfosse-Kaserne in Perrache«, grunzte Robichaud.

»So nah beim Gestapo-Hauptquartier?« platzte St.-Cyr heraus.

Die breiten Schultern hoben sich. Die müden Augen blinzelten nicht.

»Der Bischof erhält zu Weihnachten eine Extrazuteilung, daher wurde kein Verdacht geschöpft. Die drei Kanister wurden am Nachmittag zur Basilika gefahren und vor der Tür des Concierges abgestellt.«

St.-Cyr zündete ihm eine Zigarette an. »War es üblich, sie dort einfach stehenzulassen?«

»Natürlich nicht – nicht in diesen Zeiten. Aber Auguste und Philomena – der alte Cadieux und seine Frau, der Concierge, verstehen Sie: Er ist schwierig. Daher ist es nur zu verständlich, daß man die Kanister schlicht vor seiner Tür abstellte. Er und der Bischof streiten sich andauernd. Es ist das Recht eines Concierges, jederzeit seine Ehre zu verteidigen, nicht wahr? Die zwei leben auf Gottes kleinem Grundstück, nur um sich fortwährend zu bekriegen. Sie benehmen sich wie ein altes Ehepaar!«

Er würde die Andeutung auf Robichauds eigene Ehe überhören. »Und die Person, die das Benzin geordert hat?«

Louis fragte das leise. Nun, mein Pariser Freund, halte dich fest, dachte Robichaud. »Er sagte, er sei der Sekretär des Bischofs, Vater Adrian Beaumont. Sehen Sie, Inspektor, dieser Anrufer kannte sich aus. Er wußte ganz *genau*, wen er kontaktieren mußte und wohin das Benzin gestellt wurde.«

Ah, *merde*! »Ein Mann?«

Robichaud nahm einen tiefen Zug von seiner Zigarette und ließ sie zwischen seinen Lippen hängen, als er ausatmete. »Ja, Inspektor, ein Mann.«

»Aber … aber im Kino waren zwei Frauen. Wir haben den Beweis.«

»Welchen Beweis? Die Aussage einer verschreckten Platzanweiserin? Das Wort eines Feuerwehrmannes, der im Kino hätte bleiben müssen, um anderen zu helfen? Kommen Sie, Inspektor, wir brauchen bessere Beweise. Selbst ich, der so sicher war, muß zugeben, daß ich mich geirrt habe.«

Er konnte es immer noch nicht glauben. »Ein Mann … Er mußte damit rechnen, daß wir herausfinden würden, woher das Benzin stammte.«

Schroff gestikulierte Robichaud mit seiner unverletzten Hand und sagte: »Ah, Ihr Inspektoren … Weichen Sie der Frage nicht aus. Fragen Sie sich, *warum* wir herausfinden sollten, daß er ein Mann ist. Wenn Sie mich fragen, Inspektor, ist das für einen Brandstifter typisch. Er will, daß alle alles darüber erfahren. Sie bieten ihre Hilfe an, tun so, als ob sie Experten seien, springen anderen an die Kehle und …«

»Robichaud, was sagen Sie da? Daß es Herr Weidling war, der mit dem Depot telephoniert hat und *französisch* gesprochen hat?«

Aufgeschreckt stieg ein Schwarm Tauben auf. Einen Moment lang blickte der Feuerwehrchef den Vögeln nach, wie sie durch die spärlichen Schneeflocken flogen, dann gestand er seine Niederlage ein. »Ich muß mich entschuldigen, Inspektor. Wie konnte er es auch sein … aber diese Sache hat mich ganz schön umgehauen. In Angst versetzt. Ist es nicht so, mein Freund? Ich bin mir in meinem tiefsten Innern sicher, daß es wieder passieren wird. Es gibt keinen

Sand für die Straßen. Es sind fünfzehn oder zwanzig Grad unter Null und die Hauptwasserleitungen werden einfrieren. Ein großes Feuer ... Wenn es zudem noch sehr windig ist, werden sich die Flammen über die Dächer ausbreiten, ohne daß wir sie eindämmen können.«

Jemand hatte die Rolle von Vater Beaumont gespielt, der zur Zeit des Telephonanrufs bereits tot war.

Eine letzte Zigarette wurde angeboten und mit einem höflichen Nicken angenommen. »Was ist mit Ihnen, Inspektor?«

»Danke. Die Pfeife ... Ich ziehe sie vor, habe aber unglücklicherweise den letzten Rest meiner Ration Pfeifentabak verbraucht.«

»Dann fragen Sie den Präfekten. Der hat die richtigen Freunde. Wenn Sie irgendwas wollen, fragen Sie ihn.«

Ah, *merde*! »Sachte, sachte. Passen Sie auf, was Sie sagen. Seien Sie nicht dumm. Sie wollen mir also sagen, daß der Anrufer fließend Französisch sprach, ohne jeden Akzent?«

Dem war so, aber jemand konnte dafür bezahlt worden sein, den Anruf zu machen, jemand, der sich in der Basilika auskannte. »In drei Tagen gibt es ein Konzert im Théâtre des Célestins, unserem bekanntesten Theater, Inspektor. Die oberen Zehntausend von Lyon werden mit ihren deutschen Freunden da sein und außerdem alle hohen Tiere der Wehrmacht aus dem Militärbezirk Südwestfrankreich. Natürlich habe ich versucht, dem Bürgermeister und dem Präfekten klarzumachen, daß das Konzert abgesagt werden muß, aber das wollen sie nicht. Alle Karten sind bereits verkauft. Sie müßten das Geld zurückzahlen. Es ist eine Wohlfahrtssache, ein Beispiel für den guten Willen zwischen Besatzern und Besetzten. Hospitäler, Waisen, ledige Mütter und warme Kleidung für die Front in Rußland. Sie werden die Deutschen bitten ...«

»Warum sagen Sie nicht Boches? Wir sind hier unter uns.«

»Nur wir Patrioten? Soll ich das glauben, Inspektor? Vergessen Sie es, mein Freund. In diesen Zeiten steht jeder Mann allein. Die Deutschen werden um weitere Patrouillen bitten, in der unmittelbaren Umgebung des Theaters, und dann werden sie noch eine Reihe von Leuten in Zivil losschicken, so daß dieser Salamander kein Streichholz anzünden kann. Aber sie sind Dummköpfe. Er und sie, oder die beiden Frauen, werden sie austricksen, da ...«

Robichaud warf seine Zigarette zu Boden und trat sie bedeutungsvoll mit dem Fuß aus. »Er oder sie sind der Salamander, und der ist schwer zu fangen. *Schwer zu fangen!*«

»Drei Tage noch.«

»Heute nacht, morgen nacht und die Nacht danach.«

»Sonntag abend.«

»Ja. Aber da die Sache bereits öffentlich ist, habe ich schon zwei Leute abgestellt, die das Gebäude heimlich durchsuchen. Bitte informieren Sie niemanden darüber.«

»Und wenn ich Ihnen andeuten würde, daß meiner Meinung nach eine unserer zwei Frauen ermordet wurde?« fragte St.-Cyr und beobachtete ihn genau.

Ihre Blicke trafen sich. »Dann würde ich sagen, daß sie zum Schweigen gebracht wurde, um unsere Aufgabe noch mehr zu erschweren.«

Frau Weidling und Klaus Barbie befanden sich im großen Salon der Prinz-Albert-Suite. Von seinem Platz hinter der Tür konnte Kohler die Frau deutlich sehen, Barbie aber nur zum Teil.

Sie saß auf einer Sofakante, ihre langen, wohlgeformten Beine dicht beisammen. Die Hände im Schoß gefaltet. Kein scherzhaftes

Gelächter mehr, kein Flirten. Nur die Furcht, daß Barbie sie durchschaut haben und ihre Bitte ablehnen könnte.

Barbie stand einen knappen Meter vor ihr. Die Hände in den Jackentaschen, die Daumen draußen. »Mein Ehemann ist der beste, Herr Obersturmführer. Wenn Johann nur den Hauch einer Chance bekäme, würde er diesen Salamander finden und den Bränden ein Ende bereiten.«

Barbie mußte süffisant gelächelt haben, denn sie erbleichte, und ihre Finger gruben sich fester in den Stoff ihres dunkelblauen Rocks. »Und wenn ich nicht will, daß die Brände aufhören?« fragte er ruhig.

Verdammt!

»Aber … aber bitte, ich verstehe nicht, Herr Obersturmführer? Wollen Sie wirklich, daß die Brände weitergehen, wenn Berlin und Herr Müller gefordert haben, die Sache zu beenden?«

Kohler zählte die Sekunden. Barbie mußte sie mit den Augen ausziehen und ihr stumm zu verstehen geben, daß er all ihre Vorlieben und Abneigungen und ihre persönlichen kleinen Freuden kannte – Himmel, er mußte die Suite durchsucht und alles gefunden haben.

Klaus Barbie: Alter neunundzwanzig, unehelich geboren, mit einem Vater, der viel zuviel trank und im gleichen Jahr starb, in dem Barbie Abitur machte. Latein und Griechisch, 1933. Ein jüngerer Bruder starb im selben Jahr.

Der Großvater hatte dem Bastard sein rechtmäßiges Erbe verweigert, obwohl die Barbies nach der Geburt ihres Sohnes Klaus geheiratet hatten.

Einmal ein Bastard, immer ein Bastard nach deutschem Recht, schnaubte Kohler innerlich – er konnte nicht mehr sehen als einen

Unterschenkel und hin und wieder einmal eine Hand. Barbie hatte in die Juristerei oder Archäologie gehen wollen. Statt dessen hatte die SS ihn bekommen. Sechs Monate Lager des Reichsarbeitsdienstes, um die Muskeln und den Geist zu stärken. Dann Hitlerjugend als Fahnenführer, um zu beweisen, daß er neben anderen Dingen auch Führungsqualitäten und Entschlußkraft besaß. Im September 1935 schließlich die SS und der Ausbildungslehrgang in Bernau bei Berlin, um ihm den letzten Schliff zu geben.

Das Eiserne Kreuz zweiter Klasse dafür, daß er 1940 in Holland einem jüdischen Jungen einen Aschenbecher auf den Kopf schlug und ihn und seinen Partner erschießen ließ, da sie Eis verkauft und damit die Gesetze übertreten hatten. Es hatte den Jungen natürlich geschadet, daß sie versuchten, die Nazi-Schläger daran zu hindern, ihr kleines Geschäft kurz und klein zu schlagen und sie zu verprügeln …

Eine Hand streckte sich aus, um das Kinn der Weidling zu umschließen.

»Natürlich will Müller von der Gestapo, daß der Salamander gestoppt wird«, sagte Barbie. »Aber als er Ihrem Mann das Telex geschickt hatte, kannte er noch nicht meinen Bericht über den Brand.«

Sie schenkte ihm ein schüchternes Lächeln und warf ihren Kopf zurück, so daß ihr Haar von Nacken und Schultern nach hinten über den Rücken fiel. »All die Bahnarbeiter …« sagte sie. »Sind Sie sich sicher, daß dieses Kino ein Treffpunkt der Résistance war?«

Die Stimme Barbies war immer noch ruhig. »Nicht sicher. Nennen wir es einen begründeten Verdacht, Frau Weidling. Wenn wir uns geirrt haben, ist kein Schaden entstanden. Wenn wir recht hatten, dann wurde viel erreicht.«

»Und Herr Robichaud geht frei aus?«

Guter Gott, wie nett sie zueinander waren! dachte Kohler.

Barbies Hand fiel nach unten. Ihre Hände, die ihren Rock umklammert hatten, lösten ihren Griff und strichen angespannt den Stoff über den wohlgeformten Schenkeln glatt. Sie war sich der Reputation des Obersturmführers als notorischer Schürzenjäger nur zu bewußt. Wartete sie darauf, daß er sie bat, sich auszuziehen, oder hoffte sie, daß er darauf verzichtete?

Ärgerlicherweise verschwand Barbies Bein mit dem vorschriftsmäßigen schwarzen Schuh und seine Hand aus Kohlers Sicht. »Vielleicht, Frau Weidling, lassen wir es zu, daß Ihr Mann Robichauds Glaubwürdigkeit untergräbt. Dann kann Lyons Feuerwehrchef sich nur noch umbringen.«

Ihre Hände hielten wieder inne. Diesmal befanden sich ihre Fingerspitzen am Rocksaum und berührten die feinmaschigen Seidenstrümpfe in dunklem Preußischblau. »Und Robichauds Geliebte?« fragte sie so leise, daß Kohler die Koketterie in ihrer Stimme beinahe überhört hätte.

»Ein Doppelselbstmord. Ja, das wäre fein.«

»Gut.«

Ah, Herr im Himmel, dieses Miststück! Was kam als nächstes? Barbie benahm sich wie ein Bankier, ein Geschäftsmann – ohne die Uniform würde er als mittelständischer Franzose durchgehen. Kein Problem. Er sprach fließend Französisch mit nur ganz leichtem Akzent. Dieser Bastard.

Er war nicht groß, wirkte eher klein, obwohl er die Abteilung IV – die Gestapo – des Lyoner SD leitete, deren Chef Oberstleutnant Werner Knab war. Die Abteilung IV war für die Untersuchung politischer Verbrechen zuständig, unter anderem für die Jagd auf Juden,

Kommunisten, entflohene Zwangsarbeiter, Spione und alle, die falsche Papiere hatten. Auch für Geheimdienstmaterial, das durfte man nicht vergessen. Alle standen unter dem Kommando Barbies. Nicht schlecht für einen Burschen, dem sein Großvater wirklich hätte erlauben sollen, zur Universität zu gehen.

»Sie werden das Konzert am Sonntagabend besuchen.« Das war keine Frage, aber sie antwortete wie ein schüchternes Schulmädchen, bereit, seine Ehre hinzugeben, brav mit ja.

Jetzt war es an Barbie, ›gut‹ zu sagen, und er tat das so knapp, daß sie für einen Sekundenbruchteil überrascht und verwirrt war.

Dann dämmerte – vermutlich – Verstehen in ihrem hübschen Köpfchen. Sie lächelte wissend und sagte erneut, ganz eifrig diesmal: »Ich werde da sein. Wird Johann für die Sicherheit zuständig sein?«

Das war der Fall. Das erfreute sie so sehr, daß sie rasch aufstand, zu Barbie hinübertrat und außer Sicht verschwand. Verdammt.

»Es gibt wahrscheinlich ein kleines Feuer«, sagte er, »aber wir werden sicherstellen, daß keine Panik ausbricht, außer dort, wo wir es wünschen.«

Merde!

»Soll ich meinen Mann darüber informieren?« fragte sie, wieder ganz Schulmädchen.

»Nein, das behalten wir besser für uns.«

Diesmal mußte sie ihn eifrig bei der Hand genommen haben, denn sie gurrte: »Ich bin Ihnen ja so dankbar, Herr Obersturmführer.«

Seine Hacken schlugen zusammen, vermutlich bei einer knappen Verbeugung. »Dann betrachten Sie das als mein Weihnachtsgeschenk für Sie, Frau Weidling. Heil Hitler.«

Sie hielt ihn an der Tür noch einmal auf. »Warum denken Sie, daß der Salamander ein Mann ist? Bitte, gibt es da etwas, das ich wissen sollte? Johann ist sich seiner Sache sicher, aber ich persönlich, ich … ich habe da meine Zweifel.«

Darauf würde ich wetten, schnaubte Kohler innerlich.

»Und Sie würden es gerne wissen?« fragte Barbie sie neckend. Würde er sie direkt hier auf dem Fußboden nehmen?

»Ja, das würde ich gern«, antwortete sie spröde.

Kohler konnte ihr Beben fühlen. Ach, Herr im Himmel, verschaffte das der Frau gerade einen Orgasmus?

»Dann lesen Sie die Akten, die Ihr Mann in seiner Tasche hat, Frau Weidling. Die erste ist die gründlichste und am wenigsten spekulativ. Sie behandelt alle drei Brände im Reich von 1938 und läßt einen Mann als Salamander am wahrscheinlichsten erscheinen. Vielleicht ein damaliger Student, oder der eifersüchtige Geliebte einer Studentin.«

Obgleich sie weit größer als Barbie war, lehnte sie sich zu ihm hinüber, so daß er ihr Parfüm erschnuppern konnte, und gab ihm einen flüchtigen Kuß auf die Wange. Moschus, Zibet, und Gott allein weiß, was noch. Auf jeden Fall stark und erdig. Heiß, aber nicht brünstig.

Kohler hörte sie flüstern, wie schade es doch sei, daß Barbie nicht länger bleiben könne. »Es ist manchmal so langweilig. Johann hat immer soviel zu tun.«

Barbie schonte sie nicht. »Dann, Frau Weidling, hätten Sie vielleicht Spaß daran, bei einer unserer Befragungen zuzuschauen? Wir haben eine Frau in Gewahrsam, ein zweiundzwanzigjähriges Mädchen, das meine Fragen nicht beantworten will.«

»Eine Frau?«

»Ja.«

Das Mädchen mit dem Fahrrad? fragte sich Kohler.

»Wenn … wenn ich Ihnen irgendwie zu Diensten sein kann, Herr Obersturmführer, müssen Sie … es nur sagen.«

»Gut.«

Die Tür schloß sich, und sie lehnte die Stirn dagegen, den Knauf immer noch in der Hand, als sie zu verdauen versuchte, was Barbie gerade über sie angedeutet hatte. »Spaß«, stieß sie hervor. »*Spaß*, ach, verdammt!«

Eine Minute verging. Dann noch eine und noch eine. Dann schloß sie energisch die Tür ab und eilte in Weidlings Schlafraum.

Kohler wußte, daß es jetzt besser war zu gehen. Er beobachtete durch einen Spiegel, wie sie die Akten las. Sie brauchte nicht lange, um sie zu überfliegen, erst bei der letzten wurde sie nervös.

Ihre Lippen teilten sich, sie sah auf und blickte quer durch den Raum. Ihre Kehle war wie zugeschnürt. In ihren Augen standen Tränen. »Johann«, krächzte sie. »Johann, wie konntest du mir das nur antun?«

Die Akten wurden zurückgelegt, dann nahm sie die Mappe an sich. Kohler hörte, wie sie sich in ihrem Schlafzimmer auszog. Die Kleidung fiel zu Boden und wurde über einen Stuhl geworfen. Eine grandiose Figur, eine hübsche Rückansicht mit glatten, festen Hinterbacken, schlanken Hüften und einem langen, geschmeidigen Rücken, der sich graziös und methodisch beugte, als sie die Strumpfhalter löste und mit einer fließenden Bewegung die Strümpfe hinabrollte.

Ihre Brüste waren nicht groß, aber wohlgeformt, die Warzen rosig. Sie versteiften sich, als sie sie gedankenverloren berührte. Dann strich sie mit den Fingern durch die Fülle ihres Haars und nahm die Armbänder ab.

Zuletzt entfernte sie die Ohrringe. Eine Hand fuhr langsam die Vorderseite hinunter und preßte sich über dem dunklen, rotbraunen Dreieck ihres Schambeins flach gegen den Bauch.

»*Gut*«, sagte sie. »*Gut*, Herr Obersturmführer. Wir werden sehen.«

Ein vorsichtiger Blick enthüllte Kohler, daß sie sich in der Badewanne ahlte, eine Zigarette rauchte und an einem Cognac nippte, während die Aktenmappe neben ihr auf dem Boden lag. Selbstzufrieden und erregt. Erregt von dem, was sie erreicht hatte, und von dem, was die Zukunft für sie bereithalten mochte.

Sie blies auf das Ende der Zigarette und lachte das kleine Lachen einer heißen Frau, die wußte, daß die Belohnung nah war. Sie sah auf die Glut, verbrannte sich aber nicht. Sie mochte vermutlich nur den Gedanken daran, den Gedanken an den Schmerz anderer Frauen.

Da die Aktenmappe außerhalb seiner Reichweite war, gab es nur noch einen Ort, wo er finden konnte, was er brauchte, und das war Barbies Büro, die Straße hinunter. Vom Gestapo-Hauptquartier in Berlin würde er es nicht bekommen. Nicht nach all dem Ärger, den Louis und er der SS gemacht hatten. Sie waren für die SS ein rotes Tuch, nahezu untragbar.

Er mußte es irgendwie schaffen.

Mit einer Hand türmte sie ihr Haar auf und tauchte unter. Einen Moment lang konnte er nur ihr Cognacglas und die Zigarette im Aschenbecher sehen. Dann der Anblick ihres Rückens, der sich wie eine anmutige Meereskreatur aus dem Schaum erhob. Wohlgeformt und schlank. Wasser lief die Haut hinab, die vom Badeöl glitzerte … glitzerte über … Waren das die Narben von Striemen? War sie geschlagen worden, nicht nur einmal, sondern mehrfach, und vor langer Zeit?

Dann der untere Rücken. Die Hüften und Gesäßbacken, die sich so wundervoll rundeten, aber noch mehr dünne Narben enthüllten.

Sie war fürchterlich verprügelt worden.

Schließlich tauchte ihr Kopf wieder auf, und sie schnappte nach Luft, sog tief den Atem ein und füllte wieder die Lungen. Einmal, zweimal, dreimal – immer noch vornüber gebeugt, als sei sie gerade eben erst geschlagen worden und hätte sich eben erst wieder mühsam auf die Knie gezogen.

Er konnte nicht verstehen, warum sie sich dazu zwang, so lange unter Wasser zu bleiben. Es erschreckte ihn, und er fühlte sich unbehaglich. Er murmelte *nom de Dieu!* zu sich selbst und schlich davon, die Narben noch vor Augen.

Sie würde sich daran erinnern, daß sie die Tür abgeschlossen hatte – ganz ohne Zweifel. Sie tauchte wieder unter, und Stille breitete sich aus, als die kleinen Wellen in der Badewanne erstarben. Sie blieb so lange unten, daß er sich panikerfüllt umwandte und zu ihr gehen wollte. Dann erst kam sie hoch und sog gierig die Luft ein. Die Suite füllte sich mit ihrem Keuchen!

Verdammt!

* * *

Auf die vage Hoffnung hin, daß das Mädchen mit dem Fahrrad zu dem provisorischen Leichenschauhaus käme, suchte St.-Cyr so unauffällig wie möglich die Schlange der Wartenden ab, nur um festzustellen, daß ihn die Stille zunehmend nervös machte.

Die Schlange wirkte schäbig im sanft fallenden Schnee. Die buntgemischte Menschenreihe erstreckte sich längs der Rue de la Bourse und um die Ecke auf die Rue du Bât d'Argent.

Es waren bei weitem zu viele französische Gestapo-Leute in Zivil in der Schlange – von hier aus konnte man sie leicht ausmachen, da sie immer zu zweit beisammen standen, den Hut in die Stirn geschoben, den Kragen des Trenchcoats hochgeschlagen, und dann die Zigaretten ... In einer Nation, wo Tabak wertvoll wie Gold war, konnten sie es sich leisten, eine Kippe wegzuwerfen und die nächste Zigarette anzuzünden.

Aber von diesen Leuten abgesehen gab es keinen Hinweis auf die Anwesenheit von Deutschen. Statt dessen sorgten die Männer des Präfekten in den dunkelblauen Uniformen für Ordnung.

Klaus Barbie nutzte die Schlange als Falle. Einmal eingetreten, würden alle Papiere peinlichst genau kontrolliert und alle Namen festgehalten werden, um sie später mit der länger werdenden Liste der Opfer zu vergleichen: der Toten; der Schwerverbrannten, die immer noch im Krankenhaus lagen; der nicht so schwer Verbrannten, die behandelt und entlassen worden waren; der ohne Verletzung Davongekommenen; der Leute, die in irgendeiner Weise etwas mit dem Kino zu tun hatten.

Barbie wußte, daß all jene, deren Kinder, Freunde und Verwandte verschwunden waren, ohne eine neue Adresse zu hinterlassen, um der Zwangsarbeit zu entgehen oder sich vielleicht den Marquis anzuschließen, in der Hoffnung kämen, ihre Angehörigen oder Geliebten nicht unter den Toten zu finden.

Nur in den Gesichtern der Schaulustigen war Eile zu erkennen, aber auch sie beugten sich der Stille der Trauernden.

Die Schlange kroch vorwärts. Gelegentlich bemerkte einer, was vorging und dachte daran zu gehen, nur um sich zu überlegen, daß es doch besser war, keine Aufmerksamkeit auf sich zu ziehen und das Ganze einfach durchzustehen.

Louis wollte ihnen zuschreien, daß sie nach Hause gehen sollten. Das ist eine Falle! Aber er konnte es nicht, da er genau wie sie wußte, daß man ihn abführen und für immer zum Schweigen bringen würde.

Als Louis das Mädchen sah, stand es noch bei den Schaufenstern, nicht weit von der Ecke. Und er bemerkte, daß es die Fenster als Spiegel nutzte, um die Straße zu beobachten und darauf zu achten, ob irgendwer sie besonders musterte. Der Kragen des beigefarbenen, zweireihigen Mantels war hochgeschlagen. Eingemummt in eine beigefarbene Angora-Baskenmütze und einen Schal aus dem gleichen Material beobachtete sie das Glas, als ob sie an den Schaufensterauslagen mit der Kleidung aus Menschenhaar oder Holzfasern und den Schuhen mit Holz- oder Korksohlen interessiert wäre.

Er ließ sie in dem Glauben, unentdeckt zu sein. Er wedelte mit seiner Polizeimarke und hob warnend die Hand, um jeden Widerspruch zu ersticken, als er vier Personen hinter ihr in die Schlange glitt. Er hoffte, daß sie nicht panisch reagierte, wenn sie Namen und Adresse hinterlassen mußte. Er durfte nichts tun, um sie zu gefährden. Nicht zulassen, daß sie dem Präfekten oder der Gestapo in die Hände fiel oder daß diese einen Hinweis erhielten, hinter wem er her war.

Es dauerte eine Stunde, bevor das Mädchen in Sicht- und Riechweite der Leichen kam. Sie trug eine der vorschriftsmäßigen Stoffmasken, gezwungenermaßen, als der Präfekt ihn stellte.

»Nun, Louis, sind Sie tatsächlich so unverschämt und wagen es, mir unter die Augen zu kommen?«

Ein Schlägertyp in Uniform. Guillemette ballte eine Faust und hob sie drohend. »Sie und Kohler haben einen meiner besten Männer letzte Nacht in der Rue des Trois Maries zusammengeschlagen. Warum haben Sie das getan? Er war zu Ihrer eigenen Sicherheit da,

Sie Schwachkopf! Ich persönlich habe ihn abgestellt, um auf Sie beide aufzupassen.«

Wie nett. »Aber, Herr Präfekt, wir dachten, es wäre ein Straßenräuber! Da war kein Licht. Es war jemand bei ihm.«

»Wer?«

»Das haben mein Partner und ich nicht herausgefunden. Wir mußten Ihren Mann auf der Straße zurücklassen und...«

»Im *Rinnstein*, Jean-Louis! Mit einer gebrochenen Nase, die Monate braucht, bis sie wieder verheilt ist, vier abgebrochenen Zähnen, das Gesicht mußte mit sechsundzwanzig Stichen genäht werden, und fünf gebrochenen Rippen. Keine Brieftasche oder Papiere, keine Waffe oder Messer oder Handschellen. Sagen Sie schon, mein Bester, was haben Sie und Kohler damit gemacht?«

Keine Waffe, Messer oder Handschellen ... die Papiere gestohlen? Ah, *merde* – jemand anders muß das gestohlen haben! »Präfekt, diese engen Gassen sind während der Ausgangssperre gefährlich. Das nächste Mal – wenn es ein nächstes Mal geben sollte – bitten Sie Ihre Männer, sich vorher zu identifizieren.«

Guillemette grunzte wütend. »Spielen Sie mit mir keine Spielchen, Sie kleiner Furz aus Paris. Was hatten Sie in der Rue des Trois Maries zu suchen?«

Madame Rachline konnte ihm nichts von ihrem Besuch erzählt haben. »Nichts, Herr Präfekt. Wir haben uns in der Dunkelheit verlaufen.«

»*Bastard*, ich sollte Sie verhaften! Hinter welcher Adresse waren Sie her und warum?«

Es war nötig, ihm eine Art Antwort zu geben, aber die Versuchung war groß, sie rundweg zu verweigern. »Wir versuchten die Pont Alphonse Juin zu finden, um die Saône zu überqueren und den Quai Saint Antoine entlang zum La Mère Aurora zu gehen. Vielleicht kennen Sie es? Ein kleines Lokal, aber das Essen ist vorzüglich. Wenigstens war es das vor der Niederlage von 1940.«

»*Widerlicher Schuft*, Sie hatten etwas vor und hätten nicht in der Straße sein sollen!«

»Dann hätte der Schatten, der Ihrem Mann folgte, vielleicht auch nicht dort sein sollen, Herr Präfekt. Und der hätte ihm nicht neben den anderen Sachen auch seine Waffe wegnehmen dürfen.«

»Sie?« Was hatte das jetzt wieder zu bedeuten?

St.-Cyr nickte höflich.

»Eine der zwei Frauen?« fragte Guillemette fordernd.

»Vielleicht, doch andererseits …« Er zuckte die Schultern. »Vielleicht haben mein Partner und ich uns geirrt.«

»Eine Frau.«

Guillemette war kein Dummkopf. Er würde zwei und zwei zusammenzählen und dann auf das Belle Époque kommen. Warum sollte er ihm nicht ein wenig erzählen? »Eine Frau, ja. Vielleicht.«

»Was soll das heißen?«

Ein einfaches Schulterzucken wäre jetzt das beste.

Als sich der Präfekt gleichermaßen ärgerlich und nachdenklich wegdrehte, senkte St.-Cyr den Blick, und ein Name sprang ihm von der Liste förmlich entgegen. »Martine Charlebois, Allée des Villas Nr. 12, Apt. 3.« Eine Wohnung mit Blick auf den Parc de la Tête d'Or, in einem der vornehmsten Stadtteile.

»Louis … Louis, warum sind Sie hier?«

»Um Herrn Weidling zu treffen, Herr Präfekt, und auch Robichaud.«

»Und Kohler? Wo ist der?«

»Bei der Arbeit, Herr Präfekt. Immer bei der Arbeit.«

Immer wenn Kohler furchtsam anhielt, sah er sich in einem der vielen Spiegel, die in den eleganten Korridoren des Hotel Terminus hingen. Das Leben ging weiter, auch zu Weihnachten. Die Lyoner Gestapo hatte sechzig Räume in dem hübschen alten Hotel mit Beschlag belegt. Die grauen Mäuse und die Truppen schienen überall zu sein. Die Ziegen aus der Heimat hämmerten mit militärischer Präzision auf ihre Schreibmaschinen und Fernschreiber. Ihre Röcke waren hochgezogen, ihre Rücken steif, als ob sie einen Besenstiel verschluckt hätten, die blonden Zöpfe zu einem Diadem aufgesteckt oder zusammengerollt zu einem Knoten und die Brustkörbe eingequetscht in Hemdblusen, die zwei Nummern zu klein waren. *Merde*, was sollte er nur tun? Er hatte absolut keine Chance, in Klaus Barbies Büro zu kommen, obwohl die Tür offenstand.

Im zweiten Stock fanden die Folterungen statt, und Hermann wollte da nicht hochgehen, nicht nach dem, was er beim letzten Mal gesehen hatte. Eine Schreibmaschine setzte aus. Eine Stimme fragte: »Suchen Sie jemanden?«

»Nein, nein. Ich bin nur auf dem Weg nach draußen, Fräulein.«

»Dann müssen Sie in die andere Richtung, mein Herr.«

Er versteckte sich in einer Toilette und blickte sich gehetzt um. Graue wollene Unterhosen umschlossen dicke Knöchel und hingen auf schwarze Schuhe mit festen Schnürsenkeln herab …

Im zweiten Stock war es zu seiner Überraschung still. Er öffnete eine Tür und betrat einen Raum, der nur einen einfachen Holztisch, zwei Küchenstühle und eine Kupferbadewanne mit einer stabilen Eichenstange darüber enthielt.

Unbehaglich huschten seine Augen durch das Zimmer, als er den Gestank von Exkrementen, Erbrochenem, Blut, Seife und Desinfektionsmittel wahrnahm.

An die wunderschön geschnitzte Vertäfelung war ein Plakat aus der Heimat genagelt, eines dieser aufdringlichen Soldatenbilder, wo blondgezopfte Mädchen verzückt zu den behelmten Männern ihrer Träume aufblickten und der Führer wie Gott wohlwollend aus den Wolken auf sie herabschaute. *Morgens grüße ich den Führer. Und abends danke ich dem Führer.* Hierfür? fragte sich Kohler traurig. Selbst die Teppiche hatten entfernt werden müssen.

In einer Ecke lagen einige zerknitterte Zeitungen. *Der Stürmer*, das *Berliner Tageblatt*, der *Völkische Beobachter* ... und Hitlers Flaggschiff der Magazine, das *Signal*. Leichte Lektüre, während man darauf wartete, daß der Gefangene wieder zur Besinnung kam.

Einen Meter lange Eichenlatten dienten dazu, den Widerspenstigen Verstand einzubläuen. Die »nachdrücklichen« Befragungen fanden hier oben statt, wenn man glaubte, der Gefangene hielte Informationen zurück. Einer der beiden Deutschen Schäferhunde Klaus Barbies hatte zwischen den Latten einen Haufen hinterlassen.

»Immer mit der Ruhe«, sagte sich Kohler. »Louis, entweder klappt das hier, oder ich weiß auch nicht mehr weiter.«

Als die Flammen emporzüngelten, warf Kohler auch noch die Stühle und den Tisch hinein und ließ dann die Badewanne ablaufen. Er stellte sicher, daß die Schnüre nicht den Abfluß verstopften.

Als der Schrei »Feuer« durch die Gänge hallte, war Hermann bereits die Treppe hinabgerannt und hatte sich in den Toiletten versteckt. Und als die Alarmglocken läuteten, war er schon in Barbies Büro und starrte stumm auf die Peitsche des Bastards.

Die Peitsche aus geflochtenem Leder lag zusammengerollt auf einem Dossier, das mit ›Käthe Weidling‹ beschriftet war. Er konnte die Akte nicht einsehen, ohne die Peitsche wegzunehmen! Panik stieg in ihm auf, fürchterliche Übelkeit. Er hörte das Knallen der Peitsche, als sie zurückschnellte, sah sie wie einen Blitz auf sich zukommen und seine Brust von der rechten Schulter bis zur linken Hüfte aufschneiden.

Dann riß sie seine linke Wange auf. Der Moment stand ihm lebhaft vor Augen, wie sich neben seinem linken Schuh eine warme Urinpfütze bildete. *Verdammt!* Er hatte sich wieder eingepißt! Barbie, du Hundesohn! Was sollte er jetzt nur machen?

Der Obersturmführer hatte aus dem Zwischenfall gelernt und diese kleine Erinnerung für Hermann dagelassen.

Die Alarmglocken klingelten immer noch. Entschlossen verriegelte er die innere Tür, kämpfte die Übelkeit nieder, die beim Gedanken, die Peitsche zu berühren, in ihm hochstieg, und öffnete das Dossier.

»Frau Käthe Weidling, geb. Völker, geboren in Schwerin, 21. April 1913. Vater: Bankier Karl Ernst Völker (Selbstmord durch Erschießen, 1921); Mutter: Greta Inge, einziges Kind von Kapitän Günther Horst Ungerfeld, einer der Blockadebrecher unter Felix Graf von Luckner.« Ohne Zweifel ein strenger Preuße alter Schule.

»Verheiratet mit Major Karl Johann Weidling, 4. September 1938 …« Direkt nach dem Brand in Köln.

Die zweite Seite enthielt ein ganzseitiges Bild, auf dem sie lässig nackt gegen eine Wand lehnte. Sie hielt etwas Birnenförmiges in den Händen, eine Art Ziergegenstand, und starrte den Betrachter an, als wollte sie sagen: »So, mein Herr, was wollen Sie eigentlich?« Nur dachte der Betrachter nicht, daß sie überhaupt mit Männern ging.

Die dritte Seite enthielt eine Photomontage weiblicher Verbrechensopfer. Kohler sah sofort, daß Barbie sie aus den Bildern, die

die Weidling in ihrem Schlafzimmer im Hotel Bristol aufbewahrte, gefertigt haben mußte. Er verstand immer noch nicht, wie sie an die Photos gekommen sein mochte.

Das vierte Blatt zeigte, wie Frau Weilding ein brennendes Streichholz an die Brust von Claudine Bertrand hielt. Beide Frauen waren nackt. Claudine war nicht an das verzierte eiserne Kopfende des Bettes gefesselt. Wer hatte diese Aufnahme gemacht? Es konnte nicht mit dem Wissen der beiden Frauen geschehen sein, denn beide waren zu sehr miteinander beschäftigt. Claudine hatte eine Hand zwischen Frau Weidlings Schenkeln …

Die Lyoner Gestapo, oder jemand anders, der Zugang zu dem Bordell oder Madame Rachline persönlich hatte?

Es folgte ein Bericht über Streichhölzer, über ein Kind, das so fasziniert von Feuer war, daß es zwischen brennenden Kerzen masturbierte und mit Flammen über seine Haut strich, um die sexuelle Erregung zu steigern.

Des weiteren fanden sich noch Berichte über Brände, über »Unglücksfälle«, bei denen keine »gesicherten Beweise für Fremdeinwirkung« gefunden werden konnten. Berichte über Prügel durch einen Großvater, der noch von der alten Schule war. Berichte, wie sie sich später mit gleichgesinnten Mädchen traf, um ihre unnatürlichen Triebe zu befriedigen, wie sie Bordelle besuchte … Sie war nie selbst eine Prostituierte gewesen, kam aus einer zu guten Familie.

Brandschutzleiter Weidling, ein Witwer, war ihr nach Köln gefolgt. Er hatte sich persönlich allen drei Untersuchungen gewidmet. Für die Bekämpfung jener Brände hatte er nicht nur die Tapferkeitsmedaillen erhalten und Prestige gewonnen, sondern auch eine neue und sehr schöne, junge Ehefrau.

Hatte er ihr eine Falle gestellt, so daß sie ihn heiraten und ihm helfen mußte, oder hatte sie erkannt, daß sie an seiner Seite am sichersten wäre? Was war besser als die Arme eines alten Feuerwehroffiziers, insbesondere wenn dieser wußte, daß man bei allen drei Feuern anwesend gewesen war?

Das Paar war seit dem 10. Dezember in Lyon. Dem zehnten!

Hermann hatte keine Zeit, sich alle Blätter anzusehen. Die Spritzenwagen bogen bereits in den Cours de Verdun ein, Jesus Christus!

Zögernd schloß Kohler das Dossier. Er konnte sich nicht mehr erinnern, wie die Peitsche aufgerollt gewesen war.

Der Mischmasch war nicht alkoholisch, sondern nur eine abscheuliche Mixtur aus Anis und Lakritze, die auch dann hellgrün und gelb blieb, wenn man einen halben Krug Wasser hinzufügte!

Das Bier war selbstgebraut, in der gleichen Küchenspüle, in der auch das Geschirr und die Töpfe gewaschen wurden. Winzige Teilchen schwammen zwischen zu vielen Bläschen. Der Käse war auch kein Käse, sondern bestand aus Sägemehl, Milchpulver und vielleicht synthetischem Gummi; das Brot war grau und voller Asbest.

»Louis ...« begann Kohler.

Sie stritten sich ständig. Beide waren gehässig, immer auf dem Sprung und brauchten eigentlich einmal richtig Ruhe und Behaglichkeit statt des drohenden Damoklesschwerts, mit den besten Grüßen der Gestapo Lyon an die Rußlandfront versetzt zu werden. Scheiße! »Louis, hören Sie mir zu. Die Weidling ist sadistisch veranlagt und vom Feuer fasziniert. Kalle bringt sie hierher, und sie trifft eine Freundin von früher wieder, aus Hamburg, Heidelberg und Köln. Claudine, *mon vieux*. Claudine Bertrand.«

»Ja, aber...«

»Seien Sie still! Sie haben ein bißchen Spaß. Sie wollen noch mehr. Und jedesmal wenn Frau Weidling zündelt, gewinnt Kalle an Prestige, und keiner denkt daran, ihr Fragen zu stellen.«

»Aber Claudine war oben beim Filmvorführer, oder etwa nicht?«

Das war richtig. »Und Frau Weidling kam allein«, sagte Kohler lahm. Sein Enthusiasmus war plötzlich verpufft.

»Dann waren es drei Frauen, Herrmann, nicht zwei, wie wir glauben sollten. Frau Weidling, Claudine und noch jemand.«

»Jemand Besonderes, den Claudine für Frau Weidling zum Kennenlernen mitgebracht hatte. Sind wir endlich auf was gestoßen? Die hiesige Gestapo weiß alles über Frau Weidling und ihren Mann und will sie weiter benutzen, aber sie kennen die Identität dieser anderen Frau nicht. Sie denken, genau wie Weidling, daß es ein Mann ist! Teufel auch, sie glauben, daß das Hochwuchten der schweren Benzinkanister der Beweis dafür sei, aber wir beide wissen, daß zwei entschlossene Frauen das auch können.«

Louis nickte knapp und wischte nichtexistente Krümel vom Tisch. »Claudine kommt mit dieser anderen Frau, verläßt den Sitz, um den Toilettenschlüssel zu besorgen, und geht deswegen nach oben zum Filmvorführer. Dann kommt sie wieder herunter, öffnet die Tür, aber bleibt nicht lange. Statt dessen kehrt sie zu einem kleinen Besuch nach oben zurück. Andere gehen auf die Toilette, um ihr eigenes Treffen abzuhalten, lassen aber den Schlüssel außen stecken. Diese anderen kehren nicht auf ihre Plätze zurück, und die Platzanweiserin sieht nach, was los ist, findet den Schlüssel, guckt aber nicht nach, was sich da drinnen abspielt oder ob die Tür abgeschlossen ist.«

Kohler seufzte. »Als Suzie zu ihrem Platz zurückkehrte, hatte die Frau, die mit Claudine kam, ihren Sitz verlassen, aber ihre Korbtasche war immer noch da.«

»Wahrscheinlich ging diese andere Frau hinaus, um die Weidling zu treffen.«

Kohler grunzte zustimmend. »Und als sie diese nicht wie erwartet auf der Toilette fand, schloß diese dritte Frau die Tür ab, vielleicht aus Ärger darüber, versetzt worden zu sein. Wir werden es wohl nie erfahren.«

»Oder vielleicht dachte sie, daß die Weidling *im* Toilettenraum war, Hermann.«

»Wie bitte?«

»Eingeschlossen, um den Flammen nicht entkommen zu können.«

»Ach, *merde* …«

»Claudine ist oben«, fuhr St.-Cyr fort. »Sie bleibt bei dem Filmvorführer, bis das Feuer ausbricht. Sie gerät in Panik, verliert einen Schuh – sie erkennt, daß alles brennt, und hat außerdem Angst, weil sie weiß, wer das getan hat.«

Erneut ein Seufzen. »Und deswegen, mein französischer Freund, mußte sie sterben, aber wie zum Teufel wurde sie umgebracht?«

St.-Cyr zuckte die Schultern. »Zeit … Wir brauchen mehr Zeit. Das weiße Pulver von Mademoiselle Claudines Küchenfußboden wird gerade analysiert. Vasseur wird uns benachrichtigen. Ein sorgsam geplanter Mord, einer, der schon vorher eingefädelt wurde. Es wäre einfach gewesen, sie in dem Feuer zu töten – man hätte nur Benzin auf die Treppen zum Balkon gießen müssen.«

»Vielleicht ist unserem Salamander das Benzin ausgegangen?«

»Vielleicht wollte er, daß Claudine ihr Leben im Bett aushaucht, weil er es nicht über sich bringen konnte, sie im Feuer sterben zu lassen.«

»Dann kannte er Claudine gut, und sie war ihm nicht gleichgültig.«

Hermann suchte seine Taschen nach einem Glimmstengel ab und blickte verzweifelt drein, als er keinen fand. Ihr Kaffee kam, aber er schob ihn beiseite. Er wollte alles vom Tisch fegen, wenn sie gingen. »Warum also wurde das Parfüm verteilt, Louis, und warum hat Frau Weidling eine Probe erhalten?«

»Weil es Claudine war, die darauf bestand, daß Madame Rachline das Parfüm verteilte, ohne den Spender zu nennen. Vielleicht hatte unsere dritte ›Frau‹ ihr genau das aufgetragen.«

»Die *nicht* Madame Rachline war?«

»Vielleicht. Andererseits haben wir es hier mit einem Salamander zu tun, Herrmann. Er ist so schlüpfrig, daß er sorglos morden und uns alle möglichen Hinweise zukommen lassen kann. Ein Fachmann. Einer, der seiner selbst so sicher ist, daß er das Risiko liebt.«

»Hat Frau Weidling Claudine zur Wohnung begleitet, oder war es Madame Rachline, wie der Concierge glaubt?«

»Der Concierge war nicht in seinem Zimmer. Er mußte die Wasserleitungen der Toiletten im Hof reparieren. Es ist durchaus möglich, daß Claudines Mörder sich Einlaß verschaffte, während Madame Rachline, wenn sie es wirklich war, noch oben bei ihrer Freundin war.«

»Unsere dritte Frau also.«

»Oder Mann.«

»Und was ist mit unserem Mädchen auf dem Fahrrad, Louis?«

»Ach, ja, Mademoiselle Charlebois. Ich werde ihr einen kleinen Besuch abstatten, während Sie sich mit Madame Philomena Cadieux beschäftigen werden, der Concierge der Basilika.«

»Wegen der Schuhe … Ach, *merde*.«

»Wegen der Schuhe und noch mehr wegen des Benzins und Vater Adrians.«

»Und des Bischofs, Louis. Des Bischofs.«

6

Vom Place Terreaux und der Pont Morand war es nicht weit zum Parc de la Tête d'Or und der Allée des Villas, die eine gute Aussicht auf den Park bot. St.-Cyr bezahlte das Velotaxi und fragte sich, ob er den Fahrer nicht besser warten lassen sollte, da er sich hier nicht auskannte. Er suchte die identischen steingrauen Fassaden ab, deren präziser Eleganz mit ihren hohen französischen Fenstern und den Eisengeländern aus der Zeit Ludwig XVI. nur der Blick über den Park gleichkam.

Der Wind war abgeflaut, es hatte aufgehört zu schneien, und im blauen Schimmer des scheidenden Tages zeichneten sich die einsamen Bäume, die langen Gehwege, die entfernten Wälder, der See und das gläserne Kuppeldach des Arboretums vor dem Horizont scharf ab.

Es waren nur wenige Langläufer und ein paar Spaziergänger zu sehen; einige waren mit Hunden unterwegs. Und natürlich Kinder. Kinder liebten den Zauber eines solchen Parkes.

Ein paar Deutsche waren auch dort, zwei schwarze Mercedes, in einem saß ein General, der von einer Motorradeskorte begleitet wurde. Aber sie waren zu weit weg, um von Bedeutung zu sein, und niemanden schien es zu kümmern.

Er betrachtete aufmerksam das wechselnde Licht. Er sog tief den Atem ein und dachte an die Loire, an Gabrielle und ihren Sohn. Dann wandte er sich bedauernd wieder der Pflicht zu.

Die Hausnummer zwölf hatte nur zwei Wohnungen auf jeder Etage. Im Treppenhaus wand sich ein bernsteinfarbenes, poliertes Treppengeländer nach oben. Hohe Mahagonitüren – sehr gut verarbeitet und solide – führten in die Wohnungen. Der Concierge, wenn es einen gab, war nicht da und lebte wahrscheinlich in ein paar Räumen auf der Hinterhofseite. Dort hätte das Mädchen vermutlich auch das Fahrrad gelassen. Aber war sie es auch gewesen, die vergessen hatte, die Außentür abzuschließen?

Bevor er klingelte, knöpfte St.-Cyr den Mantel auf und lockerte den Schal, den ihm seine Mutter vor dreißig Jahren gestrickt hatte.

Der Riegel wurde zur Seite geschoben, und das Mädchen riß mit einem »Henri ... Oh, Verzeihung« die Tür auf, versuchte den Mund wieder zu schließen, aber es war schon zu spät, um den Schock noch zu verbergen.

»Monsieur?« Oh, nein. Er ist es! Aus dem Schrecken in ihrem Gesicht konnte er deutlich ablesen, was sie dachte. »Mein Bruder«, sagte sie und fuhr sich mit der Hand durch das hellbraune Haar. »Ich dachte, er ... Ich habe ihn erwartet, Monsieur.«

Ihren Bruder. Sie war von Kopf bis Fuß die Schullehrerin, für die er sie hielt. Freundlich hob St.-Cyr seinen Filzhut. »Darf ich mich vorstellen, Mademoiselle ...?«

»Charlebois.«

»Mademoiselle, ich bin Oberinspektor Jean-Louis St.-Cyr von der Sûreté Nationale in Paris. Aber seien Sie bitte nicht beunruhigt.«

»Mein Bruder ... Sie haben seinen Leichnam unter den Verstorbenen gefunden. Oh, nein. *Nein!*«

Sie barg ihr Gesicht in den Händen und brach in Tränen aus. Er versuchte sie zu trösten, aber sie wandte ihm den Rücken zu. Er fühlte sich schrecklich. Sich als Mitglied der Sûreté vorzustellen, hatte immer wieder überraschende Effekte. Man machte es häufig, wußte aber nie, wie es aufgenommen werden würde. »Mademoiselle, ich bin nicht gekommen, um Ihnen zu sagen, daß Ihr Bruder unter den Toten ist, sondern nur, um Ihnen dies zurückzugeben.«

»*Was?*« Sie würde ihre Nase putzen und sich die Augen wischen, und sie würde zu Gott und der Jungfrau Maria um Beistand in dieser Notlage beten. »Was?« fragte sie. Noch immer kehrte sie ihm den Rücken zu. Ihr Kopf gesenkt, die Schultern wirkten so schmal.

St.-Cyr schloß die Tür hinter sich. »Die gelbe Arbeitskarte einer Frau, die jetzt tot ist, Mademoiselle Charlebois. *Tot!*«

»Oh, nein! *Nein!* Tot? Aber ... wie ist das möglich?«

Er versuchte freundlich zu sein, als er zu ihrem Rücken sprach. »Nur ein paar kleine Fragen, Mademoiselle. Ich versichere Ihnen, mein Besuch muß Sie nicht ängstigen. Bitte, warum setzen Sie sich nicht? Das ... das wäre doch besser, nicht wahr? Sie sind besorgt. Der Schreck sitzt Ihnen noch in den Gliedern. Kommen Sie, lassen Sie uns ins Wohnzimmer gehen. Ich werde die Schuhe ausziehen, und Sie werden mir die Löcher vergeben, die seit dem letzten Waschen in meinen Socken entstanden sind.«

Sie wollte davon nichts hören. »Warum sind sie gekommen? Ich kannte Mademoiselle Claudine kaum. Sie war keine Freundin von mir, nicht einmal eine Bekannte.«

Ihre Augen brannten. Tränen glitzerten. Dadurch wirkte ihre Augenfarbe noch grüner. Die junge Frau hatte auf dem Nasenrükken, den bleichen Wangen und dem Kinn Sommersprossen, die aber ihrer sanften Schönheit nur zuträglich waren. Sie wäre wirklich sehr attraktiv gewesen, wenn sie nicht so besorgt und argwöhnisch dreingeschaut und ihre Perlenkette nicht wie eine Rettungsleine umklammert hätte.

St.-Cyr deutete auf seinen Mantel und Hut. Zögernd erlaubte sie ihm, diese auf einem Stuhl abzulegen. »Hier entlang, Inspektor. Mein Bruder und ich leben allein. Er ist oft weg, und ich ... Nun, ich dachte, ein Feuer wie dieses ... Wir lieben beide das Kino. Es ist heutzutage unsere einzige Möglichkeit zur Entspannung. Ich dachte ... nun, wissen Sie ... das Schlimmste natürlich.«

»Und die Arbeitskarte von Mademoiselle Bertrand?«

Es hatte keinen Zweck. »Sie kam am Tag des Brandes zu mir, am Nachmittag. Ich sagte ihr, ich würde nicht glauben, daß mein Bruder ihr weiterhin helfen könnte, ich würde ihn aber fragen, wenn er zurückkäme.«

»Und die Karte?« fragte er erneut. »Wie sind Sie an die gekommen?«

Sie wandte ihm immer noch den Rücken zu.

»Sie muß aus ihrer Handtasche gefallen sein. Ich habe sie auf dem Sofa zwischen den Kissen gefunden.«

Er würde es für den Moment dabei belassen und die Sache nicht weiter verfolgen, damit sie sich nicht zu sehr aufregte. »Ihr Bruder, Mademoiselle, was macht er?«

»Henri ...? Henri hat das Geschäft unseres Großvaters übernommen, Inspektor. *Der* Henri Masson von Lyon. Wertvolle Antiquitäten und Nachlaßaufkäufe. Schmuck, seltene, alte Bücher, Porzellan, Kristall und Gemälde. Silber natürlich auch. Es ist in der Rue Auguste Comte nahe dem Place Bellecour. Henri war früher immer mit unserem Großvater da, und als der alte Monsieur starb, hinterließ er das Geschäft meinem Bruder. Und das andere in Dijon natürlich, obwohl Henri dafür einen Geschäftsführer hat – nun, zwei. Einen für das Geschäft in Lyon und einen für das in Dijon.«

In die peinliche Stille hinein ertönte das Zwitschern eines Finken und dann das eines Kanarienvogels. »Entschuldigen Sie mich bitte einen Moment«, sagte sie und warf ihm ein kurzes, schüchternes Lächeln zu, während sie sich die Augen wischte. »Meine Familie, Inspektor. Meine kleinen Freunde. Die Tragödie hat mich so mitgenommen, daß ich vergessen habe, ihnen Wasser und Körner zu geben.«

Er wußte, daß sie einen Moment allein sein mußte, und gewährte ihn ihr. Er konnte das Glück kaum fassen. Ein *Bruder*. Nachlaßaufkäufe und wertvolle Antiquitäten. Endlich eine Verbindung zu dem edelsteinbesetzten Kreuz und Vater Adrian. Ah, *nom de Dieu*, kamen sie der Sache nun doch näher?

Wohin er auch blickte, überall sah er ein prachtvolles Wirrwarr ausgesuchter Stücke. Ein Buddha, wenigstens vierzehntes Jahrhundert, mit einer limonengrünen Glasur, harmonierte hervorragend mit dem Satindamast, der die Wände mit seinen Blumenmustern in weichem Grün und Gold überzog. Bilder in reichverzierten Rahmen – wirklich beeindruckende Ölgemälde. Ein Bukett aus Rosen, Tulpen, Pfingstrosen und Spanischem Flieder von Jan Frans van Dael, eine Vase mit Spanischem Flieder von Pierre-Joseph Redouté. Ein afrikanischer Wandteppich mit schnatternden Affen und Papageien. Eine chinesische Schatulle, deren Außenseite aus tiefrotem Lack förmlich leuchtete. Art déco-Vasen mit eingeätzten Mustern in den Farben Seegrün, Bernstein und Türkis von den Glaswerken der Daum-Brüder – nicht alt, vermutlich 1925, aber absolut zum

Rest der Einrichtung passend. Eine andere Glasvase aus dieser Zeit stammte von Maurice Marinot: Eine nackte Frau – fast wie ein Werk von Gaugin – in mattem Zitronengelb reparierte ein Netz vor einem Hintergrund aus gewelltem, mattiertem Glas. Die Linien waren so einfach, riefen aber dennoch den Rhythmus des Lebens ins Gedächtnis. Dafür war Marinot so berühmt.

Das Porträt einer Dame, die ein erleuchtetes Brevier las, aus dem sechzehnten Jahrhundert. Savonnerie-Teppiche, ein geriefelter Kaminsims aus weißem Marmor, ein großer Spiegel in einem vergoldeten Rahmen und eine Uhr aus der Zeit Ludwig XVI. mit flankierenden Silberelefanten. Sessel aus derselben Periode, deren Samtpolsterung weniger durch Benutzung denn durch den Lauf der Zeit verblichen war, die aber dennoch während all der Jahre in Ehren gehalten worden waren.

Ein weit moderneres Sofa und bequeme Sessel mit cremefarbenem, geblümtem Seidenrippensamt bezogen. Apricotfarbene Taftvorhänge mit Quasten und Fransen, Skulpturen, Bronzen aus dem sechzehnten und siebzehnten Jahrhundert schmückten den Raum – wahrscheinlich aus Italien, dachte Louis. Aus dem achtzehnten Jahrhundert stammten ledergebundene Bücher, Nippsachen, Schnupftabaksdosen, Schmuckkästchen, Stücke aus Kristall und Elfenbein, ein Saphirarmband … Ah, *nom de Dieu*, drei Ketten mit superb zueinander passenden dunkelblauen Perlen, jede mit einem winzigen, klaren Diamanten und einer diamantbesetzten Schließe. Sie lagen einfach auf dem Sekretär herum, als seien sie voller Verzweiflung dahin geworfen worden.

»Wie Sie sehen können, Inspektor, beschränkt sich mein Bruder mit seiner Sammelleidenschaft nicht nur auf antike Dinge. Das Armband ist von Cartier aus New York und keine zwölf Jahre alt.

Ah, nein, dreizehn Jahre alt. Der Zusammenbruch der Börse auf der Wall Street. Ein Selbstmord in der Familie, als die Frau Ferien in Frankreich machte. Sie mußte sich augenblicklich davon trennen. Henri kaufte es aus dem Nachlaß der Tante, der sie es für ein paar Centimes in dem Glauben gegeben hatte, die alte Dame würde es ihr in ihrem Testament hinterlassen.«

»Und die Ikonen?« fragte er. Sie waren mehrere Jahrhunderte alt.

»Von deutschen Soldaten auf Urlaub, von der russischen Front. Sie sind natürlich gestohlen – jeder weiß das, Henri auch, aber es war besser, sie aus so groben Händen zu retten, als zuzulassen, daß sie durch eine Ungeschicklichkeit zerstört werden.«

Die weiche gelbe Mohair-Strickjacke, die Perlenkette und der einfache beigefarbene Rock kleideten sie gut, aber sie stand da wie eine arme Sünderin. »Und Sie, Mademoiselle?« fragte er sanft. »Was tun Sie, außer Ihrem Bruder den Haushalt zu führen?«

Sie stand immer noch in einiger Entfernung von ihm, damit er den Schmerz nicht sehen würde, der ihren Augen abzulesen sein mußte. »Ich bin Lehrerin am Parklyzeum. Für Germanistik und französische Literatur.«

»Dann müssen Sie sehr gut deutsch sprechen.«

»Selbstverständlich. Das ist wichtig, oder etwa nicht? Sonst würden sich die Schüler langweilen und nichts lernen.«

Um weitere Peinlichkeiten zu vermeiden, entschied sie sich, mit der Tradition zu brechen und Kaffee anzubieten. »Er ist bereits fertig, Inspektor, und muß nur aufgewärmt werden. Henri … mein Bruder und ich haben die Angewohnheit, uns bei einer Tasse Kaffee statt bei einem Apéritif über die Tagesereignisse zu unterhalten. Wir trinken beide keinen Alkohol, nicht einmal Wein. Henri sagt, daß Alkohol die Gehirnzellen zerstört, und darin muß ich ihm zustimmen, auch wenn mir natürlich gelegentlich nach einem Schluck zumute ist.«

War sie einmal Trinkerin gewesen? Sie sah nicht danach aus, doch andererseits war es bei Frauen wie ihr schwer zu sagen. Geplatzte Träume, eine unglückliche Liebe ... Es gab tausend Gründe.

Ersatzkaffee wäre nett. Sie brachte ihn auf einem antiken Silbertablett herein. Das komplette Service war edelsteinbesetztes Sèvres-Porzellan, in dunklem Preußischblau gehalten, auf dem ein Blumenmuster in Jadegrün, Rosenrot, Weiß und Türkis prangte. Die weißen und goldenen Rillen waren mit Perlen besetzt. Das war ja, als würde man aus einem Goldkelch Essig statt Wein trinken.

»Ihr Bruder hat einen außerordentlich guten Geschmack, Mademoiselle.«

Sie hob ihr Kinn, um stolz zuzugeben. »Ja, das ist das beste. Wir hatten in unserem Großvater einen ausgezeichneten Lehrmeister, Inspektor. Es hebt die Seele, wenn man Zugang zu solch schönen Dingen hat, und wenn man sie dann und wann in ihrem ursprünglichen Sinne benutzt.«

Er schwieg einige Sekunden, um darauf zu warten, daß die Stille unangenehm würde. Er wünschte, er könnte seine Pfeife herausholen und sie stopfen – das hatte die Leute schon immer nervös gemacht und war daher höchst nützlich, aber diese Mangelwirtschaft ... sein Tabak war bis auf den letzten Krümel aufgebraucht.

Sie dachte, daß sie besser etwas sagen sollte, aber zurückhaltend, schließlich hatte er beim Kosten des Eichel-Gersten-Wassers keine Miene verzogen. Es war natürlich eine Schande, solche Stücke mit diesem Dreck zu beschmutzen. »Mein Bruder ist darauf spezialisiert, Nachlässe aufzulösen, wenn die Erben lieber bare

Münze sehen wollen, Inspektor. Dieser Salon – eigentlich die ganze Wohnung – ändert die Ausstattung, wann immer Stücke kommen und gehen. Man darf sein Herz an nichts hängen.«

»Und das Geschäft in Dijon?« fragte er und holte sein Notizbuch hervor, um sie noch mehr in Unruhe zu versetzen.

Aufgeregt preßte sie die Knie zusammen und duckte sich. »Am Boul de Sévigné, in der Nähe vom Place d'Arcy. Inspektor, warum schreiben Sie das auf? Wird Henri wegen irgend etwas verdächtigt?«

Wegen *was*, Mademoiselle, sagte sein Blick, aber er schüttelte den Kopf. »Nein, selbstverständlich nicht. Ich versichere Ihnen, eine reine Angewohnheit. Ich habe mich so daran gewöhnt, Leute zu verhören, daß ich schon ganz automatisch mein Notizbuch ziehe.«

Daß sie darüber beunruhigt sein würde, hatte er gewußt und vermerkte es mit Genugtuung. Er steckte das Notizbuch nicht ein, aber er legte es auf den Kaffeetisch mit der prächtigen Intarsie aus Sandelholz, Gummibaum und Kirsche.

Wieder ließ er zu, daß die Stille sich in die Länge zog, bis sie sich wünschte, er würde etwas sagen. Irgend etwas! »Wie starb Mademoiselle Claudine, Inspektor? War es ihre Brust? Sie … sie war wieder hier, bat um Geld. Es ging ihr nicht gut. Ich denke, sie hatte wieder eine Lungenentzündung. Ich …« Sie zuckte hilflos die Schultern, konnte sich aber nicht dazu überwinden, ihn anzusehen. »Ich gab ihr unsere Flasche Mönchsbalsam. Ich habe ihr erklärt, wie er am besten angewendet wird, Inspektor. Mir tut es leid zu hören, daß Mademoiselle Claudine verstorben ist.«

Ihre Flasche Mönchsbalsam … Er strich sich gedankenverloren über den Schnurrbart. Er würde die Frage stellen, die sie gewiß nicht hören wollte. »Wie kommt es, daß Ihr Bruder Mademoiselle Claudine Bertrand kannte, eine Schöne der Nacht, Mademoiselle Charlebois, ein Freudenmädchen, eine stadtbekannte Prostituierte?«

Zucken, erbleichen, beides aber kaum auszumachen. »Henri kannte Claudine aus den Jahren, bevor sie ins Milieu abrutschte. Als er noch sehr jung war – und ich natürlich noch viel jünger –, sind unsere Eltern und die Großeltern mütterlicherseits mit uns in den Ferien immer ans Meer gefahren. Claudines Familie war mit unseren Eltern bekannt.«

Er konnte gerade noch ein zufriedenes Schnalzen zurückhalten. Gut! Das ist gut!

Die Eingangstür öffnete sich. Sie hörten eine Stimme. Die junge Frau schrie auf. »Henri, bist du das, *chéri*?« Dann stürzte sie aus dem Zimmer. Sie warf sich in die Arme ihres Bruders, berührte sein Gesicht, seine Haare, küßte seine Wange und sagte: »Wo warst du nur? Ich habe überall nach dir gesucht. Ich habe mir solche Sorgen gemacht. Ich hatte *Angst*, Henri. Ich war *verzweifelt*, daß wir wieder getrennt sein könnten, und diesmal für immer.«

Schluchzend klammerte sie sich an ihren Bruder und zitterte so stark, daß er sie fest umarmte, bis er bemerkte, daß sie einen Besucher hatten.

Aus einer Hütte heraus, kaum mehr als ein Rattenloch außerhalb der Mauer um die Basilika, verkaufte die Alte, die Ehefrau des Concierge, in der hereinbrechenden Dunkelheit Schwarzmarktkerzen und anderen religiösen Schnickschnack. Kohler wartete, während sie die verfrorenen Kunden bediente, denen sie nur selten mehr als ein abfälliges Grunzen oder eine schneidende Bemerkung schenkte. Obgleich sie nicht blind war, hätte sie es ruhig sein können, denn sie wußte, wie sich jeder Geldschein und jede Münze anfühlten. »Noch eine, Monsieur«, sagte sie zu einem, während sie an der Innenseite ihrer Wangen saugte. Das Alter hatte sie gebeugt, und als Kohler in der Dunkelheit vor ihr stand, warf sie den von einem Schal verhüllten Kopf zurück, als ob ihr seine Größe einen Schlag versetzt hätte. »Monsieur?«

»Madame Philomena Cadieux?«

Hastig bekreuzigte sie sich, sagte aber nichts. Sie wirkte sehr trotzig. »Sehen Sie, Madame Cadieux, ich bin wie Jesus. Ich komme in Frieden. Hier sind fünfhundert Franc, um es zu beweisen.«

»Das Christuskind wäre mit mehr gekommen«, sagte sie hartnäckig. »Eine alte Frau, deren Blase voll, aber gefroren ist. Ein Bischof, der sein Silber an diesem Tag des Gebens hortet und nicht wie in den unzähligen Jahren zuvor vereinbart die Hälfte nimmt, sondern drei Viertel.«

Ah, *merde*, eine Familienfehde! »Dann ist hier noch einer und noch ein weiterer, um die Knochen und das Herz zu wärmen.«

»Was wollen Sie?« Sie war ganz Mißtrauen. Er mußte grinsen und sagte sich, daß es immer eine Freude war, mit Franzosen zu verhandeln.

»Wie wär's, wenn ich Ihnen helfen würde, für heute zu schließen. Ich kaufe den Rest, und wir lassen ihn für ein andermal hier.«

Die Deutschen waren Dummköpfe, aber Gott hatte sie so erschaffen, und wer war sie, daß sie Seine Weisheit in Frage stellen durfte? »Dann fünftausend, und ich erlaube Ihnen, den vorderen Laden zu schließen. Er ist für mich zu schwer, aber mein Mann will einfach nicht hören.«

Kein Gedanke daran, ihn in die zwei Zimmer einzuladen, die sie widerwillig mit ihrem Ehemann teilte. Das kleine mit Stuck verzierte Gebäude stand vorne rechts neben dem Tor in der Umfriedung der Basilika – als hätten die Architekten erst ganz am Schluß daran gedacht, daß es auch noch einen Platz für den Concierge geben mußte.

»Es ist zu kalt da drinnen«, sagte sie. »Kommen Sie mit. Kommen Sie mit ins Arbeitszimmer des Bischofs. Soll sein Feuer uns auftauen, auch wenn er wieder wütend wird und mir sagt, daß das der Tropfen sei, der das Faß zum Überlaufen bringt, und er meinen nutzlosen Ehemann und meine Wenigkeit nun entläßt.«

Soviel also zum Bischof und dem Ehemann der Frau. Kohler fand für sie beide eine halbvolle Flasche Calvados und wünschte ihr frohe Weihnachten. Ihre Knopfaugen glühten und waren voller Schleim. Ihre Nase lief. Sie nahm einen Schluck und wischte sich mehrmals mit den fingerlosen, schwarzen, verschlissenen Handschuhen die Nase ab.

»Erzählen Sie mir von dem Benzin«, forderte er sie auf. Er würde nicht grinsen. Sie fror und konnte kaum das Zittern ihrer Finger unterdrücken, die das Glas hielten.

»Das Benzin …« Sie schnalzte mit der Zunge. »Ja, ich habe Auguste gewarnt, es nicht dort zu lassen, aber er hört nie zu. Sie hätten den Salamander das Ganze hier abfackeln lassen sollen, Monsieur. Ratten … Mäuse … Ungeziefer … Läuse und Flöhe … Sie können sich das nicht vorstellen. Es dauert eine Ewigkeit, die Böden hier zu putzen, und außer mir macht das keiner.«

Sie hatte das Bedürfnis zu pinkeln, und er mußte sich umdrehen, während sie den Topf mit der üppigsten Begonie des Bischofs dazu verwendete und sich dabei richtig gut fühlte.

»Das Benzin wurde nicht von einer Frau genommen, Monsieur, sondern von einem Mann. Ich selbst habe die Fußspuren im Schnee gesehen, aber keiner hat sich die Mühe gemacht, mich zu fragen. Er trug Vater Adrians Schuhe, die mit der gerissenen Sohle, aber er konnte es nicht selbst gewesen sein, da der Vater zu diesem Zeitpunkt schon tot war, oder?«

Kohler schob seinen Calvados beiseite. »Wer kannte also Vater Adrian gut genug, daß er seine Schuhe nehmen konnte und Zugang zu seinen Räumlichkeiten hatte – wo wohnte er übrigens?«

»In zwei Zimmern, nicht weit vom Gemach des Bischofs im Pfarrhaus nebenan. Ach ja, ich kann mir gut vorstellen, daß er sich sogar eine Soutane geliehen hat.«

»Und diese Person?«

Sie würde ihm alles sagen. Wenn er einen Brotkrümel bekommt, hat er noch nicht den Laib, aber schon mal den Geschmack. »Jemand, der Vater Adrian kannte, hat seinen Weg zu den Frauen geschmiert. Gott möge mir vergeben, daß ich das gesagt habe.«

»War Mademoiselle Aurelle eine dieser Frauen?« fragte er.

Die Schlampe war an das Bett gebunden gewesen, dachte Madame Cadieux, aber es war nicht notwendig, ihn daran zu erinnern. »Und andere, Monsieur. Oh, *mais certainement*, der gute Vater hatte die Kirche im Kopf, wenn er sie besuchte und um Spenden bat, aber ich, ich habe die Beweise gesehen, die kein Priester jemals in seinen Räumen haben sollte.«

Jesus! »Welche Beweise? Hier, Ihr Glas ist leer.«

Ah, du gierst nach dem nächsten Krümel, sagte sich die Alte. Diesmal würde sie alles trinken. Sie würde das hübsche Glas des Bischofs leeren, der nur zu gut über das Treiben seines Sekretärs Bescheid gewußt und weggesehen hatte. »Öl, in einer kleinen Flasche. Parfümiert.«

»Präservative?«

Sie würde den Kopf zur Seite wenden, um zu zeigen, daß sie anständig war. »Die *capotes anglaises*, Monsieur. Ich habe sie gezählt und bemerkt, wenn welche fehlten.«

Die Englischen Kappen, Kapuzen, Überzieher oder *Reitmäntel*, die in Deutschland oft *Pariser* genannt wurden.

»Wer kannte Vater Adrian gut genug, um zu wissen, daß der Priester Mademoiselle Aurelle in der Brandnacht besuchen würde?«

»Aber ... aber es war nicht vorauszusehen, daß Vater Adrian sie besucht, Monsieur. Nicht in einer solchen Nacht, wo so viel zu tun war.«

»Wurde er angerufen?«

»Oh, aber natürlich, von einer seiner Frauen. Madame Béatrice, die Schlampe von einer Haushälterin, sagt, es wäre Mademoiselle Aurelle gewesen, die Vater Adrian angerufen hat und dringend seinen Besuch wünschte. Aber ich persönlich glaube nicht, daß es Mademoiselle Aurelle war. Ich denke, es war jemand anders, der nur vorgab, Mademoiselle Aurelle zu sein.«

»Gibt es hier zwei Telephone?« Er hatte das Gefühl, gar nichts mehr zu verstehen.

»Es gibt drei, Monsieur. Eins hier im Arbeitszimmer und zwei im Pfarrhaus.«

»Und Sie haben mitgehört.«

Sie streckte ihr Glas aus. »Ungefähr um fünf Uhr dreißig.«

»Und es war nicht Mademoiselle Aurelle?«

Er war so eifrig hinter den Krümeln her. »Die war immer in Tränen aufgelöst, wenn sie anrief, Monsieur. Aber diesmal hat niemand geheult. Ich für meinen Teil fand, daß die Stimme zu gebildet klang.« Da, sie hatte es gesagt, möge Gott ihr vergeben.

Zu gebildet ...»Und Vater Adrian, haben Sie ihn gesehen, bevor er ging?«

»In welcher Stimmung er war – ist es das, was Sie wissen wollen?« Sie würde ihre Lippen anfeuchten und ins Glas starren, dann würde sie ihm einen weiteren Krümel geben und hoffen, daß er das Brot fand. »Aufgeregt.«

Kohler sah zu den Bücherregalen hinüber und sprach seine Gedanken mit einem Seufzer laut aus. »Dann wußte er wirklich, was los war, und hat deshalb das Kreuz mitgenommen.«

Das Kreuz lag auf dem Kaffeetisch, genau zwischen ihnen. Diamanten und Rubine und Saphire – und Henri sah so erschüttert aus. Groß und dünn war er. Er saß steif aufgerichtet, da ihm wieder sein Rücken schmerzte. Jetzt, wo die durch die Kälte verursachte Röte aus seinen Wangen verschwunden war, sah er richtig bleich und fast gelbsüchtig aus, der arme Schatz. Müde von der vielen harten Arbeit – der Zug aus Dijon hatte Verspätung gehabt, war mal wieder von wichtigen Wehrmachtstransporten aufgehalten worden. Und jetzt noch dies, ein Kriminalbeamter von der Sûreté, der einmal mehr das Kreuz der Familie Rouleau in dieses Zimmer gebracht hatte.

Die Diamanten reflektierten das Licht, während die Rubine es zu absorbieren schienen, bis sie feuerrot glühten, und die Saphire strahlten warm.

Wie immer übernahm Henri das Sprechen.

»Unser Großvater ist vor Jahren darauf gestoßen, Inspektor. Eine sehr reiche Familie mit einem Landbesitz im Rhône-Tal südlich von hier. Fünf Güter mit zusammen zweihundert Hektar. Weinberge und Obstplantagen, Kühe, Schafe und Schweine. Ich war dabei, als mein Großvater das Anwesen auflöste und wir das Kreuz versteckt in einer Küchenschublade fanden.«

»Hat er den Eigentümern den Fund mitgeteilt?« fragte der Kriminalbeamte ruhig. Ohne Zweifel hatte die Küchenhilfe es stehlen wollen.

»Natürlich hat er ihnen Bescheid gegeben, Inspektor. Unser Großvater war dafür bekannt, einer der ehrlichsten Männer weit und breit zu sein. Wie hätte er sonst zu *dem* Henri Masson werden können? Alle vertrauten ihm bedingungslos. Niemand hat ihn je der Unehrlichkeit beschuldigt. Wofür auch?«

Ein Heiliger – man konnte sehen, wie dieser Gedanke im Geist des Kriminalbeamten aufblitzte und nichts als Zweifel hervorrief, auch wenn das Kreuz über dem tatsächlichen Wert von den Eigentümern erworben worden war. Die großen Kuhaugen studierten Henri. Sie betrachteten den feinen Schnitt seines Gesichts, die aristokratische Nase, die hohen Wangenknochen, den dunklen Schwung der Augenbrauen und die gebogenen Wimpern. Die Lippen waren nicht breit und gewöhnlich, sondern weich und schön, obgleich sie sich nur selten zu einem Lächeln verzogen und jetzt einen ernsten Ausdruck zeigten, wie die Finsternis in seinen Augen. Das Haar war immer noch schwarz und streng frisiert, denn Henri war ein sehr ordentlicher Mensch. Ordentlich in seinem Leben und auch in ihrem – alles hatte seinen besonderen Platz. Ordentlich in Geschäftsangelegenheiten, da man dort ordentlich sein mußte und Großvater auch so ordentlich gewesen war.

»Erzählen Sie mir bitte etwas über Vater Adrian Beaumont, Monsieur Charlebois. Ihre Beziehung zu ihm, wann Sie ihn das letzte Mal gesehen haben – alles könnte weiterhelfen, wie unbedeutend es auch erscheinen mag.«

Das würde nicht gut ausgehen, dessen war sie jetzt sicher. Die Überraschung, einen Kriminalbeamten im Haus anzutreffen und festzustellen, daß seine kleine Schwester sich mit ihm unterhielt, machte Henri angespannt und aufgeregt.

»Da gibt es nicht viel zu erzählen, Inspektor. Wir besuchen die Messe in der Basilika, genau wie unsere Eltern und Großeltern vor uns. Natürlich kannten wir Vater Adrian. Alle Verhandlungen mit dem Bischof fanden über ihn statt. Wir haben uns in letzter Zeit einige Male getroffen, aber nur, um über ein paar Gemälde zu reden, die in der Kirche aufbewahrt werden. Ich habe darauf bestanden, daß sie in besser geeignete Räume gebracht werden – trockenere, verstehen Sie. Die immerwährende Feuchtigkeit kann an den alten Meistern einen verheerenden Schaden anrichten. Vater Adrian wollte davon nichts hören, und ich fürchte, Bischof Dufour auch nicht.«

Dem Kriminalbeamten würden alle kleinen Angewohnheiten Henris auffallen, die Art, wie er sich nervös den linken Handrücken rieb, wie er seinen Ernst einsetzte, um seinen Standpunkt zu unterstreichen, die Art, wie er unter der Anspannung seine linke Wange berührte und mit den Fingerspitzen langsam zum Kinn hinunterstrich, während er immer noch tief in Gedanken versunken war. Jedes Wort wurde sorgsam abgewägt, bevor es seine Lippen passieren durfte.

»Ihre Schwester dachte, daß Sie vielleicht ins Kino gegangen sind, um sich *Bestie Mensch* anzusehen?«

Henri schüttelte mit derselben raschen, sicheren Bewegung den Kopf, wie er es immer in solchen Situationen zu tun pflegte. »Ich habe Madame Doucette, der Chefsekretärin des Lycée du Parc, ausdrücklich aufgetragen, Mademoiselle Charlebois auszurichten, daß ich nach Dijon gerufen wurde.«

»Warum?«

In Henris Augen trat ein Ausdruck von Mitleid und Sorge. Er zeigte deutlich, wie besorgt er um sie war. Wenn er sie doch nicht immer »Mademoiselle Charlebois« nennen würde statt Martine – warum mußte er immer so förmlich sein, wenn er mit anderen sprach?

Der Kriminalbeamte fragte erneut, warum Henri nach Dijon gefahren war.

»In das Geschäft wurde eingebrochen, und einige Sachen fehlten, Inspektor«, sagte Henri fest. »Eine Ikone, vier Gemälde, die aus ihren Rahmen geschnitten wurden, etwas Silber und etwas Schmuck. Ausgesuchte Stücke. Alles in allem ein Verlust von ungefähr siebenhundertfünfzigtausend Franc.«

Der Gesichtsausdruck des Inspektors wurde angesichts der Höhe des Schadens ernst. »Wann ist das passiert, Monsieur, wann haben Sie Lyon verlassen, und wann sind Sie wieder zurückgekehrt?«

Henri zeigte das kurze, knappe Lächeln, das er immer für solche Momente der Genugtuung reserviert hatte. »Dienstag nacht, am zweiundzwanzigsten. Ich bin gerade eben zurückgekehrt, Inspektor. Man kann Ihnen bestätigen, daß ich am Nachmittag des dreiundzwanzigsten um vier Uhr nachmittags den Zug nahm und wie immer in Dijon im dortigen Hotel Terminus, Zimmer siebzehn, abgestiegen bin. Sie können den Geschäftsführer, den Empfangschef, den Oberkellner und die Zimmermädchen fragen. Alle werden bezeugen, daß ich vom Abend des dreiundzwanzigsten bis heute um zwei Uhr dort war.«

»Ich habe Sie nicht um ein Alibi gebeten, Monsieur. Warum hatten Sie das Gefühl, mir eins geben zu müssen?«

Ah, *merde*, Henri …

»Warum sonst sind Sie hier und belästigen meine Schwester, Inspektor?«

Der Kriminalbeamte neigte den Kopf, um anzudeuten, daß Henri recht haben konnte – oder auch nicht. »Erzählen Sie mir etwas über Claudine Bertrand«, sagte er. Louis wollte ausnutzen, daß Martine keine Gelegenheit gehabt hatte, ihren Bruder zu informieren, ob und was sie gesagt hatte.

St.-Cyr war beunruhigt. Die beiden sahen sich an, der eine war vielleicht sechsunddreißig und die andere kaum sechsundzwanzig. In Monsieur Charlebois Augen stand ein Erschrecken, das sorgfältig hinter Besorgnis versteckt wurde. In ihren Augen war nichts als Sorge zu lesen. Ach, *maudit*, was hatten die beiden zu verbergen?

»Claudine war eine Freundin aus Kindertagen, Inspektor. Hin und wieder habe ich ihr geholfen. Ich habe ihr einmal Arbeit in dem Geschäft in Dijon gegeben, aber es hat ihr dort nicht gefallen, und für die Arbeit war sie ungeeignet.«

»Und Madame Ange-Marie Rachline?« Louis' Stimme war so leise, daß die Frage beide überraschte.

»Was hat sie damit zu tun?« wollte Henri wissen.

Da war immer noch diese Feindseligkeit, wenn er auf Ange-Marie angesprochen wurde, auch jetzt noch, nach so vielen Jahren. Henri, wollte sie ihn warnen, Henri, sei vorsichtig. Er würde sie nicht ansehen, er würde nicht die Tränen sehen, die so schnell in ihren Augen aufstiegen, daß sie sich entschuldigen mußte, um in die Küche zu gehen. Mit gesenktem Haupt stand sie vor der Spüle, den Rand fest umklammert.

»Henri … Henri … Lieber Gott, mach, daß er aufpaßt, was er sagt«, flüsterte sie und hörte:

»Meine Schwester und Ange-Marie haben sich nie persönlich getroffen, Inspektor. Mademoiselle Charlebois gibt Ange-Marie die Schuld an der Situation, in die Claudine geraten war.«

»Und Sie, Monsieur?«

»Ich habe sie nicht verurteilt. Beide waren Freunde aus Kindertagen. Man behält diese besondere Loyalität. Man tut was man kann, um zu helfen, und überläßt Gott das Urteil.«

»Sie gaben Mademoiselle Claudine eine Flasche Parfüm.«

»*Étranger*, ja. Es stammt aus einer Wohnungsauflösung. Sie mochte es, und mich freute das. Ich muß aber gestehen, daß ich den Duft nicht besonders mochte. Er war zu stark. Viel zu viel Moschus und Zibet.«

»Wann haben Sie ihr das Parfüm gegeben und wo?«

»Im Geschäft, am Morgen nach dem Brand. Claudine kam, um mich kurz zu besuchen. Sie wollte Hilfe – finanzielle Hilfe –, um irgendwo ein neues Leben anzufangen. Sie war sehr hartnäckig, aber ...«

Henris Gesichtsausdruck war schmerzerfüllt. Er berührte den linken Handrücken und dann den obersten Knopf seiner Jacke. Er konnte nicht wissen, daß Claudine am selben Nachmittag zu ihr gekommen war. Oh, nein ...

»Aber ich hatte ihr in der Vergangenheit schon so oft geholfen, Inspektor, ich konnte ihr nicht noch mehr geben – da war auch dieser Einbruch, verstehen Sie, und ich werde das Bargeld brauchen, um weitermachen zu können. Claudine schuldete mir ... Einen Moment bitte. Ich hole das Kassenbuch.«

»Einen Moment, Monsieur. Bitte«, hielt der Kriminalbeamte ihn mit erhobenem Zeigefinger auf. »Ein neues Leben, irgendwo anders?«

Henri zuckte die Schultern, eine Bewegung, die ihr so vertraut war, und lächelte beruhigend. »Claudine hatte nie Geld, Inspektor, und wollte immer Lyon verlassen. Das war nichts Neues, kann ich Ihnen versichern. Sie hat zwei Töchter in einer Klosterschule in Orléans. Sie sagte immer, daß sie näher bei ihnen leben wollte, aber wegen der Besetzung war das natürlich unmöglich. Buchstäblich ihr ganzer Verdienst ging an die Kinder, und jetzt muß ich mich wohl an ihrer Stelle um die beiden kümmern.«

Zwei Töchter. »Wer ist der Vater, Monsieur?«

»Das das weiß ich nicht ... Ich habe auch nie gefragt.«

Henri ging zum Sekretär hinüber und hielt kurz inne, als hätte ihn der Anblick des Armbands, das dort offen herumlag, erschreckt – wie konnte seine kleine Schwester nur so nachlässig sein?

Rasch öffnete er die Schublade und fand das rote, in Ziegenleder gebundene Büchlein, das nicht größer war als ein Adreßbuch.

Der Kriminalbeamte nahm das angebotene Beweisstück entgegen. Ihm würde die Präzision der Handschrift auffallen und auch, daß der Betrag bei jedem Eintrag derselbe war. »Zweitausend Franc bis zur Gesamtsumme von hundertachtundsechzigtausend?« fragte er.

»Über die letzten zehn Jahre verteilt, Inspektor. Seit mein Großvater starb und Claudine anfing für Ange-Marie im La Belle Époque zu arbeiten.«

»Damals muß sie zweiundzwanzig gewesen sein, Ange-Marie vierundzwanzig – und Sie, Monsieur?«

»Sechsundzwanzig, aber das ist ohne Bedeutung.«

Auch wenn der Kriminalbeamte seine Gedanken für sich behielt, würde er sich mit so einfachen Erklärungen nicht zufriedengeben. Ah, nein, er war zu hartnäckig, zu engagiert, dachte Martine. »Vielleicht«, sagte er, »doch andererseits, Monsieur Charlebois, hat Alter oft eine Bedeutung. Einer ist älter, ein anderer viel jünger und einer dazwischen.«

War es klug gewesen, ihm von dem Geld zu erzählen, von Schulden, die nie hätten zurückgezahlt werden können?

Henri schwieg. Was hätte er über jene Tage auch sagen sollen, als sie drei jung waren und so vieles passiert ist?

Die Türklingel beendete die verfahrene Situation. Sie würde Henri das Öffnen überlassen. Das wäre das beste, ihn von dem Kriminalbeamten wegzubekommen.

Es waren Jean-Pierre, Fernand und Lorraine, ihre drei *zazous* mit dunklen Sonnenbrillen. Sie waren mit einem kleinen Geschenk für ihre Lehrerin gekommen. Henri war aufgebracht und verärgert, sie vor seiner Tür zu finden. Er mochte weder ihr Grinsen noch ihre abgehackten Bewegungen. Er schätzte die Aufmerksamkeiten nicht, die sie seiner kleinen Schwester zukommen ließen, und hielt den außerschulischen Umgang, den sie mit ihnen pflegte, für unwürdig und unprofessionell. Dennoch konnte er nett zu ihnen sein, wenn er wollte. Hatten sie ihn aus einem anderen Grund überrascht? Hatte ihre Anwesenheit ihn erschreckt? Er hatte Angst.

Henri murmelte ein paar Entschuldigungen, gestattete den dreien hereinzukommen und rief Martine aus der Küche.

Sie würde sich eine Schürze umbinden und sich ein Küchentuch schnappen – sie würde vorgeben, sich die Hände trocken zu wischen, während sie zu ihnen ging. Alle setzten die Sonnenbrillen und die riesigen Dreispitze, die Ohrenschützer in Gold, Orange und leuchtendem Grün ab. Ohrringe, keine Hemden diesen Abend, aber die Lederjacken offen bis zum Nabel, und das bei der Eiseskälte. *Und* Hosen von der Stange, die die bloßen Knöchel und sockenlosen Füße zum Vorschein kommen ließen, die in Schuhen steckten, die keine Schnürsenkel besaßen und niemals Schuhcreme gesehen hatten. Lorraine öffnete den Regenschirm, der im Regen immer geschlossen getragen wurde, um vorbeikommende Erwachsene zu ärgern, die keinen hatten. Alle drei hatten langes, fettiges Haar. Lorraines Faltenrock war so kurz, daß man die durch die Kälte hervorgerufene Rosafärbung ihrer wohlgeformten Oberschenkel sehen konnte. Sie würden noch alle eine Lungenentzündung bekommen. Sie waren rebellische Halbstarke, die den Besatzern und allen anderen deutlich zeigen wollten, was sie von ihnen hielten. Aber, ach, *mon Dieu*, *mon Dieu*, sie waren so niedlich! Ihre zwei Helden und ihre kleine Heldin.

St.-Cyr beobachtete interessiert die Begrüßung. Während der Bruder abseits stehenblieb und sich unbehaglich fühlte, umarmte die Schwester alle drei, küßte sie auf die Wangen und machte ein ziemliches Getue. »Kommt rein ... kommt in die Küche und wärmt euch auf. Ein kleines Geschenk ... Ach, das wäre doch nicht nötig gewesen. Was ist es denn?« Und so ging das Geschnatter weiter, bis jeder der drei eine Tasse mit Kastanienpüree gesüßten Kräutertee in den Händen hielt.

»Inspektor ...« sprach Charlebois ihn an, in der Hoffnung ihn wieder in den Salon bugsieren zu können.

»Ach, nein, Monsieur. Die Küche reicht für mich.«

Die Halbstarken platzten vor Überschwang. Sie trugen alle nur erdenklichen Anzeichen von Schlampigkeit demonstrativ zur Schau, waren aber zugleich dankbar für die Wärme und Bewunderung ihrer Lehrerin. »Ein Kriminalbeamter«, sagte der Junge, der Jean-Pierre genannt wurde, bewundernd. »Paris ... Monsieur, erlauben Sie mir bitte die Frage, ob wir ...«

»Sind wir wie die *zazous* der Clubs auf der Champs-Élysées? Die Ledoyen?« fragte Lorraine mit einer beunruhigenden Ernsthaftigkeit.

Er musterte sie und mahnte sich selbst zu Vorsicht und Geduld. »Und wie«, sagte er schließlich und zwang sich zu einem Grinsen. »Genau wie die, die ich in der Colisée, der Bar Select oder anderswo gesehen habe.«

Daraufhin schnatterten sie aufgeregt untereinander, während ihre Lehrerin etwas herumwedelte, das wie ›Ersatzkekse‹ aussah.

Fernand, ein pickelgesichtiger Junge von fünfzehn Jahren, holte leicht errötend Schweizer Schokolade hervor. Jean-Pierre ignorierte die Beute und bot echten Kaffee und Zigaretten an.

Lorraine zeigte mehrere Lippenstifte vor. Alle diese Sachen standen im stillschweigenden Einverständnis zum Verkauf.

»Inspektor ...« begann Mademoiselle Charlebois. »Es ist Weihnachten. Seien Sie nicht zu hart mit ihnen. Das sind doch nur Kleinigkeiten, nicht wahr? Lyon, es steht nicht unter Ihrer ... Ihrer ... nun, Sie wissen schon. Der Präfekt, er ...«

»Meiner Jurisdiktion, ist es das, was Sie meinen, Mademoiselle?«

»Martine, wie kannst du nur?«

»Henri, der Kaffee sollte für dich sein, die Schokolade auch.«

»Und der Lippenstift?« fragte der Bruder schneidend. »Du weißt, wie sehr ich es hasse, wenn du so etwas trägst. Du siehst damit billig aus.«

»Und das Geschenk?« fragte der Kriminalbeamte der Sûreté, da es immer noch auf dem Tisch lag. Offensichtlich arbeiteten die Schüler nach dem »System D«*. Sie versorgten sich selbst und nutz-

* vom Verb *se débrouiller*, organisieren

ten dabei den Schwarzmarkt. Jedes Gymnasium hatte sein System D, und die *zazous* waren ein Teil davon. Ein Huhn für den Topf, ein Stück Kalbfleisch vielleicht oder eine Packung Salz – Kleidung, die Lederjacken, der Rock des Mädchens ... alles war ein Ergebnis des Systems.

»Das Geschenk?« sagte er wieder und sah sie alle fragend an, während der Bruder sie wachsam beobachtete.

»Öffnet es bitte«, sagte der Kriminalbeamte leise, »oder zieht ihr es vor, wenn ich es tue?«

Das Mädchen hielt die Augen starr auf das Päckchen gerichtet, während Monsieur Charlebois auf der anderen Seite des Tisches stand und sich mit Gesten verzweifelt bemühte, dem Mädchen einen Hinweis bezüglich des Inhalts abzuringen. Aber sie weigerte sich, den Blick ihrer hübschen blauen Augen zu heben und ihn anzusehen, und wisperte: »Mademoiselle Charlebois, unsere Lehrerin für Germanistik, muß es öffnen, Monsieur Kriminalbeamter aus Paris. Es ist nur eine Kleinigkeit. Gar nicht viel.«

»Henri, du öffnest es«, sagte seine Schwester, aber er weigerte sich und verließ das Zimmer mit den Worten: »Du solltest dich schämen. Sie hätten nicht herkommen dürfen.«

Von seinen Worten erschüttert, bebten ihre bleichen Lippen, und ihre Finger zitterten, als sie versuchte, die Umhüllung zu entfernen, ohne sie zu zerreißen.

Eine kleine Pappschachtel kam zum Vorschein und darin, in ein Taschentuch eingeschlagen, ein Schlüsselbund. Sie keuchte und brach in Tränen der Erleichterung und Dankbarkeit aus. »Meine Schlüssel!« schniefte sie und streichelte und umarmte jeden ihrer Schüler zärtlich. »Die Schlüssel zum Lycée du Parc, Inspektor. Ich habe sie irgendwo verloren. Ich verliere sonst nie etwas – Ich habe nie etwas verloren, bis … Ach, ich war so aufgeregt und abgelenkt – die Prüfungen, ihre Noten. Mein Direktor, Docteur Taillander, er hätte mich entlassen, wenn er von meiner Nachlässigkeit erfahren hätte.«

Sie umschloß die Schlüssel mit der linken Hand, preßte sie an die Lippen, schloß erleichtert die Augen und senkte den Kopf, um sich wieder zu beruhigen.

Die Tiefe der Erleichterung ihrer Lehrerin rührte und beschämte die *zazous* gleichermaßen. Offenbar war ihnen nicht klar gewesen, daß man Martine deswegen hätte entlassen können. Wahrscheinlich hatte einer der drei die Schlüssel gefunden und an sich genommen, und nun waren alle bei der Rückgabe peinlich berührt.

Es würde noch ein paar Augenblicke dauern, bevor sich Mademoiselle Charlebois wieder erholt hätte. St.-Cyr bedeutete den *zazous* zu gehen und begleitete sie zur Wohnungstür. »Wer hat die Schlüssel gefunden, und wo lagen sie?« fragte er. »Wann sind sie verlorengegangen, und wann wurde ihr Fehlen entdeckt? Nun kommt schon, ich will die Wahrheit hören.«

Jean-Pierre gestand schließlich zögernd. »Ich habe die Schlüssel letzten Dienstag gefunden, Inspektor, neben dem Teich im Park. Dort ist ein Orchesterpavillion. Das …«

»Das ist einer unserer Treffpunkte, Inspektor«, fügte Lorraine hinzu und sah zu Boden. »Die Schlüssel lagen im Schnee unter dem Geländer.«

Ah, *mon Dieu*, was hatten sie vorgehabt? »Dienstag, der zweiundzwanzigste, und ihr habt sie die ganze Zeit im ungewissen gelassen? Und wann hat sie sie verloren?«

»Eine Woche vor dem Dienstag«, warf Fernand ein. »Wir haben überall gesucht, Inspektor.«

Eine Woche! Der fünfzehnte ...»Und dennoch habt ihr die Schlüssel weitere drei Tage behalten, obwohl ihr wußtet, wie aufgeregt sie war?«

»Nur um den Wert des Geschenks zu steigern«, sagte Jean-Pierre.

»Pah! Wenn ich euer Vater wäre, würde ich euch schon zurechtstutzen! So einen Dreck zu tragen. Schwarzmarkthandel. Jetzt verschwindet hier. Ab nach Hause, bevor die Ausgangssperre beginnt.«

Er trat nach ihnen ins Treppenhaus und schloß die Tür hinter sich. Louis wußte, daß er gereizt und unvernünftig reagiert hatte – daß er als Junge selbst Autorität abgelehnt hatte und teuer dafür bezahlen mußte, aber das ... das war etwas anderes. »Einhundertdreiundachtzig sind in den Flammen direkt umgekommen, meine kleinen Freunde, drei weitere starben später an den Folgen. Ungefähr sechzig sind noch im Krankenhaus, einige sind so schwer verbrannt, daß sie für ihr Leben schrecklich entstellt sind. Momentan weiß ich noch nicht, ob die Schlüssel irgendeine Bedeutung haben, aber wenn das der Fall sein sollte, dann erzählt ihr mir besser alles, und das sofort.«

Sie protestierten. Sie sagten, daß die Schlüssel nichts mit dem Feuer zu tun haben konnten, daß er verrückt sein müsse.

Sie bettelten darum, daß er es nicht ihrer Lehrerin verriet. Sie sagten, Martine habe die Schlüssel wohl auf das Geländer des Pavillons gelegt und sei schon Tage zuvor aufgeregt und geistesabwesend gewesen.

Tage vor dem fünfzehnten. Die Weidlings sind am zehnten angekommen. Claudine wollte unbedingt weg ...

Als er zur Wohnung zurückkehrte, hatte die Schwester sich entschuldigen lassen und war in ihr Zimmer gegangen, während der Bruder schon Mantel, Schal und Hut für Louis bereithielt.

St.-Cyr wollte fragen, wo Charlebois zwischen dem Dienstag, an dem die Schlüssel verlorengingen, und dem zweiundzwanzigsten gewesen war, aber dann entschied er sich, doch zu gehen. »Monsieur, wenn es Ihnen nicht zu viel Mühe macht, könnten Sie mich dann bitte zur Rue du Boeuf Nr. 6 fahren? Ich muß noch einen Blick auf die Wohnung Ihrer Freundin aus Kindertagen werfen und mich mit meinem Partner, Hermann Kohler von der Gestapo, in Verbindung setzen.«

»Ist das nötig?«

Ah, *mon Dieu*, wieder der unterschwellige Zorn. »Absolut, Monsieur. Ganz Lyon fürchtet sich vor dem Brandstifter, und wir müssen ihn so rasch wie möglich fangen.«

»Sorgen nicht die Sûreté und die Gestapo für den Transport ihrer Kriminalbeamten?«

»Nicht seit ein paar Verbrecher meinen Citroën auf dem Montmartre in Stücke geschossen haben. Er ist immer noch in Reparatur.«

»Na schön, dann werde ich Sie halt zu Claudines Wohnung fahren und Ihnen alle weiteren Fragen beantworten, die Sie noch an mich haben.« Ach, verdammt, der Mann von der Sûreté hatte das mit dem Auto herausgefunden.

»Nur um Zeit zu sparen, Monsieur. Wenn Sie vielleicht vor der Nummer sechs warten und mich dann noch zum provisorischen Leichenschauhaus im Lycée Ampère bringen könnten? Wir reden unterwegs. Sie erzählen mir, was es mit Mademoiselle Bertrand und dem Kreuz von Vater Adrian auf sich hat, und dann noch etwas mehr über Ihre Schwester, ihre Studienzeit und das Lycée du Parc. Ja, das wäre hervorragend!«

Fragen, es gab immer Fragen, dachte St.-Cyr. Die Straßen waren tückisch, und in der Kälte konnte man leicht den Motor abwürgen. Allein im Auto konnten sie sich gut unterhalten, während die Scheiben langsam vereisten. In Louis' Kopf liefen bereits die Filmkameras an, aber es würde keine Scheinwerfer, sondern nur Dunkelheit in der Rue du Boeuf geben, dort draußen vor dem Haus, wo eine Freundin zum Schweigen gebracht worden war.

»Ach, übrigens, Monsieur Charlebois. Mein Kompliment, wie Ihre Schwester schlicht, aber geschmackvoll die Tanne in Ihrem Salon geschmückt hat. Diese vergoldeten Glastropfen sind exquisit und gewiß schon sehr alt. Venezianisches Glas, nicht wahr?«

Bischof Frédéric Dufour war nicht gerade glücklich. Er war ein beschäftigter Mann, insbesondere an diesem Tag. Er riß sich den Ornat herunter, warf Hut, Robe und Schal – nannte man das Schal? – auf einen Stuhl. »Diese widerwärtige alte Frau, Inspektor. Möge Gott ihr vergeben. Sankt Peter wird ihr die Zunge herausschneiden müssen, wenn der Teufel sie nicht kriegt.«

Er bemerkte die Calvadosreste in einem dreckigen Glas. Der Kriminalbeamte hielt immer noch das andere in der Hand.

Der Bischof nahm das Glas der Putzfrau und warf es in das Feuer. »Diese Hexe!« fluchte er. »Ich werde es ihr zeigen. Das ist das letzte Mal, das absolut letzte Mal, daß sie die Heiligkeit meiner Studierstube verletzt hat! Ungeziefer ... hat sie Ihnen erzählt, daß meine Kirche voller Läuse ist? Nun, sie ist diejenige, die sie hereinträgt!«

»He, beruhigen Sie sich. Sie hat nur getan, worum ich sie gebeten habe.«

Dufour ballte eine Faust, dann öffnete er sie wieder. Philomena Cadieux würde sich nie ändern. »Vater Adrian war ein guter Mann,

Inspektor, ein wahrer Diener Christi. Lassen Sie nicht zu, daß diese dreckige Phantasie einen Charakter beschmutzt, der ohne Fehl und Tadel war.«

Kohler nahm seine zerschlissenen Schuhe vom Tisch und nahm sich den Rest Calvados. Er würde dem Bischof einen Moment Zeit lassen, um sich wieder zu beruhigen.

»Inspektor, was führt Sie hierher?«

Das war schon besser. Er würde ihn sich hinter seinen Schreibtisch setzen lassen, würde die blühenden frostroten Wangen und das sorgfältig gekämmte stahlgraue Haar, die rote Nase und die Hornbrille betrachten. Das schiefe Lächeln und die Geste der Großzügigkeit ...

»Ach, was ist schon ein kleines Mißverständnis unter Freunden, Inspektor? Mademoiselle Aurelle ... sie glaubte, daß sie vom Teufel besessen sei und daß ihr Körper gereinigt werden müsse. Mademoiselle Bertrand ... Ah, was soll man mit einer Frau wie ihr tun? Vater Adrian kümmerte sich um seine kleine Herde, das ist alles.«

Hundesohn, Mademoiselle Claudine Bertrand hatte dazugehört! »Was ist mit Mademoiselle Martine Charlebois, Exzellenz? War Vater Adrian auch ihr Beichtvater?«

Ah, *merde*! »Was ... was hat sie damit zu tun, mein Sohn?«

Kohler warf sein leeres Glas über die linke Schulter das Bischofs. Als es in den Flammen zerschellte, sprang Dufour von seinem Sitz auf und setzte sich dann wieder langsam. »Sagen Sie es mir, Exzellenz. Mein Partner fand ihren Namen auf der Liste im provisorischen Leichenschauhaus. Hörte Vater Adrian auch ihre Beichte? Mußte er vielleicht deshalb sterben?«

»Monsieur ... Monsieur, was sagen Sie da?«

Dufour sah richtig krank aus. »Es heißt Inspektor, Exzellenz. Gestapo-Hauptquartier, Paris.«

»Ja, ja, *Inspektor*, ganz wie Sie wünschen. Vater Adrian war der Beichtvater für etliche Menschen. Mademoiselle Charlebois gehörte zu ihnen, aber ihr Bruder Henri kam zu mir.«

»Gut. Dann fangen wir mit ihm an. Wir werden uns von da aus vorarbeiten. Kannte er Claudine Bertrand, Bischof? Claudine ist ebenfalls tot.«

»Ein Opfer des Feuers?«

Er war erstaunt darüber, oder? Kohler suchte im Durcheinander nach der Zigarettenschachtel des Bischofs und nahm ihren Inhalt an sich. »Nicht des Feuers, Bischof.«

Die buschigen dunklen Augenbrauen hoben sich fragend hinter dem Horngestell. »Aha, nicht des Feuers.« *Maudit*, was sollte er tun? »Äh ... wie ... wie starb sie dann, Monsieur?«

»Inspektor.«

»Inspektor, wie starb sie?«

»Sagen Sie mir erst, ob Henri Charlebois Claudine kannte?«

»Ja, ja, er kannte sie schon seit langem. Jetzt, bitte, sagen Sie mir, wie sie starb.«

»Sanft und kampflos. Ich habe gerade einen Anruf auf Ihrer Leitung erhalten, Exzellenz. Madame Charlady könnte an einem Nebenanschluß also mitgehört haben. Vasseur, der Gerichtsmediziner, sagte mir, ich solle meinem Partner mitteilen, Claudine Bertrand sei an einer Kohlenmonoxidvergiftung gestorben. Die Sache ist nur die, daß es kein Unfall war. Als sie das, was sie für Mönchsbalsam gehalten hat, einatmete, nahm sie genug CO auf, um selbst ein Pferd zu töten.«

»Mord?«

Kohler zündete sich eine Zigarette an und zog daran, während er den Bischof scharf beobachtete.

Dufour verfluchte still die unverhohlene Arroganz des Deutschen. Oh, sicher, er konnte sich auf die Heiligkeit des Beichtgeheimnisses berufen, aber das wäre dem Inspektor egal. Zu viel war geschehen, zu viele waren bereits gestorben, aber Henri …? Henri Charlebois konnte damit nichts zu tun haben. Absolut nichts. »Philomena hat nicht immer mit dem recht, was sie so nachdrücklich behauptet, Inspektor. Es ist richtig, daß jemand anderes als Mademoiselle Aurelle Vater Adrian in der Dämmerung dieses schrecklichen Tages angerufen haben könnte – wohlgemerkt könnte. Aber es können weder Mademoiselle Claudine Bertrand noch Mademoiselle Martine Charlebois gewesen sein, da keine von ihnen etwas über Mademoiselle Aurelles Wünsche in bezug auf Vater Adrians Person wußte.«

»Dennoch war es jemandem bekannt. Vater Adrian wußte sehr genau, was in dem Kino geschehen würde. Ich glaube fest daran, auch wenn ich es momentan noch nicht beweisen kann, daß er Mademoiselle Aurelle bereits nackt und an das Bett gefesselt vorgefunden hat. Vielleicht erkannte er zum ersten Mal, daß andere wußten, was er mit ihr vorhatte, und ging in der Hoffnung hinunter ins Kino, seinen Ankläger zu finden und um Vergebung zu bitten, mußte dann aber in der Hölle verbrennen.«

»Die anonymen Briefe … der Präfekt hat sie Ihrem Freund gegeben, aber sie haben keine Bedeutung, Inspektor. Keine! Nichts weiter als das Gift der Unversöhnlichen.«

Dufours dunkelhäutige Hände strichen die Tischkante entlang, folgten Gedanken, die zu tief empfunden und zu traurig waren, um sie zu enthüllen. Er hörte bruchstückhaft die gemurmelten, geheimnisvollen Worte einer jungen Frau, die ihren Körper von Flammen bezüngeln ließ, während sie Gedanken hegte, die ein so junges Mädchen nicht haben sollte. Er wußte, daß das Bespitzeln der Beichte eines anderen eine der schlimmsten kirchlichen Sünden war, und er bat Gott um Vergebung. Aber er hatte erfahren müssen, worauf sich Vater Adrians Einfluß auf diese Frauen gründete – es hatte zuviel Getuschel gegeben, zu viele Besuche, die außerhalb der Pflichten eines Sekretärs des Bischofs lagen …

»Wer kannte ihn gut genug, um sich ein Paar seiner Schuhe auszuborgen, Exzellenz?«

Durch die Unterbrechung seiner Gedanken irritiert, ließ Dufour den Tisch los. »Ja, ja, Philomena hat mich über die Fußspuren informiert, aber sie konnten auch gut vom Vortag sein. Sie ist keine Kriminalistin, egal was diese alte Meckerziege auch behaupten mag.«

»Erzählen Sie mir etwas über das Kreuz. Warum hat er es bekommen? Welche Gefälligkeit hat er im Gegenzug leisten müssen?«

Mademoiselle Claudine war tot. Ihr Bild trat vor seine Augen, Claudine im Alter von sieben, dann mit zehn und schließlich mit achtzehn in der Blüte ihrer Schönheit. »Monsieur Henri Masson gab es ihm, wie ich bereits ihrem Partner gesagt habe, Inspektor.«

»Ja, aber warum gab er es ihm?«

Der Mann von der Gestapo steckte sich eine weitere Zigarette an, drückte die Kippe der ersten aus und steckte sie zur späteren Verwendung ein. Die Gesetze der Kirche verlangten Schweigen, die Gesetze der Menschlichkeit, daß offenbart werden mußte, wie Claudine Bertrand von dem Dämon in ihr gequält wurde und sie sich davor fürchtete. Daß sie nicht verstehen konnte, warum Gott sie so gemacht hatte, wie Ange-Marie und der junge Henri es … es ihr enthüllt hatten. »Henri Masson gab Vater Adrian das Kreuz als Gegenleistung für sein Versprechen, über seinen einzigen Enkelsohn zu wachen.«

Henri Charlebois. Ach, *merde.* »Und nicht über seine Schwester?«

»Nein, nicht die Schwester.«

»Hat er es bekommen, um Schweigen zu erkaufen?«

»Über was?«

»Exzellenz, Sie wissen verdammt genau, was ich meine! Treiben Sie Ihre Spielchen mit mir nicht zu weit.«

»Dann muß Gott Ihnen die Antwort geben, Inspektor. Als Vater Adrian das Kreuz erhielt, hat er mir den Grund dafür nicht verraten. Monsieur Henri Masson hat es für nötig befunden, mich als Gegenleistung darum zu bitten, daß ich Vater Adrian als meinen Sekretär hierbehalte.«

»Wissen der Enkel und/oder seine Schwester über Arbeit, Leben und Gewohnheiten hier Bescheid?«

»Natürlich, aber das tun auch andere. Laufend kommen und gehen Menschen. Vater Adrian und ich sowie die anderen Geistlichen haben in der Vergangenheit viele Besucher gehabt. Einmal im Monat dinieren wir mit engen Freunden im Pfarrhaus; andere kommen auf einen Apéritif oder eine Tasse Tee oder Kaffee am Nachmittag. Das ist nur natürlich, wenn man im Zentrum des religiösen Lebens der Stadt steht.«

»Erzählen Sie mir etwas über den Enkel und seine Schwester, Mademoiselle Martine Charlebois.«

»Da gibt es nichts zu erzählen. Beide sind über jeden Verdacht erhaben, und ich weiß zufälligerweise, daß der junge Monsieur Henri zum Zeitpunkt des Feuers nicht einmal in der Stadt war.«

St.-Cyr schaltete die Lampen in Claudine Bertrands Schlafzimmer aus, teilte die Vorhänge und sah hinunter in die Dunkelheit der Rue du Boeuf, so wie es ein kaltherziger Filmemacher getan hätte.

Henri Charlebois saß unten in seinem Auto und wartete auf ihn, der Motor lief trotz des extrem knappen Benzins. Sie waren auf den vereisten Straßen zweimal von deutschen Patrouillen angehalten worden; jedesmal mußte Charlebois seine Papiere vorzeigen, und der Feldwebel hatte sie ausführlich studiert.

Der Antiquitätenhändler hatte offenbar die Erlaubnis, sich frei zu bewegen, zu kommen und zu gehen wie er wollte, auch während der Ausgangssperre. Offensichtlich hatte er enge Beziehungen zur deutschen Obrigkeit, die er vermutlich mit Antiquitäten und Kunstwerken belieferte.

Obwohl er mit Ange-Marie Rachline und Claudine Bertrand aufgewachsen war, gab es im Album kein einziges Photo von ihm. Waren die Bilder alle in der Nacht des Mordes an Claudine sorgsam entfernt worden, so daß kein Hinweis auf die Vergangenheit ihres Mörders blieb?

Charlebois achtete zu genau auf seine Aussagen, war zu verschlossen und wachsam und dennoch … und dennoch war die Arroganz und die Unnahbarkeit nur zu typisch für die Begüterten sowie die Leute, die es gewohnt waren, mit ihnen Umgang zu pflegen.

Er hätte ihn auffordern sollen, mit hochzukommen und sich die leeren Betten anzusehen, die Schüssel und das Handtuch, die als Inhalationshilfen gedient hatten. Er zweifelte nicht daran, daß Claudine und ihre Mutter umgebracht worden waren. Er zweifelte auch nicht daran, daß der Mörder klüger war als die meisten anderen. Vielleicht hatte Hermann inzwischen schon die Antwort darauf.

Das Verhältnis zwischen Bruder und Schwester war merkwürdig. Ihre Beziehung ließ eine Naivität vermuten, die für eine Lehrerin ungewöhnlich war. Offensichtlich brauchte die Frau die liebevolle Bewunderung ihrer *zazous* und merkte überhaupt nicht, daß diese nur zu leicht bereit wären, dies gegen sie einzusetzen.

Sie hatte von ihrer »Familie«, ihren »kleinen Freunden« gesprochen, einem Finken und einem Kanarienvogel. Ergeben mochte sie ihrem Bruder ja sein, aber beruhte die Beziehung auf Unterdrükkung und Furcht?

Hermann war seiner Sache so sicher gewesen, daß sich auf dem Glockenturm eine Frau aufgehalten hatte. Er war auch sicher gewesen, daß es letzte Nacht in der Rue des Trois Maries eine Frau war, wegen des Dufts von *Étranger*. Waren Sie es selbst, Monsieur Charlebois? Sie sind zartgliedrig, groß und dünn ... oh, ja, Monsieur. Die langen dunklen Wimpern, Ihr unbehaarter Handrücken – berühren Sie deshalb die Linke, wenn Sie nervös sind? Mögen Sie es, sich als Frau auszugeben?

Angenommen, Sie hätten Wimperntusche und Puder, Rouge und Lippenstift aufgelegt und ein Kleid, Mantel, Handschuhe, Schal sowie einen Hut mit Schleier getragen – hätte der Concierge dann nicht gedacht, Sie wären Madame Rachline, oder sind Sie später gekommen, als er anderswo beschäftigt war?

Das Dijon-Alibi – würden sie die Zeit haben, es zu durchlöchern? Wahrscheinlich nicht, und das wußte Charlebois vermutlich auch.

Dann werde ich ihn zum Leichenschauhaus mitnehmen und ihn Claudines Leichnam ansehen lassen, sagte sich St.-Cyr. Eine positive Identifizierung, Monsieur. Ja, auch wenn das grausam wäre. Vasseurs Schnitt, der direkt unter dem Kinn angesetzt war und bis hinunter zur Scham ging. Wir werden uns Lunge, Herz und Magen ansehen.

Er würde ihn zum Lycée Ampère mitnehmen und ihn zwischen den Leichen hindurchlaufen lassen. Er würde ihn brechen, genau wie Charlebois, wenn er es gewesen war, unabsichtlich auf den gläsernen Christbaumschmuck getreten war, den Claudine in ihrer linken Hand gehabt haben mußte, bevor sie bewußtlos wurde. Ein Baumschmuck, der entweder aus seiner eigenen Wohnung stammte oder aus dem Belle Époque, eines der Stücke, mit dem, vermutlich, auch die nackte Weidling photographiert worden war.

Konnte Charlebois so grausam gewesen sein, um alles so sorgfältig zu planen? Zwei Frauen, dann drei, dann einer, ein Mann. Ein Salamander.

Claudine hatte Geld gebraucht, um Lyon zu verlassen und ein neues Leben anzufangen. Sie hatte entweder genau gewußt, was geschehen würde, oder war davon überzeugt gewesen, daß im Kino nur ein Treffen mit Frau Weidling geplant war.

Irgend jemand hatte Vater Adrian angerufen, damit er ebenfalls kam. War es Claudine oder Martine Charlebois gewesen, oder gar Ange-Marie Rachline?

Die hochhackigen Schuhe, die in dem Glockenturm zurückgeblieben waren, bestanden aus dunkelblauem Krokoleder, italienische Handarbeit aus der Zeit vor dem Krieg, gefertigt für die Firma Stadelmier und Blechner auf der Leipziger Straße. Eine Adresse hoher Qualität und wahrscheinlich die beste Einkaufsstraße in Berlin vor dem Krieg.

Kohler war beeindruckt. Welches Aschenputtel hatte der Salamander im Auge gehabt, als er die Schuhe dort oben zurückließ, oder hatte sie das Aschenputtel selbst zurückgelassen? Madame Rachline – waren ihre Füße so klein? Eins ihrer Mädchen aus dem Belle Époque? Claudine vielleicht? Frau Käthe Weidling, geb. Völker oder Mademoiselle Martine Charlebois, das Mädchen mit dem Fahrrad?

Die Schuhe waren kaum getragen. Tatsächlich hatte er den Gedanken, daß sie seit den Bränden 1938 nicht mehr getragen wurden, obgleich sie gut gepflegt waren. Sie waren vielleicht aus der Laune eines Augenblicks heraus gekauft und dann versteckt worden. Hatte sie sich wegen der Schuhe und dessen, was sie ihr über sich selbst offenbarten, geschämt, oder hatten die Feuer ihr den Spaß an derartigen hübschen Dingen genommen?

Madame Philomena Cadieux wollte sie nicht hergeben, aber er hatte ihr gesagt, daß sie gut daran täte. »Sie sehen in Ihrem Alter mit solchen Schuhen lächerlich aus, nicht wahr? Davon abgesehen muß ich die dazugehörigen Füße finden.«

Oxalsäure, Louis, sagte er zu sich, als er hinaus in die Nacht trat. Ein weißes, kristallines Pulver, das im Aussehen Raffinadezukker sehr ähnelte. Es wurde als Reinigungsmittel und Bleiche verwendet. *Kombiniert mit Schwefelsäure, entsteht Kohlenmonoxid UND Kohlendioxid.*

Tödlich, wenn man es in einer Konzentration von einem Prozent CO einatmete, was hier wohl mindestens der Fall gewesen war, und keine Ahnung von der tödlichen Bedrohung, das arme Ding.

Wer auch immer Claudine die Dämpfe des Mönchsbalsams einatmen ließ, wollte hundertprozentig sicher sein, daß sie sterben würde. Und ihre Mutter.

Aber Louis würde davon noch nichts wissen. »Ach, *merde*, sei vorsichtig, *mon vieux*. Betrachte nichts als selbstverständlich.«

7

»Madame Rachline, es ist unumgänglich, daß Sie mich zum Leichenschauhaus begleiten. Ich bedauere sehr, aber …«

»Aber Dienst ist Dienst, Inspektor St.-Cyr, nicht wahr?«

Ah, *nom de Dieu*, hatte er endlich eine empfindliche Stelle gefunden? »Madame, eine Freundin aus ihrer Kinderzeit ist tot. Bitte, ich muß darauf bestehen. Ein Auto wartet auf uns.«

»Starb sie in Frieden?«

Was mochte die Frau denken? »Ja. Sie hat nicht gelitten.«

»Worum geht es denn dann? Seit Jahren schon hat Claudine auf die Erlösung gehofft, Inspektor. Wenn sie im Schlaf starb, dann hat ihre Seele Frieden.«

Er mußte nachdrücklicher werden. »Madame, es handelt sich vermutlich um Mord. Wir brauchen eine positive Identifizierung von Mademoiselle Bertrand und ihrer Mutter. Das Gesetz verlangt, daß Sie mich begleiten. Wenn Sie sich weigern, werde ich den Richter bitten, eine Vorladung auszustellen, und der Präfekt wird die nötige Begleitung stellen!«

Mord … »Natürlich, der Präfekt. Soll ich ihn anrufen?«

Diese Schlampe!

»Oder soll ich lieber freiwillig mitkommen, Inspektor, ohne weitere Diskussion?«

»Freiwillig, denke ich. Nehmen Sie sich einen besonders warmen Mantel und Schuhe mit, da es draußen sehr kalt ist, und das wird auch im Leichenschauhaus der Fall sein.«

»Dies wird genügen müssen.« Die Schuhe hatte er beim letzten Mal im Belle Époque schon gesehen, schwarzes Lackleder, vorne bis über die Knöchel geschnürt. Wieder steckte sie ihr pechschwarzes Haar hoch und befestigte es mit Diamantnadeln, passend zu den Steinen, die von ihren Ohren baumelten, und schloß das schwarze Samthalsband um ihren schlanken Hals. Eine hochgewachsene und elegante Frau in einem Kleid aus schwarzem schimmerndem Seidencrêpe mit engem Oberteil.

Ein Mädchen, ein Hausmädchen, das er noch nie zuvor gesehen hatte, brachte einen Hut mit einem schwarzen Schleier und einem Band. Ein Spitzenschal wurde über den Hut gelegt und unter dem Kinn zusammengebunden. Dann folgte der schwarze Mantel mit dem Persianerkragen. Zuletzt kamen noch Schal und Handschuhe, bis die Madame schließlich aussah, als sei sie einem Gemälde von Tissot entsprungen.

Sie gingen hinaus zum Auto. Er hielt ihr die Tür auf mit den Worten: »Ich glaube, unseren Fahrer kennen Sie schon.«

Es war zu dunkel, als daß er ihre Reaktion hätte sehen können. Er sah nur die Silhouetten der zwei Personen, die ihre Sommer mit Claudine Bertrand am Strand von Concarneau verbracht hatten.

St.-Cyr überließ es ihr, die Tür zu schließen, während er sich auf den Rücksitz setzte. Auf diese Weise konnte er wenigstens ihre ersten Worte mitbekommen.

»Ange-Marie ...« fing Charlebois an. »Vergib mir. Ich hatte keine andere Wahl.«

»Genau wie ich, Henri.«

Was ging zwischen den beiden vor? fragte sich St.-Cyr. Würden sie den Weg in absolutem Schweigen zurücklegen, abweisend zueinander, kaltherzig?

Sie kamen an den Quai Rolland und die Saône. Wenige blaugetönte Lampen standen in unregelmäßigen Abständen in der frostigen Dunkelheit und ließen die Pont Alphonse Juin knapp im

Licht. Nachdem sie darüber hinweg waren, fuhr Charlebois stromaufwärts den Quai Saint Antoine entlang.

St.-Cyr studierte die Schattenrisse der beiden und versuchte sich auszumalen, was ihnen wohl durch den Kopf ging. Beide saßen steif da, bei dem einen vielleicht bedingt durch den schmerzenden Rücken, bei der anderen durch eiserne Selbstkontrolle. Waren sie einmal ein Liebespaar gewesen, das sich nun haßte, oder steckten sie hier zusammen mit drin, ein einziger Salamander? Zwischen ihnen herrschte eine unglaubliche Spannung, die das Auto erfüllte, genau wie es der schwache Geruch des Parfüms tat, obgleich es nicht *Étranger* war, nicht heute nacht.

»Madame Rachline, der Concierge der Rue du Boeuf Nr. 6 behauptet, daß er sie mit Claudine zurückkommen sah, ungefähr um zehn Uhr in der Nacht, als Ihre Freundin starb.«

Ah, *merde* ... »Ist er seiner Sache sicher, Monsieur?« fragte sie, ohne sich umzudrehen. »So sicher, wie sich ein Concierge nur sein kann. Sie gehörten offenbar nicht zu den regelmäßigen Besuchern. Er sagte, daß Sie...«

»Sie war krank. Ich habe ihr gesagt, sie solle ein paar Tage frei nehmen, Inspektor, aber dann stand sie vor meiner Tür. Ich ... ich brachte sie nach Hause und steckte sie ins Bett. Ist das ein Verbrechen?«

Dann war Claudine zu ihrem Haus gegangen und nicht zum Belle Époque ... »Nein.«

»Inspektor, Madame Rachline steht doch sicher nicht unter Verdacht?«

War da doch ein Riß in dem gemeinsamen Panzer der beiden? »Jeder, der irgend etwas mit Claudine Bertrand zu tun hatte, ist verdächtig, Monsieur, bis ihr Tod und der ihrer Mutter aufgeklärt und der Brandstifter verhaftet ist.«

»Aber ... aber da gibt es doch sicherlich keine Verbindung?« fragte Charlebois. »Claudine hatte doch mit Sicherheit nichts mit dem Feuer zu tun – wie konnte sie auch, wenn sie zum La Belle Époque gegangen ist, um Madame Rachline zu sehen?«

»Selbstverständlich. Diese Frage beschäftigt mich auch, Monsieur. Also, Madame, Sie brachten sie nach Hause und steckten sie ins Bett. Wie ging es ihrer Mutter?«

Nur die Scheinwerfer erhellten die Straße vor ihnen. Überall lag Eis, und überall waren Schlaglöcher und Risse in der Straßendecke. »Ihre Mutter, die wie alle senilen alten Damen nicht wußte, wo ihre Tochter warum war und was sie tat, schlief.«

»Hätte Madame Bertrand die Erlösung willkommen geheißen? Was meinen Sie?«

Wie sorgsam er seine Worte gewählt und seine Stimme gesenkt hatte. »Von der Senilität, ja, Inspektor. Vom Leben, nein. Madame Bertrand ... Sie hätten sie kennenlernen müssen, bevor ihr Mann im letzten Krieg fiel. Obwohl ich noch sehr klein war, kann ich mich immer noch an ihr Lächeln und die Grazie ihrer Bewegungen erinnern. Sie ... sie hatte immer so eine stille Würde, Inspektor, eine ... eine ...«

»Ein Ausstrahlung, die auf jeden in ihrer Umgebung abfärbte?«

»Ja. Henri hat recht, Monsieur. Ein Leuchten. Danke, daß du es gesagt hast, Henri.«

Es endlich gesagt hast – war es das? Eis überzog die Windschutzscheibe und Seitenfenster. Die Ford-Limousine hatte eine Heizung, aber die nutzte nicht viel. Charlebois lehnte sich weit über das Lenkrad und umklammerte es fest. Daher konnte sie ihn beobachten, ohne den Kopf zu wenden.

Wieder versuchte St.-Cyr sich vorzustellen, was den beiden durch die Köpfe gehen mochte. Hatte sie einen Fuß ausgestreckt, um Charlebois zu warnen? Sei vorsichtig mit dem, was du sagst, Henri! Der Kriminalbeamte kann mehr wissen, als er zugibt ... Oder wollte sie ihm etwas anderes andeuten, etwas Näherliegendes?

»Madame, der Mönchsbalsam ... Hatte Ihre Freundin das Gefühl, daß er ihr Erleichterung verschaffte?«

Sie waren jetzt auf dem Quai Saint Vincent, direkt am Fuß von Croix Rousse, dessen steile, bienenkorbförmige Ansammlung aus Mietskasernen, engen Straßen und *traboules* der Inspektor gut genug kennen würde, um das Potential für eine Flucht abschätzen zu können. Die Straße war gefährlich. Ein kleiner Fehler von Henri, und der Wagen würde nach links rutschen, das Geländer durchbrechen und die Böschung hinunter in den Fluß stürzen. Ein Unfall ... Sie würden bald am Leichenschauhaus sein. Würde sie ihre Gefühle unter Kontrolle halten können?

Der Kriminalbeamte erwähnte wieder den Balsam, ah, *merde!* »Ja. Eine kleine Erleichterung, Inspektor. Claudines Husten war wirklich schlimm. Wenn er sich nicht besserte, wollte ich sie ins Krankenhaus bringen. Da war noch das Problem mit ihrer Mutter, aber man hätte jemanden anstellen können, der sich um Madame Bertrand kümmerte. Ich ... ich hatte mir alles schon zurechtgelegt, und natürlich hätte ich es kommen sehen sollen.«

Den Tod, aber nicht von beiden, war es das? »Als Sie sie vom Belle Époque nach Hause brachten, hielten Sie da am Weg noch irgendwo an?«

Hatte der Kriminalbeamte nicht mitbekommen, daß Claudine zu ihrem Haus gekommen war, nicht zum La Belle? Konnte sie darauf hoffen, oder war das zuviel verlangt?

»Bei einer Apotheke?« fragte Henri, der sich plötzlich streckte, um seinem Rücken Erleichterung zu verschaffen. Sie blickte ihn scharf an.

»Bei einer Apotheke«, murmelte St.-Cyr und ärgerte sich über den Einwurf, da er sie vor der Falle gewarnt hatte.

»Ja. Wir gingen noch bei einer Apotheke vorbei, kurz bevor sie schloß. Monsieur Roy wird sich daran erinnern. Eine Flasche von dem Balsam und ... und zwei Aspirin – Ich habe ihn um mehr angefleht, aber er bestand auf einem Bezugsschein und dem Rezept von einem Arzt, und ich wollte Claudine wegen des Aspirin nicht wieder zum Belle mit zurücknehmen, wo ich noch welches in meinem Zimmer hatte. Sie hat fürchterlich gehustet und einen Schuh verloren.«

Am Leichenschauhaus der Stadt war Louis nicht zu sehen. *Verdammt!* Wo, zum Teufel, steckte er?

Kohler riß die Tür der schwarzen Citroënlimousine auf und setzte sich fluchend wieder hinter das Lenkrad. Er war sich sicher gewesen, daß sein Partner hier auftauchte. Louis würde wissen wollen, was die Ursache von Claudines Tod und dem ihrer Mutter war; er verlor eine solche Sache nicht aus dem Auge. Vielleicht hatte er Vasseur angerufen und wußte bereits Bescheid.

Der Gedanke brachte auch keine Erleichterung! »Ich kenne dich, Louis. Herr im Himmel, du Schwachkopf! Du warst auf dem Weg hierher, aber irgendwas ist passiert!«

Merde! Was sollte er jetzt machen? Sollte er Barbie aufsuchen, ihn um Hilfe bitten und beichten, daß er das kleine Feuer gelegt hatte, oder sollte er wieder zur provisorischen Leichenhalle oder zum Belle Époque gehen?

Er zündete sich noch eine von den Zigaretten an, die er beim Bischof abgestaubt hatte, lehnte sich gegen das Lenkrad und starrte durch den vom Eis befreiten Halbmond der Scheibe hinaus. Claudine Bertrand war aufgeschnitten und wieder zugenäht worden. Blut hatte ihren Unterleib verklebt, obwohl sie mit Wasser abgespritzt worden war. Weitere Blutklumpen hingen unter ihren Armen und im dichten schwarzen Haar. Überall an ihrem Körper waren Verbrennungen durch Zigaretten, einige alt, einige neueren Datums, manche noch so frisch, daß sie kurz vor dem Tod noch geschmerzt haben mußten. Sie hatte ein Kind geboren, mindestens eins, und ihr Blinddarm war entfernt worden, eine alte Narbe.

Die Schuhe aus dem Glockenturm konnten ihr unmöglich gepaßt haben. Gott, er haßte es, sich Leichen anzusehen, insbesondere, wenn es sich um junge Frauen handelte. Auf jeden Fall waren die Schuhe ohnehin viel zu teuer gewesen.

Ungeduldig sah er auf die Armbanduhr. Weihnachten, fast Viertel vor neun, und immer noch kein Louis und kein Abendessen in Sicht. Er würde im Hotel Bristol anrufen und fragen, ob sein Partner da sei. Vielleicht wußte Weidling etwas, vielleicht auch seine Frau, wenn sie nicht gerade damit beschäftigt war, sich selbst zu befriedigen.

Er konnte die Präfektur anrufen und das provisorische Leichenschauhaus. Er konnte herumtelephonieren, aber ein Gefühl sagte ihm, daß das keinen Zweck haben würde.

Brandschutzleiter Weidling war »seit dem frühen Morgen nicht zurückgekehrt. Was sollen wir mit all den Leuten tun, denen er befohlen hat, in der Bar zu bleiben?«

»Geben Sie ihnen zu essen und zu trinken – Drinks auf Kosten des Hauses, verstehen Sie? Dann schicken Sie sie in einem Taxi oder so nach Hause.«

»Frau Weidling ist vor ein paar Stunden ausgegangen – ungefähr um vier Uhr nachmittags – und noch nicht zurückgekehrt.«

Vier Uhr nachmittags ...»Sagen Sie ihr nicht, daß ich angerufen habe. Sagen Sie nur, daß es Klaus war. Sie wird wissen, wer gemeint ist.«

Louis war nicht am provisorischen Leichenschauhaus aufgetaucht und auch »seit heute nachmittag nicht mehr gesehen worden«.

Kohler stieg wieder in den Wagen des Bischofs. Verdammt, neun Uhr und immer noch nichts von dem Franzmann! Herr im Himmel, was ist ihm zugestoßen?

Mit quietschenden Reifen wendete er und schoß zum Quai Joseph Gillet hinunter. Der Wagen schlitterte, als er flußabwärts einbog. Dann hielt er an, um die Abdunkelung von den Scheinwerfern herunterzureißen. So, das war besser. Kein Sand auf den Straßen – eine Schlidderbahn! Aber auch kein Verkehr, es würde gehen.

Als er den Quai Saint Vincent erreichte, bremste er auf Schrittgeschwindigkeit ab und brachte den Wagen an der Flußbiegung unterhalb der Fort-Saint-Jean-Mietskaserne mit einem leichten Rutschen zum Halten. Vorne auf der Straße waren vier Arbeitspferde zu sehen, von denen jedes an einer schwarzen, häßlichen Holzfällerkette zog. Ein Auto hatte fast den Kamm der Böschung erreicht. Eine viertürige, dunkelblaue Fordlimousine.

»Louis ...?«

Es war niemand drinnen.

Der Place Terreaux war dunkel und fast verlassen, aber es fiel ein wenig Schnee, was einen hübschen Kontrast lieferte. Hinter dem Bartholdi-Springbrunnen schrie das eingestürzte Dach des Kinos sein Leid zum leichenblassen Himmel empor. Überall stank es nach nassem Putz, Asche und Tod.

Kohler stand allein neben dem bischöflichen Auto. Jetzt, wo die Leichen weggeschafft worden waren, trieben sich in den Ruinen Plünderer herum. Wütend zog er seine Waffe, aber ein plötzlicher Ruf ließ ihn sich umwenden.

Wieder ertönte der Schrei, und wieder aus der Nähe des Hôtel de Ville. Menschen liefen zusammen. Jemand deutete auf etwas. Aus der Ferne – aus weiter Ferne – war durch die kalte, schneidende Luft das Dröhnen der Spritzenwagen zu hören. Er rannte auf die Menschenmenge zu. Er rutschte aus und fiel, verlor beinahe seine Waffe, kam wieder auf die Beine und lief weiter. Der Himmel glühte. Irgendwo auf dem Hügel von Croix Rousse schlugen Flammen zum Himmel. Scheiße!

»Die Mermet-Passage!« schrie jemand und deutete wie wild in eine Richtung. »Die Rue Pouteau … Nein, nein, die Montée de la Grande Côte!«

»Die Montée du Perron«, schrie ein anderer. »Das Théâtre des Clochards Célestes.« Das Theater der Himmlischen Bettler.

Ein Spritzenwagen raste vorbei, in Richtung der Uferanlagen. Dann folgten noch einer und noch einer. Alle näherten sich dem Feuer, aber es ging steil den Hügel hoch, die Straßen waren vereist und eng – einige waren kaum mehr als Treppenfluchten oder, schlimmer noch, Tunnel und Durchgänge …

Wieder rannte er. Wieder fiel er hin, und als er am Auto ankam, dachte er, daß er das Feuer nie rechtzeitig erreichen würde. Louis

… war Louis von den Flammen eingeschlossen? Louis in die Falle gelockt. Louis verbrannt. Louis, der H… E… R… M… A… NN! schrie. Warum hast du mich nicht beschützt?

Als Kohler das Auto am Ende der Rue Pouteau verließ, stand es neben einer eisernen Straßenlaterne. Frostschutzmittel lief auf den Boden und dampfte in der kalten Luft.

Alles war in ein warmes Glühen getaucht, und er fühlte die Wärme, noch bevor er die Flammen erreichte. »Louis …?« keuchte er. »Louis …«

St.-Cyr beobachtete mißtrauisch seine zwei Verdächtigen, als sie in der kalten, dumpfen Stille des Institut Médico-Légal, wo jedes Geräusch ein Echo warf, den unbedeckten Leichnam von Claudine Bertrand anstarrten. Ange-Marie war gelassen. Sie hatte von der Kälte rote Wangen statt des sonstigen blassen Teints, denn er hatte beide dazu gezwungen, vom Unfallort hierher zu Fuß zu gehen – war es wirklich ein Unfall gewesen? Er war sich fast sicher, daß einer oder beide den Wagen absichtlich gegen das Geländer und die Böschung hinunter gelenkt hatten, aber nicht bevor sie, Gott sei Dank, aus dem Wagen entkommen konnten.

Genau wie sie konnte Charlebois nicht die Augen von der Jugendfreundin abwenden, aber im Gegensatz zu ihr sah er sich jedes Detail an, schweiften seine Augen von Kopf bis Fuß. Er atmete ruhig und dachte, ja, an was nur? Daß alles vorbei war, Claudine? Daß die Zeiten, die sie in Concarneau hatten, nie wiederkämen, kein weiteres Feuer? Gab er ihr dieses Versprechen, als er ihren nackten Körper betrachtete?

War er der Salamander oder Ange-Marie oder waren sie es gar beide?

Schließlich fragte Charlebois leise: »Darf ich sie berühren?«

»Henri?« rief Ange-Marie erschreckt aus. »Laß sie in Frieden. Sie hat genug gelitten.«

»Aber …«

Ah, *mon Dieu*, dachte St.-Cyr, solch eine Qual stand in den Augen, die Hand zögernd ausgestreckt, dann fiel sie wie tot herunter. Ein ehemaliger Liebhaber?

Der Marmortisch, auf dem sie lag, war blau, kalt und neigte sich zu ihren Füßen zu einem häßlichen Abfluß. Die zahlreichen Narben unzähliger Liaisons waren nur zu deutlich zu sehen. Sie war wieder und wieder mit Feuer berührt worden. Der Geruch von Schweiß, Urin, Vaginalflüssigkeit und Parfüm hatte sich mit dem Tabakrauch einer Frau oder eines Mannes, Kerzenwachs und brennendem Fleisch vermischt. Die Schmerzen, die sie zu einem herrlichen Orgasmus trieben.

Er würde sanft fragen. »Was geschah wirklich am Strand von Concarneau? Hielt einer von Ihnen sie fest, als der andere sie verbrannte, oder hat sie Sie beide angefleht, es zu tun, und Sie fanden dann Gefallen daran?«

»Wie können Sie es wagen? Sie ist tot!«

Endlich eine Reaktion, ein Riß in Madame Rachlines Gelassenheit. Farbe stieg ihr ins Gesicht, verstärkte die durch die Kälte hervorgerufene Röte. Ange-Maries dunkle Augen sprühten Funken.

»Inspektor, ist das wirklich nötig?« fragte Charlebois. »Es ist Claudine. Wir haben sie und ihre Mutter identifiziert. Wären Sie bitte so freundlich, uns jetzt unserer Wege gehen zu lassen?«

»Seien Sie doch nicht so höflich, Monsieur. Ich will doch nur wissen, wer von Ihnen sie getötet hat. Waren Sie es, Madame Rachline oder waren Sie es, Monsieur Charlebois, oder haben Sie es zusammen getan?«

Ange-Marie lächelte süffisant und sagte sarkastisch: »Oder keiner von uns?«

»Madame, Sie haben sie als letzte lebend gesehen. Der Concierge wird das beschwören!«

»Sie starb im Schlaf, Inspektor«, warf der Antiquitätenhändler ein. »Es gibt keinen Beweis, daß sie ermordet wurde. Keinen wie auch immer gearteten Beweis, daß einer von uns etwas damit zu tun hat.«

Ah, *nom de Jésus-Christ*, wie konnte Charlebois nur so unnahbar und ruhig bleiben? »Dann sagen Sie mir, Monsieur, was genau in Concarneau geschehen ist und warum, bitte, Ihr Großvater es für notwendig befand, so ein wertvolles Stück wie dieses hier Vater Adrian Beaumont zu überlassen?«

Ah, verdammt soll er sein! Der Kriminalbeamte ließ das Kreuz der Familie Rouleau über Claudines Bauch baumeln. Er versuchte absichtlich, sie aus der Ruhe zu bringen, dachte Charlebois.

»Sie ... Sie war ...« stotterte Ange-Marie.

»Etwas Besonderes?« fragte der Kriminalbeamte und nickte zustimmend. »Sie war ihre Freundin, Madame Rachline. Seit wann behandelt man seine Freunde so?«

»Ange-Marie, wir brauchen nicht hierzubleiben. Ich war in *Dijon*, Inspektor!«

Er würde sie darüber nachdenken lassen. Er würde seine Pfeife vorholen und sie stopfen. Ja, ja, das wäre ... Ach, *merde*! Kein Tabak, wenn man ihn am dringendsten brauchte!

Sie sahen zu, wie er verschämt Pfeife und Beutel wegsteckte. Sie standen am Fuß des Tisches, jeder an einer Ecke, wie Bruder und

Schwester. Die Ähnlichkeit war geradezu unheimlich. Hätte er sie nicht so nebeneinander gesehen, dann hätte er es mit Sicherheit nicht geglaubt. Die gleichen dunklen Augen, dieselben feinen Züge. Beide groß und dünn, beide von nahezu gleicher Gestalt, beide hatten dieselben pechschwarzen Haare.

»Inspektor …?« sprach Madame Rachline ihn an.

Widerstrebend erlaubte er es ihnen. »Sie können für den Moment gehen. Bitte verlassen Sie nicht die Stadt.«

Vor dem Leichenschauhaus bemerkten sie das orangerote Glühen am Himmel über Croix Rousse sowie die aufsteigenden Rauchschwaden und Funken. Beide hielten den Atem an, und ihr Puls raste. Beide waren fasziniert – geradezu gefesselt –, aber dennoch tief berührt und unsicher.

Charlebois bewegte sich auf das Feuer zu, obwohl es fast zwei Kilometer entfernt war. Madame Rachline sagte nur: »Sind Sie jetzt zufrieden?«

»Womit?« fauchte St.-Cyr aufgebracht.

»Mit seinem Alibi, Inspektor. Seinem Alibi.«

Das Haus war hoch und schmal und zwischen anderen eingekeilt. Fünf Stockwerke hoch und ein flammendes Inferno. Kein Feuerwehrwagen kam nahe genug heran, um die ausfahrbaren Drehleitern einsetzen zu können, und daher kamen Handleitern zum Einsatz. Da waren Männer auf den Häuserdächern, Männer auf halber Höhe vorne an der Fassade, die Wasser hineinschütteten und versuchten, das Feuer einzudämmen, oder höher und höher kletterten. Einge waren auf der Treppe an der Rückseite und andere drinnen in den rauchgefüllten Gängen. Leute wurden gerettet, andere wollten springen. Ein Kind wurde fallen gelassen. Das kleine

Bündel fiel ... und fiel ... Kohler begann zu rennen. Er dachte nicht nach, er rannte einfach, rutschte aus und rannte, rutschte aus und streckte seine Arme aus. »Bitte, Gott! Bitte, Gott!« schrie er aus voller Lunge.

Das Kind traf in einer Wolke aus Baumwollflanell auf, und er ging hart auf die Knie, während er es fest an sich drückte. Es weinte fürchterlich.

Betäubt stand er auf, naß und kalt, und stolperte über die Wasserschläuche. Ein Sprungtuch war ausgebreitet worden, aber würden die Eltern springen?

Angestrahlt von dem schrecklichen Licht, hielt er das Baby zu ihnen hoch und sah zu, wie sich die Frau durch das Mansardenfenster zwängte, um wie ein Stein hinunterzufallen. Ihr Nachthemd umflatterte ihren Kopf, und man sah ihre Nacktheit, bis sie das Tuch verfehlte. Ah, verdammt.

Dann sprang der Ehemann. Seine Beine und Arme schienen so nutzlos zu sein, der haarige Hodensack und der bloße Hintern wirkten fast komisch. Er nahm sich keine Zeit, und auch er verfehlte das Tuch.

Kohler berührte die Stirn des Kindes. Das kleine Wesen schien sich nur zu fragen, was der ganze Lärm und die Aufregung wohl sollten. »Monsieur ... Monsieur«, sprach ihn eine junge Frau an. »Bitte geben Sie ihn mir. Ich kannte sie ein wenig. Beide waren nicht von hier, verstehen sie, sondern aus Belgien, aus Brügge, glaube ich.«

Er verstand und nickte traurig. Ah, *merde*, den ganzen Weg durch den Blitzkrieg von 1940, nur um so zu sterben. »Achten Sie auf ihn. Hier, warten Sie. Nein, nein, ich bestehe darauf.«

Er drückte ihr ein Bündel Banknoten in die Hand und akzeptierte von ihr kein Nein. Dann wandte er sich wieder dem Feuer zu und half bei einem der Schläuche. Louis ... Keine Spur von Louis.

Später brach das Dach der Mietskaserne mit einem Krachen ein. Alle drehten sich erschreckt um und zogen sich zurück. Die Männer oben im Licht der Scheinwerfer waren verschwunden. Die Menge gab ein ersticktes Keuchen von sich.

Robichaud hustete Blut und übergab sich. Auf Händen und Knien neben einem der Spritzenwagen krümmte er sich und versuchte, Atem zu holen. Als er vornüberfiel, prasselte ein Blitzlichtgewitter auf ihn nieder. Sein Mund öffnete und schloß sich schmerzerfüllt. Er wälzte sich auf dem Eis, versuchte verzweifelt hochzukommen und zu atmen.

Wieder hustete er, ein abgehacktes Pfeifen drang aus seiner Lunge, als er zwischen den Schläuchen lag, von denen zwei leckten und ihn mit Wasser bespritzten. Einer seiner Leute drängte sich durch die Männer von der Propagandastaffel in ihren schwarzen Ledertrenchcoats und Schaftstiefeln, um ihm zu helfen, sich aufzusetzen. Ein anderer zog an seinen Sachen und riß die schwere Ausrüstung von Brust und Schultern.

Er blickte sie einmal an, seine Augen wanderten benommen zu den Blitzlichtern, und er fiel in Bewußtlosigkeit.

Dann erstarben die Flammen langsam, als die übrigen mit dem Löschen hartnäckig weitermachten. Der Schweiß brannte in ihren angespannten Gesichtern, ließ Ruß, Schmiere, Asche und Tränen deutlich hervortreten. Ein Mann hatte sich die rechte Hand gebrochen, den Wasserschlauch hatte er sich unter den Arm geklemmt. Ein anderer hatte eine klaffende Wunde auf der Stirn. Blut rann ihm in die Augen und machte ihn fast blind. Zwei hatten in ihren Schutzhandschuhen Verbrennungen durch heiße Kohlen erlitten.

Sie hatten die Handschuhe ausgezogen und die Düsen mit bloßen Händen ergriffen. Keiner hatte Zeit gehabt, die Leichen der Eltern des Kindes beiseite zu schaffen oder sie wenigstens zu bedecken.

Wasser floß die Straße hinab, rann in einer Kaskade die Steintreppen hinunter, um anderswo zu gefrieren, und riß verbranntes Holz, Putz und Federn mit sich sowie den Inhalt von Strohmatratzen, der sich dem steten Ascheregen zugesellt hatte.

Im Wasser spiegelten sich die Flammen und die Schatten der Menschen. Als er wieder den Kopf hob, um den Hügel hinaufzublicken, sah Kohler zuerst die Abflußrinne in der Mitte der Straße, dann die Steintreppen, die zur nächsten Terrasse führten, und schließlich die Menge. Einige hatten sich in Decken gehüllt an die Wände gekauert, die anderen hockten oder standen davor.

Seine Sicht wurde einen Augenblick lang blockiert, dann entdeckte er Frau Weidling, die verzückt den Brand anstarrte. Er wußte, daß sie den Anblick liebte. Er war sich dessen so sicher, daß er sich wütend auf sie zubewegte. Doch jemand hielt ihn zurück.

Es war Louis.

»Einen Moment noch, Hermann. Bitte, *mon vieux*. Ich bin froh, daß Sie noch leben.«

»Ich? Aber ich dachte, Sie wären…«

»Später, eh? Jetzt sollten wir nur beobachten.«

In den Pelzmantel gekuschelt, die Hände in den Taschen, stand Frau Weidling abseits. Das dichte, rotbraune Haar, von keinem Hut gebändigt, flatterte im Wind; die graublauen Augen funkelten vor Aufregung. Mit ihren Augen nahm sie jedes Detail in sich auf. Sie suchte die Häuserdächer ab, wo Männer mit Wasserschläuchen unter Einsatz ihres Lebens löschten. Sie hielt ihren Atem an, als einer aufschrie, weil er ausrutschte – schnappte, genau wie die Menge, gebannt nach Luft, als er über den Rand des Daches rutschte und sein einziger Halt ein durchhängender Schlauch war.

Als der Mann gerettet wurde, schnappte sie erneut nach Luft. Diesmal klang es mehr wie ein Seufzer. Sie zog die Schultern hoch, preßte die Hände gegen die Oberschenkel.

Dann bahnte sie sich einen Weg durch eine Lücke in der Menge, bis sie in der ersten Reihe stand und ihren Ehemann bei der Arbeit beobachten konnte.

Brandschutzleiter Weidling badete im Blitzlicht der Propagandastaffel. Sie photographierten ihn, wie er zum benachbarten Dach zeigte, wie er den Männern bedeutete, die Schläuche steiler nach unten zu halten. Sie machten Aufnahmen von ihm, wie er Brandy an die Lippen des erschöpften Robichaud hielt, der wie ein Besoffener aussah, der sich in der Gosse gewälzt hatte, und dem Blut von der verletzten Hand tropfte. Sie machten Aufnahmen von ihm zusammen mit seiner wunderschönen Frau. Dann zerrten sie Kohler ins Rampenlicht und drückten ihm das Kind wieder in den Arm.

Kohler wirkte wie ein Landstreicher auf der Flucht. Erschlagen stand er dümmlich neben der zusammengesunkenen Gestalt Robichauds. Dann mußte er für die immer noch unzufriedene Propagandastaffel Leib und Leben riskieren und sich mit dem Kind zwischen die toten Eltern stellen.

Eine Aufnahme jagte die nächste. »Jetzt hocken Sie sich bitte hin. Ja, *ja*, das ist gut, Herr … Wie ist sein Name? Sehen Sie zu, daß Sie ihn aufschreiben.«

Dann noch eine des Helden mit Frau Weidling und ihrem Ehemann und zum Schluß noch eine Aufnahme des Kriminalbeamten mit dem Kind, das er gerade »adoptiert« hatte.

»Ist es ein Mädchen oder ein Junge, Hermann?« fragte St.-Cyr.

»Leck mich am Arsch. Wenn ich der Vater bin, bist du der Onkel. Zum Hotel Bristol, Louis. Weidling besteht darauf. Eine Dringlichkeitssitzung. Sie nehmen Robichaud mit, um ihm den Arsch aufzureißen. Das Auto von Frau Wunderhübsch steht am Ende der Straße. Ich habe den Wagen des Bischofs ganz in der Nähe geparkt.«

Hermann drückte das Kind der Frau in die Arme, die es vorhin hatte haben wollen, und bedauerte dabei sehr, daß die Flics sie so rauh behandelt und ihr das Geld gestohlen hatten. »He, ich werde es Ihnen zurückholen, ja?« rief er ihr zu, aber sie hatte sich schon umgewandt und verschwand in der Menge.

Achtzehn Menschen sind ums Leben gekommen. Um vier Uhr zehn am frühen Morgen war der Salon der Prinz-Albert-Suite in Aufruhr. Um die zwanzig Honoratioren Lyons waren zu der Sitzung gerufen worden. Kellner kamen. Frau Käthe Weidling stand mit dem Rücken gegen den Türrahmen gelehnt. Sie trug ein tiefausgeschnittenes, langärmeliges, mit Pailetten besetztes Kleid aus schwarzem Seidencharmeuse.

Wie Kampfhähne oder kleine Jungen, deren Spiel in Ernst übergegangen war, beschimpften die Versammelten einander und schoben sich gegenseitig die Schuld zu, wo doch in Wahrheit keine zu finden war. Sie ballten die Fäuste, gestikulierten wild, wurden so rot im Gesicht, wie es nur Männer ab dem mittleren Alter werden können. Getränke wurden verschüttet, halbgegessene Würstchen fielen auf den Teppich. Am Boden zertretene Oliven, Brot, Austern, Pastete, Kuchen und Anchovis, die Luft von Tabakrauch geschwängert.

Sie beobachtete sie fortwährend. Der eine oder andere warf einen schnellen, zweifelnden Blick zu ihr herüber und sah, wie sie mit den Händen flach gegen die Tür gepreßt dastand. Sie würden tiefe Einblicke auf ihr Dekolleté haben. Sie sah Fleischeslust und Bestürzung in ihren überraschten Blicken. Diese Vollidioten.

Johanns Frau, ja, ja, meine kleinen Männchen. Brandschutzleiter Weidlings wunderschöne junge Frau!

Johann in seiner dunkelblauen Uniform mit all den Ordensbändern und Medaillen stand in der Mitte. Johann würde keinen Millimeter zurückweichen. Das ist gut – ja, das ist gut, mein Liebling. Kämpfe für das, was für uns gut und richtig ist. An seiner Seite stand der Übersetzer. Herr Kohler, geduscht und in eine Decke gehüllt, war auf der anderen Seite und sah mittlerweile sehr schläfrig aus. Im Moment ein Held, aber bald würde er wieder vergessen sein, wenn die Zeitungen über andere Geschichten berichteten. Würde Berlin ihn nach Hause beordern, zu jubelnden Massen und einer ihn bewundernden Ehefrau?

Herr Kohler, dessen glasiger Blick zuviel Cognac und extreme Erschöpfung offenbarte, als er versuchte, die Benzedrin-Tabletten von ihrem Nachttisch zu nehmen. Sie hatte sie aus der Flasche geschüttelt, die sich in seiner Jackentasche befunden hatte. Neben anderen Dingen, die sich dort befunden hatten, etwa die Dinge, die er vom Kinobrand mitgenommen hatte, Dinge, an denen Obersturmführer Barbie höchst interessiert sein würde. Belastende Papiere. Eisenbahnfahrpläne, Positionen von Tunneln ... Notizen der Résistance.

Kohler war nackt, und es war ihm egal, ob sie den langen roten Striemen von einer Lederpeitsche sah, die Schrapnellnarben und alten Schußwunden oder den Daumen mit der Bißwunde, die hatte genäht werden müssen. Er mußte gewußt haben, daß ihr seine Nacktheit egal sein würde, da sie für sie keine Bedeutung hatte.

Sein Freund, St.-Cyr, hatte die Tabletten weggenommen und nicht zugelassen, daß er noch mehr davon nahm. Erst als St.-Cyr an ihr vorbeiging, war ihr klargeworden, daß er sich schon die ganze Zeit in Johanns Zimmer aufgehalten hatte und sich die Sachen ihres Mannes angesehen hatte. Und nun? Warum beobachtete er jetzt alle, insbesondere sie, mit einer beängstigenden Intensität? Woran dachte er wirklich? Daß sie die Brände gelegt hatte, weil sie nur durch Feuer sexuelle Erregung und einen Orgasmus erfahren konnte?

Plötzlich ließ der Tumult nach. Gespräche brachen ab, und dann ...»Sie sind gefeuert! *Gefeuert!*« schrie der Bürgermeister und strich sich wütend den Schnurrbart, als der Übersetzer diesen Satz laut an Johann weitergab. »Inkompetent! Erst der Brand im Kino und dann noch einer! Robichaud, ich sage es Ihnen: Sie sind *draußen!*«

Die Decke glitt von Robichauds Schultern, als er vom Stuhl aufsprang, an Johann vorbeistürmte und mit seiner verwundeten Hand vor dem Gesicht des Bürgermeisters herumwedelte. Sie wußte nicht, ob sie laut lachen oder applaudieren sollte. »Sie halten *immer* zu Guillemette, Antoine. *Immer* hat Sie irgendwer in der Tasche. Zur Hölle mit euch beiden! Dieser Brand war anders. Er war anfangs viel heißer. Wie oft muß ich Ihnen das noch sagen?«

Anfangs viel heißer ...

»Heiß oder kalt«, schnauzte der Bürgermeister, »was macht das für einen Unterschied? Sie haben den Salamander nicht gestoppt.« Auch das wurde übersetzt.

»Ich? *Ich?*« schrie Robichaud und zeigte mit beiden Händen auf sich, wodurch die Decke komplett herunterrutschte und seine nackte Brust enthüllte, seine untersetzten Hüften und die kräftige Statur. »He, meine sauberen Kollaborateure, meine Aufgabe ist, Feuer zu löschen!«

»Und sie zu verhindern«, schnaubte der Präfekt und grinste gehässig über diesen dummen Ausbruch patriotischer Idiotie. »Kollaborateure, Julien? Kommen Sie, wir können auf unschätzbare Hilfe zurückgreifen. Nutzen wir sie.«

Mehrere Männer grunzten zustimmend. »*Niemals!*« schrie Robichaud. »Nicht solange ich noch atme!«

»Dann hör auf damit«, rief Charette laut aus, ein Stadtrat aus Croix Rousse.

»*Ja!*« schrie ein anderer. »Verlassen Sie den Raum und lassen Sie uns endlich weitermachen!«

Mit angespannten Muskeln drängte sich Robichaud zwischen den anderen hindurch. Als er den Mann erreichte, pflanzte er sich vor ihm auf. Er zögerte keinen Moment, sondern legte sein Gegenüber mit einem einzigen Fausthieb flach.

Dann wandte er sich wieder den anderen zu, ein nackter, wutschnaubender Wilder, dem das Blut den Arm hinunterrann. »Bastarde!« schrie er. »Ihr wollt doch nur einen Sündenbock! Dann fragt euch mal, warum das Feuer erst begann, nachdem die Concierge ihren Kontrollgang durch das Gebäude gemacht hatte! Hat sich der Salamander drinnen versteckt und ist dann abgehauen, oder war ein Zünder versteckt?«

»Gab es kein Benzin?« rief jemand verächtlich.

Robichaud ignorierte ihn. »Das Feuer brach im Dachgeschoß aus, in einem unbenutzten Zimmer, das am Tag nach dem Brand im Kino an eine junge Frau vermietet worden war.«

Eine junge Frau ...

»Und das Benzin?« ließ Johann den Übersetzer fragen. Sie konnte sehen, daß er fest entschlossen war, Robichaud sich die Schlinge selbst um den Hals legen zu lassen, damit er daran baumelte wie dieses lächerliche Gürkchen von einem Penis, das zwischen den stahlharten Schenkeln des Franzosen hing.

»Vielleicht war das Benzin«, brummte der Wilde widerwillig. »Es ist zu früh, um etwas Genaues sagen zu können. Wenn der Morgen anbricht, werden wir uns alles noch mal anschauen.«

»Das werde ich«, sagte Johann. »Für den Moment, denke ich, haben Sie genug gesagt.«

Robichauds Blick war finster, als ihm das übersetzt wurde, seine Reaktion schnell. »Drei meincr besten Männer sind umgekommen, Monsieur«, schäumte Robichaud. Er war den Tränen so nah, daß sie einfach lächeln mußte. »Alle waren Väter. Ein Dutzend Mäuler, um die man sich kümmern muß, jetzt wo ihre Ernährer nicht mehr bei uns sind.«

»Sie haben ihre Pflicht getan. Das Vaterland wird sich um sie kümmern«, sagte Johann knapp.

»Und ihre Frauen?« rief Robichaud aus. »He, mein Freund mit dem Übersetzer, ich, ich muß den Frauen noch sagen, daß sie keine Ehemänner mehr haben.«

»Dann ziehen Sie sich an und tun das.«

Ah, *nom de Jésus-Christ!* Sie werden sich noch an die Gurgel gehen, dachte St.-Cyr.

Robichaud ballte enttäuscht die Fäuste, gab sich aber nicht geschlagen. »Sie waren direkt hinter dem ersten meiner Spritzenwagen, Monsieur. Wie kommt das, bitte?«

Weidling trat ihm entgegen. »Ich war in der Präfektur und bin die Akten bekannter Brandstifter durchgegangen, als ich den Alarm hörte.«

»Und was ist mit Ihrer Frau?« wollte der Wilde aufgebracht wissen.

»Sie hat mit Obersturmführer Barbie und Freunden gespeist.«

»Und haben Sie etwas in den Akten des Präfekten gefunden?«

»Seien Sie nicht so dickköpfig, Herr Robichaud. Wenn Sie angemessen reagiert hätten, wären die Verluste beim Brand im Kino bei weitem nicht so hoch gewesen.«

Dieses Arschloch, dachte St.-Cyr.

»Und bei diesem letzten Brand, Monsieur?« wollte Robichaud wissen. »Habe ich nicht richtig gehandelt? Nun, Monsieur. Antworten Sie mir, bitte. Sie sind doch der Experte.«

»Sie haben richtig gehandelt, aber ich muß Ihre Methoden in Frage stellen.«

Ah, *merde*, dachte St.-Cyr.

Robichaud deutete mit dem Zeigefinger auf alle Anwesenden, dann stach er mit ihm mehrmals in Weidlings Richtung, bevor er ihm bitter mit dem Finger drohte. »Sie müssen das verstehen, meine Freunde. Der hier kennt die Stadt nicht so gut wie ich, und er hat auch nicht die Loyalität der Männer. Er kann sie auch nicht bitten, ihr Leben zu riskieren, oder bei ihnen sein, wenn sie Anweisungen in ihrer eigenen Sprache am dringendsten brauchen. Oder, Herr Weidling, beabsichtigen Sie dann auch, einen Übersetzer mitzunehmen?«

St.-Cyr versuchte, dem Feuerwehrchef die Decke zu reichen, aber der wischte sie mit einer Handbewegung beiseite.

»Sie denken, daß ich zur Résistance gehöre«, sagte Robichaud zum Präfekten, »daß ich deswegen mit Élaine in der Nacht des Brandes im Kino war. Sie sind der Meinung, daß ein Opfer gebracht werden muß, um die Stadt zu retten und die Besatzer zu beruhigen. Sie alle wollen Blut sehen. Dann lassen Sie mich Ihnen sagen – nein, nein, Monsieur Barrault, bitte unterbrechen Sie mich nicht. Das

Théâtre des Célestins liegt in Presqu'île, in Ihrem eigenen Distrikt. Hören Sie aufmerksam zu, mein Freund. Ich habe vorhin schon gesagt, daß der Brand von Anfang an heißer als üblich war. Es muß ein Brandbeschleuniger benutzt worden sein, das ist ein Zünder, der mit einer sehr hohen Temperatur verbrennt. Alles Zeug in der Nähe geht sofort in Flammen auf, da die Hitze des Zünders so hoch ist, daß die Zündtemperatur von allen brennbaren Materialien überschritten wird. Sicher kann auch eine Benzinspur verwendet worden sein, und vielleicht lief sie auch vom Dachgeschoß die Haupttreppe hinunter. Das alles beweist, daß sich der Salamander zweimal oder gar dreimal Zugang zum Gebäude verschafft haben muß.«

Irgendwer aus dem hinteren Teil des Raumes verlangte von Robichaud eine Erklärung. Der Lyoner Feuerwehrchef machte sich selbst zum Narren, und Johann hatte vor, ihm dafür alle Zeit der Welt zu geben. Selbstmord ... würde Klaus Barbie das wirklich organisieren, um diesen Barbaren für immer zum Schweigen zu bringen?

»Als erstes«, sagte Robichaud fest, »hat die Person ein Zimmer angemietet und die Gerätschaften an die richtige Stelle gebracht, vielleicht beides am gleichen Tag. Noch ein Besuch, möglicherweise um neun Uhr dreißig oder zehn Uhr am Abend, um den Zünder zu aktivieren. Mehr als ein Mieter hat Benzin gerochen, im Gegensatz zu mir, aber ich weiß nur zu gut, wie verwirrt und erschreckt Brandopfer sein können. Allein die Tatsache, daß wir nach Benzin gefragt haben, mag ausgereicht haben, daß sich der eine oder andere eingebildet hat, Benzin gerochen zu haben.«

Gedankenverloren griff Johann nach seinem Glas, entschied sich dann aber plötzlich dagegen. »Phosphor?« grunzte er – nur das eine Wort. Sie hielt den Atem an.

Der Übersetzer übertrug es ins Französische, aber es war gar nicht nötig. Robichaud stimmte zögernd zu, zweifelte, wirkte dann aber doch überzeugt und sagte fest: »Ja, ich glaube auch, das Phosphor als Zünder benutzt wurde. Phosphor hätte sich schnell durch die alten Bodenbretter gebrannt, dann hätte sich das Feuer rasch zwischen den Balken und in den Wänden ausgebreitet. Es hatte einen guten Vorsprung, da es nicht bemerkt wurde, bevor es zu spät war, um das Gebäude zu retten. Für mich beweist das, auch wenn Sie das nicht wahrhaben wollen, daß kein Benzin benutzt wurde.«

Widerwillig nickend äußerte Johann seine Zustimmung. Sie konnte nicht verstehen, warum er das tat, und fühlte sich dadurch verletzt. »Man plaziert den Phosphor in einem kleinen Beutel mit Wasser und hängt ihn auf«, sagte er. »Solange der Phosphor von Wasser bedeckt ist und somit keine Luft herankommt, kann man es sicher aufbewahren. Dann sticht der Brandstifter den Beutel mit einer Nadel an und läßt das Wasser langsam heraustropfen, während er das Gebäude verläßt. Wenn das Feuer ausbricht, ist er schon über alle Berge.«

Das wurde übersetzt, aber sie konnte weder ihren Blick von Johann wenden noch verhindern, daß ihr die Tränen in die Augen traten. Warum hatte er das gesagt? Warum hatte er ihr das angetan?

»Dann kommt der Phosphor mit der Luft in Kontakt«, sagte Robichaud niedergeschlagen. »Es bildet sich eine so heiße Flamme, daß ein bißchen Wasser auf dem brennbaren Stoff keine Rolle mehr spielt.«

»Was sollen wir also tun?« fragte jemand in fließendem Deutsch – Kohler, war das Kohler gewesen, überlegte sie?

»Hatte er solche Zünder an mehreren Stellen deponiert?« fragte jemand anders, ebenfalls in Deutsch. War das jetzt St.-Cyr?

»Das Dachzimmer wurde nicht von einem Mann angemietet«, warf Robichaud ein und blickte in ihre Richtung. »Es war eine Frau.«

»Nur eine Frau?« fragte jemand auf deutsch – wieder St.-Cyr?

»Ah, ja, nur eine einzige, junge Frau«, antwortete Robichaud. »Nicht zwei, wie bei dem Brand im Kino. Mit starkem deutschen Akzent zudem, aber das muß noch überprüft werden. Bin ich nun entlassen oder soll ich weitermachen?«

Der Präfekt stellte brüderliche Liebe zur Schau, lobte Herrn Robichaud für seinen unermüdlichen Einsatz und übergab die Angelegenheit dann an den Bürgermeister. »Ruhen Sie sich aus, Julien«, sagte der. »Sie waren jetzt seit ein paar Tagen und Nächten im Einsatz, nicht wahr? Einmal ausschlafen wird Ihnen gut tun. Wir werden sehen, wie es weitergeht, sobald der Salamander gefaßt ist.«

Sie überließen Johann die Entscheidung.

St.-Cyr öffnete Käthe Weidlings Handtasche und holte die Papiere heraus, die die Frau des Brandschutzleiters aus Hermanns Jacke entwendet hatte. Er wühlte in der Tasche und fand noch einen Schlüssel, den er nicht zuordnen konnte, und drei Präservative aus Wehrmachtbeständen. Phosphor war nie leicht zu bekommen, schon gar nicht zu Kriegszeiten, wenn man nicht gerade mit der Herstellung oder dem Transport von Brandbomben zu tun hatte. Hatte sie sich etwas beschaffen können?

Streichhölzer, Zigaretten, Gummibänder, zwei Knäuel festen, weißen Bandes und dann noch ein abgegriffener, zusammengefalteter Papierstreifen mit der Adresse vom Belle Époque sowie einem Namen: Claudine Bertrand.

Ein anderer und weit neuerer Papierstreifen enthielt die Adresse eines Antiquitätengeschäfts: Monsieur Henri Masson, Rue Auguste Comte. Nicht weit vom Hotel.

Ein seidenes Taschentuch roch nach *Étranger*, und Louis fragte sich, warum sich alle ausgerechnet dieses Duftwasser aufgelegt hatten, wenn nicht, um Hermann und ihn zu verwirren.

Er fand auch zwei Eintrittskarten für das Konzert im Théâtre des Célestins am Sonntagabend. Eine kleine Flasche enthielt Feuerzeugbenzin, aber er fand kein Feuerzeug – hatte sie es im Kino verloren? Eine Lupe ... ah, *merde*! Was hatte sie vorgehabt? Ein Brennglas mitten im Winter zu benutzen? Zudem noch in Lyon?

Lippenstift, Puderdose, Rouge und Lidschatten, dann noch einen Nagelknipser und eine Nagelfeile. Reichsmark – ungefähr zehntausend, schätzte er – und etwa zwanzigtausend Franc. Eine Erste-Klasse-Fahrkarte für den Lyon-Paris-Expreß am Morgen nach dem Konzert für sechs Uhr. Hatte sie den Lyon-Dijon-Expreß am Dienstag dem zweiundzwanzigsten genommen, um ein gewisses Geschäft auszurauben, weil sie entweder Henri Charlebois aus dem Weg schaffen oder ihm zu einem Alibi verhelfen wollte?

Dann fand er eine Reihe Lebensmittelkarten, nur für den Fall, daß sie hungrig wurde und sich nichts anderes bot als dasselbe Essen, mit dem auch die Einheimischen vorliebnehmen mußten. Und vier 7,65 Millimeter-Patronen. Eine Baretta?

In Gedanken versunken, schloß Louis die Handtasche und merkte gar nicht, daß die Weidling im Türrahmen zu ihrem Schlafzimmer stand. Sie preßte die Hände fest zu beiden Seiten gegen den Rahmen, um ihn nicht anzuschreien. Als er ein Streichholz anzündete und damit die Papiere berührte, die sie Hermann abgenommen hatte, sagte sie nichts.

Dann drehte er sich um und sah sie an, während er die Papiere über einen Aschenbecher hielt und den Flammen überantwortete.

Schließlich sagte er in einem Deutsch, daß für einen Franzosen wirklich sehr gut war: »Morgen, Frau Weidling, werden Sie mich zum Lycée Ampère, dann zur Rue du Boeuf Nr. 6 und schließlich zum Croix Rousse begleiten, um dort mit dem Concierge der Mietskaserne zu sprechen.«

»Und wenn ich mich weigere?«

»Dann werden wir zur Präfektur gehen.«

»Ich habe Freunde.«

»Das ist mir klar.«

Kohler versuchte, seine Augen lange genug offenzuhalten, um die Akten zu lesen, die er aus Weidlings Mappe entnommen hatte. Louis war immer noch mit der Frau im anderen Schlafzimmer.

»Profil eins: männliche Person, Mitte bis Ende Dreißig. Gebildet, kultiviert ...« *ja, ja* ...»kann sich unauffällig in der höheren Gesellschaft und den führenden Schichten bewegen ...« Nun mach schon, faß dich kurz und komm endlich zur Sache ...»hält Feuer für ein Mittel, sich vom Bösen in ihm zu reinigen. Ist fasziniert davon, benimmt sich aber nicht wie der gewöhnliche Pyromane ...« Mußten die in Berlin immer so große Worte machen? Und er hatte immer gedacht, daß sie nur ›Heil Hitler‹, ›Raus! Raus!‹ und › Halt oder wir schießen!‹ verstünden.

Die üblichen Charakterzüge eines Feuerteufels wie sich am Schauplatz eines Brandes aufhalten, Hilfe anbieten, Anteilnahme aussprechen ... et cetera, et cetera ...»Liest gern darüber in der Zeitung, auf diese Weise Aufrechterhaltung der Erregung. Hat höchstwahrscheinlich eine Zusammenstellung aller von ihm verursachten Brände angefertigt.«

Ah, *merde*, ein Verzeichnis. Sein Kopf sank nach unten, als er darüber nachdachte, und für vielleicht zehn Sekunden schlief er ein, schreckte aber wieder auf.

»Profil zwei: männlich« – hier war die Altersangabe sehr ungenau, aber in Abschnitte zusammengefaßt: »18–26, 30–45, 50–70 …« Siebzig? Dann wieder eine Menge psychologisches Gefasel …»fühlt sich unbehaglich in höherer Gesellschaft, die sich als über ihm stehend betrachtet. Intelligent, gebildet, wenn auch nur auf dem Niveau eines Geschäftsmannes, könnte mehrere Sprachen fließend beherrschen, ein Führer …« *ja, ja* …»Ehrgeizig, eingebildet, geht über Leichen oder benutzt andere, um vorwärtszukommen. Sieht sich als Held und bemüht sich immer, das zu beweisen. Ist vollkommen gewissenlos … großes Wissen als Brandstifter und gewitzt … Mag es, Ermittler zu verwirren und zu quälen und ihnen zu zeigen, daß er besser ist als sie. Sexuell von Frauen angezogen, die Feuer als Mittel der sexuellen Erregung sehen …« Erregung …

Kohler nickte wieder ein. Vor ihm züngelten Flammen. Die Papiere entglitten seinen Händen. Eine Frau kam durch die Flammen auf ihn zu. Volles, dunkles rotbraunes Haar und auffallend dunkle graublaue Augen. Sie … sie rieb ihre … ihre …»Ah, *mon Dieu*. Verdammter Idiot! Wach auf!«

Erregung …»Eifersucht kann den Drang zur Brandstiftung auslösen, Feuer als der höchste Akt der Rache am Liebhaber des Partners oder an beiden, um das Paar zu reinigen. Kehrt häufig an den Schauplatz des Brandes zurück. Plant Brände weit im Vorfeld, inszeniert sie in Dreiergruppen an weit auseinanderliegenden Orten, um die Ermittler noch mehr zu narren und ihnen letztendlich zu entgehen. Zieht Benzin wegen seiner furchtauslösenden Komponente vor, benutzt aber auch andere Methoden, um die Breite seines Wissens zu zeigen. Könnte sich von einer unerreichbaren Frau sexuell angezogen fühlen oder aktiv an der sexuellen Unterdrükkung einer anderen, etwa einer nahen Verwandten, beteiligt sein.«

Inzest? Ah, *merde*. Und keine Zeit, die Augen zu schließen.

Louis und die Weidling müssen in den Salon gegangen sein. Sicher würde Louis ihn hier nicht allein lassen?

»Profil drei: weiblich, Alter zwischen 26 und 34. Nutzt Feuer als Fetisch, um sexuelle Befriedigung zu erreichen und zum Höhepunkt zu kommen. Kehrt mehrere Male zum Schauplatz des Brandes zurück. Hat entweder ein schlechtes Gewissen, und der Gedanke an ihre Tat quält sie, oder hat überhaupt kein Gewissen und denkt nur an Orgasmen.

Masturbiert gern in der Nähe von Flammen, um sie zu sehen und ihre Hitze zu fühlen, läßt ihren nackten Körper aber nie damit in Berührung kommen. Daher muß man die Flammen als Ersatz für die männliche Erektion sehen, die sie total zurückweist. Hat starke lesbische Tendenzen, vermeidet aber jede längere Beziehung und erfährt Erregung durch die Schmerzen anderer. Zu diesem Zweck sammelt sie Bilder von weiblichen Mordopfern.« Scheiße!

Das war ein Alptraum. Als Kind nackt von ihrem Großvater verprügelt, um sie von den unreinen Gedanken zu reinigen, genau wie es in dem Dossier, das er in Barbies Büro gefunden hatte, angedeutet wurde. Zum Analverkehr mit der alten Sau gezwungen, da es sicherer war, dort den Storch zu schießen, und weibliche Hinterbacken ... Nun, im Alter von fünfzehn, was sollte man da schon von einem alten preußischen Seekapitän erwarten, der schon alles gesehen hatte?

Eine Tür schloß sich leise. Im Korridor ging ein Licht aus. Die Decke glitt von seinen Schultern, als er die Papiere zurück in die Aktenmappe legte und versuchte, das Schloß zu schließen ... das Schloß ...

»Johann ... Johann, Liebling, bist du es? Ich ... ich dachte, du bist mit den anderen gegangen?«

Kohler schaltete die Lampe aus und hielt den Atem an. »Johann ...? Johann, St.-Cyr denkt, ich bin es gewesen.«

Die Tür wurde aufgedrückt, und obwohl er versuchte, die Frau zu sehen, spielten ihm seine Augen einen Streich. Sie fielen immer wieder zu.

»Johann ... Johann ...?«

Ihr Parfüm hüllte ihn ein. Er erinnerte sich an den Glockenturm, eine Straße irgendwo und ein Bordell mit Palmen und Lichtern und Straußenfedern. Und Korsetts.

»Johann?«

Sie würde eine Waffe haben, eine kleine Pistole. Sie würde ihn nackt vorfinden, und das wär es dann wohl. Kohler von der Kripo erschossen bei dem Versuch, die junge Frau des Brandschutzleiters zu vergewaltigen. Ah, *merde*, Louis ... Louis, wo zum Teufel bist du, wenn ich dich am dringendsten brauche?

Die Untertasse voll Saccharin war dreckig. Tote Fliegen vom August waren eine Sache, Zigarettenasche seit damals eine andere. Und die Brühe, die im Café de la Gare Kaffee genannt wurde, schmeckte wie das Abwasser aus der Mischmühle einer Ziegelei.

Zombies kamen aus der Kälte herein, husteten, spuckten Schleim und schneuzten sich, die Fingerknöchel gegen die Nasenflügel gedrückt. Sie schlurften, als ob sie in den Stiefeln von Riesen gingen. Ihr Atem dampfte. Wie in einem Misthaufen, bevor der Frost seine Bewohner tötete, wimmelten die Leute im Gare de Perrache herum. Züge nach hier, Züge nach dort und lange Wartezeiten dazwischen. Keiner schien sich noch daran zu erinnern, daß Stolz und Selbstachtung und Lebensfreude einmal die Kennzeichen der Zivilisation gewesen waren. Vier deutsche Soldaten suchten vor der Weiterfahrt einen Tisch, fanden aber keinen. Ihre Gewehre hatten sie über die Schulter gehängt, wo man vergeblich nach Abzeichen ihrer Einheit suchte. Sic waren entfernt worden, da man befürchtete, daß diese Informationen mittels Kurier oder geheimer Funkgeräte an England weitergegeben wurden.

Plakate gegen die Verschwendung. NUTZEN SIE DAS WASSER DER NUDELN, UM EINE NAHRHAFTE SUPPE ZU KOCHEN. SPAREN SIE ZWIRN. RIBBELN SIE ABGETRAGENE SOCKEN AUF, UM DARAUS NEUE ZU STRICKEN. ÖFFNEN SIE DIE VORHÄNGE, UM DAS SONNENLICHT HEREINZULASSEN. VERGESSEN SIE NICHT, DASS DAS EINE WÄRMEQUELLE IST. Im Winter? In Lyon?

GEKOCHT LÖSEN SICH AUS KNOCHEN VIELE PROTEINE UND NÄHRSTOFFE. WERFEN SIE ALSO KEINE KNOCHEN WEG. ZU GUTER LETZT KÖNNEN SIE DARAUS NOCH SEIFE ODER DÜNGEMITTEL HERSTELLEN.

Machen Sie Marmelade ohne Zucker – oh, er kannte die Sprüche gut. Waschen Sie mit kaltem Wasser. Es war wie ein Katechismus. Nehmen Sie Sand für schwierige Flecken, kümmern Sie sich nicht um den Stoff! MACHEN SIE SALATÖL AUS WEISSEN FLECHTEN, EINEM LITER WASSER UND EINEM BROTKNUST – von welchem Brot? UM DEN CHEMISCHEN GERUCH UND GESCHMACK ZU ENTFERNEN, FILTERN SIE

ES DURCH EIN MUSSELINTUCH – in Kriegszeiten, wo jeder Fetzen für die Verwundeten an der Rußlandfront konfisziert wird? Ah, *maudit*! VERBRAUCHEN SIE DAS ÖL INNERHALB VON 48 STUNDEN, DAMIT ES NICHT RANZIG WIRD. *Ranzig!* ZWEIHUNDERT GRAMM PILZE ENTSPRECHEN EINER PORTION RINDFLEISCH!

Er hätte für eine Zigarette sterben können. St.-Cyr suchte den Unterteller nach einer Kippe ab, aber ohne Erfolg. Hermann brauchte ewig. Was hatte ihn aufgehalten? Sicher hatte er doch nicht vergessen, daß sie sich hier treffen wollten?

Als sich ein junger Mann in einem brandneuen Anzug und mit offenem Mantel zögerlich dem Tisch näherte und den Pappkoffer abstellte, fragte Louis sich besorgt, wie lange der Bursche wohl noch frei herumlaufen würde und ob er ihm nicht wenigstens ein bißchen helfen konnte.

»Monsieur«, sagte der Reisende und deutete auf den Stuhl, »darf ich mich zu Ihnen setzen?«

Das Schulbuchfranzösisch war nicht schlecht. »Ah, aber gewiß doch, aber gewiß doch. Geht Ihre Reise weit?« fragte er freundlich.

Der Junge schüttelte den Kopf und begann, einen schmierigen Vorkriegsfahrplan zu studieren, der aus irgendwelchen Gründen immer noch an der Wand hing. »Paris«, murmelte er. »Ich habe da Freunde.«

»*Tabak?*« zischte St.-Cyr.

»Was?« stieß der Junge auf Englisch hervor. Sein Gesicht fiel in sich zusammen. »Was?« fragte er lahm in Französisch.

St.-Cyr antwortete ihm. »Ich muß nachdenken, solange noch Zeit dazu ist, Monsieur, aber mit der Rationierung scheint mir der Tabak unglücklicherweise ausgegangen zu sein.«

Gehörte der zur Gestapo? Er sah wie ein Polizist aus …

»Ich *bin* ein Polizist, ein Kriminalbeamter, Monsieur. Ein Oberinspektor.«

Der Beutel enthielt Pfeifentabak, einen Vichy-Blend Grobschnitt, der unter den gegebenen Umständen nicht einmal schlecht war. »*Merci.* Trinken Sie Ihren Kaffee … nein, nein, machen Sie sich bitte keine Sorgen. Im Moment sind die drei Gestapo-Männer, die diesen Ort beobachten, hinter jemand anderem her. Versuchen Sie, nah bei diesen Soldaten zu bleiben – fangen Sie in gebrochenem Französisch eine Unterhaltung an. Seien Sie dabei locker, nicht so steif, werben Sie ein bißchen um Symphatie. Wenn Sie an die Sperre kommen, werden die Soldaten weitergehen, und Sie rufen ihnen *Auf Wiedersehen* hinterher, während Sie Ihre Papiere vorzeigen. Die Schweizer Grenze ist eine gute Tagesreise entfernt und wird scharf bewacht. Haben Sie einen Freund, einen Kontakt – nein, bitte nennen Sie weder Namen noch Losungswort. Nicken Sie nur.«

»Bin ich wirklich so leicht zu erkennen?«

»Entspannen Sie sich. Werfen Sie den Koffer weg und stehlen Sie sich einen anderen, der nicht so neu ist. Lassen Sie Ihren Mantel zugeknöpft. Jeder verabscheut solche Anzüge, selbst die Nazis und besonders die Gestapo. Nutzen Sie Ihren gesunden Menschenverstand. Das ist immer das beste.«

»Die … die Frau, bei der ich untergekommen bin, hielt es für das beste, daß ich ordentlich gekleidet sei.«

»Vergessen Sie, daß Sie sie je gesehen haben. Konzentrieren Sie sich darauf, wie einer aus der breiten Masse zu wirken. Zögern Sie nicht, wenn Sie einen Ort wie diesen betreten. Gehen Sie direkt auf die Theke zu, als würden Sie sich gut auskennen.«

»Ich…«

St.-Cyr hob warnend den Finger und schüttelte den Kopf. »Genug. Ich bin ein vollkommen Fremder, und solche Leute reden selten mit anderen. Wir haben über das Wetter geredet und werden nun über unserem Kaffee vor uns hin brüten. Sie sind ein Artillerist oder Pilot, der abgeschossen worden ist, Monsieur, aber ich weiß davon nichts, und wenn doch, dann müßte ich Sie, selbstverständlich gegen Belohnung, verhaften.«

Der Kriminalbeamte brauchte ewig, um seine Pfeife zu stopfen, und als er sie anzündete, sah er mit feuchten Augen ins Leere. Innerlich klopfte er sich auf die Schultern, weil er dem Burschen geholfen hatte. Dieser Krieg konnte doch nicht ewig dauern.

Er holte ein Stück nach dem anderen aus den Taschen. Die Verstimmung darüber, daß er so ein Dummkopf war und etwas gesagt hatte, war ihm anzusehen. Der Pfennigabsatz des Frauenschuhs beunruhigte ihn. Er legte eine eingedellte und verzogene Puderdose sowie ein verkohltes Zigarettenetui bestimmt beiseite, als ob er wüßte, wem sie gehört hatten. Ein kleiner Papierstreifen mit einem Namen darauf…

Der Junge hatte seinen Tabaksbeutel auf dem Tisch vergessen und seinen Kaffee nur halb ausgetrunken. Dem Brauch der Zeit folgend und um keine Aufmerksamkeit zu erregen, falls jemand ihn beobachtete, nahm St.-Cyr den Tabak an sich und leerte den Inhalt der Kaffeetasse in seine eigene. Er verschwendete keinen Gedanken an mögliche Krankheitserreger. Er würde ihn mit einem stillen Toast auf die Freiheit trinken!

Drei Frauen hatten das Kino betreten. Claudine und eine andere waren spät dort eingetroffen. Claudine hatte dann ihren Sitz verlassen, um den Schlüssel zur Toilette zu besorgen und ihre Zeit mit dem Filmvorführer zu verbringen. Frau Weidling war ebenfalls unter den Zuschauern gewesen – die Kartenverkäuferin hatte sie wiedererkannt. Während Claudine oben war, hatte ihre Begleiterin die Korbtasche stehenlassen und sich vielleicht auf die Suche nach jemand anderem gemacht und/oder die Tür zu den Toiletten wütend abgeschlossen, vielleicht weil sie die gesuchte Person nicht gefunden hatte, sondern statt dessen mehrere andere. Alles deutete auf die Weidling als die gesuchte Person hin. Aber waren beide zu ihren Sitzen zurückgekehrt, um das Feuer zu entzünden?

Madame Rachline behauptete, sie und Claudine seien zur Apotheke gegangen, aber Mademoiselle Martine Charlebois hatte gesagt, sie selbst habe Claudine am bewußten Nachmittag eine Flasche Mönchsbalsam gegeben.

Nachdenklich sog er an seiner Pfeife. Der Gang zur Apotheke sollte vielleicht von dem Kino ablenken, das die beiden in solcher Hast verlassen hatten. Aber war es wirklich Ange-Marie gewesen, die ihre Freundin zu deren Wohnung begleitet hatte, wie der Concierge behauptete, oder war es die Weidling oder jemand anders gewesen? Die andere Frau? Daß der Concierge abwesend war und möglicherweise gar nicht mitgekriegt hatte, wer das Haus betrat, mußte in Betracht gezogen werden.

Wenn man Oxal- und Schwefelsäure zu gleichen Teilen mischte und erwärmte, entstanden Kohlendioxid und Kohlenmonoxid in gleichen Volumina. Kohlenmonoxid ist tödlich und wirkt rasch. Abhängig von der Konzentration konnte die Schwefelsäure dampfen. Solche Dämpfe hätte man überdecken müssen, damit das Opfer nicht gewarnt würde. Der angenehm süße Geruch des Balsams wäre dazu stark genug. Die Reste hätte man dann spurlos beseitigen können, indem man sie einfach den Abfluß hinunterspülte. Dann sähe es nach einem natürlichen Tod aus. Wer schöpfte bei einer Lungenentzündung zu Kriegszeiten in der Besatzungszone schon Verdacht? Wen interessiert es? Sie war ohnehin nur eine Prostituierte.

Aber wie war der Salamander an diese Dinge herangekommen und an den Phosphor, um das Feuer in der Mietskaserne zu zünden?

Henri Charlebois würde keine Oxalsäure verwenden, um irgendwelche Antiquitäten aus Metall zu reinigen. Ange-Marie Rachline konnte keine so guten Kenntnisse der Chemie haben.

Weidling würde nur zu gut den Ruf des lautlosen Mörders kennen und wahrscheinlich auch wissen, wie man solche Gase im Labor herstellte. Seine Frau hatte Claudines Namen und die Adresse vom Belle Époque in ihrer Handtasche, aber wußte sie, wie man zwei Säuren richtig miteinander mischte und erwärmte?

Henri Charlebois war in Dijon gewesen. Seine Schwester hatte ihre Schlüssel verloren …

Damit eine Frau so viel von Chemie verstünde und Zugang zu solchen Chemikalien hätte, müßte sie Chemikerin sein, Metallurgin – ach, es gab nur so wenige Frauen, die eine wissenschaftliche Ausbildung hatten –, Lehrerin …

Ah, *merde*, natürlich eine Lehrerin. Ein Chemielabor …

St.-Cyr wischte alles wieder in seine Taschen, schnappte sich seinen Hut und eilte zur Rezeption des Hotel Bristol.

»Inspektor Kohler hat das Hotel verlassen, Monsieur, zusammen mit Frau Weidling und den Männern von der Gestapo, die ich für sie gerufen habe. Ich glaube, die fünf gingen direkt zum Hotel Terminus, aber dessen bin ich mir nicht sicher.«

»Die fünf …?«

»Ja. Herr Kohler ist verhaftet worden.«

»*Verhaftet?*«

»Er war nackt und wehrte sich, Monsieur.«

Maudit! Es ist schon wieder passiert. Die Gestapo hat einen ihrer eigenen Leute verhaftet. Hermann!

8

Reuig betrachtete Kohler den Schaden, den er im Gestapo-Hauptquartier von Lyon angerichtet hatte. Die Fenster des zweiten Stocks waren zersplittert, Wände, Boden und Decke versengt – und zudem fleckig durch das Wasser und die anderen Löschmittel. Im Eifer des Gefechts war die Kupferbadewanne verbeult worden, inzwischen aber bereits mit ein paar Hammerschlägen repariert. Jetzt war die Wanne wieder randvoll mit Wasser gefüllt. Verdammt! Wollte man sie alle drei ersäufen? Er fror beim Anblick des Wassers und der Erinnerung an die Weidling, die ihren Kopf untergetaucht und unendlich lange unten gehalten hatte, und konnte gar nicht aufhören zu zittern. Sie würde jetzt alles genau sehen wollen. Sie würde sich davon erregen lassen.

»Jetzt beginnt er also«, schnaubte Robichaud. »Der endgültige Abstieg in die Hölle. Élaine, vergib mir.«

An die Stühle gefesselt, waren sie allein gelassen worden, damit sie die Sache überdachten.

»Es spielt keine Rolle, Julien. Es macht nichts. Wir sind zusammen. Das ist das einzige, was zählt.«

»Wenn ich daran denke, daß wir uns auch in einem anderen Kino hätten verabreden können, daß wir nur zusammensein wollten.«

»Ja, aber ... aber das sind wir jetzt doch, *chéri*, und ich, ah, es interessiert mich nicht mehr, ob jemand von uns erfährt. Mein Mann, meine Kinder … Gott möge mir vergeben, aber ich könnte keinen Moment länger in dem Haus bleiben. Die Zeit, die wir zusammen waren, Julien, war die schönste in meinem Leben.«

»Meine auch.«

Herr im Himmel! Sie gaben sich wirklich Mühe! Sie wußten, daß sie abgehört wurden! »Wartet erst mal ab, ich werde tun, was ich kann«, knurrte Kohler. »Barbie muß etwas Bestimmtes von mir wollen. Sonst macht mein Hiersein nicht den geringsten Sinn!«

Sie sahen einander an und schwiegen – schließlich gehörte er ebenfalls zur Gestapo. Da konnte er von ihnen nichts anderes erwarten. Élaine Gauthier hatte die Nacht in den Kellern verbracht; Robichaud, der bei der brennenden Mietskaserne gewesen war, ahnte zu dem Zeitpunkt nicht, daß man sie abgeholt hatte. Er würde auch nicht wissen, was sie während der langen Stunden des Verhörs – sie wirkte jetzt verhärmt und mitgenommen – gesagt hatte.

Kohler erinnerte sich an ihr Treffen in der Empfangshalle des Hotel Bristol und daran, daß er den Eindruck gehabt hatte, daß sie mehr wußte. Sollte ihr die Wahrheit nun mit Gewalt entrissen werden, mit ihm selbst als Zeugen? Als Lektion für ihn?

Sie sah an der Badewanne vorbei. Robichaud dagegen konnte den Blick nicht von der Wanne und den Fleischerhaken, die über ihr hingen, abwenden. »Ich liebe dich, Élaine«, sagte er und wiederholte dann: »Vergib mir.«

»Dafür, daß Sie sie in die Sache hineingezogen haben?« rief Kohler ärgerlich aus. »Dummkopf, legen Sie ein Geständnis ab, dann wird man ihr gegenüber Milde walten lassen. Sie waren im Kino, um sich mit Mitgliedern der Résistance unter den Eisenbahnarbeitern zu treffen. Ihr Bastarde wollt euch vereinigen. Jede Feuerwehreinheit in den kleinen und großen Städten, jeder Eisenbahner auf jedem Zug und auf jedem Verschiebebahnhof und in jeder Reparaturwerkstatt. *Das* ist es, was Obersturmführer Barbie glaubt, und nichts, was Sie oder ich sagen, wird das ändern. Sehen Sie nicht, was er ihr antun wird? Er wird sie vor uns nackt ausziehen. Dann wird er sie verhören, und wenn sie nicht redet, wird er ihren Kopf in diesem Ding unter Wasser halten, bis ihre Lungen fast bersten!« Er atmete schwer und ballte die Fäuste. »Und dann geht alles wieder von vorne los«, fügte er traurig hinzu, »und immer wieder.«

Das Paar schwieg. Sie blickten einander fest an. Kohler wußte, daß sie belauscht wurden und daß alles, was er sagte, mitgeschrieben wurde, um gegen ihn verwendet zu werden, wenn nicht heute, dann später einmal.

Verzweifelt sagte er: »Brandschutzleiter Weidling hat nicht den Hauch einer Chance, das nächste Feuer zu verhindern, wenn Sie aus dem Weg sind, Robichaud, aber die Verantwortung dafür wird komplett auf den Schultern des Obersturmführers lasten. In diesem Moment wird mein Partner Bömelburg in Paris einen Zwischenbericht liefern, der dann seinerseits Gestapo-Müller in Berlin informiert. He, sie sind alte Freunde. Sie stecken da zusammen drin, nicht wahr? Dieser Bericht wird die volle Verantwortung an diesem Fiasko Herrn Barbie zuweisen, aber der Trottel weiß noch gar nicht, daß seine Eier schon auf dem Grill liegen!«

»Und ich?« fragte Robichaud fest.

Der Feuerwehrchef erkannte, daß es für ihn kein Entkommen gab. »Sie haben keine andere Wahl, als ihm zu sagen, was er hören will. Es tut mir leid, aber so steht die Sache. Egal wie heftig Sie alles abstreiten, es wird ihn nur darin bestärken, was er glauben will. Er könnte alles was er will erreichen *und* sich ein Eisernes Kreuz Erster

Klasse verdienen. Er muß nur Madame Gauthier in Gewahrsam behalten. Sie reicht als Versicherung, daß Sie nicht fliehen. Müller will, daß der Salamander aufgehalten wird, und um das zu können, brauchen mein Partner und ich Sie.«

Madame Gauthier antwortete an Stelle von Robichaud kühl: »Der Salamander kennt die Stadt sehr gut. Wenn Julien Ihnen nicht hilft, ist es für ihn ein Kinderspiel, im Théâtre Célestins Feuer zu legen.«

»Phosphor?« fragte Kohler scharf, damit ihn die Burschen im benachbarten Zimmer auch klar hören konnten.

»Vielleicht«, meinte Robichaud ernst. »Man braucht nur wenig, und man kann es natürlich an verschiedenen Stellen verstecken. Das Theater ... schön und verziert wie es ist. Ich sage ihnen schon seit Jahren, daß etwas mit den Notausgängen und dem Feuerlöschsys...«

Die Tür öffnete sich, und Barbies zwei Deutsche Schäferhunde kamen als erste herein, um sich bekannt zu machen. Scheiße! Von den guten Aussichten erregt, hüpfte Frau Weidlings Blick von der Frau zu der Badewanne, dann zu dem größeren der Hunde und wieder zurück zu Madame Gauthier, die nun keinen von ihnen mehr ansehen konnte.

Die Hunde ... Kohler hörte, wie sie es sagte. Die Hunde ...

Kaum einen Moment nach seiner Ankunft in Lyon hatte Barbie sich bereits einen Ruf für seine Grausamkeit gegenüber den Frauen, die er verhörte, erworben, von den Untaten gegenüber Männern ganz zu schweigen. Obgleich er wußte, daß er nicht schreien sollte, giftete Kohler Frau Weidling an, ein verzweifelter Versuch, das Kommende hinauszuzögern. »Was haben Sie getan, um an die Photographien zu kommen? Haben Sie sich für einen hirnlosen Kriminalbeamten in Hamburg prostituiert? He, mein süßes kleines

Weib aus Schwerin, stammen die Photos aus Hamburg? Aufgeschlitzte Hälse, aufgeschnittene Brüste und Vaginas ... Ja, Frau Brandschutzleiter, das Revier in Hamburg, und Sie sitzen mit Ihrem nackten Hintern bei irgendeinem Arschloch auf dem Tisch, auch wenn Sie gar nicht wollen, daß er seinen Pimmel in Sie reinsteckt. Er wußte, daß Sie für diese Brände verantwortlich waren. Er *wußte*, daß Sie es immer wieder machen würden und ... Ich bin so ein Idiot! Es war Ihr Ehemann. Er ist Ihnen von Feuer zu Feuer gefolgt. Deshalb haben Sie ihn geheiratet. Der Bastard ist Ihnen auf die Schliche gekommen und hat Sie gezwungen...«

Man konnte es nicht leugnen, sie war wunderschön, wenn sie wütend war. Sie griff an seinen Hodensack und sagte ruhig: »Sie hätten in meinem Zimmer nichts anfassen sollen, Herr Kohler.«

»Der Inspektor gehört Ihnen.« Barbie grinste. Scheiße!

»Ich war nicht mal in der Nähe von Hamburg, Heidelberg oder Köln, als die Brände ausbrachen. Ich war in Paris.«

Sie hatte unglaublich weiße Zähne. »Sie lügen. Ihr Ehemann weiß alles über Sie. Ich glaube, Sie und Claudine Bertrand waren früher mal ein Paar – eine kleine Affäre, an die man sich erinnerte. So, hier hatten wir also eine Chance, nach Lyon zu kommen und wieder zu lieben. Aber Claudine hat versprochen, jemanden mitzubringen, jemand wirklich Besonderen, eine andere Frau. Wollten Sie der eine brennende Zigarette zwischen die Zehen halten, oder hatten Sie mehr Interesse an anderen Körperteilen? Flammen, während Sie masturbierten. Ein Großvater, der...«

Ihre Gesichtszüge traten scharf hervor. Unerträgliche Qualen durchschossen ihn, alle Muskeln verkrampften sich, als sie seinen Hoden quetschte, bis er seinen Schmerz hinausschrie und verzweifelt nach Luft schnappte.

Dann schlug sie ihn, bis das Blut in seine Augen lief. Obwohl er vor Schmerz wie betäubt war, verstand er, daß dies ihre einzige Möglichkeit war, Barbie von seinem Nutzen zu überzeugen.

Bömelburg hatte eine schlimme Erkältung. »Die Verbindung ist schlecht, Carl. Nein ... nein, es ist nicht nötig zu schreien!« bat St.-Cyr.

Der Chef des SIPO-SD-Abteilung IV, der Gestapo in Frankreich, hatte keine Geduld mit einem alten Bekannten aus der Zeit vor dem Krieg. »Louis, was hatte Kohler diesmal vor? Kommen Sie schon, Sie wissen sehr gut, daß der Dummkopf mich hätte selbst anrufen sollen. Noch ein Feuer, ja? Ja, Müller hat mich gerade eben angerufen und verlangt ... *verlangt!* ... zu erfahren, was hier vorgeht.«

Hermanns Chef schneuzte sich lautstark die Nase, eine gewaltige Explosion in einem Taschentuch. St.-Cyr wischte sich den Hörer am Ärmel ab, nur für den Fall, daß mehr als Worte durch das Kabel übertragen wurden. »Carl, wir sind uns praktisch sicher, wer der Salamander ist, aber ich brauche unbedingt Hermanns Hilfe. Aber er ist bei Barbie.«

Ein hartnäckiger Schleimklumpen wurde heruntergeschluckt. »Beim Obersturmführer ... aber ... aber warum denn?«

Sie sprachen Deutsch, obwohl Bömelburg auch fließend Französisch beherrschte. »Ein kleines Mißverständnis«, beichtete St.-Cyr.

»Ist er verhaftet worden?«

»Ja, Herr Sturmbann...«

»Herrgott, Louis, warum ist er verhaftet worden?« Kohler ... Kohler ... oh *mein Gott*, nicht schon wieder!

Es war das beste, ihm nur ein bißchen zu erzählen. Mehr Schleim wurde hinuntergeschluckt. St.-Cyr erstattete Bericht und schloß mit den Worten: »Herr Robichaud hat keine Verbindung zur Résistance, Carl. Der Mann war nur in dem Kino, um sich mit seiner Freundin zu treffen, eine verheiratete Frau mit Familie, das ist alles. Franzosen, Carl, sie sind beide Franzosen, und der Papst wird sie beide wegen Untreue verdammen.« Ah, *merde!* »Ich schwöre, daß die beiden nichts mit den Leuten zu tun hatten, die in der Toilette eingeschlossen worden sind. Wir brauchen Robichaud in der nächsten Zeit noch. Nur bis das Konzert vorüber ist.«

»Konzert? Was für ein Konzert? Erzählen Sie mir nicht, daß ihr alle da unten die Sau rauslaßt?«

»Carl, Carl, *bitte!* Es ist eine Wohltätigkeitsveranstaltung. Damit sollen Geld und Kleidung für die Rußlandfront gesammelt werden.«

»Dann ist es ja gut. Ja, gut. Wann soll es stattfinden?«

Dachte er daran, selbst zu kommen? »Morgen abend. Es beginnt frühzeitig, damit es rechtzeitig vor der Ausgangssperre beendet ist. Wenigstens glaube ich das. Ich denke schon. Ich ...« Hatte er zu viel gesagt?

»Phosphor, Louis? Oxal- und Schwefelsäure? Unser Brandstifter ist entweder Chemiker, Metallurge, Ingenieur, Lehrer oder Professor. Ja, jemand, der auf solche Dinge Zugriff hat und das nötige Wissen, wie man damit umgeht.«

Sie redeten noch ein bißchen, und das war es dann. Außer diesen Ort jetzt selbst anzuzünden, konnte er nichts mehr tun. Erschöpft von dem Gespräch, legte St.-Cyr den Hörer auf, woraufhin das Telephon sofort klingelte. Befehle wurden gegeben. Ein Untersturmführer der SS hechtete zu den Treppen. Ein anderer drückte den Knopf des Aufzugs.

Beeindruckt blickte der Feldwebel hinter dem Schreibtisch St.-Cyr mit neuen Augen an.

Louis nutzte das sofort aus. »Bringen Sie sofort diese Sachen und eine Tasse Kaffee hoch zu Inspektor Kohler. Achten Sie darauf, daß er die folgende Nachricht erhält. Er soll Frau Weidling und die anderen zum provisorischen Leichenschauhaus im Lycée Ampère bringen und dort mit ihnen auf mich warten.«

Die Fresken des Hotels spiegelten sich in den Foyertüren, als er sich rasch abwandte. Das dargestellte paradisische Leben im Rhône-Tal zur Zeit der Renaissance sprühte geradezu vor Sentimentalität. Die Gesichter der Bauern spiegelten Freude wider. Kein Regen oder Schnee oder zwanzig Grad unter Null und auch keine Folterungen der Gestapo.

Er würde sich kein Vélotaxi nehmen, sondern die Straßenbahn zum Place Terreaux und die Ruinen des Kinos nutzen, um seine Spuren zu verwischen, bevor er weitermachte. Das wäre das beste. Es hatte keinen Sinn, die Lyoner Gestapo zu seiner Beute zu führen. Martine Charlebois konnte einfach überlistet worden sein, aber sie hatte ihre Schlüssel verloren, und diese waren von jemandem gefunden worden.

Als er ankam, befand sich der Parc de la Tête d'Or fest im Griff des eisigen Frostes, und keine Menschenseele, kein Hund, kein Vogel, keine Katze waren zu sehen. Untem am See hingen von der Glaskuppel der Bühne die Eiszapfen herab. Zuerst sah er sie nicht.

Sie stand allein da und blickte über den eisbedeckten See hinüber zur Ile des Tamaris, der näheren der beiden Inseln. In ihre

Gedanken versunken, nahm sie den Wind und die Kälte gar nicht zur Kenntnis. Besorgt. Der Aufruhr ihrer Gedanken war so groß, daß sich die Stirn unter ihrem gestrickten, dunkelbraunen Toque runzelte.

Dann und wann strichen die Finger ihrer behandschuhten rechten Hand über das Geländer, als ob sie, obwohl sie noch unentschieden war, sich zu überzeugen versuchte, daß es so passiert sein mußte. Als er sich schließlich räusperte und auf die Plattform trat, schrak sie mit einem Keuchen aus ihren Gedanken auf, hielt sich dann die Hand vor den Mund, um sich daran zu hindern, etwas zu sagen. Gefangen ... Oh, *mon Dieu*, sie war zu Tode erschrocken. Bleich wandte sie den Blick von ihm ab, verfiel in Panik.

»Mademoiselle Charlebois, es ist eine Sache, seine Schlüssel verloren und sie zurückbekommen zu haben, aber es ist eine andere, wenn man sich damit quält, wie man sie verloren hat und warum gerade hier. Ist es nicht so?«

Jesus hilf! Er war allein. Warum war er gekommen? *Warum?* Das letzte Feuer, die Mietskaserne ... Kannte er die Wahrheit darüber? »Ich ... ich habe nur vor mich hingeträumt, Inspektor. Ich habe daran gedacht ... wie ich als Kind dieses alte Odeon liebte. Piraten und Ausgestoßene ... Es stellte für mich viele Dinge dar. Ein Schiff, eine Insel ...«

Plötzlich erbrach sie sich, und er wartete, bis sie aufhörte und sich in Tränen aufgelöst über das Geländer lehnte.

»Mademoiselle, wenn Sie Ihre Schlüssel hier verloren haben, müssen Sie sie in der Hand gehalten haben. Warum? Sie hätten sie doch an einem sicheren Platz aufbewahren sollen. In Ihrer Geldbörse, Ihrer Handtasche, vielleicht in einer Schublade zu Hause. Rätselhaft, wenn Sie nicht ...«

Wenn sie nicht *was*, wollte sie ihn anschreien. Wenn Sie sie nicht jemandem hatte leihen wollen? War es das, was er dachte? »Ich habe versucht, mich daran zu erinnern, Inspektor, während ich an meine Kindheit dachte. Ich verstehe nicht, warum ich sie mit hatte, aber es muß wohl so gewesen sein, oder?«

Vor zehn Tagen, mindestens! »Mademoiselle Charlebois, warum hatten Sie überhaupt die Schlüssel? Ist es nicht üblich, daß der Hausmeister der Schule die Türen auf- und abschließt?«

Er hatte noch nicht das Feuer in der Mietskaserne erwähnt, aber er würde sie noch fragen, wo sie letzte Nacht war. *Würde er?* »M ... Monsieur Legrange, unser Hausmeister, war ziemlich krank. Wir alle mögen ihn sehr gern. Wir wollten keinen Ersatz suchen, daher hat das Kollegium sich darauf geeinigt, sich abzuwechseln. Ich ... Ich habe meine Schlüssel noch nicht an Madame Calmette, meine Vorgesetzte, weitergegeben.«

»Aber wenn die Schlüssel weg waren und es Ihre Pflicht war abzuschließen, wer hat das dann für Sie erledigt?«

Er versuchte, Sie mit all dem Gerede über Schlüssel aus der Ruhe zu bringen. »Monsieur Paul. Er hat den anderen Satz. Üblicherweise haben wir uns abgewechselt. Jeden zweiten Tag sollte einer von uns das Schließen übernehmen, aber er sagte, er würde mich decken, bis ich meine Schlüssel wiedergefunden hätte.«

Er würde sie glauben lassen, daß er plötzlich von ihrem Ausweichen genug hatte. Er würde sich am Geländer festhalten und über den See sehen. »Waren Sie allein, als Sie sie verloren?« fragte er. »Kommen Sie, Mademoiselle. Haben Sie Ihre drei *zazous* hier vor zehn Tagen getroffen oder Ihren Monsieur Paul?«

»Meinen Monsieur P ... Paul? Er ist zu alt für mich, Inspektor. Er ist sechsundfünfzig. Ich bin erst sechsundzwanzig!«

Er mußte barsch sein. »Sechsundfünfzig ist nicht so alt, nicht heutzutage, wo die meisten jungen Männer entweder in einem Kriegsgefangenenlager oder im Grab sind.«

Als sie nicht antwortete, fuhr er fort. »Sie haben Jean-Pierre getroffen. Er ist der älteste von Ihren kleinen Freunden. Siebzehn oder achtzehn, nicht wahr?«

»Ich ... Ich verstehe nicht, was Sie da andeuten wollen. Ich? Eine Affäre mit Jean-Pierre? Einem meiner Schüler? Ich kann niemand anderen lieben, Inspektor. Ich habe es einmal getan, aber ich habe meine Lektion schnell gelernt. Oh ja, das tat ich! Jean-Pierre hatte mir einen Kapaun besorgt. Ich muß die Schlüssel aus der Tasche genommen haben, als ich das Geld für ihn hervorholte.«

Sie hatte einmal einen Liebhaber gehabt – einen Verlobten? »Sie haben sie also auf das Geländer gelegt und dann ... Was dann, Mademoiselle? Haben Sie sich umgewandt, um zu Ihrem Haus hinüberzublicken, in Sorge darüber, daß Ihr Bruder Sie zusammen mit dem Jungen sehen würde? Haben Sie dann mit dem Ellbogen die Schlüssel, die Sie schon längst vergessen hatten, hinunter auf den Boden gestoßen, wo sie liegen blieben? Sie waren schon Tage vor ihrem Verschwinden geistesabwesend – das haben mir Ihre drei *zazous* erzählt. Sie müssen nicht so verletzt dreinschauen. Was hat Sie beunruhigt? Der Gedanke, daß Ihr Bruder Ihre geheimen Treffen hier entdeckt und mißverstanden haben könnte? Aber hat er Sie überhaupt mißverstanden?«

Lieber Jesus hilf! Das Zittern mußte aufhören. Der Kriminalbeamte würde sie *nicht* zufriedenlassen. »Henri, er ... er weiß, daß Jean-Pierre nur ein ... ein Freund ist, Inspektor. Er ist eine Hilfe – braucht man in diesen Tagen nicht jemanden, der einem hilft, wenn man überleben will?«

Sie weinte wieder, hatte es aber noch gar nicht bemerkt. »Dann war es die Sorge über die Beziehung Ihres Bruders zu Claudine Bertrand, Mademoiselle? Bitte, es ist langsam Zeit für die Wahrheit.«

Sie trocknete die Augen und putzte sich die Nase, ihr Kopf war gesenkt. »Ich habe Ihnen schon gesagt, daß ich sie kaum kannte.«

»Ja, aber als sie von Ihrem Bruder kein Geld bekam, ging sie geradewegs zu Ihnen. Ich würde sagen, Mademoiselle, daß sie Sie gut genug kannte!«

Oh, nein. »Sie ... sie war eine schreckliche Frau, Inspektor. Moralisch verdorben. Ich habe Henri unzählige Male gesagt, daß er nichts mehr mit ihr zu tun haben sollte, aber er hört seiner kleinen Schwester nie zu.«

»In Ordnung. Ist er dann mit ihr gegangen? Hat er sie im Belle Époque besucht?«

Sie würde ihm ins Gesicht sehen müssen und betete darum, daß sie nicht wieder weinte. »Mein ... Mein Bruder ist nicht so jemand, Monsieur. Henri wußte alles, was es über Claudine zu wissen gab. Was sie dachte, wie sie auf bestimmte ... Dinge ... reagieren würde. Ihre Stimmungen, ihre Hoffnungen, ihr kleines ... nun, Sie wissen schon. Und das galt auch für Ange-Marie.«

Er ließ sie nicht mehr vom Haken. »Wo ist der Ehemann von Madame Rachline?«

»Der Vater ihrer Kinder?« Sie zuckte mit den Schultern. »Das weiß niemand. Sie kamen nicht zurecht. Einen Tag war er noch da, am nächsten war er weg. Er hat sie vielleicht wegen einer anderen verlassen, und sie war dann allein in ihrem Bett und die Herrin jenes Hauses. Henri ...«

»Er hat das Haus mit Möbeln im Dekor der Zeit ausgestattet.«

Mußte er so grausam sein? »Macht das was, Inspektor? Unser Großvater ...«

»Ihm gehörte das Haus. Habe ich recht?«

Sie biß sich auf die Unterlippe und fühlte, wie ihr die Röte ins Gesicht stieg. »Ja, verdammt! Henri hat Anteile an mehrere Lyoner Bürger verkauft. Den Präfekten, einen Richter – oh, mein Bruder ist ein Geschäftsmann, Inspektor. *Sehr* erfolgreich, *sehr* bestrebt, das Geschäft und ›andere‹ Dinge weiterzuführen. Er hielt es für das beste, dafür zu sorgen, daß Ange-Marie so wenig Ärger wie möglich hatte. Das *Geschäft* sollte wie bisher weitergehen, trotz des Todes meines Großvaters und obwohl er die Puffmutter beim Betrug erwischt hat!«

So viel also zur Respektabilität von Monsieur Henri Masson! »Sind Sie je dort gewesen?«

»Ob ich mich je prostituiert habe? *Nein!* Natürlich nicht. Ich war einmal sehr verliebt, aber ... aber mein Verlobter ist getötet worden in ...« Er würde jetzt keine Ruhe mehr geben! »In Köln, bei ... bei einem Brand, einem schrecklichen Brand.«

Ah, *merde!* Er mußte behutsam vorgehen. »Erzählen Sie mir davon, Mademoiselle. Erzählen Sie mir alles.«

Kälte stieg in ihr auf. Er war kein Priester, nicht Vater Adrian. »Da gibt es nichts zu erzählen. Wir tafen uns in Hamburg, gingen nach Heidelberg und schließlich nach Köln. Ich war Studentin in einem Austauschprogramm, das die Nazis ... die Boches ... verzeihen Sie mir, die Deutschen angeboten hatten. Er war auch ein Student, ein Deutscher. Der Sohn eines bekannten Anwalts.«

»Und Ihr Bruder wußte von dieser Liebesgeschichte?«

Er würde das Schlimmste annehmen. »Ja, Henri wußte davon.«

Sie konnte ihre Bitterkeit nicht verbergen. Hatte sie mit dem jungen Mann geschlafen? Und der Bruder fand es heraus? »Und jetzt, Mademoiselle? Dieser Monsieur Paul? Hat er das Kino in der Nacht des Feuers besucht?«

Ah, gut! Der Kriminalbeamte hatte sich endlich übernommen! »Monsieur Paul glaubt, daß Filme für jemanden, der gebildet genug ist, um Molière und andere Klassiker zu lesen, unter der Würde sind. Daher habe ich mir wegen ihm keine Sorgen gemacht. Nur über Henri. Immer nur Henri. Mein Bruder und ich stehen uns sehr nahe, Inspektor. Wir bleiben immer zusammen, und wenn einer von uns einmal nicht da ist, dann sorgt sich der andere um ihn.«

Sie bleiben immer zusammen ... »Haben Sie die Schlüssel immer noch?« fragte er.

Sie schüttelte den Kopf. »Heute morgen habe ich sie meiner Vorgesetzten, Madame Calmette, gebracht.«

Er war ihr gegenüber fest gewesen, und er wußte, daß sie verzweifelt war. »Sind Sie sich dessen sicher, Mademoiselle? Wir werden bei Madame Calmette ...«

Alles glitt ihr aus den Händen – alles! Sie würde antworten müssen. »Da Ferien sind, sind die Schlüssel zu Hause in meiner Aktentasche.«

»Gut. Dann werden wir dem Lycée du Parc zusammen einen kleinen Besuch abstatten. Da der Hausmeister krank ist, haben wir die Schule alleine für uns.«

»Ich kenne meine Rechte, Inspektor. Ich muß das nicht tun.«

»Es wäre aber das beste. Doch wenn Sie wünschen, daß ich die Zustimmung eines Richters einhole, werde ich es eben tun.«

Das Paar wurde einer »verschärften Vernehmung« unterzogen, die durch die Verordnung des SD in Berlin vom 12. Juni 1942 »legalisiert« war.

Der arme Louis hatte gedacht, daß Bömelburg dies für eine gewisse Zeit aussetzen würde. Aber Barbie hatte ihm nur sagen müssen, gute Gründe für die Annahme zu haben, daß Robichaud und Élaine Gauthier Verbindungen zur Résistance unterhielten. Vergeßt den Salamander, vergeßt die Gefahr eines neuen Brandes.

Im Moment arbeiten Sie mit der Frau und sparen sich den Mann auf, egal wieviel er schreien oder wüten mag – etwas in der Art hatte Bömelburg vermutlich gesagt. Stürzt sie in Angst und Schrecken. Sorgt dafür, daß die Besatzer noch mehr als je zuvor gehaßt werden, bis sie schließlich vertrieben werden. In seinem tiefsten Herzen wußte Kohler, daß das die absolute Wahrheit war.

Am 28. November war ein Soldat der Wehrmacht auf dem Place Bellecour von zwei jungen Männern auf Fahrrädern niedergeschossen und verwundet worden. Es war Barbies Aufgabe, diese Anschläge zu stoppen, und dem Schweinehund war dazu jede Methode recht, die ihm einfiel.

Kohler wußte nicht, was er tun sollte. Sie hatten Madame Gauthier ausgezogen und neben der Badewanne auf die Knie gezwungen. Sie hatten ihre Handgelenke so fest gebunden, daß sie sie nicht bewegen konnte. Die Hunde waren unruhig und gingen immer wieder zu ihr hin …

Irgendwie hatte er seine Stimme wiedergefunden. »Frau Weidling war wirklich in diesem Kino, als das Feuer ausbrach, Herr Obersturmführer. Sie war um vier Uhr nachmittags nicht in ihrem Hotel, und sie war in Croix Rousse, um den Brand der Mietskaserne zu beobachten. Warum fragen Sie sie nicht nach den anderen Bränden? Hamburg, Frau Weidling? Ein Salamander und Claudine Bertrand ...«

Barbie antwortete unerwartet: »Vielleicht sind ein paar Antworten angebracht, Frau Weidling.«

»Ich ... ich weiß nicht, worauf Sie hinauswollen, Herr Obersturmführer.«

»Ich denke schon«, sagte er schonungslos.

Sie versteifte sich. »Dann ja – ja, ich war im Kino, aber *nicht*, um jemanden zu treffen! Johann war beschäftigt. Ich dachte, daß ich mir einen Film ansehen könnte, stellte aber bald fest, daß er keine Untertitel hatte. Davon abgesehen war es ein dummer Film. Ich bin praktisch sofort nach meinem Kommen wieder gegangen.«

»Darauf möchte ich wetten«, flüsterte Kohler, »und das in verdammter Eile.«

Barbie beobachtete sie scharf. Ihre Finger zitterten, als sie versuchte, eine Zigarette aus der Packung neben seiner Mütze zu nehmen. Nervös betätigte sie mehrmals das Feuerzeug, bevor sie es schließlich zum Brennen braehte.

Sie atmete den Rauch durch die Nase aus und bemühte sich, zur Ruhe zu kommen und nachzudenken. »Ich habe es nicht getan. Ich schwöre, daß ich es nicht war.«

Barbie nickte knapp zu Madame Gauthier hinüber, aber Frau Weidling legte abrupt die Zigarette beiseite und griff nach ihrem Pelzmantel. »Ich muß jetzt gehen, Herr Obersturmführer. Johann wird sich schon fragen, wo ich bin.«

»Machen Sie es«, sagte Barbie leise.

Sie war verzweifelt. »Ich ... Ich kann nicht. Es ... Es ist nicht dasselbe. Johann würde ...«

»Sie verstoßen?« fragte Barbie.

Warum tat er ihr das an? *Warum?* »Ja, so ist es.«

Barbie wollte die Sache nicht auf sich beruhen lassen. »Aber warum sollte er so etwas tun?«

Sie konnte niemandem mehr in die Augen blicken. »Weil er … Weil er das Gefühl hätte, daß ich ihn betrogen hätte.«

»Das ist ja interessant. War Brandschutzleiter Weidling unter den Zuschauern im Kino, Frau Weidling?« fragte Barbie.

Als sie nicht sofort antwortete, fauchte er sie an, und sie sagte: »Johann ist ein … ein extrem eifersüchtiger Mann, Herr Obersturmführer. Mein Fahrer hat ihm gesagt, wo ich war. Sie warteten in dem Auto auf dem Place Terreaux, als ich aus dem Kino kam. Das Feuer war noch nicht ausgebrochen. Wir fuhren zurück zum Hotel, aber als wir den Place Bellecour erreichten, hörte Johann den Alarm und wir fuhren zurück und sahen, daß das Kino in Flammen stand.«

»Und wo waren Sie letzte Nacht?«

»Im Hotel, in meinem Zimmer bis zum Feuer. Ich war früher am Tag ausgegangen, aber ich kam zurück, weil ich allein sein wollte.«

»Dann tun Sie es«, sagte Barbie. »Sie haben nichts zu befürchten.«

»Ich … Ich kann nicht. Ich *darf nicht!*«

»Tun Sie es!« kreischte er. Sie sprang. Der Pelzmantel fiel zu Boden. Sie schnappte sich die Zigarette und …

Der Schrei Madame Gauthiers füllte den Raum, und die Hunde begannen bösartig zu bellen. »Sagen Sie es ihnen«, sagte Kohler weinend. »Robichaud, seien Sie nicht so stur! Tun Sie es um ihretwillen.«

»Ich habe nichts zu sagen, es gibt überhaupt nichts zu sagen.«

Sie waren allein im Lycée du Parc, nur sie beide, der Kriminalbeamte und sie. War dies das letzte Mal, daß sie diese endlosen Gänge entlanggehen und ihre Schritte im Labyrinth der Klassenzimmer hören würde? Ein paar Treppen hoch, andere hinunter. Die Fußleisten waren voller dunkler Flecken, die Holzvertäfelung abgewetzt und verbeult von den Schuhen und Stiefeln der Jungen, die sich für Gefangene hielten. Anderswo, in einem vollkommen anderen Gebäudeteil, eilten kichernde Mädchen einem Schicksal entgegen, das ihnen unbekannt war. Ihr Geruch unterschied sich so sehr von dem der Jungen. Kein Lippenstift, kein Lack auf den Nägeln, die Mädchen schätzten sie mit der Grausamkeit ihrer jungen Jahre ab. Das taten die Jungen auch, aber auf andere Weise. Wenn ein Rock aus Versehen über das Knie rutschte oder sich ein Blusenknopf löste oder Schweiß sich unter den Achseln abzeichnete, lachten sie leise und zogen sie in Gedanken aus oder unterhielten sich mit den anderen flüsternd darüber. Aber sie nahm ihnen das nicht übel, auch nicht die Art, wie sie auf ihre Brüste starrten. Tatsächlich gefiel es ihr sogar, da sie dann wenigstens wußte, daß sie immer noch attraktiv war.

Sie kamen an eine Abzweigung. Sie wandte sich nach links und sagte bescheiden: »Es ist auf diesem Gang, Inspektor. Nur noch ein bißchen weiter.«

St.-Cyr ließ den Schein seiner Taschenlampe über den scheußlichen gelben Putz oberhalb der Täfelung gleiten. Wenn man daran dachte, wie groß diese Lycéen waren. Es war wie ein riesiges Labyrinth. Es fühlte sich alt und verloren – in eine andere Zeit gehörig. Er war erstaunt über den Wandel in einem Schulsystem, von dem niemand erwartet hatte, daß es sich je ändern würde.

Der aufdringliche Geruch nach Formaldehyd, in dem die Biologielehrer ihre Präparate aufbewahrten, signalisierte, daß sie bald da sein mußten. Dann kam noch der Geruch nach verbranntem Schwefel, nach Säure und nach Senfgas hinzu, das aus einem Experiment stammen mußte, das alle zukünftigen Generationen vor dem Schrecken des Giftes warnen sollte.

Unbewußt bekreuzigte St.-Cyr sich beim Gedanken an vergangene Schlachtfelder und küßte seine Fingerspitzen – schließlich bemerkte er, daß sie schon auf ihn wartete. Als er mit der Taschenlampe nach oben leuchtete, sah er die schwarzen Buchstaben an der Tür – CHEMIE VIER – und die Linien in ihrem Gesicht, hervorgerufen durch Sorge und Anspannung.

»Leuchten Sie bitte auf das Schloß, Inspektor. Ich kann nicht sehen, welcher Schlüssel paßt.«

In ihre eben noch so schüchterne Stimme war Härte getreten.

Reihen schwarzer Arbeitstische, auf denen die Stühle standen. Kalte Bunsenbrenner mit Retortenständern, Abflüsse, Hähne, Bechergläser und Ständer mit Reagenzgläsern, Tafeln an drei Seiten, keine Fenster.

»Der Raum wird über Ventilatoren im Dach belüftet«, sagte sie, als ob sie seine Gedanken gelesen hätte. »Der Lagerraum ist da drüben, hinter dem Lehrertisch. In der Ecke dort ist eine weitere Tür, die abgeschlossen ist, wenn der Lehrer nicht da ist.«

»Die Schlüssel, Mademoiselle.« Er schnippte mit den Fingern, um sie aus dem Gleichgewicht zu bringen. »Bitte warten Sie hier. Ich will einen Blick hineinwerfen.«

Damit sie nicht erfahren sollte, ob es wahr war? War er so grausam? Er würde genau wissen, wie sehr sie sich den Kopf zerbrechen würde. Er würde ihre Furcht als Waffe nutzen und sie damit durchbohren. Er würde sie vergewaltigen, wie kein Mann zuvor, aber es würde nichts mit Sex oder dem Körper zu tun haben, nein, nicht bei ihm. Beschämt durch ihr Nichtwissen würde sie zusammenbrechen und alles beichten, wie sie es bei Vater Adrian getan hatte. Bald würde er alles wissen. Sie konnte nicht zulassen, daß er ihr das antat. Das durfte sie nicht!

Die Tischoberflächen waren glatt, hatten aber Löcher, wo irgendwann einmal Säure hingetropft war. Die Schubladen darunter ließen sich nicht leicht bewegen. Als sie schließlich eine aufziehen konnte, schepperten die Glassachen, und sie richtete sich leise auf. Sie sah vor ihrem inneren Auge, wie die Schatten, die seine Taschenlampe warf, verstohlen über die Reihen von Flaschen hinter den Glasscheiben der Schränke wanderten.

Phosphor, Inspektor? Er ist gräulich weiß, wirkt metallisch, ist aber kein Metall. Sehr leicht, sehr weich und unscheinbar, in Würfeln von ungefähr anderthalb Zentimetern Kantenlänge, die man wie Butter schneiden kann. Er wird unter Wasser in braunen Gläsern aufbewahrt, sieht wie eine merkwürdige Art von Würze aus, wie eingelegtes Lokum vielleicht, denn wenn man das Glas öffnet, sieht man eine weißliche Kruste auf jedem Würfel. Wenn er aber verbrennt, dann gibt es einen starken Geruch nach Knoblauch und einen stechenden, erstickenden weißen Rauch – jede Menge Rauch – und eine sehr, sehr heiße Flamme, die der Phosphor plötzlich aussendet, wenn er der Luft ausgesetzt wird.

Der Polizist war immer noch nicht wieder aus dem Lagerraum herausgekommen. Immer noch hatte er ihr nicht zugerufen: »Es ist nicht hier, Mademoiselle. Zwei Ringe im Staub. Zwei Gläser gestohlen. Sie waren offenbar nicht oft benutzt worden und wurden hinten im Schrank aufbewahrt, im obersten Fach. Mademoiselle Charlebois, der Phosphor ist gestohlen worden.«

Zitternd fühlte sie die Tränen hinunterrinnen. Sie wußte nicht, was sie tun sollte, wußte nur, daß sie ihn aufhalten mußte. *Aufhalten! Aufhalten!*

Das Gas war an. Ein kleines Wunder, das Vater Adrian gepriesen hätte. Es zischte laut, aber als der Hahn ganz geöffnet war, wurde das Geräusch merklich leiser.

Einen nach dem anderen öffnete sie die Hähne an den Tischen und schloß dann die Außentür. Sie suchte wie rasend einen der Anzünder, die zu jedem Tisch gehörten. Sie waren von einfacher Machart, ein Feuerstein, der gegen ein Plättchen aus spitz gerippten Stahl geschlagen wurde. Man drückte den Anzünder, verbog den Drahtgriff in sich selbst, und der Feuerstein sprang vor.

Er kam erst, als sie den Anzünder schon in der Hand hielt. Er verstand nicht, was vorging. »Mademoiselle?« sagte er überrascht. »Mademoiselle Charlebois, was tun Sie da?«

Der Gasgeruch füllte das Klassenzimmer. Fiebrig umklammerte sie den Anzünder und bemühte sich verzweifelt, sie beide umzubringen. St.-Cyr rannte auf sie zu. Er lief zwischen den Arbeitstischen durch und hörte, wie das Gas aus allen Hähnen strömte. Wieder versuchte sie, das Haus in die Luft zu jagen. *Wieder!*

Betäubt und dem Erbrechen nah, schrie er ihr zu, sie solle damit aufhören. Der Lichtstrahl glitt zur Seite. Er richtete ihn wieder nach vorn – direkt auf sie. Wollte sie blenden.

Mit einem abgehackten Schluchzen warf sie den Anzünder nach ihm und rannte zur Tür. Sie riss sich den Mantelkragen auf. Luft … Sie brauchte Luft …

Ich muß die Hähne schließen, schrie er sich selbst an, als er von Tisch zu Tisch eilte. Keine Zeit, keine Zeit. *Keine Zeit!*

Er erreichte den letzten. Er übergab sich – holte Luft – und rannte hinaus in den Gang, warf die Taschenlampe von sich, riß sich am Kragen, wie sie es getan hatte.

Das Licht war aus. Wo ... wohin hatte er die Lampe geworfen? Ah, *merde!* »*Mademoiselle*«, flüsterte er schwach. Er hatte keine Stimme. Luft ... er brauchte immer noch Luft. »Mademoiselle Charlebois, ich verhafte Sie wegen Mordversuchs an einem Polizisten.«

Er hörte kein Geräusch. Er wußte, daß sie in einem Türrahmen stand, verloren in der Finsternis, mit klopfendem Herzen.

Als sie sich übergab, wußte er, daß sie sich genauso schlecht fühlte wie er. Als er jedoch ihr Versteck erreichte, war sie nicht mehr dort. »*Mademoiselle*, warum haben Sie die Mietskaserne angezündet? Achtzehn Menschen sind tot, Mademoiselle. Achtzehn! Zu Weihnachten!«

Er würde sie da, wo sie hinging, nie finden. Er durfte sie nie finden, sagte sie sich.

»Hat Jean-Pierre den Phosphor für Sie gestohlen?« schrie er. In seiner Stimme war so viel Zorn, daß sie zitterte. Er würde die Frau schlagen. Er würde sie niederwerfen und sie schlagen ...

Der Kriminalbeamte brach ab. Immer noch halb betäubt und würgend, versuchte er, das Gleichgewicht wiederzufinden.

»Mademoiselle, hat er Ihnen gesagt, wie Sie Claudine töten konnten? Es war perfekt, nicht wahr? Ein bißchen Balsam in die Schale, damit es nicht verdächtig roch und hinterher keine Spuren gab.«

Erneut lauschte St.-Cyr, hörte aber nichts. *Maudit!* »Aber Sie waren nervös«, rief er. »Als Sie die Flasche Oxalsäure öffneten, verschütteten Sie ein paar von den Körnchen. Sie haben sie aufgewischt, natürlich. Sie haben sie sogar entfernt oder den Abfluß hinuntergespült, aber Sie haben vergessen, den Besen auszuschütteln.«

Sie hatte in einem sehr großen Raum Zuflucht gesucht, ein Auditorium, vermutete er. Die Dunkelheit war tiefer, die Kälte größer. Geräusche drangen an sein Ohr. Es roch nach Bienenwachs, Kreidestaub und Schweiß. Eine Turnhalle.

Kohler stürzte den Cognac hinunter und hielt Barbie das Glas zum Nachfüllen hin. »Jetzt, wo sie weg ist, Herr Obersturmführer, kann ich Ihnen sagen, daß Frau Weidling gelogen hat. Sie war letzte Nacht nicht einmal in der Nähe ihres Hotels, als die Mietskaserne Feuer fing. Ihr Ehemann teilte uns mit, daß sie mit Ihnen gespeist hat.«

»Und was ist mit der Nacht des Kinobrandes?«

»Zwischen dem Zeitpunkt, wo sie es betreten hat, und dem, an dem das Feuer ausbrach, lag nicht genug Zeit. Sie konnte eher dort angekommen sein und dort lange genug gewartet haben, aber das glaube ich nicht. Ihr Fahrer mußte erst Brandschutzleiter Weidling finden, und dieser brauchte etwas Zeit, um sich von dem loszueisen, womit auch immer er gerade beschäftigt war. Dann mußten sie zum Place Terreaux zurückfahren *und* am Place Bellecour sein, bevor sie wenden konnten, um herauszufinden, wohin die Spritzenwagen fuhren.«

»Brandschutzleiter Weidling ist über jeden Verdacht erhaben. Er hat sehr gute Referenzen und die höchste aller Sicherheitseinstufungen.«

Kohler seufzte innerlich auf. Besprechungen mit Berlin waren einfach sinnlos. »Hat er seine Frau im Auge behalten, Herr Obersturmführer? Benutzte er sie, um alles vorzubereiten? Ein Salamander, der für ihn nur ein wenig zu gewieft war.«

Bömelburg hatte gesagt, wenn irgend jemand den Salamander stoppen konnte, dann waren es Kohler und St.-Cyr. »Brandschutzleiter Weidling hat uns persönlich das Dossier über seine Frau übergeben.«

»Wie es von einem guten Volksgenossen erwartet wird? Nun, dann hören Sie mir zu, Herr Obersturmführer. Wenn dieses Arschloch seine Frau bei ihren Spielchen nicht beschatten läßt, wie kommt es dann, daß er eine Frau wie sie geheiratet hat? Entweder weiß sie etwas über ihn, von dem er nicht will, daß jemand davon erfährt, oder er steckt mit ihr unter einer Decke, und die beiden halten uns alle zum Narren. He, Sie haben den beiden genau die Bühne bereitet, die sie brauchen. Was wird hier also gespielt?«

Kohler würde es nie lernen, daß der Treueschwur gegenüber Führer und Partei bedeutete, Entscheidungen bedingungslos zu gehorchen. »Robichaud wird Ihrer Aufsicht übergeben. Die Gauthier bleibt hier, bis ich mir sicher bin, daß der Salamander nicht mehr von Nutzen oder keine Bedrohung ist.«

»Und dann?«

»Dann werden wir weitersehen.«

Vorsichtig arbeitete St.-Cyr sich vor. Da würden Kletterseile sein, Matten, Kästen und Barren … Wachs? Hatte hier ein Tanz stattgefunden? Ah, nein, natürlich nicht. Das mochte es in den progressiven Schulen geben, aber nicht hier, dachte er.

Ah, *merde*! Sie verteilte Wachs hinter sich auf dem Boden. Sie hoffte wohl, er würde rennen und ausrutschen!

Er trat zur Seite. »Hat Mademoiselle Bertrand Ihren Bruder erpreßt, Mademoiselle?« fragte er plötzlich. Seine Worte warfen ein Echo durch den Raum. »Sie wollte weg, nicht wahr? Und das schnell! Sie wußte, daß Frau Weidling überraschend in Lyon aufgetaucht war und sich amüsieren wollte – deshalb brauchte sie das Geld, um zu entkommen. Sie wußte, daß das Kino in Flammen aufgehen würde, und als es geschah, mußten Sie Claudine töten, um Ihren Bruder zu schützen.«

Der Wachskanister traf auf dem Boden auf und rollte weiter in eine entfernte Ecke. Er wußte, daß sie ihn so weit wie möglich weggeworfen hatte, um ihn zu narren.

Er bewegte sich auf sie zu. Nach mehreren Schritten blieb er plötzlich stehen, und sie kreischte: *»Henri war in Dijon! Sind Sie wahnsinnig? Verrückt?* Er ... er hatte mit dem Feuer nichts zu tun. Wie sollte er auch?«

St.-Cyr hörte erneut ein abgehacktes Schluchzen von ihr, aber sie bewegte sich nicht – wenigstens dachte er das. »Vater Adrian mußte sterben, Mademoiselle. Haben Sie in der Basilika angerufen und den Namen von Mademoiselle Aurelle benutzt? Haben Sie ihn dazu bringen können, zu ihrer Wohnung zu gehen, wo er sie dann nackt ans Bett gefesselt vorfand? Sie haben die anonymen Briefe geschrieben, in denen nicht nur er, sondern auch Monsieur Artel, der Besitzer des Kinos, und Madame Robichaud denunziert wurden. Wie oft haben Sie nach Robichaud und Madame Gauthier am Kino Ausschau gehalten? Wie oft haben Sie Vater Adrian beobachtet, wie oft unten in der Straße gestanden und zu Madame Aurelles Schlafzimmerfenster hochgesehen?«

Sie hatte sich von ihm entfernt. Er mußte sich umwenden. Seine Stimme klang resigniert, als hätte ihn seine Kraft verlassen und wäre durch große Traurigkeit ersetzt. »Wie oft haben Sie Ihre Seele Vater Adrian geöffnet? Sie haben ihm alles erzählt. Wie Sie als Kind heimlich Ihren Bruder und seine Freundinnen, Claudine und Ange-Marie, beobachtet haben. Vater Adrian hat Sie darin bestärkt, nicht wahr? Antworten Sie mir. *Antworten Sie!*«

»Er … er hat mich dazu gebracht, meine Kleider auszuziehen. Er sagte, daß Gott mich nicht bestrafen würde und daß ich mich und meine Sorgen dabei vergessen würde.«

Ah, nein …»Wo … Wo ist das passiert?«

»Zu … zu Hause. Henri … Henri war immer weg. Dijon … Paris … irgendwo auf dem Lande. Ich wußte, daß es falsch war, daß er ein Priester war und daß Henri es herausfinden würde. Aber ich war so allein, Inspektor, und so schrecklich beunruhigt. Ich konnte mich nicht daran hindern, ich konnte Vater Adrian nicht daran hindern. Wenn ich vor ihm kniete, hat er seine Hände auf meinen Kopf gelegt. Dann ließ er sie langsam hinunter über meine Schulter und unter meine Bluse, meinen Pullover gleiten … ›Sündige‹, hatte er dann gesagt. ›Sündige, mein Kind, damit Gott sieht, daß du normal bist.‹ *Normal!*«

»Er wußte über die Brände Bescheid, nicht wahr? Die in Hamburg, Heidelberg und Köln.«

»Ja … Ja, er wußte davon. *Er war mein Beichtvater, verdammt!*«

Sie rannte los, glitt aus und schrie auf. Sie fiel und rollte zur Seite.

Er hörte, wie sie sich aufrappelte und hart gegen etwas stieß – vielleicht die Wand. Den Geräuschen nach suchte sie verzweifelt nach der Tür.

Als er sie am Arm packte, erschrak sie und versteifte sich. Er ließ sie los, und sie preßte sich mit dem Rücken gegen die Wand. Sie wußte, daß sie in der Falle saß. Er würde sie dazu zwingen, alles zu erzählen. *Alles* über jene Tage in Concarneau am Strand zwischen den Dünen und im Wald. *Alles* über Henri und Ange-Marie, und wie Henri Claudine zwischen den Beinen berührt hatte und die Flamme langsam näher führte … Ein Schrei, und dann … dann der Laut, mit dem sie ihre Ekstase hinausbrüllte.

Alles über Claudine und Hamburg, und wie Henri Claudine geschickt hatte, die seine kleine Schwester schweißnaß, nackt mit ihrem Verlobten im Bett vorgefunden hatte – beim Kopulieren! Wie sie Gott ihre Lust entgegenschrie. *Alles.*

»Ist Ihr Bruder mit Ihnen auf sexuelle Weise intim, Mademoiselle Charlebois?«

Nein. *Nein!* »*Wie können Sie es wagen, mich das zu fragen?* Wie können Sie nur? Henri … *Ich?* Warum glauben Sie etwas so Schreckliches?«

»Mademoiselle, ist es wahr?«

»Nein. *Nein!* Selbstverständlich nicht!«

»Warum, bitte, hat Ihr Großvater dann Vater Adrian das Kreuz gegeben? Nun kommen Sie schon, Mademoiselle Charlebois. Henri Masson hätte es nicht getan, wenn er dafür von dem Priester kein Versprechen erhalten hätte.«

Versprechen … ein *Versprechen.* Warum war das Gas nicht explodiert und hatte sie beide getötet? Warum war es nicht plötzlich aufgeflammt, um die Haare zu verbrennen und das Fleisch von den Knochen zu schmelzen? Es wäre so das beste gewesen. Flammen, Henri. Flammen. Deine kleine Schwester, deine kleine ›Mademoiselle Charlebois‹.

Sie warf sich auf den Kriminalbeamten. Sie drückte ihm das Gesicht beiseite und rannte … rannte … sagte sich, daß sie entkommen mußte. Darf nicht zulassen, daß er mich aufhält. Nicht jetzt. Nie mehr. Laufen … laufen … Eine Tür … Tür … der Gang … der Gang … Schnell, schnell … *Halt!*

Lauschen.

Er suchte nach den Lichtschaltern. Die Frau war vor einer der Toiletten. Hoch oben an der Wand auf der anderen Seite gab es Fenster …

Sie öffnete die Tür, schlüpfte hinein und eilte zu dem grauen Schimmer Tageslicht hinüber, der durch das mattierte Sicherheitsglas fiel. Er durfte sie nicht finden. Sie durfe nicht nach Hause gehen. Nicht jetzt. Vielleicht nie mehr. Henri …

Kohler verließ der Mut. Obgleich er dafür keine Zeit hatte, bemerkte er doch, daß das Théâtre des Célestins großartig war. Die Pracht offenbarte sich allerorten mit aufwendigen Vergoldungen, Plüsch und weinrotem Samt auf viel zu vielen Sitzen, um sie zählen zu können.

Oben auf der Bühne, erhellt von Scheinwerfern, hing der äußere Vorhang in rubinroten Falten hinab. Er wurde von schweren Tressen offengehalten und offenbarte den feuerroten, mit gelben Blitzen bedruckten inneren Vorhang.

Offensichtlich waren der Reichtum Lyons und der *belle époque* in das Theater geflossen. Genauso offensichtlich gab es hier für den Salamander viel zu viele Orte, an denen er Zünder und Zündschnur verstecken konnte – bis hinauf zu den Scheinwerferbrücken, die so gewitzt vor den Augen des Publikums verborgen waren, den Winkeln und Nischen der Lüftungs- und Heizungsschächte. Bis hinunter zu den vielen Weidentruhen voller Kostüme, die in Lagerräumen und Schränken gestapelt waren.

Irgendwo unter ihm war der Heizungskeller. Dann waren da noch die Garderoben, die Probenräume, Büros, Werkstätten, die Magazine mit Perücken, Hüten und anderem, ein Anproberaum, eine Wäscherei, die Warenannahme, dann über der Bühne außer Sicht noch die Schnürböden, mit denen man die Kulissen heben und senken konnte. Zudem noch das Beleuchtungsschaltpult, das Mischpult und der Kontrollraum, der Souffleurkasten, das Büro des Aufsehers, ein altes Rufsystem aus Röhren, das durch eine Sprechanlage ersetzt worden war, zu der aber immer noch die alten Glocken und Klingeln gehörten. *La belle époque.* Wo immer er sich umsah, sah er die Spuren aus der Zeit der vornehmen Lebensart, in der das Leben angeblich seinen Höhepunkt erreicht hatte und Huren gebeten wurden, ihre Brust für die Glut einer Zigarette oder Zigarre zu entblößen.

Im Hintergrund verliefen sich die Treppen. Zu beiden Seiten der Bühne befanden sich die privaten Logen der Reichen und Vornehmen. Klaus Barbie und sein Chef, der SS-Obersturmbannführer Werner Knab, Generalleutnant Niehoff, der gerade als Oberbefehlshaber des Militärverwaltungsbezirks Südwestfrankreich, dem vormaligen Vichy-Frankreich, eingetroffen war. Und natürlich der Bischof von Lyon, der Präfekt und der oberste Richter, et cetera, et cetera.

Das Theater hatte tausend, vielleicht tausendzweihundert Plätze. Darüber spannten sich Säulengewölbe, an denen Kronleuchter hingen. Putten, Jungfrauen und Jünglinge mit Turbanen, die mit ausgebreiteten Armen die Magie des Ortes beschworen. Alle waren vergoldet. Es war wie eine Art phantastischer Geburtstagskuchen, der nur darauf wartete, daß jemand die Kerzen anzündete!

Robichaud reichte ihm das Konzertprogramm für den 27. Dezember. »Wenn Sie damit einverstanden sind, Inspektor, dann mache ich einen ersten Rundgang, um mein Gedächtnis aufzufrischen, da meine Männer noch nichts gefunden haben.«

»Sind Sie sicher, daß Sie nichts essen wollen?« fragte Kohler.

»Nein, Inspektor. Das könnte ich nicht. Nicht nachdem ... Wo ich doch nicht weiß ...« Er ließ den Rest des Satzes in der Luft hängen und verschwand im Durcheinander hinter der Bühne.

Die Suppe in dem Aluminiumkanister war gut, und als Kohler damit fertig war, gab es noch Omelett, ein wenig Fisch und danach Backofengemüse mit Sauce Lyonaise, gefolgt von Kaffee und dikken Scheiben Pfefferkuchen, einer Dijoner Spezialität, der am wenigsten teure Gang, aber der leckerste.

Erschöpft vom Morgen, der Nacht davor und den Tagen und Nächten davor, gönnte er sich eine Zigarette und las das Programm.

War es das Programm für eine Katastrophe?

Das Konzert begann mit dem *Horst-Wessel-Lied*, Männerstimmen in Deutsch, unterstützt von Paukenwirbeln. Natürlich. »Die Fahne hoch! Die Reihen fest geschlossen. SA marschiert mit ruhigem, festem Schritt ...« *Ruhig?* Herr im Himmel, diese Idioten!

Horst Wessel war ein Zuhälter und Himmlers Kumpel im Berlin der Zwanziger Jahre gewesen. Beide hatten von den Früchten der Prostitution gelebt. Himmlers Mädchen war sieben Jahre älter als er, und bei ihnen flogen die ganze Zeit die Fetzen. Anfang der Zwanziger war er dann plötzlich verschwunden. Ihre Leiche wurde entdeckt. Am 4. Juli 1920 wurde der zukünftige Chef der SS und Gestapo verhaftet, mußte aber aus Mangel an Beweisen wieder freigelassen werden, der Hundesohn. Dann, am 23. Februar 1930, wurde Horst Wessel, der seinen Text mit der gestohlenen Melodie einer alten Seemannsballade unterlegt hatte, von einem anderen Zuhälter bei einem Streit um eine Nutte getötet. Das Lied lebte jedoch als Hymne der Partei weiter.

Unmittelbar danach würde das Orchester Stücke aus dem *Tannhäuser* von Wagner spielen und dann zum *Wiener Blut* von Johann Strauß (Sohn) übergehen.

Kohler blieb vom lähmenden Donner der Nazi-Holzköpfe unbeeindruckt. Als nächstes kam Mendelssohn-Bartholdy, ein guter deutscher Jude. *Fingalshöhle* und ein Stück aus der Vierten Symphonie, Opus 90.

Warum zum Teufel war das der Propagandastaffel nicht aufgefallen? Ein Jude?

Bach würde dann mit den Brandenburgischen Konzerten jeden Gedanken an Mendelssohn verdrängen, dem eine Auswahl aus Händels *Wassermusik* folgte, wohl die Einleitung zum Sturm auf die Getränke und die Toiletten.

Oh, *mein Gott*, welcher Hurensohn hat sich das ausgedacht? Ein Mitglied der Résistance?

Die zweite Hälfte begann dann mit Haydns *Symphonie mit dem Paukenschlag*, es folgen Liszt mit ausgewählten Stücken aus *Dante* und Beethovens Dritte Symphonie in Es-Dur, Opus 55, der zweite Satz, *Marcia funebre* – ein Trauermarsch.

Von Mozart, einem guten Österreicher, zur Aufmunterung die *Zauberflöte*. Die Besetzung und der Krieg waren zwar lang und hart, aber es gab immer noch Zauber im Leben. Scheiße!

Und wieder etwas von Wagner mit Gedröhn, Auszüge aus *Der Ring der Nibelungen*, gefolgt von einem Leckerbissen von Brahms, *Ein Deutsches Requiem*.

Als Zugabe noch Bachs Fuge in C-Moll, um alle aufzuheitern,

und wenn das nicht funktionierte, dann gab es noch das alte und bewährte *Deutschland, Deutschland über alles.*

Vom Lycée zum Haus war es nicht weit. Das war ein schwerer Schlag gewesen. St.-Cyr krümmte sich innerlich beim Gedanken an die Wendung, die die Geschichte genommen hatte. Er hatte darauf vertraut, daß das Mädchen im Labor auf ihn warten würde. Sie hatte ihn mit ihrer Schüchternheit hereingelegt!

Als er die Conciergeloge am Innenhof erreichte, war er wütend über sich selbst. »Monsieur, ich habe keine andere Wahl, als sie zu bitten, mir Zugang zu ihrer Wohnung zu verschaffen. Mademoiselle Charlebois wird wegen versuchten Mordes an einem Polizisten, nämlich meiner Wenigkeit, gesucht.«

Man wollte eine richterliche Verfügung verlangen! »Sie haben dazu kein Recht, Inspektor. Monsieur Henri ist abwesend. Mademoiselle Charlebois...«

»Ist nicht von ihrem Spaziergang im Park zurückgekehrt, und das wird sie auch nicht, wenn sie nicht verhaftet werden möchte, Monsieur. Ich weiß, daß es zu den obersten Pflichten eines Concierge gehört, die Privatsphäre der Mieter zu schützen, aber wenn es Schwierigkeiten gibt – ein weiteres tragisches Feuer vielleicht ...«

»Die Brände ...? Aber ... aber was hat Mademoiselle Charlebois mit ihnen zu tun?«

St.-Cyr sagte es ihm. Tränen traten in die Augen des alten Mannes. Mit dem Rücken eines Zeigefingers strich er sich nachdenklich über den beeindruckenden Schnauzbart. »Sie war wegen ihres Bruders besorgt, Monsieur Oberinspektor. Mademoiselle Charlebois ist eine sanfte und freundliche Person. Nein, was Sie sagen, ist vollkommen unmöglich. Oh, sicher, sie mögen streiten – welche Geschwister tun das nicht. Zudem ist er sehr viel älter, und sie war nie verheiratet. Aber es ist undenkbar, daß sie die Brände gelegt hat, die so viele Opfer gefordert haben. Nein. Nein, Monsieur, es ist einfach undenkbar. Sie ließ mich nicht einmal eine Maus töten, ich mußte sie im Park freilassen.«

»Wo ist ihr Bruder?«

»Monsieur Henri …? In seinem Geschäft. Er arbeitet ständig. Immer kommt und geht er. Es sterben in diesen Tagen so viele Leute, so viele Nachlässe werden aufgelöst. Sie ist sein Hafen, die Lampe hinter dem Verdunklungsvorhang, diejenige, die ihm den Haushalt führt.«

»Und in der Schule unterrichtet.«

»Ja, sicher.« Der Concierge, ein Überbleibsel aus vergangenen Tagen, zögerte. Man konnte sehen, daß er mit Erinnerungen kämpfte. »Wie lange werden Sie bleiben, Inspektor?« fragte er, schließlich geschlagen von seinen eigenen Erinnerungen.

»Nicht lange. Aber sagen Sie mir, warum Sie Ihre Meinung geändert haben. Los, Monsieur, wir haben keine Zeit zu verlieren.«

Er strich sich zweifelnd das Kinn. Loyalität. Die Dienstjahre zogen vor seinem inneren Auge vorbei. »Mademoiselle Charlebois kam vorbei, um sich nach ihrem Bruder zu erkundigen, Monsieur. Das Auto war nicht da, verstehen Sie, und sie fragte sich, wo er so spät am Tag noch hingefahren sein könnte. Sein Abendessen … sie mußte es noch fertig machen, da sie noch nicht dazu gekommen war. Sie war verzweifelt. Sie konnte nicht verstehen, warum er gegangen war, ohne ihr Bescheid zu geben.«

»Wann war das?« hauchte der Oberinspektor.

»Warum? Der Tag, an dem sie ihre Schlüssel verloren hatte. Sie dachte, daß sie sie vielleicht im Auto gelassen hätte. Sie hatte schon überall gesucht und glaubte, daß womöglich ihr Bruder den Schlüsselbund fälschlicherweise mitgenommen hatte.«

Dienstagnacht, 15. Dezember.

»Das Auto mußte zur Reparatur gebracht werden und kam erst am folgenden Donnerstag zurück. Ich selbst habe gehört, wie Monsieur Henri in den frühen Morgenstunden vorgefahren kam, aber als Mademoiselle Charlebois, immer noch im Nachthemd und Pantoffeln, den Wagen durchsuchte, konnte sie die Schlüssel nicht finden und war äußerst aufgeregt.«

Heiligabend, der Tag nach dem Brand im Kino, der Tag, an dem Hermann und er eingetroffen waren. »Sie hat ihren Bruder nicht gefragt?«

Der Concierge schüttelte den Kopf. »Monsieur Henri ist nicht zur Wohnung hochgegangen. Er wollte sie zu so früher Stunde wohl nicht stören.«

War es überhaupt Henri Charlebois gewesen? »In der Nacht des zweiundzwanzigsten hat es einen Einbruch im Geschäft in Dijon gegeben«, sagte St.-Cyr schroff. »Monsieur Henri ist Mittwoch morgen, den dreiundzwanzigsten, hier weggefahren und kam erst am ersten Weihnachtsfeiertag am Nachmittag zurück.«

»Aber das Auto? Ich weiß, daß es am Donnerstag wieder hierher zurückkam, Monsieur Oberinspektor. Alles ist aufgeschrieben. Heutzutage hört man es, wenn ein Auto kommt, da es nur so wenige sind, nicht wahr?«

»Dann erlauben Sie mir vielleicht, Ihre Aufzeichnungen anzusehen?« fragte St.-Cyr gespannt.

Das Auto war um drei Uhr siebenunddreißig morgens wieder dagewesen. Kein Salamander wäre so sorglos, es sei denn, er war vollkommen verzweifelt oder seiner Sache absolut sicher.

»Die Wohnung«, sagte St.-Cyr.

Sorge war den Augen des Concierge abzulesen. »Sie werden nichts anfassen?«

»Nur wenn es unumgänglich ist.«

»Dann kommen Sie bitte mit. Ziehen Sie bitte die Schuhe aus. Niemand wird sie stehlen.«

»Dennoch. Ich werde sie mitnehmen und auf der Fußmatte abstellen. Bitte versuchen Sie nicht, ihn telephonisch zu erreichen, Monsieur. Es wäre für Sie das beste, wenn er nicht erfahren würde, daß ich hier war.«

9

Um drei Uhr nachmittags parkte ein einsamer Daimler vor dem Geschäft von Henri Masson. Die Straße, auf der er stand, führte geradewegs vom Place Bellecour zum Place Carnot, vom Hotel Terminus zum Hotel Bristol.

Windschutzscheibe und Seitenfenster des Wagens waren mit Eis überzogen. Einer ganzen Menge Eis, denn die Wartezeit währte schon lang, und auch der Fahrer war inzwischen steifgefroren.

Kohler blieb einen Moment in der rasch voranschreitenden Dämmerung stehen. Henri Charlebois Name stand auf der Liste der Förderer des Konzerts, was dem Antiquitätenhändler automatisch eine gewisse Anzahl Freikarten auf Ehrenplätze garantierte.

Gegen die Kälte gut vermummt und im steten Kampf gegen das Eis unter ihren Füßen, eilten die Menschen durch die schmale Straße und nahmen von den Schaufenstern mit dem zarten chinesischen Porzellan, dem Kristall, den Möbeln und Gemälden, die sich die meisten selbst in der Vorkriegszeit nicht hätten leisten können, keine Notiz. Daneben waren noch Schmuck, Ausstellungsstücke aller Art – Uhren, Seide und Skulpturen – zu bewundern. Ein paar Vélos, ein bemitleidenswerter Anblick bei der Eiseskälte, mühten sich, auf dem Glatteis voranzukommen.

Kohler überquerte die Straße und blieb in der Mitte stehen, als ein Mädchen schrie: »Monsieur, einen Augenblick bitte!« Der grauen Maus hinten auf dem Vélo gefiel seine Nase nicht. Plump und im Alter von vierzig in eine Uniform gesteckt, hatte die dumme Kuh endlich ihren wahren Platz im Leben gefunden und war darauf stolz.

Er widerstand der Versuchung, das Vélo zu packen und umzukippen. »Passen Sie auf, Fräulein. Eines Tages wird Ihnen irgendein verärgertes Arschloch eine Granate auf den Schoß werfen und Ihnen einen Denkzettel verpassen!« wollte er ihr zurufen.

Statt dessen schlenderte er entschlossen in das Geschäft, in Aladins Höhle, voller Glanz und Wärme, die Luft erfüllt von leisen Gesprächen über Kunstobjekte. Die Verkäufer warfen ihm nur beiläufige Blicke zu. Ein Generaloberst mit Monokel sah sich um, ein Generalmajor, ein Hauptmann – ein paar Franzosen mit ihren Frauen, einige sehr elegante Französinnen. Alle redeten, alle stöberten herum, einige blieben stehen, um mit dem Finger über ein hübsches Porzellan zu fahren, einen Pegasus aus Bronze oder eine gestutzte römische Statue, deren Hoden darauf warteten, unter leisem, neckischem Lachen gestreichelt zu werden. »Quetschen Sie sie *nicht!*« warnte er ein hübsches, junges Ding. »Es schmerzt wie die Hölle und hört gar nicht mehr auf.«

Der Laden erstreckte sich über drei Etagen, verbunden über eine breite Wendeltreppe, über die ein riesiger Kronleuchter aus Bakkaratkristall hing und nur darauf wartete, daß eine Bombe fiel. Noch keine Spur von Frau Weidling oder Henri Charlebois. Waren sie alte Freunde? Waren sie einmal ein Liebespaar gewesen?

Uhren, Uhren und noch mehr Uhren. Große Gemälde, kleine Gemälde, Wandteppiche, lange und kurze, Seidenwebstoffe und Stickereien …

»Monsieur, was kann ich für Sie tun?« schniefte jemand.

Der kleine Fatzke betrachtete ihn von Kopf bis Fuß. »Gestapo«, flüsterte Kohler. »Ich will den Chef und die Frau, die bei ihm ist, sehen.«

Der Verkäufer eilte zu den Treppen. Kohler griff ihn bei der Schulter und sagte: »Nicht! Es soll eine Überraschung werden.«

»Dann … dann finden Sie sie bei den Stoffen und der Damenunterwäsche aus Nachlässen, Monsieur. Bei den Schuhen und Kleidern. Auf der dritten Etage, an der Rückseite. Dort sind drei Räume. Der Monsieur, er hat gesagt, daß sie nicht gestört werden wollen.«

»Gut.«

Martine Charlebois hatte die Wohnung als erste erreicht. In der Nähe der Fußmatte hinter der Tür in der Wohnung sah St.-Cyr Wassertropfen. Behutsam stellte er seine Schuhe ab und zog seine Lebel. Sollte er ihren Namen rufen? Sie mußte gehört haben, daß der Concierge ihm die Tür aufgeschlossen hatte, mußte gehört haben, wie sie im Flur sprachen. *Merde*, wo war sie?

Nicht im Salon, nicht im Eßzimmer und auch nicht in der Küche, nicht im Schlafzimmer ihres Bruders oder ihrem eigenen … Hatte sie Selbstmord begangen? Hatte sie dazu genug Zeit gehabt? Ja, die hat sie gehabt, Idiot!

Er stieß die Badezimmertür auf und sprang hinein, aber das Bad war leer. Die Toilette? Er eilte dorthin.

Sie würde weg sein, und er wußte nicht, ob sie den Phosphor genommen hatte. Zwei Gläser … zwei in einer Korbtasche, vielleicht zur Sicherheit in ein Handtuch eingeschlagen.

Zusammen mit Benzin-Flaschen? Er schauderte bei dem Gedanken. In seiner Vorstellung roch er den Knoblauchgeruch und sah auf der Leinwand seines Geistes in Schwarzweiß, wie der Phosphor von einem Moment zum anderen aufflammte und dichte Wolken weißen Rauches aufstiegen. Das Mädchen nackt und auf Knien vor dem Priester, der seinerseits vor den Flammen kniete. Das Mädchen so verzweifelt, daß es alle Logik und Vorsicht außer acht ließ, um hierher zurückzukommen …

Wie ein kalter, schneidender Wind fegte er durch die Wohnung. Es war alles so aufgeräumt, daß es ihn wütend machte. Lehrer an Lycéen hatten kaum Freizeit. Um die Wohnung ohne Hilfe so sauber und aufgeräumt zu halten, hätte sie sich zu Tode arbeiten müssen.

Selbst der prächtige Tisch aus der Ära Ludwig XV. nebst den darauf gestapelten Übungsheften war aufgeräumt.

Es war eine hitlergefällige Ordnung, die er nicht nachvollziehen konnte. Schweißnaß riß er sich den Mantel herunter und ließ ihn einfach zu Boden fallen. Es schepperte, und Louis erinnerte sich daran, daß er die Taschen leeren sollte.

Er warf seinen Filzhut auf einen der fast zweihundert Jahre alten Lehnstühle, deren Vergoldung und pistazienfarbene Verzierungen abblätterten. Der Schal kam St.-Cyr in den Sinn, und er nahm ihn ab. Ah, *merde*, dieser Ort war wie ein Museum, in dem die Geschichte der Ausstellungstücke durcheinandergeraten ist. Königliche Hoheiten mochten einmal in dem Bett geschlafen haben, ein prachtvolles *lit à la duchesse* mit verschwenderischen Vorhängen aus goldfarbenem und zartgrünem Brokat. Sicherlich stammte es noch aus der Zeit vor der Revolution.

Da war ein venezianischer Spiegel mit einem vergoldeten Rahmen aus dem achtzehnten Jahrhundert, in dem sich fast der ganze Raum spiegelte. Er sah auch sich selbst, schäbig und bescheiden, verloren zwischen all der Pracht. Er sah auch sie, nackt auf dem üppigen Savonnerie-Teppich kniend, im Spiegel. Hatte Vater Adrian sie gezwungen, in den Spiegel zu sehen, während sie ihm sexuell zu Diensten war?

In einem antiken Messingkäfig sang ein Fink. Das überraschte Louis, da der Vogel schon die ganze Zeit gesungen haben mußte.

Der Kanarienvogel hingegen war still. Weich und goldgelb, wie der aus dem anderen Fall, an den sich St.-Cyr erinnerte, lag das Tierchen bei geöffneter Käfigtür auf der Seite.

Sie hatte nicht genug Zeit gehabt, beide Vögel zu töten. Da es Winter war, konnte sie die Tiere nicht freilassen, wenn sie überhaupt an so etwas gedacht hatte? Hatte sie bei aller Eile daran gedacht?

Louis zitterte. Er konnte seine Hand nicht still genug halten, um in den Käfig hineingreifen zu können, und mußte sich erst beruhigen. Der Kanarienvogel fühlte sich kalt an, doch andererseits verloren kleine Vögel sehr schnell ihre Körperwärme, wenn sie tot waren.

Keine Schublade hatte er unberührt gelassen, keine Tür der beiden prächtigen Schränke. Ihm wurde erst jetzt klar, daß er so außer sich gewesen war, so erpicht darauf, den Phosphor zu finden, daß er sich nicht damit aufgehalten hatte, sich zu merken, ob manche Schubfächer nicht ganz geschlossen gewesen waren.

In der untersten Schublade ihrer Frisierkommode fand er Präservative, ungefähr eine Handvoll, die lose herumlagen, wahrscheinlich achtlos hineingeworfen. Im Papierkorb lag ein Pessar. Als er ihn gegen das Licht hielt, sah er, daß er mit einer Nadel durchstochen worden war. Nicht nur einmal, sondern mehrmals.

Traurig erinnerte er sich an einen anderen Fall, lange vor diesem beschissenen Krieg. Ein in Tränen aufgelöstes Mädchen. Ein Pessar mit ähnlichen Löchern und ein Bruder, der das seiner Schwester angetan hatte, die einen anderen liebte.

An der Rückseite der Tür hing ein Paar Balettschuhe aus rosafarbenem Satin. Ein einziges Paar Schuhe. Die Erinnerung an den Tanz, an Hoffnungen und Gebete und an das, was man gerne wäre.

Auf der Frisierkommode standen Parfümfläschchen, darunter auch eins, das *Étranger* enthielt. Herrliche Stücke aus Glas, Gold und Silber. Die Photographie eines jungen Mannes. »Max.« Nichts weiter. Nicht »Von Max, in Liebe, mein Liebling« oder etwas ähnliches. Ein deutscher Junge.

Obgleich er für sie kein Mitleid fühlen sollte, verließ ihn die Traurigkeit nicht.

Er fand keine Spur des Saphirarmbandes, das er vor kurzem im Salon gesehen hatte. Mit Sicherheit war es ein Geschenk ihres Bruders, das sie – ebenfalls mit Sicherheit – zurückgewiesen hatte. Nadeln und Ohrringe und Broschen – ein wundervoller rosafarbener Topasanhänger an einer Silberkette mit einer diamantenbesetzten Schließe, von der silberne geflochtene Quasten herabhingen. Ein Smaragdring, ein Opal, eine Kamee – alles aus der guten alten Zeit, der *belle époque*, bevor der Krieg mit seinen Waffen hereinbrach.

Die Schwester hatte nur zu gut gewußt, daß man mit geborgter Zeit und geborgten Dingen lebte. Selbst der Inhalt ihres Schmuckkästchens würde kommen und gehen, wie es die Geschäfte verlangten.

Lücken zwischen den ledergebundenen Büchern in den Regalen zeigten, daß ein Baudelaire und ein Band von Proust fehlten. Hatte Claudine ihr das Parfümfläschchen dafür gegeben, daß sie die Bücher ausleihen durfte? Sehr wahrscheinlich.

Martine spielte Cello, und dieses, ein schönes, altes Instrument, bestimmt auch aus einer Nachlaßauflösung, lehnte gegen einen Stuhl in der Ecke neben einem Notenständer. Händels *Wassermusik*, Mozarts *Zauberflöte* – sie gehörte nicht zur ersten Cellistengarnitur, aber zur zweiten. Neben der Partitur standen Anmerkungen in einer engen, sauberen Handschrift. »Andante, Martine. Fortissimo, *chéri*. Hier nicht so nervös. Es ist alles in Ordnung. Du schaffst es.«

Er durchblätterte eins der Übungshefte auf ihrem Tisch und verglich die Handschriften. Beides stammte von ihr. Wahrscheinlich waren auch die anonymen Briefe, die der Präfekt ihm gegeben hatte, von ihr. Ja, das waren sie.

Henri Charlebois Zimmer wirkten genauso penibel sauber und aufgeräumt. Zwei sehr hübsche Betten im Empire-Stil mit wunderschönen Kopf- und Fußteilen aus Mahagoni und Ebenholzpfosten mit Einlegearbeiten waren zusammengeschoben worden. Eine einzige antike Decke aus reinweißem Damast bedeckte sie. Die Kissen reichten für zwei. Ein meisterhafter Renaissance-Wandteppich hing an der Wand über dem Bett. Eine Kathedrale, eine Hochzeit … Rechts daneben ein großes Gemälde einer jungen Frau, die schamhaft ihre Augen mit den Armbeugen bedeckte, während der Betrachter ihre wundervollen Brüste mit den Augen befummelte und sich wünschte, daß der leichte Rock aus durchscheinender Gaze die sanften Rundungen ihrer Hüfte hinunterrutschen möge. Es stammte aus der *belle époque* und versprühte Frohsinn. Ein Oberlicht links hinter der Frau ließ das einzige Licht herein. Dadurch hob sie sich kraß vom Hintergrund ab, als ob der Maler sagen wollte: »Dies ist es, was Sie bekommen werden, Monsieur, wenn Sie den Preis bezahlen, den eine Jungfrau verlangt.«

Am Boden eines Schrankes fand er die Hauptbücher. Sie reichten bis in jene Zeit zurück. Das Belle Époque hatte über die Jahre einen netten Gewinn abgeworfen. Hatte Henri Charlebois Angst davor gehabt, es allein zu besitzen, oder war er besonders schlau, weil er Anteile an andere verkauft hatte? Schlau. Das mußte man ihm lassen.

Claudine Bertrand hatte tatsächlich vor zehn Jahren angefangen, in dem Bordell zu arbeiten. Zur gleichen Zeit nahm die Handschrift eine kriegerische Steifheit an, die anzeigte, daß Ange-Marie Rachline zuerst Schwierigkeiten mit ihrer neuen Beschäftigung hatte.

Aber hatte Claudine nicht eine Vorgeschichte, die weiter zurückreichte, und hatten Ange-Marie Rachline und Henri Charlebois nicht davon gewußt?

Der Raum strömte eine kalte Reinheit aus, die Louis nicht verstand. Die Dinge kamen und gingen, und der Bruder hatte ein Auge für Innendekoration. Sicherlich ließ die Halbnackte auch fleischliche Begierden vermuten, aber hatte er wirklich welche? Hatte der Bruder wirklich seine Schwester begehrt?

Die Sterilität des Doppelbettes ließ vermuten, daß beide in ihren eigenen Räumen schliefen, wie es sich gehörte. Oder schützte diese kalte Atmosphäre sie nur vor der Entdeckung des Verbotenen?

Das konnte ihm nur Ange-Marie Rachline beantworten. Die Schwester würde es niemals einem anderen gestehen. Und der Bruder würde es niemandem, auch nicht dem Bischof, anvertrauen.

Henri Charlebois war zu schlau, kannte zu gut seine Stellung im Leben. Er war sowohl Diener als auch Meister der Bedürfnisse anderer, ihres Verlangens nach schönen Dingen und nach allen fleischlichen Sünden.

Als er die Kissen hochhob, entdeckte er eine einfache weiße Baumwollunterhose, eine exzellente Handarbeit. Sie war nicht neu und mußte einem zehn- oder zwölfjährigen Mädchen gehört haben, vielleicht seiner Schwester, wahrscheinlich aber nicht.

Auch wenn Louis es nicht beweisen konnte und vermutlich niemals dazu in der Lage sein würde, wußte er intuitiv, daß sie einmal Claudine Bertrand gehört hatte. In seiner Vorstellung hörte er das Rauschen des Meeres, er fühlte den Wind zwischen den Dünen, der den Sand leise bewegte. Er sah ein kleines Mädchen, das seinen Bruder und zwei junge Frauen beobachtete, sah eine Unterhose, die beiseite geworfen worden war und vergessen dalag.

Die Baumwolle war nicht kratzig, sondern vom häufigen Waschen und Bügeln weich. Hatte die Schwester sie erst kürzlich dorthin gelegt, um den Bruder an jene Tage zu erinnern und an das, was er getan hatte, oder hatte er sie die ganze Zeit an diesem Platz aufbewahrt?

Sie hatte sie hierhin gelegt, als letzte Geste. Er wußte es einfach.

* * *

Die Weidling kannte Henri Charlebois nicht von früher, aus Hamburg, Heidelberg und Köln, jedenfalls nicht nach allem, was Kohler herausfinden konnte.

Die Frau schien ihn nur als Besitzer eines Geschäfts mit Antiquitäten, zeitgenössischen Kostümen, Schuhen, Stiefeln, wertvollen Stoffen und *godemiches* aus Ebenholz zu kennen.

Überrascht hielt Kohler den Atem an. Frau Weidling wurde ein schimmerndes himmelblaues Seidenkleid angepaßt. Es war alt und stammte aus einem Erbteil. Charlebois steckte methodisch Nadeln am Saum fest. Die Schuhe ... die »Stiefel«, die sie tragen würde, wären dieselben wie jene, die er bereits gesehen hatte.

Als der Saum fertig war und sie sich im Ankleidespiegel betrachtete, rückte Charlebois die gebauschte Schulterpartie zurecht, steckte an jedem Ärmel und hinten am Rücken noch etwas ab, so daß das Kleid etwas enger saß.

Sie strich sich mit der Hand das Kleid über dem Busen glatt, hob eine Brust und nahm dann stolz das Kinn hoch. »Ja«, murmelte sie leise auf deutsch. »So ist es gut.«

»Das sollte es auch. Das macht achttausendsiebenhundert Franc mit den Änderungen.«

Charlebois' Deutsch war wirklich gut, dachte Kohler und hörte, wie dieser sagte: »Sie können es jetzt ausziehen.«

Sie ließ das Kleid hinuntergleiten und trat zwischen dem Stoff hervor. Sie trug nur ein weißes Unterkleid unter dem Korsett, das nach französischem Stil vorne geschnürt wurde und an dem Strumpfhalter hingen. Er nahm das Kleid entgegen, ohne einen weiteren Blick auf das statuenhafte Stück Schönheit zu werfen, das oben aus dem Korsett hervorsprang.

»Morgen«, sagte er und faltete das Kleid auf dem Schneidetisch zusammen. »Ich werde persönlich dafür sorgen, daß es am Nachmittag in Ihr Hotel geliefert wird.«

Sie schüttelte ihr rotbraunes Haar und machte keine Anstalten, sich wieder anzukleiden – sie betrachtete die Stoffe wie ein Schulmädchen Bonbons in einem Süßigkeitenladen. Volle Regale über Regale, in allen Farben, allen Mustern zwischen den polierten gedrechselten Mahagonistützen. Phantastische Drucke auf Seide und Satin, Baumwolle und Leinen, in der heutigen Zeit ein Vermögen wert. In der Ecke, die ihr am nächsten war, stand eine Schneiderpuppe – ein Drahtgestell, über das nur eine Bluse gezogen worden war, so daß der Schoß aus Eisenstangen obszön wirkte.

»Und das paßt auch zusammen mit den Unterröcken?« fragte sie plötzlich.

Er widersprach nicht. »Frau Weidling, wenn Sie sie zusammen mit dem Kleid anprobieren wollen, dann tun Sie es ruhig. Ich habe sie einberechnet, Sie können mir vertrauen.«

»Wie dem auch sei, ich würde sie gern anprobieren«, sagte sie spröde. Verschaffte ihr das einen Kitzel, wenn er ihr beim Ankleiden half? Das fragte sich Kohler, der immer noch vor ihnen verborgen war, aber nicht, wie er fühlte, vor den Spiegeln.

Ein Hemd wurde für sie gefunden – kein Kragen, keine Ärmel, keine Knöpfe, nur hübsche Schleifen aus rosafarbenem Band an den Schultern und eine Menge Spitze, durch die man das Korsett sehen konnte – ein besonderer Reiz.

Die Unterröcke waren aus breit gefältetem Seidentaft, der raschelte, als sie jeden einzelnen anlegte. Seit Kohler ein Junge gewesen war, hatte er nicht mehr gesehen, wie eine Frau so etwas anzog, und damals auch nur mit schnellen Blicken, die schwer bestraft worden waren.

»Dieser hier hat besonders zarte Rüschen aus Baumwollsatin.« Charlebois war ganz Geschäftsmann. Nichts stand dem im Weg, nicht einmal ihre Nähe zu ihm.

»Ich mag es, wie sie sich anfühlen«, sagte sie und fuhr sich mit den Händen über Hüfte und Oberschenkel, um die Falten zu berühren. »Sie sind wie die Haut einer jungen Frau, eines Mädchens, habe ich nicht recht?« Er antwortete nicht. Für den Bruchteil einer Sekunde versteifte er sich. »So, nun wieder das Kleid, Herr Charlebois, und dann der Hut«, sagte sie. »Ich muß noch einmal alles zusammen sehen.«

Was zum Teufel hatten die beiden vor?

»Dann ziehen Sie besser auch die Strümpfe und Schuhe an«, sagte der Inhaber des Geschäfts.

»Und die Halskette«, fügte sie hinzu.

Kohler sah, wie er niederkniete, um ihr bei den Strümpfen zu helfen. Würde er tatsächlich mit seinen Pfoten unter all dem Stoff nach dem Strumpfhalter suchen und keinen Steifen bekommen?

»Die Unterhosen?« fragte sie. »Wo sind sie?«

Sie schaffte es, mit ihren Händen unter all die Sachen zu fassen und zog ihr Höschen hinunter. Er hielt ihr einen spitzenbesetzten Seidenschlüpfer entgegen, in den sie hineinstieg. Vielleicht zog er ihn bis zu ihren Knien hoch, vielleicht noch weiter, bevor sie übernahm. Hatte sie ihn in der Hand? War es das?

Würde er sie töten? Konnte er so kalt und hart sein, daß er ihren Tod plante, während er ihr half? Oder hatten sie die ganze Zeit zusammengearbeitet, ohne daß sie seine wahre Identität kannte? Salamander …

Die Strümpfe waren dunkelblau. Als er sie über ihren Waden glättete, ließ sie dies zu. »Haken Sie sie fest«, sagte sie und er sah, wie Charlebois zögerte.

»Ich werde Mademoiselle Découglis, mein Ladenmädchen, holen.«

»Seien Sie nicht albern. Dafür ist keine Zeit. Davon abgesehen stört es mich nicht, wenn Sie das machen.«

Er mochte das ganz und gar nicht. Als er seine Hände dort nach oben hob, griff sie seinen Hinterkopf. Charlebois versteifte sich. Ihre Finger rieben fest über seinen Nacken. »Sie gehen auch zum Konzert?« fragte sie.

»Ja, natürlich. Mademoiselle Charlebois gehört zum Orchester.«

»Ihre kleine Schwester.« Hatte sie sich die Worte zuvor auf der Zunge zergehen lassen, hatte Claudine sie instruiert?

»Ja, meine Schwester. Sie ist vor jedem Konzert nervös.«

Frau Weidling ließ ihn nicht los. Er war nun hinten an ihrem linken Bein beschäftigt. »Hat sie keine Angst, daß der Salamander wieder zuschlägt? Mein Johann sagt, das Theater sei für einen Brandanschlag perfekt geeignet und ein solches Feuer, ist es erst einmal ausgebrochen, sei sehr schwer einzudämmen.«

Charlebois half ihr in die Schuhe, schnürte sie aber nicht bis oben zu. Er richtete sich auf und entfernte dabei ihre Hand aus seinem Nacken. »Es wird kein Feuer geben. Der Salamander wäre äußerst dumm, das zu versuchen, Frau Weidling. Ihr Gatte ist bestimmt sehr gründlich. Ich weiß zufälligerweise auch, daß die Männer unter dem Kommando Obersturmführer Barbies das Theater bereits unter strengster Überwachung haben. Jetzt, bitte, die Halskette, und dann den Hut.«

Sie waren wie zwei Marionetten, die ihre eigenen Tänze aufführten. Neckend, auf ihre eigene verzweifelte Art flirtend, aber taub füreinander.

Der Hut paßte zu den Strümpfen. Er sah wie ein kleiner Pilz aus, besetzt mit gebogenen Borten und Bändern aus Satintaft, in die drei Fasanenfedern gesteckt waren. Vor dreißig oder vierzig Jahren waren solche Hüte in Mode gewesen. So sicher, wie Louis' Gott kleine grüne Äpfel erschuf, hatte sie mit Claudine im Belle Époque rumgemacht und wollte sich nun selbst verkleiden!

Die Halskette bestand aus dunkelblauen Saphiren und Diamanten. Als sie der Weidling um den schlanken Hals gelegt wurde, stand sie vor dem Spiegel und hob ihr Kinn. »Perfekt. Es ist genauso, wie ich es mir vorgestellt habe und Sie es mir versprochen haben. Zuerst das kleine Konzert, bei dem ich und mein Gemahl Generalleutnant Niehoff und dem Obersturmbannführer Knab auffallen werden! Dann das Neujahrskonzert im Wiener Opernhaus mit dem Führer und Reichsmarschall Göring, die beide dann schon vom Helden von Lyon gehört haben und dafür sorgen, daß mein Johann nicht nur Brandschutzleiter und Dozent an der Reichsfeuerwehrakademie in Eberswalde bleibt, sondern General der Feuerschutzpolizei für das Reich wird.«

Verdammt!

»Ich habe tropfenförmige Ohrringe in meinem Safe. Sie sollten sie sich einmal ansehen«, sagte der Geschäftsmann.

Jesus Christus!

»Und das Armband. Ja, das kann noch hinzukommen, ohne daß es zuviel wird.«

Jeder hochrangige Nazi in Südwestfrankreich würde das Lyoner Konzert besuchen. Nur ein kleines Feuer, damit alle glücklich wären, ein schönes Paar, ein Held.

Sie benahm sich wie eine Debütantin vor ihrem ersten Ball, genau wie eins von Madame Rachlines Mädchen. War Charlebois nur ihr Bediensteter, der Dekorateur dieses hübschen kleinen Weihnachtsbaums? Oder hatte er weiteren goldenen Baumschmuck, den er sie nackt in den Händen halten ließ, um sie heimlich zu photographieren und den Abzug anonym der Lyoner Gestapo zu übergeben?

»Johann sagt, daß sich Herr Robichaud in Gewahrsam befindet«, vertraute sie ihm an und drehte sich zur Seite, um sich zu betrachten.

»Das ist ein Fehler, der mir nicht gefällt, Frau Weidling. In den vergangenen Jahren hat Herr Robichaud sehr eng mit dem Theaterausschuß zusammengearbeitet.«

»Dessen Mitglied Sie sind?« fragte sie kokett. Sie hätte ihn mit einer Feder zu Boden stoßen können.

»Genau wie schon mein Großvater«, antwortete er steif. »Julien kennt das Theater genau und wäre eine große Hilfe. Er und ich und die anderen Mitglieder des Ausschusses sind hundertmal durch das Gebäude gegangen. Wenn … Wenn es nicht impertinent von mir wäre, würde ich Sie bitten, Frau Weidling, daß Sie ihren Mann dringend bitten, Julien zu entlassen.«

»Bedeutet Ihnen das Theater so viel?«

»Es war der Stolz und die Freude meines Großvaters.«

»Dann werde ich Johann bitten, daß er Obersturmführer Barbie ersucht, Herrn Robichaud freizulassen, als Gegenleistung für dieses hier.« Über ihre Aufmachung hocherfreut, drehte sie sich im Kreis und lächelte glücklich. »Aber machen Sie sich keine Sorgen, ich werde Sie in bar bezahlen.«

Hatten sie einander abgeschätzt? War sie die Hauptverantwortliche für die Brände, oder hatte sie damit überhaupt nichts zu tun?

Und was war mit Charlebois? Was für ein Spiel trieb er eigentlich?

Es war mittlerweile dunkel, und das schwache blaue Licht in der überfüllten Straßenbahn erschwerte die Konzentration, obgleich

St.-Cyr wußte, daß er sich kein Abschweifen der Gedanken erlauben konnte. In diesem schrecklichen Licht sahen die Passagiere kränklich aus, als ob sie aus einer fremden Welt stammten. Sie schienen ihm zu mißtrauen, ihn anzuklagen. Warum können Sie diesen Fall nicht lösen, Monsieur, schienen sie mit unbewegten Lippen und verstohlenen Blicken zu fragen. Geschlagen, ja. Ängstlich, ja. *Ein Salamander, Monsieur. Ein Salamander ...*

Henri Charlebois, Claudine und Ange-Marie hatten zwischen den Dünen von Concarneau etwas erlebt, das sie nun verfolgte. Aber würde Madame Rachline es ihm erzählen?

Der Wagen rumpelte weiter zur nächsten Haltestelle, obwohl der Fahrer kaum etwas sehen konnte, denn alle Fenster waren blau gestrichen, um kein Licht hinauszulassen. Louis konzentrierte sich, um wach zu bleiben. Concarneau, sagte er sich und hörte den Wind vom Meer.

Wieder döste er ein. Und wieder wurde er geweckt – ah, *maudit!* Die Verfolgungsjagd in der Schule, die Wärme in der Wohnung der Charlebois ... Als ein Sitz frei wurde, ließ er sich darauf fallen und schlief sofort ein. Er träumte von Flammen und ihrer Wärme, von Gabrielle und ein paar Tagen Urlaub, von den Bränden und erst dann von Hermann, den er im Traum von hoch oben im zweiten Rang des Théâtre des Célestins sah. Hermann wirkte neben dem prächtigen Gewölbe der Decke und dem Strahlen der Bühnenvorhänge wie ein Zwerg. Mitten in der vorderen Reihe leerer roter Plüschsitze war die bayrische Plage der Gestapo schlaff zusammengesunken. Er schnarchte zum Steinerweichen, melodisch und gleichgültig. Seine langen Beine hatte er ausgestreckt, als ob er sich im Schritt Erleichterung verschaffen wollte. Der linke Hoden ... ah, *merde*, schmerzte er ihm wieder? Im letzten Krieg hatte sich Kohler an dieser unglücklichsten aller Stellen eine Erfrierung zugezogen und war seitdem stolz darauf, wie ein anderer vielleicht auf eine Blinddarmnarbe oder einen Bänderriß!

Das Schnarchen ging weiter. Die Lichter wurden gedämpft. Von oben aus, zwischen den Soffitten, sah Käthe Weidling mit Martine Charlebois und ihrem Bruder zu ... ihrem Bruder ... und dem Geist Claudine Bertrands. Ange-Marie Rachline war auch da, und Brandschutzleiter Weidling – ja, ja, sogar Robichaud und seine Élaine und noch jemand anderes, jemand, der wohl etwas Exquisites aus dem Belle Époque trug. Jemand, in dessen Gesicht sich die anderen Gesichter auflösten, bis die Maske leer war. Der Salamander war wieder verschwunden, und die Lichter waren gelöscht worden.

Als der Straßenbahnwagen Perrache erreichte und damit die Endstation, wurde Louis grob geweckt und aufgefordert auszusteigen. »Die Rue Grenette«, murmelte er und suchte in seiner Jacke nach der Brieftasche, die ihm seine Mutter vor vielen Jahren gegeben hatte. Sie war schäbig, und die Nähte hatten oftmals mit Angelschnur repariert werden müssen. »Ich muß die Pont Alphonse Juin überqueren und zu einer Näherin auf der Rue de la Balaine«, sagte er, immer noch im Halbschlaf.

Der Schaffner schnaubte, als er das Fahrgeld entgegennahm. »Eine Näherin ... er redet von Näherinnen, Arthur«, schrie der Mann zum Fahrer hinüber. »Er hat sich aber nicht mit Spiritus, Parfüm oder Rasierwasser betrunken.«

»Dann laß ihn schlafen, wenn er zahlt.«

»Bis zur Ausgangssperre?« fragte der Schaffner und rechnete mit dem Schlimmsten, nämlich daß sie sich um eine Leiche kümmern müßten, Tod durch Erfrieren.

»Ah, nein, nicht so lange«, sagte der Kriminalbeamte. »Bitte wekken Sie mich, wenn wir an meiner Haltestelle angekommen sind.«

Er reichte dem Schaffner ein Trinkgeld von fünf Franc. Weitere wurden verlangt. »Für den Fahrer. Er muß sich die Augen ausgukken, ob sich Eis in den Schienen gebildet hat. Ich, ich bin derjenige, der es dann herausschlagen muß.«

»Dann nehmen Sie noch zwei und wecken Sie mich wirklich; wollen Sie, daß die Stadt niederbrennt? Ich bin Oberinspektor der Sûreté und habe seit zwei Tagen nicht mehr geschlafen.«

»Ohne fahrbaren Untersatz?«

Ah, *nom de Jésus-Christ!* Mußten sie erst diskutieren? Benommen schüttelte er den Kopf. »Mit einem den Straßenverhältnissen angemessenen fahrbaren Untersatz. Sehen sie zu, daß Sie machen, worum ich Sie gebeten habe, und bitte bremsen Sie nicht zu plötzlich. Lassen Sie das Kind schlafen, oder ich persönlich werde alle sechs Schüsse meines Revolvers in Ihren Rheostat abgeben und es Notwehr nennen.«

Nachdem Kohler zum Théâtre des Célestins zurückgekehrt und dort eingenickt war, wachte er nun auf und stellte fest, daß die Lichter ausgeschaltet waren. Verdammt, was war jetzt wieder schiefgelaufen?

Er richtete sich in der absoluten Dunkelheit im Sitz auf und lauschte angestrengt. Weidling und Robichaud hatten sich in einem weiter entfernten Raum gestritten. Stimmen und Fäuste erhoben. Es ging irgendwie darum, daß nicht genug Feuerlöschkugeln da wären – jene Glaskugeln, die wie Glühbirnen geformt, mit dem roten Löschmittel gefüllt waren und wie Handgranaten gegen die Basis einer Feuerwand geworfen wurden. Weidling hatte mehr davon an den Wänden der Gänge und in den Treppenhäusern haben wollen. Ihm war egal, ob dadurch das Dekor empfindlich gestört würde und was der Ausschuß dazu sagte. Robichaud hatte dagegengehalten, daß die Kugeln ohnehin kaum etwas nutzen würden, denn wenn das Feuer so schlimm wäre, dann konnte ihnen nur Gott helfen.

Aber jetzt hörte Kohler kein Geräusch. Sieben Uhr fünfzehn am Abend und ungefähr zweieinhalb Stunden Schlaf.

Gähnend kam er auf die Füße und versuchte, seine Sachen zu finden. Er befand sich vorn im Theater, direkt in der Mitte vor dem Orchestergraben. Die Ausgänge an den Ecken führten zu den Treppen, zum Foyer und den Räumen hinter der Bühne. Robichaud? Ihm war bei dem Gedanken nicht wohl. Hatte sich jemand den Feuerwehrchef geschnappt? An diesem Ort würden sie den Salamander ohne ihn nie stoppen können. Ah, *merde!*

Er tastete sich langsam zu dem Ausgang rechts vor und schlüpfte durch den verdeckten Eingang. Da waren die Treppen, die zu den Logen hochführten, aber sie lagen immer noch ein gutes Stück weiter.

Er erreichte den Gang, der hinter die Bühne führte, und bog in ihn ein. Er tastete sich die lange Rampe hinunter, die zum Keller führte, zu einem Labyrinth aus Lagerräumen und Garderoben, die nach Schminke, Gesichtspuder, Mottenkugeln, Schweiß, Seife, schalem Tabakrauch und Parfüm rochen.

Er zündete ein Streichholz an. O mein Gott, der Gang hatte sich zu einem schmalen Tunnel gewandelt. Die Decke war so niedrig, daß Kohler beinahe mit dem Kopf anstieß. Er wedelte das Streichholz aus und versuchte ein neues anzuzünden – er verfluchte die Franzosen wegen ihrer lausigen Zündhölzer –, sagte leise: Robichaud, wo sind Sie? Kohler suchte nicht nach einem Lichtschalter, noch nicht. Ah, nein. Da war etwas … ein Gefühl. Sein sechster Sinn warnte ihn.

Der Umkleideraum hatte hinten in der Ecke eine Toilette, die weder mit einer Wand oder noch mit einem Wandschirm abgeteilt war und aus einem Loch im Boden bestand. Die Flamme des Streichholzes warf flackernde Schatten.

Da stand ein schmaler Tisch mit einem Spiegel und einem unzureichenden Waschbecken. Die Wände waren mit Parolen beschmiert. Theaterplakate, die *Das Rheingold*, *Tristan und Isolde*, *Madame Butterfly*, *Tannhäuser*, *Falstaff*, *Carmen*, *Die Meistersinger*, *Don Giovanni*, *Faust*, *Salome*, *La Traviata* und andere Opern ankündigten. Verblichene, gewellte Photographien der Sänger, alles Größen, wie er annahm, da er keinen außer Caruso kannte, und er stellte sich vor, wie der große Tenor sich in die Ecke hockte, bevor er auf die Bühne eilte, um eine Arie von Puccini zu singen.

Zettel annoncierten zu vermietende Zimmer, mit und ohne Verpflegung. Auf einem stand in großen Druckbuchstaben: Versuchen Sie nicht, die Spülung zu betätigen, es sei denn, Sie sind bereit loszurennen!

Auf dem Drahtkäfig des Gasglühstrumpfs, der als Heizung diente und vielleicht auch, um Eier zu braten oder Käse zu schmelzen, befand sich Schminke. Daneben war ein Summer. An einer Wand hingen Kleiderhaken. Dann standen da noch ein paar billige Holzstühle, ein Schrankkoffer mit kaputtem Schloß und überall Visitenkarten von Barbieren, Friseuren, Schneidern, Perückenmachern, Pensionen, Bordellen und billigen Weinhändlern.

Aber keine Spur von Robichaud in dieser oder einer der anderen Garderoben. Er war jetzt sicher, daß die Hauptsicherungen entfernt worden waren und ihm die Zündhölzer ausgehen würden.

Es war grauenvoll, sich zu Fuß durch die Stadt bewegen zu müssen, wenn man so dringend eine Beförderungsmöglichkeit brauchte. Atemlos und halb erfroren klopfte St.-Cyr an die Tür des Hauses hinter dem Belle Époque. Kein Licht zu sehen. Wie ein Grabgewölbe schloß sich die Hoftür hinter ihm, und er fragte sich, ob es richtig gewesen war herzukommen oder ob es schon zu spät war.

Wieder klopfte er. »Ah, *nom de Jésus-Christ*, meine Hand!« schrie er. »Sofort öffnen. Gestapo! Raus! Raus!«

Auch als die Tür geöffnet wurde, war kein Licht zu sehen, aber das war in diesen Tagen üblich. Er brauchte also nicht zu erschrekken.

»Monsieur, was wünschen Sie?« hörte er eine zögernde Stimme, jung, sehr jung, ein Junge von vielleicht zehn Jahren.

Ah, *merde*, die Kinder natürlich! »Ich möchte mit deiner Mutter sprechen, aber keine Angst, es ist nichts Schlimmes. Erlaube mir, einen Moment hereinzukommen. Dieses Wetter … Ich fühle mich, als hätte ich ohne Schuhe einen Gletscher überquert.«

Unsicher, was er tun sollte, wartete der Junge ab und zwang Louis hinzuzufügen: »Sage bitte, daß Monsieur Jean-Louis St.-Cyr aus Paris hier ist.«

Der Versuch, seine wahre Identität zu verbergen und den Schreck abzumildern, war damit fehlgeschlagen. »Sie sind ein Kriminalbeamter«, sagte der Junge zornig. »Denken Sie, wir würden so jemanden nicht erkennen? Sie sind wegen der Brände hier.«

»Und wegen der Morde an Mademoiselle Claudine und ihrer Mutter«, fügte ein Mädchen traurig hinzu. »Streiten Sie es nicht ab, Monsieur Oberinspektor von der Sûreté Nationale, dessen Spezialgebiet Mord ist. Der Präfekt selbst ist schon hier gewesen und hat *maman* über die Details informiert.«

»Der Präfekt ... Ja, ja.« Ah, verdammt, sie waren so jung, in einem so zarten Alter. Hatten sie Verwandte, die sie im Notfall aufnehmen würden? »Eure Mutter?« erinnerte er sie.

»*Sie hat es nicht getan!*« kreischte der Junge und versuchte ihm die Tür vor der Nase zuzumachen. »Unsere Mutter hat nur versucht, Mademoiselle Claudine zu *helfen!*«

»Ja, ja, ich verstehe«, sagte er und drückte bestimmt gegen die Tür. »Könntest du ...? Würdest du ihr bitte sagen, daß ich hier bin.«

»Sie hat *zu tun!*« zischte das Mädchen böse. »Sie muß eine wichtige Arbeit beenden und darf nicht gestört werden!«

»Eine deutsche Dame«, piepste der Junge, der immer noch beherzt gegen die Tür drückte. »Ein Kleid für das Konzert.«

Sein Fuß rutschte weg! »Jetzt hört mal zu! Menschenleben sind in Gefahr. Die Zeit ist sehr knapp. Bringt mich sofort zu ihr!«

Er wuchtete die Tür auf, und die Kinder gaben klein bei, aber jetzt, im Licht, wurde er einer genauen Prüfung unterzogen. Der Junge glich seiner Mutter frappierend. Das Mädchen, größer und zwei Jahre älter, hatte nur eine vage Ähnlichkeit mit ihr. »Unsere Mutter ist nicht da«, gestand das Mädchen. »Mademoiselle Charlebois ...«

»Unsere Tante«, warf der Junge ein.

»Sie ist *nicht* unsere Tante, René. Sie ist nur eine ... Wir nennen sie nur so, weil ...«

St.-Cyr entspannte sich ein wenig. Er nahm den Hut ab und seufzte. »Dann ist Mademoiselle Charlebois, wie ich es erwartet habe, gekommen, um eure Mutter zu sehen. Wohin sind sie gegangen? Kommt schon, es ist wichtig.«

»Unsere Mutter wollte nicht zulassen, daß sie bei uns bleibt«, beichtete der Junge. »Sie haben sich gestritten. Tante Martine, sie … Sie hat schrecklich geweint, Monsieur, und Gott um Gnade angefleht.«

»Sie hat versucht, mich umzubringen. Sie war verzweifelt«, sagte St.-Cyr traurig. »Ich denke, sie hat etwas getan, was sie niemals hätte tun sollen. Dann nahm sie an, daß alles herauskommen würde, und versuchte, sich und mir das Leben zu nehmen, um ihren Bruder zu beschützen.«

»Onkel Henri?« fragte der Junge überrascht.

Der Kriminalbeamte nickte ernst. Er sagte, ihm sei noch nicht alles klar, aber er habe das Gefühl, daß ein großer Fehler gemacht worden war. »Wohin sind sie gegangen?« fragte er. Man konnte sehen, wie erschöpft er war, an Körper und Geist. »Zum Geschäft von Mademoiselle Charlebois' Bruder?« fragte er. »Nun kommt schon, ich brauche Antworten.«

»Wir wissen es nicht«, sagte das Mädchen, »aber können Sie nicht anrufen, Inspektor?«

Das Telephon … Wäre Hermann zum Geschäft gegangen? Plötzlich schien alles so sinnlos, dieses Herumjagen ohne ein vernünftiges Auto. Es war, als ob der Präfekt und die Gestapo Lyon *wollten*, daß der Salamander wieder Erfolg hatte! »Wenn ich telephoniere, würde ich sie nur warnen«, sagte er. In der Vorhalle stand ein Stuhl. Obwohl es hier an der Tür kühl war, ließ er sich darauf sinken. »Weihnachten«, sagte er. »So muß ein Kriminalbeamter sein Weihnachtsfest verbringen, meine kleinen Freunde. Vergeßt es nicht. Wählt einen anderen Beruf. Und jetzt seid bitte nett zu einem erschöpften Mann. Erzählt mir, was sie miteinander gesprochen haben. Sie haben gestritten. Mademoiselle Charlebois sagte Dinge, von denen eure Mutter nicht wollte, daß ihr sie hört. Stimmt das nicht?«

Ihr Schweigen bestätigte seine Annahme. »Mademoiselle Charlebois ist immer zu unserer Mutter gekommen, wenn sie Hilfe brauchte, wenn sie das Gefühl hatte, daß da Schwierigkeiten mit …«

Der Kriminalbeamte wartete darauf, daß sie es aussprachen. Er blickte sie forschend an, als sei er ein Priester …

Paulette Rachline schluckte schwer und senkte ihren Blick zu Boden. »Wenn … wenn es Schwierigkeiten zwischen ihr und ihrem Bruder gab, Inspektor. Ja, es war so. Sie haben recht.«

»Welche Art von Schwierigkeiten?« fragte er, so sanft es seiner Stimme möglich war. »Die Brände. Hamburg, Heidelberg und schließlich Köln. Und jetzt das Cité de Lyon.«

»Aber nicht die Mietskaserne?« fragte das Mädchen und sah ihn plötzlich an. Sie wollte die Wahrheit wissen.

»Nein, nicht die Mietskaserne«, sagte er, »doch andererseits … Es ist vielleicht zu früh, das zu sagen.«

Sie schwiegen einen Moment. Sie wußten, daß es Dinge gab, die sie ihm besser sagten, aber sie wußten auch, daß sie es nicht tun sollten.

»Erzählt mir etwas über das Kleid«, sagte er und überraschte sie damit. Das Mädchen blickte ihn mißtrauisch an, den Jungen überkamen sichtlich Zweifel.

»Das Kleid …?« sagte das Mädchen gedehnt. »Es ist oben im Arbeitszimmer meiner Mutter, Inspektor.«

»Gut. Bringt mich hin.«

Kleine Stoffstücke lagen neben winzigen Resten Garn, Spitze, Gummiband und den Schnipseln von Schnittmusterbögen. Eine Nähmaschine, eine Lampe über dem Arbeitstisch – im Regal lagen Stoffreste bis zur Decke hoch gestapelt. Schneiderpuppen … eine halbfertige Bluse, die aus einer anderen umgearbeitet wurde …

mehrere Unterhosen mit langem Bein, Schlüpfer, Kostümjacken, Röcke, Kleider, Mäntel und Schachteln voller Knöpfe und Garnspulen, ein Maßband ... Überall lag Arbeit. Es war so viel, daß er sich fragte, wie Ange-Marie Rachline dazu die Zeit gefunden hatte, aber dann erkannte er, daß sie praktisch alles im Belle Époque an ihre *sous-maîtresse* delegiert haben mußte, um so vor ihren Kindern die Wahrheit zu verbergen.

Das Kleid war prachtvoll, und als ihm erneut gesagt wurde, daß die Besitzerin eine deutsche Dame sei, eine Madame Weidling, glaubte er zu wissen, was geplant war.

»Unsere Mutter wollte die Änderungen nicht vornehmen, Inspektor«, sagte der Junge und zupfte am Stoff. »Onkel Henri, er ...«

»Er, *was?* Komm schon, junger Mann. Seine Mutter beschützen zu wollen, ist bewundernswert, aber einem Polizisten Informationen zu verweigern, die für einen Fall lebenswichtig sind, ist strafbar. Wie deine Mutter und Mademoiselle Charlebois, so haben sie sich auch gestritten, nicht wahr?«

»Ja. Mutter ... Mutter hatte bereits viel zuviel Arbeit, Monsieur Inspektor«, sagte das Mädchen. »Sie kann nicht einfach alles beiseite schieben, nicht einmal für eine deutsche Dame.«

»Sie ... sie sagte, es wäre unklug, Monsieur.«

»Sehr gefährlich?«

»Sehr dumm – töricht. Daß ...«

»René, halt den Mund! Wir müssen *maman* es ihm erzählen lassen. Es liegt *nicht* bei uns!«

»Aber das tut es, weil in euren Händen das Schicksal der Stadt liegt«, sagte St.-Cyr. »Bei diesem Wetter könnten die Wasserleitungen zufrieren. Sobald ein Großfeuer außer Kontrolle gerät, verbreitet es sich von Dach zu Dach, bis es nicht mehr aufgehalten werden kann. Der Wind wird nach innen gezogen, so daß die Flammen und Funken hochsteigen, und immer höher, und die Schreie all jener, die im Feuer gefangen sind, zum Verstummen bringen.«

Sie schüttelten sich. Das Mädchen sagte finster: »Onkel Henri hat *maman* gesagt, daß er sie entlassen wird, wenn sie nicht genau das tut, was er sagt, Inspektor. Und ... Und daß wir aus unserem Haus geworfen werden.«

»Hatten sie sich zuvor je so gestritten?«

»Ja. Ja, oft – nun, nicht so oft. Nein, es war nicht das erste Mal.«

»Denkt zurück. In der Nacht des Brandes im Kino – ging eure Mutter da mit Mademoiselle Claudine Bertrand ins Cité de Lyon?«

»Mademoiselle Claudine hatte eine böse Erkältung«, sagte der Junge. »Als sie in jener Nacht an unsere Tür kam, hat *maman* mit ihr geschimpft, weil sie bei so schrecklichem Wetter draußen war.«

»Sie hat sie nach Hause gebracht«, sagte das Mädchen.

»Aber gingen sie zuerst zum Kino?«

»Zum Kino?« fragte der Junge. »Aber warum denn, Monsieur? Es war zu spät. Es war bereits halb zehn oder zehn Uhr, und Mademoiselle Claudine hatte einen Schuh verloren.«

»Dann wußte eure Mutter, daß Mademoiselle Claudine im Kino gewesen war?«

Sie blickten sich an und schwiegen. »Schaut mal, ihr habt mir bereits gesagt, daß ihr gehört habt, wie der Präfekt eurer Mutter erzählte, Mademoiselle Claudine und Madame Bertrand seien ermordet worden. Eure Mutter war die letzte, die sie lebend gesehen hat, aber ich denke nicht, daß sie sie getötet hat.«

»Dann kann sie nicht die letzte gewesen sein, die sie lebend gesehen hat«, sagte das Mädchen mit einer Weisheit, die über ihre Jahre hinausging.

St.-Cyr nickte zustimmend. »Jemand muß ihnen gefolgt sein und das Haus betreten haben, während der Concierge weg war.«

»Weg …« murmelte der Junge und suchte etwas auf dem Arbeitstisch. »Paulette, die große Schere, sie … sie ist weg.«

»Die Schere?«

»Ja«, sagte das Mädchen. »Mutter war hier oben, als Tante Martine sie besuchte. Sie haben sich hier gestritten.«

Ah, *merde!* Eine Schere mit Schneiden, die vielleicht zwanzig Zentimeter lang waren. »Bringt mich sofort zum Telephon«, sagte er. »Rasch!«

Irgendwo in der Dunkelheit des Theaters klingelte ein Telephon. Mit hämmerndem Puls lauschte Kohler. Ja, es kam von dort drüben, hinter der ersten Loge, wahrscheinlich aus dem Büro des Intendanten. Nein, es war hier vorne, unter ihm in dem Gang, der zu den Garderoben führte, in einem kleinen Raum, dessen Tür jetzt wahrscheinlich verschlossen war. Nebenanschlüsse?

Herr im Himmel, er wurde für so etwas zu alt. Das Telephon klingelte und klingelte – ein verlorenes Bimmeln, bis es plötzlich mittendrin abbrach. Jemand hatte abgehoben.

Scheiße! Er zog sich zurück und fand zufällig die Treppen, indem er fast hinuntergefallen wäre. Er mußte nach den Vorhängen greifen, um das Gleichgewicht wiederzufinden. Ups! Verdammt!

Irgendwo würden die Gegengewichte herumschwingen. Seile um Sicherungsbolzen würden gespannt sein.

Keine Spur von Robichaud oder Weidling oder auch nur von einem Spitzel Barbies.

Hermann hielt sich an einer Seite und ging die Treppen hinunter. Als er den Perückenraum erreichte, versteckte er sich. Er fühlte wieder das gefärbte, steife Pferdehaar unter der Hand, dann das Haar eines Menschen. Viel weicher und seidiger ... Parfüm ... War das Parfüm?

Der Kopf war rund ... Kahl – war er kahl unter der Perücke?

Er war so still, daß er zuerst dachte – ah, was hatte er nur gedacht? Daß, wer auch immer es war, dort schon einige Zeit gesessen hatte. Eine Frau ...

Er spürte Gips unter seinen Fingern, als er das ausdruckslose Gesicht und den Nacken des Gipskopfes erforschte. *Étranger?* Der Geruch war jetzt stark.

Er ging von Stuhl zu Stuhl, tastete sich voran – immer bereit, in Deckung zu hechten, sich niederzuwerfen oder eine Finte zu versuchen.

Robichaud war nicht hier – tatsächlich war keiner außer ihm hier, aber war zuvor jemand da gewesen?

Er zögerte und entschloß sich schließlich, zur Bühne zurückzugehen und aus reinem Trotz laut über die Bretter zu marschieren. Nichts als leerer Boden auf der anderen Seite der schweren Vorhänge, die Kulissen standen dort drüben. Direkt vor ihm befand sich die Schalttafel für die Vorhänge, die Kulissenaufzüge und das Licht.

Es roch hier nach Kreidestaub und Schimmel, Schminke und Puder, saurem Wein, altem Knoblauch und Farbe. Wahrscheinlich auch nach Mäusen und Ratten – dieser übelriechende Gestank nach ihren Höhlen, sauer von ihrem Urin.

In der Finsternis konnte er aus Angst, sich mit einem Stromschlag zu töten, die Schalttafel nicht anfassen. Am liebsten wollte er schreien: *Ich bin hier, zum Teufel!* Bis jetzt noch keine Spur von Robichaud, und der Feuerwehrchef stand eigentlich unter seiner Aufsicht. Ah, *merde.*

Etwas bewegte sich. Kohler blieb stocksteif stehen. Kohler hörte es wieder und wieder, ein sanftes Hin- und Herschaukeln. Als er in die Schwärze hochblickte, fiel ihm ein Tropfen auf die Stirn.

Er bückte sich und strich mit den Fingern vorsichtig über die Bodenbretter.

Wieder hörte er das Schaukeln über sich. Unter den vielen Seilen, die hinauf zum Schnürboden verliefen, ertastete er auch eins, das viel straffer gespannt war als die anderen.

Er wickelte es los und ließ das schwere Ding, das am anderen Ende hing, langsam hinab, bis es sanft die Bühne berührte. Dann ließ er es fallen und wartete ab.

Der Geruch nach ihrem Parfüm war jetzt stärker, und er wähnte sie so nah neben sich, daß er sie fast berühren konnte. Er dachte an den Glockenturm der Basilika, an die Schuhe, die zurückgelassen worden waren, damit er sie fand, an das Benzin. Er erinnerte sich, wie er zwischen den Säulen des Palais de Justice und in der Rue des Trois Maries stand.

Louis, sagte er sich, Louis, wir sind in Schwierigkeiten. Er wußte, daß er einen Toten herabgeholt hatte, wußte, daß der Mörder durchaus wieder zuschlagen konnte, wenn er sich über die Leiche bückte. Aber mußte der Salamander das überhaupt noch, jetzt, wo er den Mann losgeworden war, den sie am dringendsten brauchten?

Hermann mußte den Körper nicht erst berühren, um zu wissen, daß es Robichaud war. Trauer überkam ihn. Élaine Gauthier würde jetzt niemals mehr das Hotel Terminus lebend verlassen, dessen war er sicher. Das Paar war ins Kino gegangen, um sich mit Résistance-Anführern unter den Eisenbahnarbeitern zu treffen oder um einfach einen Film zu sehen, *Bestie Mensch*, und beieinander zu sein.

Sie würde Barbie gar nicht viel erzählen können. Dafür würde Robichaud um ihrer Sicherheit willen gesorgt haben.

Kein Messer und auch kein anderer scharfer Gegenstand ragte aus Kehle oder Brust, dennoch war alles blutig. Das Blut war sogar in Strömen geflossen, hatte den Pullover durchweicht, war weiter hinabgeflossen und hatte sich in den Schuhen gesammelt.

Kohler wischte sich die Finger an einem Hosenbein ab. Er wünschte sich, er hätte die Waffe gefunden, aber der Täter hatte sie entfernt.

Vielfache Stichwunden, entweder die Tat eines Rasenden oder von jemanden, der so klug war, den Mord als solche erscheinen zu lassen.

Salamander …

Er lauschte angestrengt, richtete sich vorsichtig auf und wartete, während er seinen Geist zwang, in die Dunkelheit zu greifen, aber wohin …

Nah … so nah, er konnte die Entfernung zwischen ihnen spüren, und dennoch …

»*Schere* … eine Schneiderschere, ihr Idioten!« schrie St.-Cyr die Gestapo-Spitzel, die warm und bequem in ihrem Auto saßen, verzweifelt auf deutsch an. »Können Sie es *nicht* in Ihre Schädel kriegen, daß der Salamander bereits *im* Theater ist? Mein Partner …«

Er gab auf. Voller Wut auf diese Sturköpfe schlug er mit der Faust auf das Autodach und starrte ratlos auf die blaue Farbe, die das Laternenlicht stark dämpfte, so daß der Place des Célestins nur als vage Silhouette zu erkennen war.

Irgendwo über der Stadt war vielleicht ein einsames Flugzeug von seinem Kurs abgekommen. An der Ecke zur Rue André tauchte der Gestapo-Mann auf, der das Theater ständig zu Fuß umkreiste.

»Bitte, ich ... oh, sicher weiß ich, daß ich bettle, meine Freunde, und daß Sie keine Befehle haben, mit mir das Theater zu betreten, aber ...«

Er zuckte demonstrativ die Schultern und streckte seine Hände mit einer um Hilfe heischenden Geste zu den eisbedeckten Fenstern des Wagens aus, von denen eins einen Zentimeter heruntergekurbelt worden war. Es war dunkel im Auto, nur das leichte Glühen der Zigaretten war zu sehen. »Aber ich habe es schon überall gesucht. Brandschutzleiter Weidling hat das Theater vor einiger Zeit verlassen. Hermann...«

»Robichaud und Kohler sind bislang nicht herausgekommen«, grunzte der Fahrer.

»Wenigstens Sie verstehen...«

»Niemand sonst ist hineingegangen. Niemand hätte an uns vorbeikommen können. Alles ist besser abgeriegelt als der Ausgang der Hölle.«

Ah, *merde*, diese Idioten! Hatten sie nicht bedacht, daß noch andere Schlüssel haben konnten? »Dann haben Sie einen Schlüssel für einen der Eingänge?« fragte er.

Das hatten sie und dieser wurde ihm durch einen schmalen Spalt herausgereicht. »Hier, viel Spaß.«

»Viel Spaß? Aber...«

»Obersturmführer Barbie sagt, daß Sie selbst hineingehen sollen, wenn Sie so erpicht darauf sind herauszufinden, wo Ihr Partner ist.«

»Will er *nicht*, daß der Salamander gestoppt wird?«

»Nicht vor morgen nacht.«

Der Schlüssel gehörte zum Bühneneingang. Auch das hatte er selbst herausfinden müssen. Als er sich den Weg durch den Gang vorsichtig ertastete, stiegen vor seinem inneren Auge Bilder auf von anderen Theatern und vergangenen Morden, von einer Schauspielerin, die im Kostüm einer Edeldame erhängt worden war, wobei das altersschwache Rohr, über das der Mörder die Schlinge gelegt hatte, brach und die Leiche mit Abwasser bespritzt wurde; von einem Veranstalter, der wegen eines Mißerfolgs erschossen wurde, nicht von einem verstimmten Geldgeber, sondern von einem jungen Schauspieler, dessen brillante Karriere zu einem plötzlichen Ende gekommen war – und das gerechtfertigterweise, den Kritiken nach zu urteilen. Er sah die heimlichen Affären von leidenschaftlich entbrannten Liebenden, deren Ehegatten sie aus Eifersucht töten würden. Er hörte den Tratsch, das heimtückische Lästern, das Nörgeln und Beschwatzen, die Aufregung, die es während einer Aufführung immer hinter der Bühne gab.

Im Perückenraum war niemand, niemand in irgendeinem der Ankleideräume, aber Hermann war sehr gründlich, er würde sie alle überprüft haben.

Martine Charlebois und Ange-Marie Rachline waren bestimmt zum Geschäft des Bruders auf der Rue Auguste Comte gegangen, das nicht weit vom Theater entfernt war, wenn man quer über den Place Bellecour ging. Vielleicht war das Geschäft schon geschlossen, als sie ankamen, vielleicht aber auch nicht. Offen gesagt, konnte er es nicht wissen. Henri Charlebois konnte genausogut zum Abendessen ausgegangen sein, vielleicht sogar mit der Weidling. Ihr Mann hatte ja nur gesagt, daß seine Frau auswärts speiste …

Als er in der Nähe eine Schere klappern hörte, wußte er, daß er in einem großen, aber übervollen Raum war. Überall befanden sich

Kostüme, einige halb fertig, andere ganz, manche hingen an Wandhaken, andere an Drähten, die von der Decke baumelten, oder über Kleiderbüsten, männlichen wie weiblichen.

Er ließ seine Hand leicht über ein Gewand hinweggleiten. Gekräuselter Satin und Seidensamt mit Pomponknöpfen. Ein Clown, ein Harlekin?

Wieder klappten die Scherenblätter fest und schnell zusammen. Vor seinem inneren Auge sah er einen langen, unordentlichen Schneidetisch und mußte sofort wieder an Ange-Marie Rachlines Haus und die zwei Kinder denken.

Er zog die Lebel, richtete sie dorthin, wo das Geräusch herkam, und wartete ab.

Als nichts weiter geschah, war er sich sicher, daß die Person, die die Schere geschlossen hatte, den Raum verlassen hatte – oder doch nicht?

Der Duft von *Étranger* wehte an ihm vorbei, nur um sich zu verflüchtigen, und eine Zeitlang herrschte Stille.

»Louis ... Louis, ich bin es. Sie haben nicht zufällig ein Streichholz, oder? Meine sind mir ausgegangen.«

Die Brutalität des Mordes deutete auf einen wahnsinnigen Täter hin. Stoß auf Stoß war die Schere in die Brust, das Herz, die Lunge und dann die Kehle eingedrungen und hatte die Jugularvene durchschnitten. Nach dem letzten Stich war die Schere schließlich herausgerissen und auf die Bühne fallen gelassen worden. Später wurde sie wieder aufgehoben, um ... »Um was zu tun?« fragte sich St.-Cyr. Um gewaschen und abgetrocknet in Madame Rachlines Arbeitszimmer zurückgebracht und dort zwischen den anderen Scheren versteckt oder um auf der Flucht in die Saône geworfen zu werden?

Sie würden draußen suchen müssen. Sicherlich gäbe es eine schwache Blutspur, einen blutbefleckten Mantel, Pullover oder eine Bluse. Und warum hatte Hermann nichts gehört?

Vielleicht war er zu weit weg gewesen? Aber kannte der Mörder das Theater gut genug, um das beurteilen zu können?

Robichaud hatte wahrscheinlich die Bühne betreten, um die Beleuchtungsanlage zu kontrollieren. Hatte sein Mörder gewußt, was er beabsichtigte und daß Hermann unmöglich den Hauptschalter finden konnte? Der Feuerwehrchef hatte weder seinen Mantel noch den Hut getragen – diese waren im Büro des Intendanten zurückgeblieben, oben, auf der Rückseite des Theaters. Robichaud hatte bestimmt in jede Nische und Ritze geschaut, aber wurde er für das getötet, was er gefunden hatte, oder einfach als Versicherung für die Zukunft?

Überall waren Leute der Gestapo, die darauf getrimmt waren, versteckte Waffen, Dokumente oder ähnliches zu finden, und jetzt suchten sie nach dem Phosphor. Sie waren selbstverständlich gründlich. Mit Sicherheit hatten sie an allen Plätzen nachgesehen, die der Logik nach in Betracht kamen, aber hatte man es hier überhaupt mit Logik zu tun?

Hermann schüttelte den Kopf, als er zu Louis hochkam. »Sollen wir nur denken, daß es die Schwester war, Louis, oder war sie es wirklich? Der erste Stich hat das Herz getroffen – da bin ich mir so gut wie sicher. Aber hatte das Mädchen die Kraft, ihn so aufzuhängen, oder hatte sie Hilfe?«

Hermann stellte sich vor, er könnte die Flammen sehen und die Schreie hören. Er sah vor seinem inneren Auge, wie er sich bemühte, durch den dichten Rauch hindurch einen weiteren Brandsatz zu erreichen. »Geduld, *mon ami.* Geduld«, bremste St.-Cyr ihn. »Wenn es einen weiteren Brand gibt, dann ist die Abfolge eine andere als 1938. Die Feuer in Hamburg, Heidelberg und Köln waren nötig, um Martine Charlebois' Liebhaber loszuwerden.«

»Aber dieses Mal, wenn Vater Adrian sie wirklich jemals angerührt hat...«

»Oh, das hat er. Das hat der Priester mit Sicherheit, und mehr als einmal dazu.«

»Dann hätte es nur einen Brand geben müssen, den im Kino.«

»Exakt! Und das ist die traurige Tatsache, der wir uns stellen müssen, Hermann, denn jetzt haben wir einen Salamander, der wieder zuschlagen muß, damit die Wahrheit über eine andere Person nicht ans Licht kommt.«

»Über Weidling und seine Frau? Claudine hat sie versetzt, Louis. So sicher, wie wir hier stehen, war die Weidling da, um ein bißchen Spaß zu haben. Wenn Sie mich fragen, hat ihr Ehemann sie als Köder benutzt.«

»Und der Salamander, Hermann?«

»Wußte alles darüber und hat das ausgenutzt.«

Sie würden sich auf der Terrasse vor der Basilika treffen, sagte sich St.-Cyr grimmig. Sie würden über die verdunkelte Stadt sehen, so wie er jetzt. Hinter verschlossenen Türen war so viel vorgegangen, aber selten deutete mehr als ein heimliches Flüstern oder Nicken darauf hin. Guillemette, der Präfekt, würde als erster mit Madame Rachline eintreffen. Das konnte sie dem Polizeichef und Mitbesitzer ihres Hauses nicht verweigern. Der Bischof würde Henri Charlebois mitbringen, der ihn in dieser Stunde der Not um Beistand ersuchen würde. Und schließlich würde Barbie die Weidling und ihren Mann finden und mitbringen, wenn schon aus keinem anderen Grund, dann wenigstens aus sadistischer Neugier.

Innerhalb dieser auserlesenen Gruppe lagen alle Antworten, die sie brauchten. Aber war es klug, alle zur gleichen Zeit zu bestellen?

Hermann gefiel die Idee nicht. Sie bot zu viele Fluchtmöglichkeiten; allein die Dunkelheit würde schon ein Entkommen ermöglichen.

Aber in der Dunkelheit lag auch Wahrheit, denn ohne Licht neigte die Stimme dazu, tief verborgene Gedanken zu offenbaren. Und die Stille der Stadt war ein Aktivposten, da sie jede Änderung des Tonfalls verstärkte.

Allein und furchterfüllt würde Martine Charlebois sich verstekken oder die Stadt durchstreifen, bis entweder die Kälte oder die Ausgangssperre sie dazu zwangen, irgendwo unterzukommen.

Nicht bei ihr zu Hause, ah, nein, armes Ding, und auch nicht hier unter dem Schutz des Bischofs. Bei ihren *zazous* vielleicht, aber das hielt er für unwahrscheinlich – sie war in ihrem Wesen eigentlich viel zu nett, um die Kinder noch weiter in die Sache hineinzuziehen. Auch nicht bei Ange-Marie Rachline oder im Belle Époque, das sie leidenschaftlich haßte.

Ein Zimmer ... Würde sie sich ein Zimmer in einer der Mietskasernen nehmen, wie sie es zuvor schon getan hatte, diesmal nur, um sich zu erhängen?

Er schüttelte den Kopf und sagte sich, daß sie das erst nach dem Konzert versuchen würde, wenn überhaupt.

Als er Schritte hörte, drehte er sich um.

»Louis, wenn das nicht klappt, brauchen wir unbedingt einen Wagen. Lassen Sie uns das Auto des Präfekten nehmen, und zur Hölle mit den Konsequenzen.«

»Warum nicht Barbies Wagen?«

»Sind Sie verrückt?«

»Wenn ich mich nicht sehr irre, Hermann, wird uns der Obersturmführer sein Auto nur zu gern überlassen.«

»Louis, wir haben es mit einem Salamander zu tun, der seine Farbe ändern kann wann immer er will.«

»Aber üblicherweise wenn es warm wird, Hermann, bei der Hitze der Sonne oder eines Feuers.«

»Na, danke! Herr im Himmel, ich wünschte, Sie würden mir sagen, was Sie für diese kleine Konferenz planen! Ich *kann nicht* alle Ausgänge allein bewachen.«

»Deshalb brauchen wir das Auto, und deshalb wird uns der Obersturmführer seins überlassen.«

Ah, *merde*, das hätte er sich denken können! »Denn wenn wir versagen, wird die Schuld für das, was passiert, auf unseren Schultern lasten.«

»Und wir *müssen* den Salamander zwingen, jetzt seinen Zug zu machen, Hermann, bevor es zu spät ist.«

Kohler sagte sich, daß er darüber einen Moment nachdenken müsse. Er holte tief Atem. »Wir brauchten Robichaud, Louis. Wir hätten ihn bei uns haben sollen.«

»Und Madame Élaine Gauthier, Hermann? Was ist mit ihr?«

Mußte er das so fragen? »Tot – sie ist aus dem dritten Stock des Hotel Terminus gesprungen, bevor eines der Arschlöcher sie aufhalten konnte.«

»Dann hat der Obersturmführer noch mehr Gründe, uns sein Auto zur Verfügung zu stellen, dazu die volle Unterstützung der Lyoner Gestapo, falls wir sie brauchen.«

»*Niemals*, Louis. *Niemals!* Lieber erschieß' ich mich.«

»Bitte, sagen Sie nicht so etwas, Hermann. Man weiß nie, wer gerade zuhört. Davon abgesehen, haben wir eine Verabredung zum Fischen, wenn der Krieg vorbei ist.«

Louis hatte nur selten das letzte Wort, aber diesmal ließ Hermann es ihm. In Stalingrad würde es furchtbar kalt sein. Die Jungs würden hinter einem Geröllhaufen hocken und versuchen, ihre Karabiner warm genug zu halten, damit das Waffenöl nicht gefror und das Schloß verklemmte. Sie würden versuchen, nicht an zu Hause zu denken.

Und Gerda? Hatte es nicht fast eine poetische Gerechtigkeit, daß sie in den Armen eines französischen Zwangsarbeiters lag und gegen ihn die Scheidung einreichte?

Er dachte an Oona und an seine kleine Giselle in Paris. Er dachte an alle Fälle, die Louis und er durchgestanden hatten, an dringend benötigten Schlaf, den sie sich aber bis zur völligen Erschöpfung verweigert hatten.

Er dachte an die Weidling und an die Patronen, die Louis in ihrer Geldbörse gefunden hatte, und er schwor sich: *Du gehörst mir.*

10

Kohler zog gegen die Kälte die Schultern hoch und seinen Kragen enger zusammen. Die kleinen Scheißer würden sich noch selbst umbringen. Statt der Stille, auf die Louis sich verlassen hatte, herrschte ein Höllenlärm. Kinder und Halbstarke rasten mit ihren Schlitten die Abhänge hinunter, und, o mein Gott, mit was für einer Geschwindigkeit! Die Höhe von Fourvière hinunter und durch Vieux Lyon zum Place Bellecour oder Place Terreaux! Auf Serpentinen die Anhöhe des Jardin du Rosaire hinab und an den Stationen des Kreuzes vorbei ... wusch! Welches Kreuz? Dann weiter den Montée des Chazeaux hinunter über die Treppen hinweg. Bumps, bumps, rumpel, rumpel ... Vierzig ... fünfzig ... sechzig Stundenkilometer – würden sie solche Geschwindigkeiten erreichen? *Maudit*, sie hatten Schneid und die ungebändigte Sorglosigkeit der Jugend!

War es nicht gut zu hören, daß sie eine schöne Zeit hatten und die Brände und die Besatzung vergaßen, überhaupt diesen ganzen Scheißkrieg vergaßen?

Es war schon Jahre her, seit er das letzte Mal auf einem Schlitten gesessen hatte. Jahre! Er hatte das Rudel angeführt – niemand hatte ihn einholen können, und Gerda, ja, Gerda war auch dagewesen, manchmal mit auf dem Schlitten. Damals war sie leicht wie eine Feder. Manchmal hatten sie sich in einem alten Eisenkessel heißen Apfelwein, Kakao oder Glühwein, wenn sie welchen stehlen konnten, bereitet. Immer bereit, im Heu zu schmusen. Immer hielten sie eine Ladung Wasser für etwaige Störenfriede bereit.

Ah, Scheiße, Sentimentalität hatte im Leben eines Kriminalbeamten keinen Platz. Louis hatte Schwierigkeiten. Der Lärm lenkte ihn dauernd ab. Einmal ein Vater, immer ein Vater. Der arme Franzmann reagierte auf jede Pause im Lärm besorgt, da jede Pause bedeuten konnte, daß die Kinder gegen einen Felsen gefahren, mit einer Steinmauer oder einem Baum zusammengeprallt waren. Nachdem Louis gesehen hatte, daß nichts geschehen war, hatte er einen Atemzug lang Zeit, sich zu erholen, bis eine neue Pause im Lärm wieder daran denken ließ, was alles passiert sein konnte.

»Monsieur Charlebois, weichen Sie nicht so aus, eh? Es ist eine Tragödie, mein Freund. Ihre Schwester ...«

Rumpel, rumpel ...

»Mademoiselle Charlebois hat mich hier angerufen, Inspektor.

Ich versichere Ihnen, daß sie unmöglich versucht haben kann, Sie umzubringen«, sagte der Bruder steif.

»Und sich selbst!« schrie Louis nervös.

»Nein, nein«, grunzte Bischof Dufour. »Das ist unmöglich, sie ist so sensibel.«

»*Sensibel?* Hielt Ihr Sekretär sie auch dafür, Herr Bischof? Muß ich Sie beide Obersturmführer Barbie übergeben? Das Mädchen ist dort draußen, meine Freunde. Hat es den Phosphor? Wird sie eine weitere überfüllte Mietskaserne abfackeln?«

»Inspektor, was soll das heißen?« fragte der Antiquitätenhändler scharf. »Wollen Sie damit andeuten, daß Mademoiselle Charlebois der Salamander ist?«

Das war schon besser, dachte St.-Cyr. Er würde seine Pfeife vorholen und sie stopfen, und sie würden wissen, daß er das tat, weil er ihnen starken Tobak anzubieten hatte. Résistance-Tobak!

Eine unheimliche Stille legte sich über den Hügel, und für einen Moment hatten sich die Schlitten für eine Ruhepause versammelt oder waren verschwunden. Oder zogen die Kinder sie nur wieder hoch?

Louis wedelte das Streichholz aus. »Nein, Monsieur, ich deute nicht an, daß Ihre Schwester der Salamander ist.«

»Was deuten Sie dann an?« fragte Charlebois nervös.

»Monsieur, wenn sie Sie hier angerufen hat, dann sagen Sie mir bitte, woher sie wußte, daß Sie bei Bischof Dufour sein würden? Es ist Samstag nacht. Sie können sie schon seit geraumer Zeit nicht mehr gesehen haben, oder, Monsieur, haben Sie sie um sieben Uhr heute abend in Ihrem Geschäft getroffen? Und hat das, was sie Ihnen dort gesagt hat, Sie veranlaßt, um eine Audienz beim Bischof zu ersuchen?«

»Henri, lassen Sie mich antworten«, warf Dufour ein. Der Mann von der Sûreté hatte keinen Grund, so anmaßend zu sein! »Monsieur Charlebois und ich hatten ein Treffen, Inspektor, um über die letzten Details des Konzerts zu sprechen. Dieses Treffen ist schon vor einiger Zeit arrangiert worden und fand beim Abendessen im Pfarrhaus statt. Martine Charlebois wird davon gewußt haben. Sie ist auch ein Mitglied unseres Symphonieorchesters.«

Ah, *nom de Dieu*, mußte er mit beiden fertig werden? »Das Cello, Exzellenz. Aber das Mädchen hat versucht, mich und sich selbst umzubringen.«

»Mit Sicherheit nicht. Das Gas wird notwendigerweise oft von unseren deutschen Freunden abgestellt. Ist das nicht so? Vielleicht war der Haupthahn an der Schule aus Versehen noch offen und die anderen Hähne auch?« sagte Dufour.

Also schön! »Haben Sie Monsieur Charlebois heute abend die Absolution erteilt, Bischof?«

»Wenn ich es tat, dann ist das eine Angelegenheit zwischen Gott, mir und Monsieur Charlebois und niemand anderem.«

Dieser Hurensohn!

»Inspektor«, sagte der Antiquitätenhändler, »ich habe morgen eine Menge Arbeit. Montag nachmittag und abend gibt es eine wichtige Auktion in Paris. Reichsmarschall Göring wird da sein. Wegen des Einbruchs in mein Geschäft in Dijon muß ich eine Reihe Stücke versteigern lassen, und ich muß sie verpacken, damit ich sie mit mir im ersten Zug nehmen kann.«

Wie passend! Um sechs Uhr morgens, und mit Frau Weidling, war es nicht so? »Paris ... Ich verstehe, Monsieur, aber was ist mit Ihrer Schwester? Sicherlich haben Sie sie doch nicht vergessen? Sind Sie nicht vielleicht ein wenig in Sorge?«

»Mademoiselle Charlebois wird zu Hause sein, wo sie hingehört. Bischof Dufour wird bestätigen, daß ich ihr sagte, sie habe nichts zu befürchten, Inspektor, und solle nach Hause gehen und dort auf mich warten.«

»Und dann, Monsieur?« fragte Louis und zog an seiner Pfeife. Gott, war die Stadt still!

»Dann werde ich mich um die Sache kümmern, Inspektor. Ich versichere Ihnen, daß nichts Unstatthaftes vorgefallen ist. Es ist alles nur ein Mißverständnis.«

»Ja, ein Mißverständnis«, kam ein Echo von Dufour.

»Exzellenz, wir müssen an die vielen Toten denken, an Vater Adrian und jetzt auch an Monsieur Robichaud.«

»Julien … aber … aber …«

Waren sie beide wirklich so bestürzt? Man konnte es nicht sagen, und jetzt wurde das Geschrei wieder lauter, als die Jungen und Mädchen sich mit ihren Schlitten wieder nach oben kämpften.

»Inspektor, Julien wurde doch sicherlich nicht ermordet? Ein Unfall …« sagte der Bischof, entsetzt über das Geschehnis.

Louis war brutal. »Kein Unfall, Bischof, und jetzt ist die Stadt der Gnade des Salamanders ausgeliefert. Ja, meine Freunde. Jetzt, wo Robichaud aus dem Weg geräumt ist, hat der Salamander freie Bahn, es sei denn …«

Dieser verdammte Louis hielt doch inne, um seine Pfeife auszuklopfen und neu zu stopfen!

»Es sei denn *was*, Inspektor?« fragte Charlebois ungeduldig.

Von links erklang noch mehr Geschrei zu ihnen herüber. »He, Cécile, hier drüben, meine süße kleine Rakete. Laßt uns eine Wettfahrt machen!«

»Marie, er will sein Stück Sandpapier mit unserer Eisgöttin messen!«

»Jedes Jahr das gleiche«, murrte der Bischof. »Seid ruhig, ihr Nervensägen!« schrie er laut hinüber. »Verschwindet, aber sofort!«

Totenstille, dann Kichern, danach Gelächter und ein paar freche Bemerkungen. »Ein *Treffen!*« schrie Dufour ärgerlich. »Eine wichtige Konferenz findet hier statt. Das Schicksal der Stadt …«

Rumpel, rumpel … bumps … bumps! Rumpel, rumpel …

Ah, *merde*, die erste Kurve in den Stationen des Kreuzes … Ein lautes Kreischen! Ein Schrei …

Dann Jubel, als die Wettstreiter an den anderen vorbei in die Dunkelheit rasten.

»Es sei denn, wir erfahren die Wahrheit, Exzellenz. Die Wahrheit!« fuhr der Oberinspektor der Sûreté den Bischof an. »Mademoiselle Charlebois hat einen tragischen Fehler begangen. Einmal angefangen, hatte sie keine andere Wahl mehr, als weiterzumachen.«

»Welchen Fehler?« wollte Charlebois wissen.

Louis wirbelte zu ihm herum. »Bitte unterbrechen Sie mich nicht, Monsieur. Ein Fehler, hervorgerufen durch eine lange Geschichte des Mißbrauchs durch Sie! Jetzt *muß* ich endlich von Ihnen die Antworten bekommen!«

»Welcher Mißbrauch?« fragte Dufour mit offensichtlichem Mißtrauen.

Andere waren eingetroffen. »Nicht physisch, aber psychisch«, sagte Madame Rachline. »Gib es zu, Henri. Du hast Martine immer für dich selbst gewollt und wolltest ihre Reinheit bewahren. Oh, keine Liebe in sexuellem Sinn, Inspektor – dem hätte sie nie zugestimmt –, aber er hat sie von anderen ferngehalten, die sie doch nur schänden wollten.«

»Hermann?«

»Louis, ich bin hier drüben.«

»Gut! Herr Präfekt, dieser Mann muß verhaftet werden.«

»Jetzt warten Sie mal einen Moment, Louis. Monsieur Charlebois? Pah! Das ist unmöglich. Sie müssen von Sinnen sein. Sie erwarten, daß ich ihm Handschellen anlege? Und warum, bitte?«

Guillemette machte immer Schwierigkeiten.

»Für den Mord an Robichaud?« schnaubte Charlebois.

Der Antiquitätenhändler atmete schnell, aber war es der richtige Moment für einen Vorstoß? »Drei Personen waren an dem Brand im Kino beteiligt, Monsieur …«

»*Drei*, Louis?« warf Guillemette ein. »Sagen Sie mir nicht, daß unser Salamander drei *Frauen* sind, und wenn das so wäre, hah! Was hat dann Monsieur Charlebois damit zu tun?«

Hermann würde jetzt am besten die anderen bearbeiten. Wenn nur die Schlitten wieder mit ihrem Lärm aufhören würden. »Madame Rachline, gingen Sie mit Claudine Bertrand in das Kino?«

Alles kam wieder hoch und verfolgte sie. Concarneau und der Strand, Henri und seine kleine Schwester. »Nein, Inspektor. Mehrere Personen waren in dieser Nacht im La Belle. Die werden Ihnen bestätigen können, daß ich zur Abendessenszeit im Haus war und es um neun Uhr abends verlassen habe, um zu meinem eigenen Haus hinüberzugehen und bei meinen Kindern zu sein.«

»Gut. Dann erzählen Sie uns bitte, Madame, wann Claudine an Ihre Tür kam. Sie hatte einen Schuh verloren. War sie in Tränen aufgelöst? War sie aufgeregt?«

»Sie ist tot, Inspektor. Was kann es noch für eine Rolle spielen«, schaltete sich eine Frauenstimme auf Deutsch ein.

»Ah, Frau Weidling, ich bin froh, daß Sie noch erschienen sind. Brandschutzleiter Weidling, Obersturmführer ... wir haben uns alle in einer Stadt in Finsternis und Furcht versammelt«, sagte Louis in Deutsch. »War sie aufgeregt, Madame Rachline?« fragte er sie auf Französisch und übersetzte es gleich ins Deutsche, damit auch die anderen es verstanden.

Die Zeit war gekommen, das hatte sie schon die ganze Zeit gewußt. »Ja. Claudine war in schlechter Verfassung, Inspektor. Ihr war eine Heidenangst eingejagt worden, und darüber hinaus fürchtete sie, daß man sie umbringen würde.«

Rumpel, rumpel ... bumps, bumps ... *bumps!* Rumpel ... rumpel ...

»Sie war sicher, daß Frau Weidling etwas mit dem Brand zu tun hatte, Inspektor, und daß die Frau dafür ... dafür sorgen würde, daß sie ...«

»Ange-Marie, paß auf, was du sagst.«

»Henri, warum sollte ich, wo ich zwei Polizisten neben mir habe?«

Klaus Barbie übersetzte für die Weidlings. Charlebois wartete. Vielleicht hielt er seinen Atem vor Ungeduld an, vielleicht überlegte er, was zu tun sei.

Louis bat Madame Rachline fortzufahren. Klaus Barbie sagte in Französisch: »Ja, tun Sie das bitte. Ich habe noch eine Verabredung, die ich nicht platzen lassen kann.«

Noch ein Besuch in deinem Lieblingsbordell? Kohler brummelte leise vor sich hin und zog sich tiefer in den Schatten der Basilika zurück.

»Ja, bitte fahren Sie fort«, sagte Frau Weidling schneidend. »Werde ich verdächtigt, Inspektor? Johann, frag du ihn.«

»Das werden Sie, Frau Weidling. Und ich glaube, daß Sie das nur zu genau wissen. Sie waren auch bei den Bränden 1938 dabei. Alles in allem wäre ich nicht überrascht, wenn Sie...«

»Ah, nein, natürlich«, sagte Madame Rachline. »Warum habe ich das nicht eher gesehen? Ein anderes Kino, ein überfüllter Hörsaal ...«

War sie jetzt besonders schlau, fragte sich Kohler, oder machte sie sich gerade ehrliche Vorwürfe?

Wieder rasten die Schlitten über das Eis. Wieder das schnell leiser werdende Rumpeln, das bumps, bumps, bumps, wenn sie über die Treppen fuhren, dann die fürchterlichen Pausen, die plötzliche Stille, als die Schlitten die Kurve nahmen ...

»Herr Obersturmführer, das ist absurd. Ich muß darauf bestehen, daß wir zum Hotel zurückkehren. Meine Frau ist sehr müde, und ich muß wieder zum Theater, wenn ich es gründlich durchsuchen soll«, sagte Weidling.

»Ihre Frau«, sagte Louis. »Herr Weidling, erzählen Sie uns, wie Sie sich kennengelernt haben.«

»Das geht Sie nichts an und gehört auch nicht hierher.«

»Heißt das, Sie wünschen, daß ich es Ihnen erzähle?« fragte St.-Cyr. »Kommen Sie schon, Herr Weidling. Sie war die Hauptverdächtige beim Brand in Hamburg. Von dort sind Sie ihr nach Heidelberg gefolgt – war es nicht so? – und dann nach Köln. Sie war zu den fraglichen Zeiten in diesen Städten, genau wie Martine Charlebois und ihr Liebhaber.«

»Ihr Verlobter ...« berichtigte Madame Rachline. »Und ... und Claudine, Inspektor. Claudine hat mich um Urlaub gebeten, und ich gewährte ihn ihr. Ein kleiner Urlaub, sagte sie, ein paar Leute treffen, die wir alle kennen, *oh bien sûr*. Martine war über einen Studentenaustausch im Reich. Claudine sagte, Henri wolle, daß sie … sie herausfand, ob seine kleine Schwester, ob Martine sich einen … einen Liebhaber genommen hatte.«

»Louis …? Louis, einer von ihnen hat die Terrasse verlassen.«

»Hermann! Warum haben Sie ihn nicht aufgehalten?«

In einem Augenblick war er da und im nächsten war er weg, aber war er noch in der Nähe, und war er wirklich der Salamander?

Rumpel, rumpel, rumpel … bumps, bumps, bumps … »Johann … Johann, verlaß mich jetzt nicht! Bitte, mein Liebling, ich flehe dich an.«

St.-Cyr packte den Präfekten am Arm und sagte ihm, er solle dafür sorgen, daß die Weidling nicht auch verschwände. Dann rief er Hermann und rannte los, glitt aus, rutschte und landete fast auf dem Allerwertesten.

Ah, *merde*, das Eis! »*Hermann*, wo stecken Sie?«

»Hier drüben, Louis. Hier!«

Eine geringe Steigung, aber eine großartige Rutschbahn. Silhouetten standen herum, protestierten. Hermann schrie: »Gestapo. Dieser Schlitten ist beschlagnahmt!« Halbstarke … Halbstarke …

»Steig auf, Louis. Das ist ein Befehl.«

»Aber … aber …«

»Das Mädchen, Schwachkopf! Die *Schwester*. Sie versteckt sich bestimmt im Geschäft!«

Rumpel, rumpel … Rumpel, rumpel …

»*Schieb an*, Louis! *Schieb!* Ah, Herr im Himmel, Blödmann. Lauf los und spring auf oder bleib zurück!«

Sie polterten den Hügel hinunter. Sie nahmen die Kurven, hüpften über etwas hinweg. Schlugen auf dem Boden auf, hüpften wieder durch die Luft. Ah, *mon Dieu*, *mon Dieu* …

Der Schlitten wirbelte im Sprung, landete auf einer Straße, überquerte sie, krachte seitlich gegen eine Wand … die Hände … die Hände …»Hermann!«

»*Festhalten, Louis!*«

Bumps, bumps, bumps – rumpel, rumpel, rumpel … Ah, nein, der Montée des Chazeaux …

Sie rasten an einer Fußpatrouille vorbei auf die Rue de la Bombarde, schossen am Palais de Justice vorbei und flußabwärts entlang der Quais über die Pont Bonaparte und den Place Bellecour.

Schlitternd kamen sie genau vor dem Geschäft von Henri Masson, Edle Antiquitäten, zum Stehen.

»Sind Sie noch da, Louis?« fragte Kohler zweifelnd.

»Ja, ich lebe noch. Sie überraschen mich immer wieder mit Ihren Talenten. Bitte gehen Sie in das Geschäft, finden Sie das Mädchen und verhaften Sie es, bevor der Bruder kommt.«

»Dafür brauchen wir wohl keinen Haftbefehl?«

»Nein. Nicht wenn Sie von der Gestapo sind.«

»Dann warten Sie hier und halten ihn auf, wenn er kommt.«

»Natürlich. Es wird mir ein Vergnügen sein.«

Verdammt, aber es war eine Teufelsfahrt gewesen! Mit wackligen Knien ging Kohler zur Tür hinüber, feuerte zwei Schüsse in das Schloß und riß die Drähte heraus, um den Alarm zum Schweigen zu bringen. Dann verschwand er im Geschäft und ließ seinen Partner und Freund allein, der das Zittern der Glieder langsam unter Kontrolle zu bringen versuchte.

St.-Cyr dachte über die Sache nach. Den Schlitten würde er am besten außer Sicht schaffen und darauf warten, daß sich auf der Straße alles beruhigte.

Als er aber nach zwanzig Minuten immer noch nichts gehört hatte, überquerte er die Straße, betrat zögernd das Geschäft und sagte leise vor sich hin: »Hermann, was ist passiert?«

Das Mädchen kniete. Das Licht einer einzigen Kerze, die auf dem Boden vor ihm stand, flackerte, während es zitternd auf seine Verhaftung wartete. Martine bebte so stark, daß der Dolch, den sie auf ihre Brust gerichtet hielt, rote Lichtblitze versprühte.

Kohler atmete tief ein. Ah, *merde*, was sollte er nur tun? Überall um ihn herum standen die Ausstellungsstücke – edle Antiquitäten, feine Arbeiten aus Gold, Glas und Marmor sowie Ölgemälde. Die Beute eines Aasfressers, der sich von den Leichen anderer ernährte. Die Knochen von Jahrhunderten. Sie waren im ersten Stock des Geschäfts, umgeben von so vielen Dingen. In einer Ecke stand ein Waffenschrank. Durch die offene Tür drang die Eiseskälte ein.

»Kommen Sie nicht näher!« kreischte sie schließlich. Den Dolch hielt sie jetzt fest in der Hand. *»Haben Sie meinen Bruder verhaftet?«*

Als er nicht antwortete, kreischte sie ihm die Frage erneut entgegen, und er sah, daß ihre bleichen Wangen tränenüberströmt waren.

»Sehen Sie, ich … wir … Mein Partner und ich wollen Ihnen nichts tun, Mademoiselle Charlebois. Das schwöre ich.«

Sie hörte nicht zu. Mit einer Hand riß sie an der weißen Baumwollbluse – riß an ihr, bis Büstenhalter und Fleisch ungeschützt seinen Blicken ausgesetzt waren und er sehen konnte, daß Blut aus einer Wunde tropfte.

Wieder umklammerte sie fest das Heft mit beiden Händen. »Schon gut, schon gut. Sie haben gewonnen? Hier, ich lege meine Pistole auf den Boden, wo Sie sie sehen können.«

In seinem Kopf schrillten die Alarmglocken, aber der Kriminalbeamte schenkte ihnen keine Aufmerksamkeit. Wie dem auch sei, egal was sie sagte, er würde es nicht verstehen. Es würde ihn auch nicht interessieren, da alle ihr die Schuld geben würden. »Ich wollte es nicht tun. Sie haben mich dazu *gezwungen*, Monsieur! Sie haben meinen Geist *vergewaltigt*, bis ich es tun mußte, um ihn zu retten.«

War Louis die Treppe hochgekommen? Hatte sie ihn gesehen? »Nun schauen Sie mal, Verbrechen aus Leidenschaft werden immer weniger schwer bestraft als andere. Wenn es mildernde Umstände gibt, dann wird das Gericht nachsichtig sein.«

Sie sah ihn mit einem halben Lächeln traurig an. »Achtzehn, Monsieur? *Achtzehn?* Haben Sie nicht das Kind aufgefangen, das aus den Armen seiner Mutter gefallen war?«

»Der Brand der Mietskaserne … Sie haben ihn gelegt, um den Verdacht von ihrem Bruder abzulenken.«

»Ein *Salamander*, Monsieur! Eine Kreatur aus der Mythologie. Die im Feuer lebt und in warmer Umarmung schwelgt, wie es nackte Liebende beim Akt ihrer Vereinigung tun. Ein schuppenloses, schlüpfriges Tier, dessen Haut *glatt* ist! Eine Kreatur, die ihre Farbe wechseln kann, wenn sie in der Falle steckt! Ein *Chamäleon*, Monsieur – das wäre ein besserer Deckname gewesen. Eine Eidechse, die *verschwinden* kann!«

»Wird er das Theater abfackeln?«

»Wie er das Cité de Lyon abgefackelt hat?«

Wieder war da das halbe Lächeln, teils grausam, weil ihr das Leben einiges angetan hatte, und dennoch teils amüsiert. »Ein weiteres Feuer, für das keine Notwendigkeit besteht, Monsieur? Sehen Sie, ich wußte es nicht. Bis zu dem Feuer im Kino hätte ich keinen Moment daran geglaubt, daß mein Bruder für diese anderen Brände verantwortlich war. Er war mein Retter. Er war die Person, bei der ich Schutz finden konnte. Und auf jeden Fall hätte er das Feuer im Kino nicht allein legen können, oder? Oh, *mais certainement*, er mußte auch früher Hilfe gehabt haben, aber hatte er diesmal welche? Ich zögerte, mich der Ruine zu nähern. Ich hatte solche Angst, daß Henri im Feuer eingeschlossen gewesen sein konnte. Bis zur Unkenntlichkeit verbrannt. Asche ... nichts als Asche. Aber die Erinnerungen haben mich verfolgt, und ich sah wieder meinen Max in den Flammen. Ich sah wieder, wie sein Gesicht verbannte, und hörte seine Schreie. Jetzt weiß ich, daß Henri uns zusammen gesehen haben mußte, so wie er Vater Adrian mit mir zusammen entdeckt hatte.«

Herr im Himmel, das Kind will sich umbringen!

»Mein Bruder war schon immer fasziniert vom Feuer, Monsieur, und er hat immer mich gewollt. Henri hat mich als Kind immer beobachtet, wenn ich nackt war. Er zündete Streichhölzer an und hielt sie hoch. Ich habe die Intensität seiner Blicke nicht verstanden. Oh, sicher, er hätte mich nie mit den Flammen verbrannt, und dessen war ich mir auch sicher, aber dennoch hatte ich immer Angst. Er hat mich immer gebadet, wußten Sie das? Er hat seine kleine Schwester, die er ›Perfektion‹ nannte, angebetet.«

Ihr Tonfall wurde sachlicher. »Sehen Sie, Monsieur, Henri hat mit Claudine und Ange-Marie ein Spiel gespielt, ein Spiel, bei dem sie entdeckten, daß Feuer Erregung auslöste. Aber in Wahrheit war es Furcht, vermute ich. Oh, *mon Dieu*, wer kann das schon sagen? Aber Ange-Marie weiß alles darüber. Sie müssen sie fragen.«

»Und Claudine? Was war mit ihr, Mademoiselle? Was war mit den Schlüsseln zu Ihrer Schule?«

Er wollte das Phosphor haben. Er *wollte*, daß sie weiterredete, damit ihr Tod möglichst lange hinausgeschoben wurde. »Claudine mußte umgebracht werden, nicht wahr? Sie durfte mit ihrem Wissen nicht weiterleben. Sie hat für Henri angerufen und Vater Adrian zu seinem Tod bestellt. Sie hat eingewilligt, sich mit einer bestimmten Frau in einem bestimmten Kino zu treffen. Das weiße Pulver, die Oxalsäure, wurde in die Schale gegeben, dann lief die konzentrierte Schwefelsäure langsam an der Innenseite entlang, bis sie die Oxalsäure erreichte und sofort zu zischen begann.«

»Ja, aber wer tat es?«

»Claudine hat es nie erfahren. Sehen Sie, sie fürchtete jemand anders, nicht wahr? Eine deutsche Dame. Wunderschön, leichtfertig und ganz wild darauf, Claudines Brüste mit Flammen zu berühren. Nackt und allein, aber heimlich von jemand anderem beobachtet, der von ihnen Photographien machte. Diese Photographien hat er dann anonym der Gestapo in die Hände gespielt und somit die beiden in Verdacht gebracht. Ich habe die Negative gefunden und vernichtet.«

Das Mädchen atmete tief ein. Vielleicht wollte sie schnell das Haar von der linken Wange zurückstreichen, vielleicht wollte sie auch einfach nur schlucken.

»Kohlendioxid ist schwerer als das tödliche Kohlenmonoxid, Monsieur. Beide werden zu gleichen Teilen freigesetzt, und sie neigen dazu, die Luft, die in der Schale über der Mischung ist, zu verdrängen, aber ...« Wieder blitzte da dieses Lächeln auf. »Aber das spielt nicht wirklich eine Rolle, oder? Sobald die Gase eingeatmet werden, absorbiert das Blut das Gift, und der Geist gleitet in die Bewußtlosigkeit. Dann kommt der Tod sehr schnell, um sich die Seele zu holen und die Zunge für immer zum Schweigen zu bringen.«

»Haben Sie sie getötet?«

Er würde ihr nicht glauben, aber sie würde es ihm trotzdem sagen. »Nein, ich nicht. Jean-Pierre, mein schöner *zazou*, sagte mir, wie man es machen mußte. Er hat es in einem der Chemiebücher seines Vaters gefunden.«

»Hat Ange-Marie Rachline es getan?«

»Ich habe keine Antworten mehr für Sie, Monsieur. Ich habe gesündigt, und die Sinnlosigkeit meiner Sünde besteht darin, daß ich nur meinen Bruder schützen wollte, den ich liebe und bewundere und wirklich versucht habe zu verstehen.«

»*Bitte*, tun Sie es nicht. Das Phosphor ... Zwei Flaschen voll, Mademoiselle Charlebois. Wenigstens fünfhundert Gramm in ... ah, Gott allein weiß, wie vielen Würfeln.«

Das Phosphor ... »wird unter Wasser aufbewahrt, flammt sofort auf, wenn er mit Luft in Kontakt kommt ...«

»Bitte sagen Sie uns, wo es ist«, bettelte der Kriminalbeamte, und sie sah, daß auch er vor der Flamme auf die Knie gesunken war und über seine von der Zeit gezeichneten Wangen Tränen liefen. »Müssen noch mehr sterben?« fragte er. »Robichaud, Mademoiselle? Mußten Sie ihn zum Schweigen bringen? Brandschutzleiter Weidling wird als Gegner für Ihren Bruder bei weitem nicht gut genug sein.«

»Der deutsche Feuerwehrmann, er hat Max und mich nach dem Brand in Hamburg mehrfach befragt, und dann wieder nach dem Brand in Heidelberg und dann ... nun, nach dem Feuer in Köln nur mich. Die Flammen haben mir meinen Geliebten geraubt, Monsieur, und mir mein Herz jetzt endgültig gebrochen. Henri, er war da, und ich wußte es damals nicht, und auch kein anderer außer einem bestimmten Schmetterling, der ihm so sehr half und jeder seiner Bitten nachkam, da er so viel Angst vor ihm hatte.«

Claudine …

Hinter dem geordneten Wirrwarr der *objects d'art* versteckt, beobachtete St.-Cyr die beiden. Hermann tat sein Bestes, dem Mädchen so viel wie möglich zu entlocken. Sie wiederum hielt selbst jetzt noch Informationen zurück, aber waren sie überhaupt allein? Schaute der Bruder nicht ebenfalls zu?

»Brandschutzleiter Weidling versteht nur zu gut, worum es hier geht, Monsieur. Er hat aufgrund der Feuer meines Bruders viele Ehrungen und Auszeichnungen erhalten, und das wird wieder geschehen, denn er ist nicht nur ehrgeizig bis zur Skrupellosigkeit, sondern auch schlau wie ein Fuchs. Als ich ihn am Tag nach dem Kinobrand auf dem Place Terreaux sah, blieb mir fast das Herz stehen. Oh, gewiß, ich wußte, daß er in unserer Stadt war, und ich war darüber schrecklich besorgt, weil Henri so aufgeregt war. Aber warum war Major Weidling gekommen, um sich wie ein Geier auf die verbrannten Leichen zu stürzen, wenn er nicht genau wußte, wer daran die Schuld trug?«

Sie schwieg und fuhr dann fort: »Seine Frau, sie ist sehr schön, aber wie der Salamander kann sie bestimmt ihre Hautfarbe wechseln, wenn sie bedroht oder eingefangen wird.«

Louis war hinter ihm – Kohler fühlte es genau. »Wußte sie, daß Ihr Bruder im Kino sein würde, Mademoiselle?«

»War sie dort, um ihn zu treffen? Galt das auch für Vater Adrian? Fragen … Fragen Sie wen Sie wollen, aber nicht mich.«

»Ah, nein, nicht. *Nicht!*« Kohler sprang. Der Dolch fuhr in ihre Brust. Im Schock weiteten sich ihre Augen, und ihr Mund öffnete sich. Einen Moment lang klammerte sie sich verzweifelt ans Leben, wollte noch mehr erzählen … mehr … Sie *mußte* ihm von Concarneau erzählen. Sie mußte! Das Meer … das Rauschen des Meeres, die Wärme der Sonne und des Sandes, Flammen … Flammen. Eine weiße Unterhose, die sie stahl, um Henri später einmal an alles zu erinnern. Stimmen … geheimnisvolle Stimmen … Geflüster, ein schriller Schrei … »Ange-Marie … Ange … Ma … rie ist … ist …«

Sie brach zusammen und warf die Kerze um, so daß die Flamme nach ihren Haaren züngelte. Eine Berührung, ein Kräuseln der Haare, als sie versengt wurden.

Der Gestank weckte Kohler aus der Starre. Er hob die Kerze auf. »Louis … Louis?«

In der frostklaren Nacht klingelte eine Straßenbahn auf der anderen Seite des Place Bellecour. Wie Marionetten in einem Schattenspiel rannten die Silhouetten los, und St.-Cyr wußte, daß er in dem Gewimmel keine Chance hatte, Henri Charlebois im Auge zu behalten.

Einige Gestalten rutschten aus und ruderten mit den Armen. Einige flehten verzweifelt Gott an, während andere wie verrückt lachten, bis das Klingen unerträglich wurde.

»Ah, nein, *warten Sie!* Bitte warten Sie auf mich«, schrie ein Mädchen, aber es nutzte nichts. Es stolperte, schlug mit der Faust aufs Eis und fügte mutlos hinzu: »Die letzte Bahn, Messieurs. Mit Sicherheit die letzte Bahn! Haben Sie kein Herz? Die Ausgangssperre! Es ist Weihnachten! Nun, der Tag danach, aber warum soll ich wegen dieser Lappalie die nächsten Monate als Gefangene in Montluc verbringen, ohne Zahnbürste?«

Vom Eis bestraft, standen jene, die die Bahn verpaßt hatten einzeln oder in kleinen Gruppen herum und schimpften vor sich hin, wie es in einer solchen Situation üblich war. Sie verfluchten leise oder laut die verdammten Arschgeigen von den Öffentlichen Verkehrsbetrieben, die hohen Löhne, die solchen Schwachköpfen gezahlt wurden, die Sicherheit, die ihnen ihre wertvollen Pensionen gaben …

Er hatte das alles schon so oft gehört. Atemlos ließ er seinen Blick umherschweifen. Charlebois war größer als die meisten, und er war schlank. Er hatte seinen Hut verloren, war einmal gefallen. Vielleicht hatte er sich einen Knöchel oder das Handgelenk verstaucht?

Als St.-Cyr nach ihm suchte, hörte er, wie das Mädchen, das eben gestürzt war, sagte: »*Merci*, Monsieur. Es ist sehr nett von Ihnen, daß Sie mir aufhelfen.«

»Ist alles in Ordnung mit Ihnen? Sie haben sich nichts gebrochen?« fragte der Helfer.

Er war groß, und er trug keine Handschuhe, dachte das Mädchen, denn erst gestern waren ihre gestohlen worden, und sie hatte noch keine neuen bekommen können.

»Nein. Nein, mir ist nichts passiert. Nur, daß ich so weit weg wohne, Monsieur. Drüben in Saint-Jean auf der Rue des Antonins.«

Fast am Fuß des Montée des Chazeaux.

»Gut. Ich gehe selbst in diese Richtung. Wir können zusammen gehen.«

Er nahm ihren Arm. Sie war sich nicht sicher, ob ihr das recht war. Heutzutage war es so schwer, jemandem zu vertrauen. »Bin ich in den Händen der französischen Gestapo, Monsieur?« fragte sie sich mißtrauisch. Er hatte es sehr eilig, und das versetzte sie in Unruhe, aber wahrscheinlich lag es nur an der näherrückenden Ausgangssperre.

Sie gingen schweigsam weiter, verschmolzen mit den anderen, so daß sie sich vermutlich in seiner Gesellschaft wohler fühlte, dachte St.-Cyr. »Waren Sie im Kino?« fragte der Mann. »*Die große Illusion*. Mögen Sie den Film so sehr wie ich?«

Wenn man zugab, daß man allein ins Kino ging, hieß das, daß man allein lebte. Es hatte keinen Zweck, diesem Mann etwas von einem Freund vorzulügen, der auf der anderen Seite der Rhône in Part Dieu oder La Guillotière wohnte. »Ja, ich mag den Film sehr, Monsieur.«

»Obwohl wir so schreckliche Brände hatten?«

»Ich habe gebetet, daß mir nichts geschehe, Monsieur. Offensichtlich haben andere das gleiche getan, denn das Kino war überfüllt.«

Das hätte das Mädchen besser nicht gesagt, dachte St.-Cyr trübsinnig. Ah, *merde*, sollte er jetzt einschreiten, damit sie keiner Gefahr ausgesetzt wurde?

Charlebois kicherte höflich. Während sie die Rue de la Barre überquerten, benutzte er das Mädchen wieder als Schild und achtete darauf, daß sie sich schnell wieder unter die Menge mischten. Er schalt sie freundlich. »Wünschen wir nicht beide, daß das der Fall gewesen wäre, Mademoiselle? Es waren so wenige mutige Menschen in dem Kino, daß es sich für den Besitzer nicht lohnte, die Türen zu öffnen.«

Sie war beschämt, daß sie leicht zu durchschauen war, und mußte unter dem Tadel zusammengezuckt sein. Aber dann begann sie dummerweise, ihn nach Details zu fragen, da sie ein für allemal sicher sein wollte, mit wem sie es zu tun hatte. »Wer hat die Rolle des französischen Offiziers de Boeldieu gespielt, Monsieur?«

Mehrere Leute befanden sich nun zwischen St.-Cyr und den beiden. Er versuchte, sie zu überholen, nur um von anderen aufgehalten zu werden. Ah, verdammt …

Mußte Gott ihm das antun? Mußte er einen armen Kriminalbeamten bei einer Verfolgung zum Narren halten? Der Film war 1937 herausgekommen. Hitler hatte ihn im Reich verboten, und später hatten die Nazis ihn auch in Paris verboten …

»Erich von Stroheim war als deutscher Offizier von Rauffenstein einfach großartig, Mademoiselle. Und Pierre Fresnay hat den de Boeldieu hervorragend gespielt. Warum fragen Sie mich nicht nach den britischen Offizieren in diesem Gefangenenlager? Warum erzählen Sie mir nicht, wie sie sich für die Varieténacht verkleidet haben, um ihre französischen Freunde zu unterhalten?«

»Als Frauen«, platzte sie heraus. Sie würde ihn bei keinem Fehler ertappen können. Das wußte sie jetzt, aber über ihn selbst war sie sich immer noch nicht im klaren. Ah, es war sein Griff um ihren Arm. Wie es aussah, würde er sie nicht nur nicht gehen lassen wollen, sondern es auch nicht können. *Brauchte* er sie, und wenn ja, warum?

»Wie heißen Sie, Monsieur?« fragte sie scharf.

Einen Augenblick lang verlor St.-Cyr sie wieder aus den Augen. »Christian Matras«, sagte der Salamander.

Sie waren mitten auf dem Bürgersteig stehengeblieben. Sie sahen einander an, aber die anderen gingen an ihnen vorbei. »Das … Das ist der Name des Kameramanns, der den Film gedreht hat«, sagte sie und zitterte, da er seinen Griff um ihren Arm nicht gelokkert hatte.

»Jean-Pierre Rouleau, zu Ihren Diensten, Mademoiselle. Ladeninhaber und Witwer. Daher bin ich oft im Kino.«

»Verzeihen Sie mir. Es ist nur … Ah, man kann nie wissen, oder?«

Sein Griff lockerte sich. Sie eilten weiter. Als sie den Fluß erreichten, hielt Monsieur ›Rouleau‹ es für das beste, die Quais und die Fußgängerbrücke zu benutzen, da sie auf diese Weise schneller den Palais de Justice und damit ihr Ziel erreichen würden.

Zögernd gab sie nach. Ah, *merde*, wie leicht man Frauen reinlegen konnte. Erst haben sie Angst, dann keine, und plötzlich doch wieder.

Sie fragte, welche Art Laden er besaß, und eine Zeitlang waren sie in der Menge verschwunden, die sich schnell zerstreute. *Maudit*, wo waren sie? Die in unregelmäßigen Abständen schwach blau leuchtenden Straßenlaternen waren nutzlos. Vor dem Nachthimmel sah St.-Cyr die dunklen Zweige der Bäume, die den Quai Célestins auf der Flußseite säumten. Dort gab es Bänke, Orte, an denen man sich verstecken konnte – Treppen hinunter zum Wasser, wo sich nun das Eis sammelte.

Liebende waren gefangen in gefrorener Umarmung. Irgendwo auf der anderen Seite des Flusses startete ein Wagen, und St.-Cyr blickte, wie es auch alle anderen getan hätten, zum Licht der Scheinwerfer hinüber. Als der Wagen den Quai Romain Rolland entlangfuhr, sah auch er, daß es der eines deutschen Offiziers war.

Aber dann verschwand er in die Rue de la Bombarde, und für einen Moment war die Stadt wieder still. Louis hörte, wie der Fluß unter dem Eis hinwegströmte.

Ein anderes Paar küßte sich, und er dachte schon, daß er sie gefunden hätte, aber dann flüsterte das Mädchen: »Albert, ich liebe dich. Albert, ich *muß* jetzt nach Hause! Bis morgen, ja?«

Der Junge schwor, daß er sie vor der Kirche treffen würde, und dann verabschiedeten sie sich. Er eilte in eine Richtung fort, sie in die andere. Halbwüchsige …

Allein am Fluß zurückgeblieben, durchforschte St.-Cyr das Dämmerlicht und die Dunkelheit. Die Nacht war nur selten so dunkel, daß man gar nichts mehr sehen konnte. Und mit Eis und Schnee am Boden war es noch ein wenig heller. Zur Mitte des Flusses hin sah man dunkle Schlieren – Abwässer – die hauchdünne Eisschicht überspülen. Entlang dem Ufer war das Eis meistens dicker, nur dort nicht, wo sich die Kloaken in den Fluß ergossen. Dort gab es Lücken im Eis, und Dampf stieg in dichten Wolken auf.

Hatte Charlebois das Mädchen bereits getötet? Hatte er ihre Leiche zurückgelassen, damit er sie fand?

Als er einen schrillen Schrei hörte, rannte er los. Sie kreischte, kämpfte und schrie. *»Nein! Bitte nein! Ich kann nicht schwimmen!«* St.-Cyr sah, wie sie über die Eisfläche flog, sich drehte und mit den Händen nach einem Halt suchte. Sie prallte hart auf und brach ein. Sie schrie nicht um Hilfe. Ah, *merde!*

Er hastete die vereisten Stufen zum Wasser hinunter. Während er über das Eis rannte, versuchte er, seinen Mantel auszuziehen.

Mit einem flüchtigen Blick sah er Charlebois als Schatten vor dem Nachthimmel, der in der Mitte der Fußgängerbrücke stand.

Sie kam wie ein Korken nach oben, direkt am Rand der Eisfläche, nur um gleich darauf wieder zu verschwinden. Wo war sie? »Mademoiselle«, schrie der Oberinspektor. »Ich bin Polizist. Bitte geben Sie nicht auf. Hier, ich werde Ihnen helfen.«

»Louis, ich bin direkt hinter dir!«

»*Hermann?* Ah, *grâce à Dieu*, Gott sei Dank, daß du hier bist. Die Strömung ist für sie zu stark.«

»Sie ist flußabwärts am Eis. Sie versucht, sich hochzuziehen, aber das wird sie nicht schaffen.«

Sie rannten. Louis legte sich flach aufs Eis und arbeitete sich zu ihr vor. Er griff wieder und wieder nach ihr, aber jedesmal rutschte sie ihm weg.

»Du oder ich?« schrie Kohler verzweifelt.

»Ich bin nasser als du«, sagte der kleine Franzmann von der Sûreté. »Halte diesmal meine Knöchel fest.«

Das Eis brach, und beinahe riß es sie beide mit sich. Als Louis das Mädchen ergriff, schrie es auf und versuchte, ihn abzuschütteln. Jetzt schrien beide und das Wasser spritzte fürchterlich. Kohler rannte los. Er arbeitete sich flußabwärts vor und suchte nach einer Stelle, wo er sie erreichen und seinen Mantel als Rettungsleine reichen konnte. Louis griff nach dem Saum, verfehlte ihn aber. »*Verdammt!* Muß ich auch reinspringen? Halte aus. Laß sie nicht los!«

Louis bekam einen Ärmel zu fassen, dann ein Handgelenk. »*Zieh!*« schrie Kohler. Er packte das Mädchen beim Genick und zog es heraus. Er war jetzt ebenfalls vollkommen durchnäßt, und die Feuchtigkeit gefror rasend schnell.

»Louis …? *Louis, wo zum Teufel bist du?*« Flußabwärts … flußabwärts.

Sein Kopf war gerade noch über Wasser. Er schwamm in einer eisfreien Stelle, die fünfzehn Meter entfernt war.

Kohler ließ das Mädchen zurück unnd kroch über das Eis. Dünn … Es war so dünn. Er fühlte, wie es nachgab, hörte, wie es knackte und knirschte und wieder knackte. Ah, *merde* …

Ihre Hände berührten sich, und es gelang ihm schließlich, Louis herauszuziehen. Aber bei fünfzehn Grad minus hatten sie nur ein paar Minuten, und sie wußten das. Sie zogen das Mädchen mit sich und zwangen sich zu rennen. So schafften sie es über die Fußgängerbrücke und am Palais de Justice vorbei. In der Rue des Trois Maries konnten sie kaum noch krauchen und schafften es gerade, an die Tür des Belle Époque zu klopfen.

Rosenholz, Ebenholz und Gold. Die grün überzogenen Lehnstühle und die pfauenblauen Fayencehähne wechselten die Plätze. Und der Frauenfarn flog träge mit den Störchen auf den Töpfen dahin, während sich die Wasserlilien auf den Wänden drehten und drehten.

Vage war Louis sich der Hände, die an seinen Kleidern zogen, die Brüste mit und ohne Korsett, der Spitzen, des Parfüms, der entblößten Haut, des Puders, Lidschattens und Rouge bewußt, nahm schwach die schwarzen Netzstrümpfe, Strapse und die drängenden Stimmen wahr, die nach Rum, Decken und heißem Wasser riefen. »Blau … sie sind so blau, Madame«, rief ein Mädchen mit roten Haaren, die über nackte und sich graziös bewegende Schultern fielen. »Sie ist noch verfrorener als die anderen beiden«, sagte eine andere und rieb die Arme des geretteten Mädchens. »Das Bad, Madame. Nach oben. Schnell! Schnell!«

Vier Frauen schoben ihn die Treppe hoch und stützten ihn dabei. Seine Beine versagten den Dienst. Ah, *merde*, was war nur mit ihm los?

Überall waren Hände mit Schwämmen. Besorgte Gesichter kamen näher, nur um wieder zu verschwimmen, wenn sie sich entfernten.

Langsam kehrte die Wärme in seine Glieder zurück. Die Wanne war groß, und es gab mindestens fünf davon. Hermanns Augen waren geschlossen. Das gerettete Mädchen wurde auf den Bauch gedreht, damit auch seine Hinterbacken und sein Rücken mit dem Schwamm gerubbelt werden konnten. Eine der anderen hielt den Kopf und die Schultern der jungen Frau über Wasser.

Ein letzter Blick zeigte ihm Madame Rachline mit drei Gläsern und einer Karaffe voll dunklem Rum. Rum … Rum … Darf ihn nicht trinken ... nicht trinken. Er schloß seine Augen und überließ sich den Händen ihrer Mädchen, erlaubte sich, sich dem Schlaf und der Wärme hinzugeben ... großer Wärme ...

»Trinken Sie«, drängte ihn jemand. »Ah, *nom de Dieu*, kommen Sie, Inspektor. Ein Schlückchen für Mama. Schlucken!«

Der Rum brannte in seiner Kehle. Wie flüssiges Feuer breitete sich die Wärme bis in seine Lenden aus, und er wußte, daß er ins Vergessen hinüberglitt, wußte, daß er es nicht länger verhindern konnte.

»Ertränkt sie nicht«, sagte jemand barsch. »Steckt sie ins Bett und habt ein Auge auf sie.«

Gräulichweiß und mit einer Kruste wie Brie schimmerte der Phosphor im strahlenden Licht der Lampe, aber noch war er nicht aufgeflammt. Ein Wald aus groben Holzpfosten, nicht mehr als einen Meter hoch, trennte ihn davon. Sie hatten gesplitterte Schnittflächen und waren mit Kohlenstaub und Spinnennetzen überzogen. Knochentrocken und ein exzellentes Flammenfutter. Der Raum zwischen dem Boden und der Decke war mit Theaterplunder gefüllt. Requisiten und Truhen, die auf der Seite lagen, in Eile zurückgelassene Koffer und der Plunder aus zehn, zwanzig oder fünfzig Jahren. Nahm dieser Raum kein Ende, war die Entfernung zwischen ihm und dem Phosphor unüberwindbar?

Verzweifelt drängte St.-Cyr sich zwischen die Holzpfähle, duckte sich unter querliegenden Verstrebungen durch, schlug sich den Kopf an den Deckenbalken. Ein Arm blieb hängen, ein Knöchel ... Wild zerrte er sie frei und schrie voller Schmerz auf, knurrte Gott an. Warum kannst Du nicht wenigstens dieses eine Mal aufhören, Deinen kleinen Kriminalinspektor zu verarschen, eh?

Gespannt suchte er die Finsternis ab, der Lichtstrahl erfaßte immer wieder den gleichen Plunder. Dann sah er ihn in einer entfernten Ecke. Eine Art Beutel, der an einer Schnur von einem der Stützbalken hing. Wasser tropfte herraus … Wasser … Langsam und stetig. Hatte er genug Zeit, den Sack zu erreichen, bevor das Wasser ganz ausgelaufen war? War er zu spät gekommen? Er mußte es versuchen. Er mußte einfach!

Der Beutel war weich und roch ein wenig nach Knoblauch. An der Stelle, an der das Wasser hervorkam und sich zu Tropfen sammelte, war eine kleine Beule, steif und mit einem Hof von kleineren Beulen darum herum.

Behutsam faßte er den Beutel mit beiden Händen an. Er durfte ihn nicht drücken. Irgendwie mußte er verhindern, daß er weitertropfte. Er durfte nicht zulassen, daß Luft an den Phosphor kam.

Lächerlich, wie er seinen Hals verdrehte, um sich den Beutel von unten anschauen zu können. Ein Nadelloch. Ein Tropfen traf ihn mitten ins Auge. Ein weiterer fiel auf die Stirn, ein dritter auf die Wange. Aufhören! Du mußt verhindern, daß es weitertropft, schrie er sich selbst an. Aber wie? Wie nur?

Er schloß seine Lippen um die Beule und drückte seine Zungenspitze dagegen, aber der Beutel bewegte sich und seufzte, und als Louis aufsah, blickte er in ein Paar atemberaubend grüne Augen, die ihn still und voller Neugier anblickten. Ah, *merde!* »Wie spät ist es?« fragte er mit trockener Kehle.

Sie setzte sich auf. »Genau drei Uhr am Nachmittag, Inspektor.«

Sonntag? Ah, nein …»Wo ist Hermann?« fragte er. »*Hermann*, Mademoiselle? Mein Partner.«

Sie runzelte die Stirn. Sie brach sogar beinahe in Tränen aus. »Nun?« fragte er und sie platzte heraus: »Nebenan, Monsieur. Nebenan.«

»Wurden wir unter Drogen gesetzt, oder waren wir einfach erschöpft?« wollte er bitter wissen. »Kommen Sie schon, Mademoiselle, ich muß die Wahrheit wissen.«

Die Tränen ergossen sich über ihre Wangen, ihre Schultern und Brüste zitterten. »Madame ist dem Salamander gefolgt, Monsieur. Dem *Salamander!* Ihr Freund, er ist…«

»Meine Sachen. Ah, *nom de Jésus-Christ*, Mademoiselle, wo zum Teufel sind sie?«

»In der Küche. Sie sind gereinigt und gebügelt. Sie müssen Madame aufhalten, Monsieur. Sie müssen sie aufhalten, bevor es zu spät ist. Es ist schon Stunden her, seit sie das Haus verlassen hat. *Stunden!*«

Er rannte los, stolperte und fiel. Als er die Tür erreichte, hielt er sich fest, um das Gleichgewicht wiederzufinden und zu Atem zu kommen. »Das Mädchen, das bei uns war, Mademoiselle?« schaffte er zu fragen und warf ihr einen Blick zu. Ah, ihm war immer noch so schwindelig …

»Hier. Hier bei mir. Sie schläft. Beeilen Sie sich, Inspektor. Beeilen Sie sich!«

Hermann war nebenan in Madame Rachlines Arbeitszimmer. Er saß mit den Kindern zusammen am großen Arbeitstisch, und er war nicht glücklich. »Louis, die Lyoner Gestapo ist jetzt hinter ihm her. Ich habe gerade Bömelburg Bericht erstattet, und der Chef ist ausgesprochen besorgt. Anscheinend werden Knab und die anderen hohen Tiere wirklich bei dem Konzert sein. Und falls die Schere zurückgelegt wurde, dann ist sie jetzt wieder weg.«

Maudit! »Aber wo ist sie, Hermann? *Wo?*«

Louis war immer noch wacklig auf den Beinen. »Im Haus am Park. Das haben mir die Kinder gesagt, aber, ich glaube es nicht. Das Kleid, an dem sie gearbeitet hat, ist auch weg, Louis. Hat sie es ins Hotel Bristol geliefert? Die Kinder wissen nicht, warum sie das tun sollte, aber ich halte es nicht für unwahrscheinlich. Dort drüben liegen zudem ein paar P am Boden. Eine Schachtel von nebenan ist aufgerissen worden und ein paar Handvoll wurden mitgenommen.«

»P?«

»Präservative«, platzte der Junge heraus und wischte sich rasch über die Augen, obwohl das seine Tränen nicht aufhalten konnte. »Glauben Sie etwa, wir wüßten nicht, was nebenan vorgeht? Wir leben schließlich hier. Das ist ein Hurenhaus! Ein Puff! Unsere Mutter!«

Präservative, ah, *merde!* Er ging vor den Kindern auf die Knie und nahm ihre Hände in seine. »Nun hört mir mal zu. Eure Mutter wurde dazu gezwungen. Ich kann euch jetzt nicht sagen wie, weil wir keine Zeit haben. Wir müssen wissen, wo euer Onkel Henri hingegangen sein könnte. Eure Mutter weiß es bestimmt. Aus diesem Grund wurde die Schere genommen.«

Die Schere ...

Das Mädchen verzog zweifelnd das tränenüberströmte Gesicht. »Der Trödelmarkt in Villeurbanne, Monsieur. Onkel ... Onkel Henri geht am Sonntag nachmittag immer dorthin, um zu stöbern.«

»Er hat ein Lagerhaus«, platzte der Junge heraus. »Das mit der Nerobüste über der Tür.«

»Caesar, René. Es sind Kopf und Schultern des Caesar Augustus, aber da sind viele davon und alle sehen fast gleich aus.«

St.-Cyr verließ fast der Mut bei diesen Aussichten. »Der Flohmarkt, Hermann. Er findet an der Rhône statt, auf der anderen Seite des Parc de la Tête d'Or.«

Es gelang ihnen, eine Droschke zu mieten, aber sie wurde von einem asthmatischen Pferd gezogen und war nicht schnell genug. Auf der Pont Alphonse Juin beschlagnahmten sie einen Lastwagen, der mit landwirtschaftlichen Produkten für Schwarzmarktrestaurants beladen war. Aber Hermann sprang noch einmal hinter dem Lenkrad hervor, um dem Fahrer der Droschke zu sagen, daß er sein Pferd inhalieren lassen und dafür etwas Mönchsbalsam verwenden solle. »Hier, nehmen Sie diese Flasche, die mein Partner in der Tasche hatte. Nehmen Sie einen Eimer mit heißem Wasser und ziehen Sie dem Pferd einen Sack über den Kopf. Tun Sie es, oder ich komme wieder, um Ihnen persönlich die volle Behandlung angedeihen zu lassen.«

»Mir?« fragte der erschreckte alte Mann. Der Fahrer des Lastwagens wartete.

»Dir, du Arschloch!« fauchte der große bayrische Gönner von der Gestapo. »Diese Stute hat eine schlimme Lunge. Eine Erkältung.« Mit dem Rücken seiner guten Hand drückte er die Nase des armen Burschen in die Höhe und gab ihm eine Ohrfeige. »Gestapo«, hauchte er. »Vergiß das nicht!«

»Ihr Franzosen!« fluchte er, als er sich wieder hinters Lenkrad setzte. »Wie kann Ihr Volk Tiere nur so behandeln? Es ist kein Wunder, daß ihr alle Kriege verliert, in die ihr die Völker hineinzieht!«

Ah, *nom de Dieu*, was sollte man dazu sagen? Mitten in einer solchen Situation ein Pferd zu behandeln!

Der Lastwagen kroch durch die Straßen. Die Vélos hatten genug Zeit auszuweichen, wenn die Hupe ertönte. Das Eis war in verschiedenen Schichten gefroren, was manchmal hilfreich war und manchmal nicht. Als sie den Park erreichten, ignorierte Hermann die Straßen und fuhr einfach geradeaus. Ah, *merde! merde!* »Nicht über den See, Hermann! Das Eis, es kann uns nicht…«

»Halten Sie sich fest, Louis. Wir umrunden ihn.« Bumps … bumps … bumps …

Der Trödelmarkt sah wie ein mittelalterlicher Rummelplatz aus. Vollgepfropft mit Pomp und Flaggen lag er an der Biegung, wo der Canal de Jonage in die Rhône floß. Dort standen Lastwagen, Vélotaxis, Droschken, Karren, Schlitten und Straßenbahnen, bestimmt auch die Autos der Deutschen, denn man konnte mehrere Personen in Uniform sehen. Zelte und Schirmdächer, Kioske und feste Stände in langen Reihen, und Leute … Überall Leute. Eine farbenfrohe Menge. Alle möglichen Gesichter. Vier, vielleicht fünf oder sechs Hektar groß, und in der Mitte erhob sich die blaugefärbte Kuppel des Hauptgebäudes aus Glas und Eisen. Verdammt!

»Lassen Sie uns zusammenbleiben, Louis«, sagte Hermann, von der Aufgabe, die vor ihnen lag, ganz erschlagen. »Das ist diesmal besser. Barbie wird noch keine Zeit gehabt haben, seine Leute wirkungsvoll einzusetzen. Charlebois …«

»Wird als Frau verkleidet sein?« fragte der Oberinspektor von der Sûreté.

»Ja. Ich denke, so muß es auch im Kino in der Nacht des Feuers gewesen sein.«

»Und bei den Bränden im Reich?«

St.-Cyr nickte nur knapp, während er die Menge absuchte. »Claudine Bertrand wollte einen besonderen Freund mitbringen, mit dem Frau Weidling spielen konnte.«

»Einen Salamander«, grunzte Hermann und überprüfte die Walther P38, die wundersamerweise noch immer bei ihm war, trotz des Bades im Fluß. »Louis, geben Sie mir Ihre Lebel.«

»Ist Ihre Waffe verstopft, Hermann, daß Sie meine brauchen, bevor die Schießerei beginnt?«

»Nein, aber ich werde sie später auseinandernehmen und ölen müssen.«

»Gut! Meine Lebel liegt im Fluß. Der Verlust ist tragisch, aber ich habe noch meine Handschellen.«

»Dann sollten wir loslegen. Ich decke Sie.«

»Stunden, Hermann. Es sind Stunden vergangen, seit wir dem Salamander so nahe waren und Madame Rachline das letzte Mal gesehen haben.«

Sollte das eine Warnung sein? »Und in einer weiteren Stunde wird es hier von Gestapo wimmeln, und es wird auch noch dunkel sein.«

»Er hat bestimmt Freunde.«

»Komplizen.«

»Leute, die ihre Hilfe anbieten für eine kleine Gegenleistung.«

»Und Feinde.«

Und dann fragte Hermann, als sie aus dem Lastwagen stiegen: »Die Weidling, Louis?«

Dies war einer der Momente, in denen man in sein Innerstes blicken mußte. Der kleine Franzmann von der Sûreté blickte zweifelnd nach oben, ob Gott ihm wohl helfen würde? Aber am Himmel war nichts zu sehen, außer daß er grau war und nach Schnee aussah.

»Ja, Hermann, der Salamander könnte durchaus Frau Weidling zu sich gerufen haben, da sie nicht wie geplant im Kino starb.«

»Eingeschlossen in den Toiletten?«

»*Ja!*«

Über das beständige Gemurmel der Menge hörte man das Geschrei der verschiedenen Verkäufer. Dann war da noch ein Akkordeon, ein Kind, das ein Tamburin schlug, und ein anderes, das Geige spielte. Aus einiger Entfernung war eine Dampfpfeifenorgel zu hören.

Es war ein Tollhaus. Niemand verstand die Dringlichkeit, schließlich waren sie ja alle hier, um sich zu amüsieren, und es war Wochenende.

Es gab Körbe mit gebrauchtem Besteck, Stapel alten Porzellans – Tassen, Untertassen, Terrinen und Platten – an einigen Ständen, alte Glaswaren, alte Töpfe, Butterfässer, die heutzutage keiner mehr brauchen konnte, Becher und Teller aus Zinn. So viele Sachen. Die Bilder huschten vorbei, während Louis sich durch die Menge drängte, schließlich schrie: »Sûreté, Sûreté!« und in seine Pfeife blies. Er war plötzlich in der Mitte der Gasse der wertvollsten Besitztümer alter Jungfern stehengeblieben und pfiff erneut.

Das schrille Geräusch der Polizeipfeife rief eine lähmende Stille hervor, die sich langsam nach außen ausbreitete, da jeder stehenblieb, um mißtrauisch zu den beiden Kriminalbeamten hinüberzusehen.

»Gut! Jetzt treten Sie bitte beiseite«, schrie er.

Ah, Herr im Himmel, noch ein Bismarck! »Louis, warum fragen wir nicht einfach, wo die Gasse der Caesaren ist?«

»Weil ich bereits weiß, wo sie ist. Auf der anderen Seite.«

Das Hauptgebäude.

Die Lagerhäuser lagen am Kanal. Sie waren eher klein, variierten in der Größe je nach Bedarf der Eigentümer, aber vor jedem stand eine Marmorstatue, eine Büste, eine Figur ohne Kopf, alles

Römer, vielleicht waren auch alle Caesaren gewesen, das war schwer zu sagen.

»Sie erinnern mich an die Provence, Louis, an die Ruinen dieser Hügelbefestigung«, grummelte Kohler unbehaglich.

»Da gab es keine Statuen, soweit ich mich erinnere. Die Sarazenen haben dafür gesorgt.«

Louis *mußte* natürlich mit seinem Wissen aus der Geschichte prahlen! »Da war niemand außer unserem Schützen, und hier ist auch niemand!«

Es war recht ruhig. Die Aktivität brodelte hinter ihnen.

Henri Masson hatte Steinbüsten angenommen, für die er nur schwerlich einen Käufer finden würde. Da waren die Könige und Königinnen von Frankreich und ihre Kinder, Generäle und Politiker, große Denker und Künstler, Musiker und Schriftsteller. Er hatte sie in einem separaten Raum gesammelt, wo sie auf Bänken an den Wänden entlang standen, hinter den Stapeln alter Möbel, Gemälde, Packkisten und anderer Dinge. Es war kalt, und es roch ganz eigentümlich. Ah, nein …

An einer Schnur, die an einer Lampe hoch oben im Bogen des Gewölbes befestigt war, hingen die verschrumpelten Überreste von mindestens drei verbrannten Präservativen.

»Louis …«

Bis jetzt konnten sie nicht viel erkennen. Nur die Gesichter aus Stein, die aussahen, als warteten sie auf das Jüngste Gericht, und schweigsam auf die Person auf dem Boden zwischen ihnen hinabsahen.

Ein nackter Fuß, ein abgeworfener Schuh … Einige verstreute weibliche Kleidungsstücke und in einem Haufen das himmelblaue Kleid mit all der Unterkleidung.

Ange-Marie war in einem Lehnstuhl zusammengesackt. Hermann warf ihr einen bangen Blick zu. Die Frau bewegte sich nicht. Sie starrte sie nur an, genau wie die Büsten jemand anders anstarrten.

Er trat beiseite. »Ah, *merde*, Louis, sieh doch.«

Brandschutzleiter Weidlings Frau lag nackt auf dem Rücken unter den Präservativen, Beine und Arme abgespreizt. Ihre Handgelenke und Knöchel waren an die Steinfüße der Bänke gefesselt. Das Wasser, das aus den Präservativen auf ihre Haut getropft war, mußte sie an den Phosphor erinnert haben, und als dieser sich durch das dünne Gummi gebrannt hatte, war er auf sie hinabgefallen.

Sie war geknebelt und mußte sich unter Schmerzen gewunden haben, als sie langsam starb. Die Verbrennungen waren schrecklich. Das Fleisch war förmlich weggefressen worden, bis endlich das Blut die Flammen löschte oder der Phosphor verbrannt war. Zwischen den Brüsten befand sich nur noch eine leere Höhle, und wo einmal ihr Nabel war, sah man die Eingeweide …

»Decken Sie sie zu, Hermann. Dort sind ein paar Lumpen. Geben Sie mir einen Moment Zeit mit Madame Rachline.«

»Sie hat es nicht geschafft, rechtzeitig hier zu sein, Louis. Sie hat die Schere immer noch in der Hand. Er muß es letzte Nacht oder heute am frühen Morgen gemacht haben.«

Sie hätte Charlebois getötet, wenn es ihr möglich gewesen wäre. Die Jugendfreundin vom Strand bei Concarneau war verbittert.

»Sehen Sie, Inspektor, ich konnte wirklich nicht glauben, daß er etwas mit den Bränden zu tun hatte. Das liegt alles so weit in der Vergangenheit. Martine … Sie hat mich verabscheut. Ich dachte, sie wäre *verrückt* wegen der Dinge, die sie erzählte. Weil sie die ganze

Sache wieder ausgrub. Glauben Sie wirklich, daß ich ihm auch nur im mindesten geholfen hätte, wo ich doch wußte, daß ich für zwei Kinder zu sorgen habe?«

»Sie wußten, daß Frau Weidling mit Claudine im Belle Époque war, und das nicht nur einmal, seit sie nach Lyon gekommen war.«

»Ja, das wußte ich.«

»Sie wußten auch, daß Henri Charlebois sie heimlich beobachtet hat. Kommen Sie schon, Madame, das müssen Sie doch mitbekommen haben.«

Plötzlich überkam sie ein Brechreiz, und sie drehte sich rasch weg, als sie schwer schlucken mußte. Ihre Augen brannten. »Ich schwöre Ihnen, daß ich keine Ahnung hatte, Inspektor. Henri hatte immer seine eigenen Schlüssel. Ich hätte nie gedacht, daß er so etwas tun könnte. Mit Sicherheit hätte ihn doch eine der anderen sehen müssen?«

»Einen Salamander, Madame? Einen Mann, der an ihrem Bett stehen konnte, während sie schliefen?«

Möge Jesus ihr vergeben. Henri im Haus, Henri mit den Kindern …

»Madame, was ist mit Ihrem Ehemann?«

»Émile? Was zum Teufel hat er damit zu tun?«

St.-Cyr ließ sie einen Moment nachdenken. Er würde sich einen Lehnstuhl heranziehen, einen der Stühle, deren Polsterung schon hervorquoll. »Die Vergangenheit bedingt immer die Gegenwart, Madame. Ihr Ehemann hat sie mittellos zurückgelassen. Und Henri Charlebois erinnerte sich an seine Jugendfreundin.«

»Henri war nie mein Liebhaber, Inspektor. Er kann nicht der Vater meiner Kinder sein.«

Er wedelte abwehrend mit der Hand. »Ah, nein, natürlich nicht, aber er wußte, wer der Vater war, Madame, und nach dem Tod seines Großvaters teilte er sein Wissen mit ihrem Ehemann.«

Ah, zur Hölle mit ihm! »Henri … Henri Masson …«

»Hat nicht nur Claudine mißbraucht, sondern auch Sie.«

Sie sah nicht weg, blickte aber so intensiv in die Vergangenheit, daß St.-Cyr meinte, das Rauschen des Meeres zu hören. »Claudine war die jüngste, Henri der älteste. Sie war bestrebt, Freunde zu haben, daher willigte sie in Dinge ein, die sie sonst vielleicht nicht getan hätte. Wir … Wir entdeckten, daß Feuer sie sexuell erregte und daß Henri es mochte, ihr dabei zuzusehen. Er hat die Flamme wieder und wieder an ihre Haut gebracht, und er brachte sie zum Orgasmus. Das wurde für ihn zur Besessenheit – sie war erst neun, als alles begann, zwölf als es endete, und es war eine Art Krankheit, an der ich aus Verzweiflung über meine eigene Einsamkeit teilnahm. Aber … Aber ich konnte es nicht ertragen, verbrannt zu werden. Ich mußte schreien, wenn die Flamme näher kam.«

»Aber wenn sie jemand anderen verbrannte, Madame, dann erregte sie das auch?«

Heftig schüttelte sie den Kopf – sie wandte den Blick ab und sah auf die Steinbüsten. »Es *faszinierte* mich, den beiden zuzuschauen! *Deswegen* ließ ich es zu, daß er ihr das antat!«

»Wann genau hat der alte Henri Masson entdeckt, daß sein Enkel mit Streichhölzern spielte?«

Sie würde es den Kindern erzählen müssen. Sie würden es sonst von anderen hören – die Mädchen im Belle Époque neigten zum Tratsch. »Nachdem mehrere Feuer auf mysteriöse Weise ausbrachen. Ein Pavillon, ein Bootsschuppen, ein Fischkutter, eine Scheune, ein Haus auf dem Land, in dem fünf Personen starben. Der alte

Monsieur Henri fand uns in den Dünen. Sie waren nicht hoch, nur kleine Hügel, und wir hätten es besser wissen sollen. Claudine lag auf dem Boden, und ich ließ sie meine Hand halten, während Henri ihren nackten Körper mit der Flamme streichelte.«

»Und dann, Madame?« fragte er so leise, daß sie blinzelte.

»Er schlug uns brutal. Claudine am meisten, aber auch mich, über sein Knie gelegt und meine Unterhose bis zu den Knöcheln heruntergezogen, mein Kleid mir über den Kopf gestülpt. Danach gingen wir den Sommer über nicht mehr nach Concarneau. Später wurde sie seine Geliebte, aber dem alten Masson reichte das nicht, Inspektor, er nahm mich auch.«

Soviel also zu den brodelnden Leidenschaften unter der dünnen Schicht Lyoner Anständigkeit. »Hat Martine Charlebois es ihm erzählt?«

Seine Stimme war so freundlich. »Ja. Sie war erst sechs zu der Zeit und verstand nicht, was da vorging. Viel später und erst kurz bevor der alte Mann starb, ließ er Vater Adrian schwören, auf Henri aufzupassen. Niemand konnte ahnen, daß der Priester Martine und andere Frauen mißbrauchen würde, Inspektor. Aber Henri fand es heraus, und jetzt … So viele sind umgekommen, und ich gebe mir die Schuld daran, weil ich ihn nicht aufgehalten habe.«

»Martine wußte, daß ihr Bruder die Brände gelegt hat, die schließlich auch ihren Verlobten umbrachten.«

»Ja. Claudine ging zuerst nach Hamburg, aber ich wußte nicht, daß Henri ebenfalls dort war. Er war ohnehin so oft weg.«

»Haben Sie Robichaud damit getötet?«

Die Schere. »Robichaud … Nein, selbstverständlich nicht. Auch Martine nicht. Henri sah seine kleine Schwester damit, als wir zum Geschäft gingen. Er … Er muß …«

»Und nun, Madame? Was wird er jetzt tun?«

Sie zuckte die Schultern, versuchte, seinem Blick auszuweichen, aber es gelang ihr nicht. »Er wird sich umbringen und vielleicht noch andere mitnehmen. Er hat sie verloren – verstehen Sie? Martine war für ihn all das, was ich nicht länger sein konnte. Die Ironie ist, Inspektor, daß Henri Charlebois mein Halbbruder ist.«

»Wie bitte?«

»Sehen Sie, als Kind hatte ich davon keine Ahnung. Oh, sicher sah ich die Ähnlichkeit – Sie müssen nur mich und meinen Sohn ansehen. Aber meine Mutter, die ich verehrte, hat mir nie auch nur den kleinsten Hinweis gegeben.«

»Und Ihr Vater?« fragte er.

Mußte er wirklich alles wissen? »War nie glücklich mit mir und hatte mich immer in Verdacht, obwohl ich unmöglich etwas darüber wissen konnte.«

»Louis ...« Der Bayer trat zu ihnen. Die zwei Kriminalbeamten sahen einander an. Grimmig nickte Kohler. Die Arbeit war erledigt, die Leiche bedeckt. »Wir gehen besser, Louis. Wir haben nicht viel Zeit.«

Sie mußte es ihnen sagen. »Sie werden ihn nicht aufhalten, meine Herren Inspektoren. Henri kennt das Theater viel zu gut. Er wird mit Ihnen spielen, und Sie werden nicht wissen, welches Spiel er letztendlich treibt, bevor es zu spät ist.«

»Und wenn er Sie dort sieht, Madame?« fragte Oberinspektor St.-Cyr. Offensichtlich haßte er sich bereits für diese Frage, aber er mußte sie stellen.

Sie gab ihm das schüchterne Lächeln des Kindes, das sie einmal war, bevor die Sache mit dem Feuer begann. »Dann wird

Henri mich töten, Inspektor, und die *ménage à trois* von Concarneau wird wieder zusammen sein. Claudine, ich und Henri, Ihr Salamander.«

Sie rannten jetzt. Das Orchester war durch die geschlossenen Türen der oberen Loge zu hören. Ein Walzer von Strauß ... Ja, ja, dachte Madame Rachline. Unten im Foyer hatten sie den deutschen Feuerwehrmann getroffen. Keine Spur von Henri. Unmöglich, daß er an den Wachen vorbeigeschlüpft sein konnte. Alles war sicher ... Seine Frau ... Der Deutsche wußte noch nicht, daß sie tot war, und fragte sich, wo sie blieb.

St.-Cyr hatte nichts gesagt, war nur weitergeeilt. Kohler sagte nur »Idiot, Sie müssen verrückt sein! Charlebois muß drinnen sein!« und war ihnen nachgerannt.

Der ganze Gang war mit Teppich ausgelegt. An den Wänden hingen die roten Kugeln mit dem Löschmittel neben den Gaslichtern, die so weit heruntergedreht waren, daß man glaubte, man könne das Lachen und die gute alte Zeit hier und jetzt zusammen mit den erhabenen Melodien des Walzers vernehmen. Es war verrückt ... Ja, verrückt! Henri würde sich irgendwo verstecken. Henri würde auch den Walzer hören, eines seiner Lieblingsstücke. Wußten die Kriminalbeamten etwa nicht, daß er die Musik ausgewählt hatte? Machte es einen Unterschied?

»Hier herein«, zischte Kohler. »Sie zuerst, Madame. Louis, übernehmen Sie den Durchgang weiter hinten. Suchen Sie die Gesichter ab. Er wird die Freisetzung von jedem einzelnen verdammten Stück Phosphor genau geplant haben!«

»Was ist mit den Aufzugschächten?«

»Den Schächten?«

»Ja. Luftströmung, Hermann. Der Glockenturm, erinnern Sie sich?«

Verdammt! »Später. Lassen Sie uns ihn zuerst suchen.«

Das Theater war gerammelt voll. Die Musik zog die Menschen an, und mit ihnen kamen der Glanz, die Pracht schwarzer Krawatten und Smokings, Abendkleider aus Seide und Satin, bloße Schultern, tiefe Ausschnitte, hochgesteckte Haare, Ohrgehänge, Armbänder und Halsketten. Überall entledigten sich die Zuschauer ihrer Mäntel und Schals, nachdem sie festgestellt hatten, daß das Theater geheizt wurde. Und, oh mein Gott, die halbe beschissene Militärverwaltung von Südwestfrankreich war da und hatte sich unter die Elite von Lyon gemischt. Der Bischof in einer Loge, in einer anderen der Bürgermeister, der Präfekt, der Obersturmbannführer Knab, Barbie mit zwei atemberaubenden Frauen und Generalleutnant Niehoff mit Anhang.

Auf der Bühne waren mehr als hundert Musiker. Die Pauken und Bässe hinten, davor die Posaunen und Trompeten mit den Waldhörnern an einer Seite und Bratschen an der anderen. Links vorne die Geigen, in der Mitte die Holzblasinstrumente und rechts das erste und zweite Cello … Rechts …

Maudit! Da war ein leerer Platz zwischen den Streichinstrumenten, ein einsames Cello lehnte gegen seinen Ständer und lag nicht auf dem Boden, um von seinem Besitzer aufgehoben zu werden. Ein Notenständer, auf dem die Blätter ausgebreitet waren … »Louis …?« sagte er und suchte verzweifelt im anderen Gang nach ihm, während der Walzer sich einem Höhepunkt näherte und die Musik die Halle füllte.

Kohler hörte, wie Madame Rachline scharf den Atem einsog und flüsterte: »Martines Cello …«

»Was ist mit dem Cello?«

»Henri ...« begann sie, konnte aber nicht weitersprechen.

Wieder blickte Kohler sich nach Louis um. Immer noch keine Spur von ihm zu entdecken. Ah, *merde*, wohin war er nur verschwunden?

Hermann schüttelte Ange-Marie kräftig, und schließlich platzte sie heraus: »Henri ... Er muß an den Wachen vorbeigekommen sein, weil er das Instrument mit sich trug.«

Ein Cello. »War er als Frau verkleidet?« fragte Kohler nach.

Sie nickte einmal schnell und kämpfte mit sich, ob sie ihm das mit dem Bühneneingang sagen sollte. »Das Spiel hat also begonnen, Inspektor, und jetzt müssen Sie und Ihr Partner ihn unter all diesen Leuten finden.«

Die wirbelnde, mitreißende Fülle von Strauß hüllte sie plötzlich ein. Laut und volltönend und erhaben. Violinen fragten, Cellos antworteten, dann kündigten die Trompeten eine Veränderung an, und die Flöten und Oboen gesellten sich zu den Geigen und Bratschen.

Das Zupfen ... Saiten wurden in einer Gegenmelodie gezupft. Die Cellos, sagte er und blickte aufgeregt auf die Menge hinunter, erst hierhin, dann dorthin ... Barbie benutzte seinen Feldstecher, um sie zu finden. Knab fragte, was los war. Ah, Herr im Himmel, Louis, wo zum Teufel bist du?

Wütend atmete St.-Cyr ein. Er hatte einen kleinen Zusammenstoß mit der Lyoner Gestapo an der Tür zu den Logen gehabt. Der Dummvogel hatte seinen Ausweis sehen wollen, und unglücklicherweise hatte der Mann von der Sûreté seine Gestaponase an einem Aschenbecher aus der *belle époque* gebrochen. Nun, man konnte es heutzutage niemandem recht machen. Das war einfach aussichtslos.

Vom Geländer der Loge suchte er die Gesichter Reihe um Reihe ab. Charlebois konnte überall sein. Dunkles schwarzes Haar – vielleicht eine Perücke, wenn er sich als Frau verkleidet hatte, aber kurzes Haar, wenn er ein Mann war. Lange Wimpern, kurze Wimpern, Lippenstift, Rouge und Lidschatten oder nichts von alledem.

Nein, es war unmöglich. So würden sie ihn niemals finden. Davon abgesehen fingen die Leute langsam an, aufmerksam zu werden. Ah, *merde*.

Er drehte sich um, und dann sah er auch das einsame Cello zwischen den anderen, während die Musik leiser und dann wieder lauter wurde, und er geriet in die Versuchung, sich der Musik hinzugeben, denn *Wiener Blut* war bestimmt der mitreißendste Walzer von Strauß.

Ein Cello ... Ein leerer Stuhl, ein Tribut an die Schwester, die so sinnlos gestorben war, oder hatte das Instrument einen anderen Zweck? War es so?

Hermann stupste ihn mit einem geborgten Opernglas am Arm. »Sie nehmen die linke Seite unten, Louis. Ich nehme die rechte. Er ist nicht hier oben.«

»Oder doch, mein Freund. Kommen Sie schon, wie können Sie so sicher sein?«

Der Klang der Geigen erfüllte das Theater. »Sie würde ihn erkennen, selbst wenn er als Frau verkleidet ist.«

»Wer würde das?«

»Madame Rachline, Idiot! Sie steht direkt neben ... Ah, *nom de Jésus-Christ*, Louis, sie ist verschwunden!«

»Wir suchen also nach ihr und finden ihn, Hermann. Soll es so laufen?«

»Und wir müssen uns fragen, ob er auch Benzin benutzen wird.«

Der Aufzugschacht führte hinauf bis zu der Trommelwinde auf dem Dach und hinunter bis in den Keller. Hermann haßte Aufzüge. Alte, neue, das spielte für ihn keine Rolle. Sie arbeiteten nur selten reibungslos. Das Leben hing zu oft an einem seidenen Faden, wenn man es am wenigsten erwartete. Am Kabel befand sich Schweinefett und kein Schmierfett. Das war schon einmal ein schlechtes Zeichen. Mehrere Fasern des Drahtseils waren verschlissen und einige auch schon gerissen.

Das Fett war gräulich weiß und glitzerte im Strahl der Taschenlampe, während sie vorsichtig oben auf der Kabine standen und das beschissene Ding im Schacht hin und her schwang.

Sie würden nie wissen, wer von ihnen es zuerst sah: Benzin rann in einem kleinen Bächlein das Kabel hinunter. Es hatte bereits in einer Ecke des Kabinendaches eine Pfütze gebildet, und von dort floß es an der Außenseite der Kabine hinunter, bis sich die Tropfen vom Aufzug lösten und auf den Boden weit, weit unten fielen.

Hermann blickte fragend in die Dunkelheit des Schachts über ihnen. »Sie wissen, daß ich Höhen nicht mag, Louis.«

»*Zeit*, Hermann. Haben wir die Zeit? Lassen Sie uns die Treppe nehmen und nicht die Leiter.«

»Weidling wird den Steuerungsraum bereits überprüft haben. Es muß also irgendwo zwischen hier und dort sein.«

Ein anderer Tropfen fiel, und nach einer kurzen Pause ein weiterer. »Louis …« Wieder durchschnitt der Strahl der Taschenlampe die Dunkelheit, aber in der Besatzungszone waren Batterien oft schwachbrüstig. »Wasser, Louis«, murmelte er. »Es tropt auf meinen Kopf.«

»Wasser?«

»Ja, genau.«

Also doch die kalte und unpersönliche Eisenleiter. Sie führte an einer Seite des holzverschalten Schachtes hoch, aber keiner von ihnen hatte daran gedacht, Bescheid zu geben, daß der Lift nicht benutzt werden durfte, während sie dort hochkletterten.

Als sich die Trommel zu drehen begann, füllte sich der Schacht mit ihrem Lärm. Darunter hörte man die gedämpften Melodien von Mendelssohns Vierter Symphonie, Opus 90, zweiter Satz. Dann hörten sie, wie die Kabine bei jedem Halt knarrte, als sie sich weiter und weiter von ihnen nach unten entfernte und sie gestrandet zurückließ.

Mendelssohn ... Wenn man sich anstrengte, konnte man fast die Cellos sehen, die die Gegenmelodie trugen. Schön, einfach schön. Kannte Charlebois das Stück so gut?

Auf halbem Weg zur Trommel gab es eine Kabelführung und ein Halt, und hier hatte der Salamander einen Benzinkanister befestigt. Sie konnten ihn in dem schwachen Licht gerade noch erkennen.

Wieder war da das Tröpfeln von Wasser, und wieder fühlte Hermann den Tropfen, diesmal auf der ausgestreckten Hand. Sie dachten an Heizungs- und Belüftungsrohre, sie dachten an alle Stellen, an denen Charlebois sich verstecken konnte und niemals gefunden werden würde.

»Ein Präservativ«, grunzte Louis. »Es hängt an einem Stück Draht, Hermann. Es beult sich vor Wasser aus, wie die Brust einer Frau.«

»Kommen Sie ran? Lassen Sie es nicht fallen.«

»Der Phosphorwürfel wird unten in der Mitte sein, Hermann, direkt über dem Nadelloch in der Brustwarze.«

»Brustwarze?«

»Sie sind größer«, sagte Louis und streckte sich. »Ihre Arme, Hermann, sind länger als meine. Bitte, ich bedauere die Unannehmlichkeit, aber wenn Sie bitte heraufklettern würden und ich hinabklettere ...«

Die Taschenlampe fiel hinunter, und sie lauschten, bis zu ihrem Aufprall.

»Halten Sie sich fest, Louis! Herr im Himmel, Idiot! Machen Sie mir Platz.«

»Mein Fuß! Sie stehen auf meinem Fuß!«

Hermann hielt inne, als die Worte durch den Schacht hallten. »Vielleicht sollten Sie uns einen Eimer Wasser holen, Louis. Nur für den Notfall.«

»Soll ich auf der Kabine stehen und hoffen, das Präservativ in der Finsternis aufzufangen? Hoch mit Ihnen, mein Freund. Dafür bezahlt man Sie. Und bitte pinkeln Sie nicht auf mich drauf.«

Hermann drehte den Draht in der Dunkelheit auf – in solchen Dingen war er wirklich gut, da er früher als Sprengstoffexperte gearbeitet hatte. Behutsam reichte Kohler das Präservativ hinunter. »Vorsichtig, Louis. Ganz vorsichtig. Sie hatten recht. Es ähnelt der Titte einer Schwangeren, kurz bevor das Kind kommt.«

»Will er uns damit etwas sagen, Hermann? Ist dies nur ein Ablenkungsmanöver?«

»Kein Phosphor, wollen Sie das andeuten?«

»Wir werden nachsehen müssen, sobald wir es unter Wasser haben.«

Es war gräulich weiß und sah genauso aus, wie Martine Charlebois es beschrieben hatte. Der Phosphor wirkte harmlos, während das schlaffe Gummi des aufgeschnittenen Präservativs von einer kleinen Strömung erfaßt langsam davondriftete, um schließlich am Rand des verzinkten Eimers hängenzubleiben.

»Glauben Sie jetzt, daß hier Gefahr besteht, Herr Weidling? Und Sie, Herr Obersturmführer? Wollen Sie nicht jetzt das Theater geordnet evakuieren, bevor das Chaos über uns hereinbricht?« fragte der Franzmann. Verdammt, er sah krank vor Sorge aus. Stolz war Louis, und doch würde er jetzt jeden Augenblick vor ihnen auf die Knie fallen. Ein echter Patriot.

Barbie aber sagte: »Das wird nicht nötig sein. Er wird gefunden und aufgehalten werden.«

In einer der Toiletten war ein Würfel Phosphor sicher unter Wasser deponiert, eine kleine Erinnerung für sie. Ein anderer hing in einem Präservativ vom Duschkopf der einzigen Dusche, die für die Garderoben zur Verfügung stand.

Die Hörner klangen königlich, sehr bewegend, als sie hoch in den Himmel des ersten Brandenburgischen Konzertes in F, dritter Satz, stiegen. Es klang, als ob sie eine königliche Kutsche grüßten, die im vollen Galopp heransprengte. Sie stellten eine beachtliche Ablenkung dar.

Brandschutzleiter Weidling war schon grau vor Erschöpfung und schweißnaß. Die Spannung zerrte an seinen Nerven, da er wußte, daß er sich jetzt ihren Fragen stellen mußte. Die drei waren einen Moment allein im Büro des Intendanten im ersten Stock.

»Meine Frau kannte die Identität des Salamanders nicht. Das schwöre ich«, sagte er knurrend, obwohl sie nicht gefragt hatten. »Oh, ja, meine Käthe war ausgegangen, um jemand in Hamburg und den anderen Orten zu treffen, auch hier im Kino, aber«, er hob den Zeigefinger, »sie kannte ihn nicht und erwartete eine andere Frau, die Freundin von der, mit der sie … Sie wissen schon.«

»Es getrieben hat«, sagte Hermann, um die Sache klarzustellen.

»Claudine Bertrand hat sie reingelegt«, sagte Louis ruhig. »Bei jedem Feuer wurde ein Sündenbock gebraucht, jemand, auf den der Verdacht fallen würde, bis schließlich Martine Charlebois Verlobter endlich tot war. Dann hörten die Brände auf.«

Weidling setzte den Hut ab, fuhr sich mit der Hand müde durch sein dünner werdendes Haar und berührte die kahle Stelle, über die sie sich lustig gemacht hatte. »Zwei ›Frauen‹ und meine zukünftige Ehefrau, meine Herren. *Ja*, Herr Kohler, ich wußte haargenau, was sie vorhatte. Ich brauchte sie. Wie sonst hätte ich den Salamander finden sollen? Aber sie war nicht der Grund für die Brände und hatte daran auch keinen Anteil, dessen war ich mir sicher. Sie war der Köder, den ich benutzte und beobachtete und schließlich in die Falle lockte, zu einem Geständnis zwang und … zur Ehe.«

»Sie wußten, daß Claudine aus Lyon kam«, sagte Louis. »Haben Sie die Spur von Martine Charlebois auch nach hier zurückverfolgt?«

Die Franzosen. Sie waren Quälgeister. »Ich hatte keine Zeit. Ich war viel zu beschäftigt. Meine Vorgesetzten beschlossen, daß ich den Fall und damit den Salamander nicht weiterverfolgen solle, da sie die Franzosen in einer so kritischen Zeit nicht verärgern wollten.«

»Dann kam der Krieg, dann die Besatzung und schließlich die Chance, Lyon zu besuchen und den Fall wieder zu öffnen«, hauchte Hermann. »Müller stimmte zu, und Sie brachten Ihre Frau mit, um mit ihr den Hurensohn aufzustöbern, aber er bekam von der Sache Wind, und nun müssen Sie sie begraben.«

Weidling packte seinen Hut, um ihn aufzusetzen. »Und auch den Mann, den sie aufsuchte, aber für eine Frau hielt, bis sie ihn schließlich traf, Herr Kohler. Wir müssen uns auf die Bühne konzentrieren. Ich bin mir fast sicher, daß der Salamander dort seinen kleinen Paukenschlag geplant hat. Das Publikum, nicht? So daß es alle gut sehen können.«

»Mit einem Paukenschlag?« platzte Hermann heraus und zog ein Stück Papier aus einer der Taschen. »Haydn, Louis. Direkt nach der Pause.«

»Er kann die Sache nicht so genau planen, Hermann, es sei denn, er beabsichtigt, dabei zu sein.«

Weidling nahm eine Pistole aus seiner Jackentasche. »Gehörte meiner Frau«, sagte er. »Traurigerweise habe ich vergessen, ihr zu sagen, daß ich sie aus ihrer Tasche nahm. Als der Anruf kam, der sie zum Lagerhaus auf dem Trödelmarkt gehen ließ, muß sie vergessen haben nachzuschauen, ob die Waffe wirklich noch da war. Eine Beretta, die ich nun einsetzen werde.«

»Dann sollten wir hoffen, daß Sie es schaffen«, fluchte Hermann. »Dieses Theater wird sonst wie eine Fackel brennen.«

Die Halle war überfüllt. Die Leute strömten durch die Türen. Getränke auf das Haus als Geste des guten Willens. Champagner und schnelle Blicke. Und Gaffer.

Sie gingen wieder an die Arbeit, fanden aber nichts mehr. Absolut nichts!

Haydns Symphonie mit dem Paukenschlag. Wieder hatten die Cellos viel zu tun. Immer wartete man darauf, daß etwas Neues geschah. Immer war da diese überwältigende Erwartung und die Aufregung darüber. Eine kindliche Unschuld wurde beim Zuhören vermittelt, und zugleich enthielt die Musik eine sehr absichtsvolle Verführung, sehr, sehr subtil.

In der oberen Loge wunderte Louis sich über Charlebois' Auswahl der Stücke. Hatte er die Passagen ausgewählt, um die Wachsamkeit jener, die ihn verfolgten, zu schwächen, oder hatte er es aus echter Liebe zur Schönheit getan?

Ein seltsamer Mann, einer, der von seinen Zwangsvorstellungen geleitet wurde. Einer, der nach dem Kinobrand so verzweifelt war, daß er in der Hoffnung, die Spur auf jemand anderen zu lenken, im Glockenturm der Basilika die frivolen Schuhe seiner geliebten Schwester hinterlassen hatte.

Mit dem Opernglas suchte St.-Cyr die Gesichter der Zuschauer ab. In der vierten Reihe vor dem leeren Orchestergraben waren zwei Sitze am Seitengang frei. Plätze, auf denen Brandschutzleiter Weidling und seine junge Frau hatten sitzen wollen.

Ange-Marie hatte den Sitz gewählt, der am weitesten vom Seitengang entfernt war. Nachdenklich wartete sie darauf, daß sich Charlebois zu ihr setzte. Von ihrem Platz aus konnte sie unmöglich das Cello seiner Schwester sehen, aber Louis war sicher, daß sie in die Richtung blickte.

Die Melodie wurde wiederholt. Sie ähnelte der eines kindlichen Abzählreims. Erneut stellte St.-Cyr fest, wie er lauschte; wieder wartete er auf den Wechsel. Ein Paukenschlag …

Sie hatte ihren Mantel abgelegt, damit Charlebois sie besser erkennen konnte. Louis wußte, daß sie hoffnungsvoll die Gesichter der Menge abgesucht hatte. War noch immer die Schere in ihrer Tasche? Würde sie immer noch versuchen wollen, ihren Jugendfreund zu töten, oder hatte sie wie Vater Adrian resigniert und wartete auf den Tod im Feuer?

Er folgte der Richtung ihrer Blicke, hielt am Souffleurkasten inne, der vorne in den Bühnenboden eingelassen und niedrig genug war, um die Sicht nicht zu stören. Er betrachtete durch das Opernglas die mattschwarze Haube, erinnerte sich an den Traum – den Alptraum – und fragte sich, ob irgendwer daran gedacht hatte, direkt unterhalb der Bühne nachzuforschen. Das mußte doch jemand gemacht haben.

Das Cello ... Hermann stand am Rand der Bühne, vom Publikum aus nicht zu sehen. Er sah nicht gerade glücklich aus.

Das Cello ... Ah, *mon Dieu*, was war das da? Das Holz glänzte warm, so warm. Die Schallöcher, ja. Ja, natürlich. Eine Saite ... Ah, nein.

Um die Saiten in der Nähe des Stegs war ein Seidendarm gewikkelt. Dieser war gespannt und verschwand im Schalloch.

»Hermann ...« begann er. »Hermann ...«

Kohler sah, wie Louis sich rasch auf dem Absatz umdrehte, so schnell, daß bestimmt keine Sekunde mehr zu verlieren war. Er bewegte sich auf die Bühne hinaus. Er wußte, daß sie den Salamander nicht mehr aufhalten konnten, jetzt nicht mehr. Nie mehr. Ah, *merde!* Ein Notenständer ... Er griff das Stück im Fallen, und ein Grinsen überzog sein Gesicht, als er es wieder aufrichtete. Dann sagte er in das Ohr des Dirigenten: »Spielen Sie dieses Stück immer wieder. Hören Sie nicht damit auf, es sei denn, sie wollen, daß dieses beschissene Theater in Flammen aufgeht!«

Behende quetschte er sich zwischen den ersten Cellos durch und am zweiten vorbei – ah, Herr im Himmel, war das eng –, griff nach dem Instrument und sah nur den Seidendarm um die Saiten und hörte die Musik um sich herum, die steigenden, freudigen, ausgelassenen Töne der Cellos, Saddel-sah, tah, dah, daah. Saddel-sah, tah ...

Verdammt! Dieser Hurensohn hatte eine weitere Schnur vom Fuß des Cellos unter die Plattform gespannt, auf der einige der zweiten Cellos saßen.

Was sollte er jetzt tun? Entsetzt sah Kohler auf. Jeder würde ihn beobachten. Jeder! Ange-Marie Rachline kam auf die Bühne zu … die Bühne …

Irgendwie schaffte er es, sich auf Händen und Knien zwischen den Instrumenten, den Beinen der Musiker und den Notenständern niederzulassen. Irgendwie schaffte er es auch, das Kavalleristenmesser mit Holzgriff hervorzuziehen, das der Kaiser an alle Ränge über denen der Toten ausgegeben hatte. Die Klinge war verflucht scharf, denn das mußte sie auch immer sein. Nachdem er den Stolperdraht behutsam durchgeschnitten hatte, führte er ihn unter einem schwarzen Lackschuh hindurch und band ihn am hohen Absatz fest. Dann flüsterte er in ein hübsches Ohr: »Bitte bewegen Sie ihren Fuß nicht. Keinen Millimeter. Behandeln Sie ihn wie eine Bombe.«

Dann gab er ihr noch einen väterlichen Klaps auf die Schulter, richtete sich auf und überragte nun alle. Ein schäbiger Riese. Die Musik spielte um ihn herum weiter und weiter.

Ange-Marie Rachline stand nun neben dem Souffleurkasten. Der Dirigent ignorierte sie so gut er konnte und führte sein Orchester, die Cellos fuhren in ihrem beschwingten Saddel-sah, tah, dah, daah … fort, bis es den Raum füllte.

Einen Augenblick lang trafen sich ihre Blicke, und Kohler schüttelte den Kopf. »Er ist unter uns«, sagte er tonlos und deutete nach unten.

Die Musik dröhnte in Ange-Maries Ohren, als sie sich dem Ostflügel zuwandte. Kohler hatte sie endlich erreicht und hielt sie am Arm fest. »Versuchen Sie nicht, ihn aufzuhalten, Madame. Bitte nicht. Lassen Sie uns zuerst zu ihm«, sagte er.

»Er wird Ihnen nicht zuhören! Er will die Dinge zerstören, die er am meisten liebt. Sie *müssen* mich mit ihm sprechen lassen. *Bitte!* Ich flehe Sie an. Auf seine eigene verschrobene Weise könnte Henri mich immer noch als Freundin betrachten. Vielleicht hört er ja auf mich.«

Die Melodie wiederholte sich immer wieder, als die beiden auf die anderen trafen. Unterhalb der Bühne gab es Holzpfosten, ein ganzer Wald davon, mit Querverstrebungen. Dort waren auch Truhen, alte Koffer, Theaterrequisiten, Spinnweben. Der Strahl von Weidlings Taschenlampe durchschnitt die Finsternis.

Sie krabbelten auf allen vieren wie verrückt durch dieses Wirrwarr, bis ... »Henri ...«, keuchte sie.

»Louis, lassen Sie sie nicht zu ihm gehen.«

»Keiner bewegt sich«, kreischte Charlebois. *»Ich werde es tun! Das werde ich!«*

Weidling fluchte, als das Licht seiner Taschenlampe den Salamander erfaßte und er die Uniform eines Feldwebels der Wehrmacht erkannte. Ein Feldwebel ...

»Nicht seine Augen blenden«, zischte St.-Cyr. Ah, *merde!* In jeder Hand hielt der Mann ein faustgroßes braunes Glas mit Phosphor in Wasser. Charlebois saß direkt unterhalb der Cellos, den Rücken gegen einen der Pfähle gelehnt. Die Seidendarmschnur war immer noch um seine rechte Hand gewickelt und führte von dort zu einem winzigen Loch im Boden.

»Monsieur ...«, begann Louis.

»Henri ...«, beschwor ihn Madame Rachline. »Henri, laß mich zu dir kommen.«

Er mußte darüber nachgedacht haben, denn er warf ihr ein kurzes, trauriges Lächeln zu, bevor er den Kopf schüttelte. »Es ist zu spät. Es ist vorbei, Ange-Marie. Sag ihnen, daß ich dir Zeit gebe zu entkommen, aber nur dir.«

Auf dem Boden war Benzin, und als sie es erreichte, zögerte sie, denn er saß genau in der Mitte der Lache. »Henri … *Chéri*, bitte hör mir zu. Martine … Du weißt, wie sehr sie es liebte, im Orchester zu spielen.«

Sein Gesicht verhärtete sich. Er hob bedrohlich sein Kinn. »Nur weil ich sie dazu brachte«, sagte er. »Ich, Ange-Marie. *Ich*, der Bruder, der sie mehr als jeder andere liebte.«

Die Musik von Haydn spielte weiter und weiter. »Nein … nein, das ist nicht wahr, Henri. Nachdem ihr Max tot war, stürzte sie sich auf die Musik und ihren Lehrerberuf. Das waren die einzigen Dinge, die ihren Schmerz milderten, und du weißt das. Zerstöre nicht das Theater, das sie so liebte.«

»Wie es Großvater getan hat?«, fauchte er zurück.

St.-Cyr ließ sie vorgehen. Er zupfte an Weidlings Ärmel und wisperte schließlich: »Legen Sie die Waffe ab, wo er sie sehen kann.«

»Dummkopf, seien Sie kein Narr!«

»Wenn Sie schießen, werden die Gläser zerbrechen, und wir kommen hier nie lebend heraus.«

Hermann begann, sich auf die andere Seite vorzuarbeiten. Einen Augenblick lang blockierte die Frau den Lichtstrahl, und als das Licht wieder auf Charlebois fiel, konnten sie die Gläser wieder besser sehen.

»Louis, er hat die Deckel abgeschraubt!«

Das hatte er.

St.-Cyr bedeutete Weidling zu bleiben wo er war und versuchte, auf die andere Flanke zu kommen. Sie mußten es versuchen. Sie waren zu tief unten … Viel zu tief.

Er wischte sich eine Spinnwebe aus dem Gesicht. Mühsam arbeitete er sich unter einem Querbalken durch. Hermann war auf der anderen Seite, nun ungefähr zwei Meter von Charlebois entfernt. Brandschutzleiter Weidling wahrscheinlich immer noch vier Meter entfernt in Richtung Eingang, Ange-Marie setzte sich vor ihrem Jugendfreund auf die Fersen.

»Henri, erinnerst du dich an Concarneau?« fragte sie.

Der Gedanke brachte nur Verzweiflung mit sich. »Wie sollte ich es je vergessen?«

Sie wischte ihre Tränen ab und versuchte, ihn anzulächeln. »Der Geruch des Meeres, das Schlagen der Wellen, Henri.«

»Du hast Claudine deine Hände halten lassen, und ich strich mit der Flamme über sie hinweg, bis …«

»Bis ich dir sagte, wo du sie berühren solltest.«

»Jesus, *Louis!*«

Der Name zog sich in die Länge, während die Melodie wieder mit ihrem schrillen Anstieg begann. Am Stolperdraht würde gezogen werden, die Flaschen würden hinfallen … Sie würden sie nie rechtzeitig erreichen können … Rechtzeitig … Flammen … Die Flammen würden sie einschließen … Phosphor … höllisch heiß … Blendend … Der Geruch nach Knoblauch … Knoblauch … Weißer Rauch … Dichter weißer Rauch und aufflammendes Benzin …

Sanft nahm die Frau die Gläser aus Charlebois Händen und stellte sie vorsichtig zur Seite. »Gesegnet seist du, Henri«, sagte sie mit einem zärtlichen Flüstern. »Man wird immer an dich denken, weil du diesen Ort nicht zerstört hast.«

»*Dann erschießt mich!*« schrie er, und während der Klang der Cellos über ihnen anstieg, wurde seinem Wunsch stattgegeben.

Paris war nicht es selbst. Es befand sich im stählernen Griff des Winters und der Besatzer. Die Stadt war mehr als bedenklich still. St.-Cyr blieb stehen, als er um die Ecke in seine geliebte Rue Laurence-Savart trat. Er wußte, daß das Haus Nummer drei eine Baracke sein würde – zerbrochene Fensterscheiben und gesplitterte Bretter, die vordere Wand und der Vorgarten ein Trümmerhaufen, ein Versehen ... eine Bombe der Résistance. Dennoch war er zu müde und niedergeschlagen, als daß ihn das jetzt gekümmert hätte. Lyon hatte seinen Stempel auf ihm und Hermann hinterlassen ... Hermann wollte keine Flasche Moulin-à-Vent mit ihm teilen und verspätet auf Weihnachten anstoßen.

Statt dessen hatte er ein paar Ausreden vorgebracht und den kleinen Franzmann von der Sûreté sich selbst überlassen, weil es ihn nach seinem kleinen Täubchen und seiner holländischen *Hausfrau* verlangte.

Gabi war immer noch im Château. Die Einladung an ihn war nurmehr eine schmerzhafte Erinnerung. Das Haus war ...»Ah, nein, Hermann. *Nein!*«

In ihrer Abwesenheit hatte die Organisation Todt, die alle Gebäude für das Reich instandhielt, das Haus komplett wiederaufgebaut! Drei Tage, vier Tage ... wieviel war es noch?

Obwohl er wußte, daß man ihm nun noch mehr mißtrauen und ihn noch mehr hassen würde als zuvor – ein Kollaborateur, ohne Zweifel, eh? Man muß sich das nur ansehen! –, war es das reinste Wunder, und er fragte sich, wieviel Hermann ihnen wohl bezahlt hatte.

An der wunderschön gestrichenen brandneuen Tür hing eine Notiz. »Louis, gehen Sie aus und amüsieren Sie sich. Sie haben es nötig.«

»Ah, *merde*, Hermann ...« Er suchte in der Hoffnung, seinen Partner zu sehen, die lange, schmale Straßenflucht ab, obwohl er wußte, daß der Bayer in seiner Wohnung bereits fest schlafen würde, mit einer Frau an jeder Seite.

»Monsieur Oberinspektor ...?«

Es war Dédé Labelle, dessen Mutter für andere Wäsche wusch. »Monsieur, meine Freunde und ich, wir ... Wir wollen Sie um Verzeihung bitten. Es tut uns leid, daß wir uns im Zweifel nicht für Sie entschieden haben in der Sache mit Ihrer ... Ihrer Kollaboration. Die Leute, die Ihr Haus in Ordnung brachten, haben auch die Fenster aller anderen repariert und die Holzreste für die Öfen hiergelassen.«

Er ging zu dem Jungen hinüber und öffnete ihm das brandneue Tor. »Schon in Ordnung. Ich vergebe euch. Komm ... Komm rein. Laß uns die Sache anschauen. Die Boches – he, diese lausigen Boches, Dédé, ein paar Dinge können sie richtig gut.«

Der Junge lächelte nicht, und er wollte auch nicht hereinkommen. »Was ist los, Dédé? Komm schon, mein Partner und ich haben gerade einen höchst schwierigen Fall gelöst, bei dem ein Salamander, als er merkte, daß ein deutscher Feuerwehroffizier ihm dicht auf den Fersen war, in einem Kino einen Brand gelegt hat, bei dem 182 unschuldige Menschen und ein Priester, der über alles Bescheid wußte, ums Leben kamen. Unglücklicherweise wurde die Frau des Feuerwehroffiziers, die von einer Freundin des Salamanders ins Kino gelockt wurde und ebenfalls zuviel wußte, nicht wie geplant in der Toilette eingeschlossen und starb deshalb auch nicht wie beabsichtigt in den Flammen.«

»Monsieur …« Der Junge brach in Tränen aus. Ah, *nom de Dieu*, was hatte das zu bedeuten?

»Meine Schwester, Monsieur Oberinspektor … Joanne, sie wird nun schon seit zwei Tagen vermißt und wir … Wir haben Angst, daß sie … *Grand-mère* sagt, daß Joanne *nie* auf diese Anzeige unter den Stellenangeboten hätte antworten sollen, daß heutzutage keine Mannequins benötigt werden und daß niemand, selbst wenn ein Mädchen noch so reif und schön ist, das Geld hat, um den Film zu kaufen, mit dem man die nötigen Photographien von ihr machen kann.«

St.-Cyr blickte auf das zerknüllte Stück Zeitung hinunter. Die kleine Joanne, vermißt …? Er sah sie vor seinem inneren Auge als Säugling auf dem Arm, als Kleinkind, das mit seinen Freunden spielte, sah sie als Schulmädchen mit blauem Kittel und Baskenmütze und sah sie in dem Geschäft, in dem sie eine Arbeit gefunden hatte. »Achtzehn … Sie müßte mittlerweile achtzehn sein«, sagte er laut zu sich selbst und dann unnachgiebig: »Das ist eine Sache für den Präfekten, Dédé. Hier ist Paris. Es ist sein Revier.«

Ah, *nom de Dieu*, wie sollte man einem verzweifelten zehnjährigen Jungen die Politik und die idiotischen Kompetenzgerangel innerhalb der Polizei erklären?

»Laß uns reingehen, eh? Laß uns eine Tasse von dem elenden Zeug trinken, das heutzutage Kaffee genannt wird, und dann kannst du mir alles erzählen, während ich mich wasche und rasiere.«

»Sie … Sie wollte so gern ein Mannequin sein, Monsieur Oberinspektor. Das sollte ihre Chance sein, groß rauszukommen. Sie wollte uns so viele wunderbare Sachen kaufen. Ein neues Fahrrad, ein…«

»Ja, ja, zuerst der Kaffee, eh, Dédé? Kannst du ihn für mich machen, während ich mit meinem Partner telephoniere?«

»Da … Da war auch ein Banküberfall.«

»Bitte?«

»Und ein Mord, eine Schießerei.«

»Bitte, es reicht. Laß uns beim Verschwinden deiner Schwester bleiben. Laß uns sie finden, bevor es zu spät ist.«

»Aber … Aber sie hat den Überfall und die Schießerei gesehen. Das glauben wir alle. Die anderen Jungs und ich.«

Ein Banküberfall und eine Schießerei … »Wieviel wurde gestohlen?«

Der Junge blinzelte die Tränen weg und sah fest zu Louis auf. Einen Moment lang war nur ehrliche Stille zwischen ihnen, dann sagte der Junge: »Achtzehn Millionen, Monsieur Oberinspektor. Achtzehn.«

Eine für jedes ihrer Lebensjahre … »Gut. Mein Partner ist abgebrannt. Das wird reichen, um ihn zu so früher Stunde aus dem Bett zu locken.«

Im Zwielicht von Vichy

von Martin Compart

I.

Historische Romane haben seit Jahrzehnten Konjunktur. Wobei besonders historische Kriminalromane sich augenblicklich großer Beliebtheit erfreuen. Alles begann mit Melville Davidson Posts UNCLE-ABNER-Geschichten, die im wilden Virginia Anfang des 19. Jahrhunderts spielten und ab 1918 veröffentlicht wurden. In den 40er Jahren entdeckten Autoren wie Agatha Christie, John Dickson Carr und Lillian de la Torre (ihre wunderbaren Geschichten über Dr. Johnson warten noch auf eine deutsche Veröffentlichung) die faszinierenden Möglichkeiten dieses Subgenres, als dessen Höhepunkt gerne THE DAUGHTER OF TIME von Josephine Tey genannt wird. Einen erneuten Push bekam das Genre Anfang der 70er Jahre mit dem Sherlock-Holmes-Revival (ausgelöst durch Nicholas Mayers THE SEVEN-PER-CENT-SOLUTION, 1974). Anfang der 80er Jahre wurden Ellis Peters Bruder Cadfael-Romane, Ann Perrys Viktorianische Krimis und vor allem Umberto Ecos DER NAME DER ROSE zu Bestsellern und Welterfolgen. Seitdem vergeht keine Woche, in der nicht ein Detektivroman über das alte Rom, die Renaissance, das Mittelalter oder eine sonstige Epoche erscheint.

Der Noir-Roman entdeckte die historische Perspektive relativ spät über den Umweg des Polit-Thrillers, der historische Ereignisse oder Persönlichkeiten in den Mittelpunkt stellt (etwa Frederick Forsyths DAY OF THE JAKAL oder Ken Folletts EYE OF THE NEEDLE). Drehbuchautor Andrew Bergman schrieb 1974 mit THE BIG KISS-OFF 1944 den ersten von zwei Romanen, die im Hollywood der 40er Jahre spielen. Stuart M. Kaminsky begann ein Jahr später mit seiner Serie um den Hollywood-Privatdetektiv Toby Peters, der es in jedem Fall mit einem anderen Hollywood-Star aus den 40ern zu tun hat. 1975 veröffentlichte Joe Gores seine Hommage an den Urvater: HAMMETT. Ed Mazzaro schrieb in dieser Zeit ebenfalls einige Romane, die in den 30er Jahren spielten. Einen weiten Schritt nach vorne machte das Subgenre 1983 mit Max Allan Collins' erstem Nate-Heller-Roman TRUE DETECTIV. Collins untersucht durch seinen Detektiv in jedem Roman ein wahres Verbrechen und bereitet das bekannte Faktenmaterial so kunstvoll auf, daß man ihn heute als den absoluten Großmeister des Genres bezeichnen muß. An diesem Status kratzt nicht einmal James Ellroy mit seinem durchwachsenen L.A. Quartett oder AMERICAN TABLOID.

Während das Dritte Reich und der Zweite Weltkrieg immer ein sehr beliebter Hintergrund für Spionageromane und Polit-Thriller waren, sparte der historische Detektiv- oder Noir-Roman diesen düsteren Zeitabschnitt aus. Es ist kaum zu glauben, aber ausgerechnet in diesem kriminalliterarischen Segment wurde der Klassiker von einem deutschen Autor geschrieben! Der unterschätzte und zu Unrecht in Vergessenheit geratene Hans Hellmut Kirst veröffentlichte 1962 den Noir-Roman DIE NACHT DER GENERALE, der zum Teil im besetzten Frankreich spielt und die Spur eines Serienkillers durch den Zweiten Weltkrieg bis in die Nachkriegszeit verfolgt. Der Roman war damals ein großer Erfolg, erschien sogar in den USA und wurde von Anatole Litvak mit Peter O'Toole und Omar Sharif nach einem Drehbuch von Joseph Kessel 1966 als britisch-französische Co-Produktion verfilmt. Kirst schrieb noch andere bemerkenswerte Kriminalromane, darunter die München-

Triologie über Skandale und Korruption auf höchster Ebene. Bei uns schmählich mißachtet – auch von der deutschen Krimi-Szene –, ist er der einzige deutsche Autor, der Eingang in das Standardwerk TWENTHIES CENTURY CRIME WRITERS gefunden hat. 1989 legte der schottische Schriftsteller Philip Kerr mit MARCH VIOLETS seinen ersten Roman vor, der ziemlich *noir* war: MARCH VIOLETS hatte mit Privatdetektiv Bernie Gunther einen Protagonisten, der im Berlin der Nazis Ende der 30er Jahre ermittelte. 1992 erschien dann endlich mit MAYHAM J. Robert Janes erster St.-Cyr und Kohler-Roman, der sich auf einem völlig neuen Niveau mit den Schrekken im besetzten Frankreich auseinandersetzt. Angesichts der gigantischen Verbrechen der Big Player Hitler, Himmler, Goebbels und Co., deren Blutspur sich durch ganz Europa zog, mußte jedes noch so perfide individuelle Verbrechen verblassen. Was sind selbst hunderte Opfer eines Brandstifters im Vergleich zu den Massenvernichtungen durch die Nazis? Es ist nicht verwunderlich, daß sich nur sehr wenige Autoren für die »normalen« Verbrechen im Schatten der Staatsverbrechen interessieren. Denn auch während des 3. Reiches, das individuelle Verbrechen wie jedes totalitäre Regime leugnete, geschahen alltägliche Morde.

II.

Joseph Robert Janes wurde 1935 in Toronto als mittlerer von drei Söhnen geboren. Als Kind war er ein Einzelgänger, bis er fünf Jahre alt war und den belgischen Knaben Willy aus einer Immigrantenfamilie traf. »Willy war so alt wie ich und sprach kein Wort Englisch. Aber wir verstanden uns trotzdem, gingen gemeinsam ins Kino und spielten Cowboy, Kampfpilot, Pirat usw. Wir lebten unsere kindlichen Phantasien aus, und diese Zeit war wohl wesentlich mitverantwortlich, daß ich Schriftsteller geworden bin.« Nach der Schule studierte er an der Universität von Toronto Geologie und schloß 1958 als graduierter Mineningenieur ab. Er unterrichtete Geologie an der McMasters Universität in Hamilton und an der Brock Universität von St.Catharines, bevor ihn der Ruf der Ölindustrie erreichte. Einige Jahre arbeitete er als Ölsucher für Mobil Oil of Canada und die Ontario Research Foundation, dann kehrte er zum Lehramt zurück. »Ich sehe mich auch heute noch als Geologe und Mineningenieur. Das verliert man nicht. Die ganze Art und Weise die Dinge zu betrachten, wurde durch meine Ausbildung beeinflußt. Die Fähigkeit, Fakten zu sammeln und auszuwerten, um komplexe Probleme analytisch zu lösen, ist meine wissenschaftliche Grundlage, die mir als Romancier hilft. Ich denke noch immer sehr akademisch.« Seit 1970 ist er freier Schriftsteller und zu seinem Oevre gehören neben Geologie-Sachbüchern Romane (THE ALICE FACTOR, THE TOY SHOP) und Thriller (THE HIDING PLACE, THE WATCHER), vor allem Detektivgeschichten für Jugendliche (die Rolly-Serie). 1958 heiratete er seine Frau Grace, mit der er bis heute vier Kinder und sechs Enkel hat, für die er »aus dem Stand Geschichten erfindet und erzählt. Das sind die besten Geschichten.«

Wie alle professionellen Autoren ist auch Janes ein harter Arbeiter: »Ich arbeite jeden Tag außer sonntags. Ich beginne morgens um sieben Uhr mit einer Tasse schwarzen Kaffees und Papier und Bleistift. Von meinem Arbeitszimmer sehe ich auf unseren verwilderten altenglischen Garten und denke nach. Etwa um acht Uhr weiß ich, was ich schreiben werde. Mit einer zwanzigminütigen Mittagsunterbrechung arbeite ich bis etwa um fünf Uhr durch; samstags nur bis vierzehn Uhr. Mein Arbeitszimmer unter dem Dach ist zwar so breit und lang wie das halbe Haus, aber mit Büchern und Papier vollgestopft. Zum Schreiben bleibt mir gerade mal ein Quadratmeter. Die erste Fassung schreibe ich immer mit der Hand. Die Tagesarbeit übertrage ich dann mit meiner IBM-Schreibmaschine. Kein PC! Ich mag diese technischen Erleichterungen nicht, weil sie das eigentliche Schreiben beeinflussen und den Text mit unnötigen Worten aufschwemmen.« Tatsächlich läßt sich bei einigen Autoren beobachten, wie ihre Bücher plötzlich immer umfangreicher wurden – extrem war das bei Desmond Bagley der Fall –, nachdem sie auf einen PC umgestiegen waren. Janes Bücher sind stilistisch äußerst effektiv. »Ich sage allen jungen Autoren: Vergeßt die Word Processor, PCs usw. Die machen alles zu einfach. Umschreiben und nochmals umschreiben ist das wichtigste bei der Schriftstellerei. Man muß sich quälen.« Der seelige Jörg Fauser, der einen bestimmten Uralttypus Schreibmaschine auch schon mal von einem Schrottplatz geholt hatte, würde ihm sicherlich zustimmen. »Wenn ich den Titel eines Romans habe, beginne ich mit dem Schreiben. Der Titel muß für mich alles enthalten, er ist die Quintessenz des Romans und sollte die Substanz des Buches einfangen. Die Charaktere kommen aus der Story. Es sind Figuren, die für bestimmte Szenen nötig sind, damit ich sie so entwickeln kann, wie es mir nötig erscheint. Aber sie müssen natürlich stimmen und wahrhaftig sein, sonst funktionieren sie nicht. Aber bei mir kommt die Geschichte zuerst, die die Charaktere bedingt. Andere Autoren arbeiten erfolgreich genau umgekehrt.« Janes Vorbilder und eventuelle Einflüsse sind Autoren, die beim besten Willen nicht der Kriminalliteratur zuzuordnen sind: »Seitdem ich selbst schreibe, lese ich kaum noch Fiktionales. Denn ich möchte stilistisch nicht beeinflußt werden, was unweigerlich passieren würde. Zu meinen Lieblingsautoren gehörten John Steinbeck, Scott Fitzgerald, D.H. Lawrence (ein absolutes MUSS!), Edna O'Brien, Sean O'Faolain, John Fowles, Graham Greene und andere.«

III.

Den ersten St.-Cyr und Kohler-Roman, MAYHEM, schrieb Janes in nur drei Monaten. »In der Rohfassung meines Diamanten-Thrillers THE ALICE FACTOR gab es eine lange Passage über das okkupierte Frankreich. Der Verlag meinte, der Roman sei zu lang, und ich warf diesen Teil heraus. Danach schrieb ich einen bis heute nicht veröffentlichten Roman über einen Protagonisten, der sich an seine Zeit im besetzten Frankreich erinnert. In diesem Buch taucht ein unehrlicher Sureté-Detektiv auf. Mein Unterbewußtsein begann sich bereits mit St.-Cyr zu beschäftigen, als ich dieses Buch schrieb. Aber St.-Cyr sollte natürlich in gewisser Hinsicht ein Ehrenmann sein. Damals, durch die Situation bedingt, war so ziemlich jeder mehr oder weniger unehrlich oder ein Gauner. Ich wußte jedenfalls sofort, daß St.-Cyr einen starken Gegenpart braucht. Also kam mir Kohler in den Sinn. Aber ich war während des Krieges aufgewachsen und hatte die Deutschen zu hassen gelernt. Ich fragte mich, ob ich wirklich über einen sympathischen Deutschen schreiben konnte. Wie sollte ich das Einfühlungsvermögen entwickeln, das nötig ist für so eine wichtige und zentrale Figur? Irgendwie gelang es mir. Aber Kohler hatte immer die Tendenz, mir auf dem Papier wegzurennen. Noch heute, neun Bücher später, droht mir Kohler immer wieder zu entgleiten. Ich muß mich sehr intensiv auf ihn konzentrieren.«

Ohne das Tempo der Handlung zu verzögern – jeder St.-Cyr und Kohler-Roman spielt in einem kurzen Zeitraum von einigen

Tagen, nie länger als eine Woche – gelingt es Janes, das tägliche Leben in einem besetzten Land in die Handlung zu integrieren. Fernab allen dümmlichen Betroffenheitsgelalles zeigt er eindrücklich den alltäglichen Terror der Besatzer und den dauernden Überlebenskampf der einfachen Menschen. Er vermeidet simple Schwarzweißmalerei und zerstört abgedroschene Klischees. Er verdeutlicht geradezu erschreckend, wie wenig wir wirklich darüber wissen. Dabei vermeidet er Sentimentalität, was die Authentizität seiner Bücher erhöht. Sein souveräner Umgang mit zeitgeschichtlichen Fakten und ihre künstlerische Vernetzung mit der Fiktion ziehen den Leser so intensiv in die Geschichte, das dieser die zeitliche Distanz aufgibt. Wie kaum ein anderer Autor erweckt Janes die Vergangenheit zum Leben und macht sie auch emotional erfahrbar. Neben seinen gelungenen Charakteren und den sauber konstruierten Plots macht diese atmosphärische Verzahnung von vergangener Realität und Fiktion die Faszination seiner einzigartigen Bücher aus. »Das besetzte Frankreich ist ein faszinierender Hintergrund, und ich entdecke immer wieder etwas neues.« Gerade die genau recherchierten Details, die Janes unaufdringlich einfließen läßt, verblüffen den aufmerksamen Leser immer wieder. Wie Max Allan Collins gilt auch er als exzellenter Rechercheur, dem es gelingt, genau die richtigen Facts zu finden und zu nutzen. »Wir sprechen über Romane! Man kann auch etwas zu Tode recherchieren, bis mir oder dem Leser die Lust vergeht. Der Trick ist, nur das auszuwählen, was die Story lebendig werden läßt. Schriftsteller sind Jäger und Sammler und registrieren alles was sie lesen, hören oder sehen, um es mal irgendwann zu verwerten. Ich recherchiere dauernd. Die Jagd nach Material geht nie zu Ende. Seitdem ich 1970 mit dem Schreiben begann, habe ich keinen Urlaub gemacht. Nur Recherche-Reisen. Jeder Roman ist anders. Aber inzwischen weiß ich intuitiv, welches Material ich brauchen könnte. Ich mache eine Menge Notizen, schreibe Seiten nur mit Fakten und Details voll. Jedes Buch muß alleine für sich bestehen können, ohne vom Leser Vorkenntnisse zu verlangen.« Oft gewinnt man den Eindruck, daß Janes der Atmosphäre seiner Romane allen anderen Elemente unterordnet. Und es sind die verschiedenen, meist düsteren, Stimmungen, die im Leser unauslöschlich haften bleiben. Dabei verlangt er bei der Lektüre einige Konzentration: Sein eigenwilliger Umgang mit dem inneren Monolog, dessen Perspektive abrupt gewechselt werden kann, ist nur effektiv, wenn man sich intensiv auf Stil und Autor einläßt. Janes verlangt den mitdenkenden Leser und macht keine Abstriche an sein literarisches Konzept. Paradoxerweise ist es gerade diese extrem subjektive Erzählhaltung, die ein objektiv-realistisches Bild der Zeit heraufbeschwört.

Die *Globe and Mail* verglich einen seiner Romane mit der glanzvollen Handlung von H.H. Kirsts Klassiker DIE NACHT DER GENERALE und SANDMANN wurde sowohl von *Publishers Weekly* wie von der *New York Times* unter die besten Thriller des Jahres 1997 gewählt. Seitdem seine Romane auch in den USA veröffentlicht werden, ist Janes kein Geheimtip mehr. Sieben Romane wurden von der Stornoway Productions unter Option genommen. Das Drehbuch zum ersten Roman MAYHEM ist von Ron Base fertiggestellt worden, und momentan sind sowohl ein Kinofilm wie auch eine Fernsehserie für die BBC im Gespräch.

Editorische Notiz

Wie oft habe ich mich darüber aufgeregt, daß in Deutschland Serien nicht in chronologischer Reihenfolge veröffentlicht wurden! Und nun tue ich dasselbe. Da hat der geneigte Leser selbstverständlich ein Anrecht auf einen Erklärungsversuch.

Die Vorbereitungen zum Startprogramm der Reihe DUMONT NOIR waren abgeschlossen, als ich den Roman SALAMANDER von J. Robert Janes in die Hand bekam. Natürlich war ich sofort Feuer und Flamme (sonst würde das Buch ja nicht vorliegen) und flehte Herrn Dittus von der Peter Fritz Agentur an, mir innerhalb von zwei Stunden die deutschen Rechte zu besorgen, damit ich diesen Titel im Austausch gegen einen anderen noch in das erste Programm aufnehmen könnte. Herr Dittus machte es irgendwie möglich, und der Roman ging umgehend an die Übersetzer. Ein paar Tage später trafen zwei weitere Romane aus der Serie ein, die ich sofort für das weitere Programm einplante. Inzwischen war mir klar, daß Mr. Janes bereits neun Romane seiner Serie in England und den USA veröffentlicht hatte. Bis allerdings die komplette Serie in den Originalausgaben bei mir eintreffen würde, sollte einige Zeit vergehen. Ich war von dieser Serie so überzeugt, daß ich sie so schnell wie möglich den deutschen Lesern präsentieren wollte. Da jeder Band in sich abgeschlossen ist: kein Problem – oberflächlich betrachtet. Aber die Entwicklung der Figuren, das Schicksal von Kohlers Angehörigen geht nun etwas durcheinander. Dafür muß ich mich hier entschuldigen und die Verantwortung übernehmen. Nach dem dritten Buch in der deutschen Veröffentlichung beginne ich aber die Serie in ihrer richtigen Reihenfolge. Inzwischen ist genügend Vorlauf, und die produktionstechnischen Zwänge, die auch eine Rolle gespielt haben, sind gemeistert. Nachdem also mit SALAMANDER der vierte Band der Kohler & St.-Cyr-Serie veröffentlicht ist, folgen mit STONEKILLER und SANDMANN die Bände sieben und acht. Dann geht es mit Band eins in der originao,len Reihenfolge weiter. Für alle Interessierten sind alle bisher erschienen Romane unten aufgeführt. Ich bitte nochmals um Ihr Verständnis; lassen Sie sich durch meine Editionspolitik nicht die Freude an J. Robert Janes beeindruckenden Romanen vermiesen.

Ihr Herausgeber

ST.-CYR- und KOHLER-Serie:

1. MAYHEM, 1992
2. CAROUSEL, 1992
3. KALEIDOSCOPE, 1993
4. SALAMANDER, 1994
5. MANNEQUIN, 1994
6. DOLLMAKER, 1995
7. STONEKILLER, 1995
8. SANDMAN, 1996
9. GYPSY, 1997
10. MADRIGAL, 1998